China Miéville est né à Londres en 1972. Diplômé de Cambridge (anthropologie), et de l'université de Londres (économie), il cumule les prix avec ses romans, nouvelles, et novelas. Passionné de musique et de dessin il est aussi très impliqué en politique : il a été sur une liste trotskyste aux élections législatives anglaises en 2001. Son premier roman, *Le Roi des Rats* (éditions Fleuve Noir) fut nominé pour le prix Bram Stocker et le prix de l'International Horror Guild. *Perdido Street Station* a obtenu le prix Arthur C. Clarke, le British Science Fiction Award et le Grand Prix de l'Imaginaire (meilleur roman et meilleure traduction) en 2004. Il a confirmé son succès avec *Les Scarifiés* et *Le Concile de Fer*. Son dernier roman paru en France, *The City & The City*, est un polar teinté d'imaginaire qui a obtenu les prix Hugo, Arthur C. Clarke, British Science Fiction, Locus et World Fantasy.

25 Jan 2013

PERDIDO STREET STATION
1

DU MÊME AUTEUR
CHEZ POCKET

PERDIDO STREET STATION (2 tomes)
LES SCARIFIÉS
LE CONCILE DE FER

SCIENCE-FICTION

Collection dirigée par Bénédicte Lombardo

CHINA MIÉVILLE

PERDIDO STREET STATION

1

Traduit de l'anglais
par Nathalie Mège

FLEUVE NOIR

Titre original :

PERDIDO STREET STATION

Ouvrage paru sous la codirection
de Patrice Duvic

ISBN : 978-2-266-16540-2

REMERCIEMENTS

Amour et gratitude à ma mère, Claudia, et ma sœur, Jemima, pour leur aide et leur soutien. Un énorme merci à tous ceux et celles qui m'ont fourni leurs remarques et leurs conseils, et tout spécialement Scott Bicheno, Max Schæfer, Simon Kavanagh et Oliver Cheetham.

Mon profond amour et mes remerciements particuliers à Emma Bircham, encore et toujours.

Merci à tous les gens de Macmillan, et tout particulièrement à mon éditeur, Peter Lavery, pour son appui incroyable. Je voue également une reconnaissance infinie à Mic Cheetham, qui m'a aidé plus que je ne saurais le dire.

Bien que je n'aie pas la place de remercier ici tous les écrivains dont l'influence m'a marqué, je tiens à mentionner ceux dont l'œuvre m'est source d'inspiration et d'étonnement constante : toute mon humble et sincère gratitude à M. John Harrison et à feu Mervyn Peake, sans lesquels je n'aurais pu écrire ce livre.

À Emma

« Je renonçai même, un temps, à m'arrêter près de la fenêtre pour considérer les réverbères et les rues profondes, illuminées. C'est une forme de mort que de perdre ainsi le contact avec la ville. »

Philip K. Dick, *Le Bal des schizos*

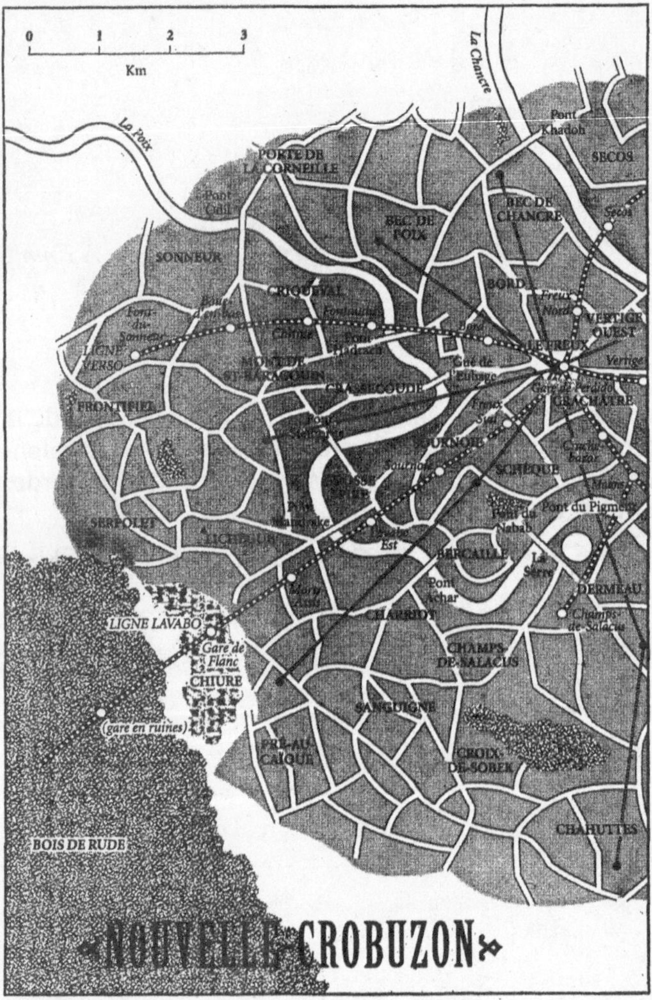

0 1 2 3
Km
La Chancre
La Poix
Pont Khadoh
SECOS
PORTE DE LA CORNEILLE
Pont Odil
BEC DE CHANCRE
Secos
BEC DE POIX
SONNEUR
CRIQUEVAL
BORD
VERTIGE OUEST
LIGNE VERSO
LE FREUX
Vertige
Gué de l'Eubage
GRASSECOUDE
FRONTIFIEL
SCHÈQUE
Pont du Pigment
SERPOLET
Pont du Nabab
BERCAILLE
La Serre
DERMEAU
Pont Achar
CHARRIOT
LIGNE LAVABO
Gare de Flanc
CHIURE
CHAMPS-DE-SALACUS
Champs-de-Salacus
SANGUIGNE
(gare en ruines)
PRÉ-AU-CAIGUE
CROIX-DE-SOBEK
CHAHUTTES
BOIS DE RUDE
NOUVELLE-CROBUZON

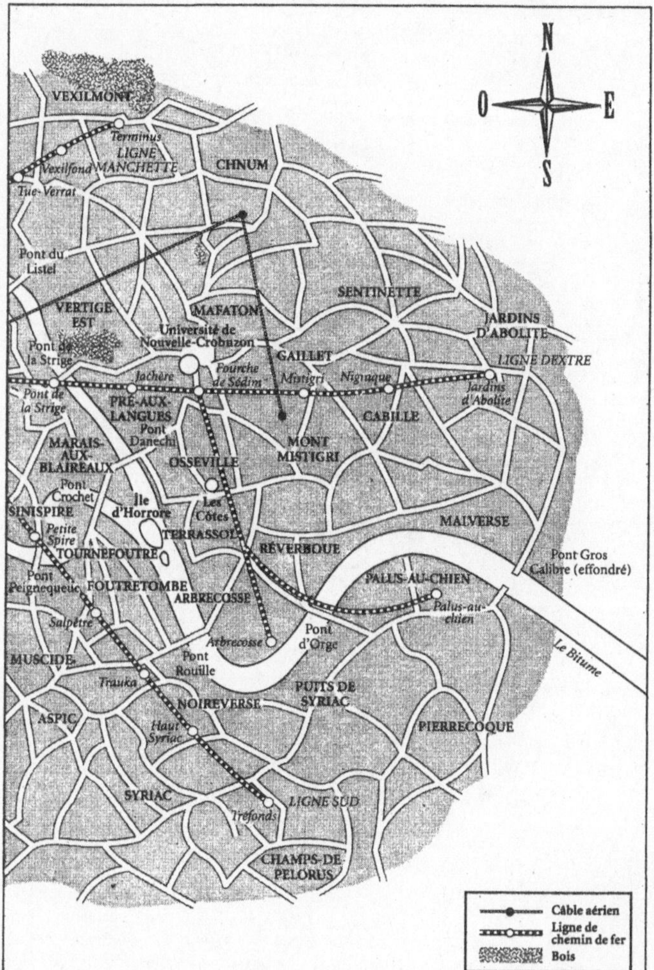
VEXILMONT
Terminus
LIGNE MANCHETTE
Vexilfond
Tue-Verrat
CHNUM
Pont du Listel
SENTINETTE
VERTIGE EST
MAFATON
JARDINS D'ABOLITE
Université de Nouvelle-Crobuzon
Pont de la Strige
GAILLET
LIGNE DEXTRE
Jachère
Fourche de Sédim
Mistigri
Nigraque
Jardins d'Abolite
Pont de la Strige
PRÉ-AUX-LANGUES
CABILLE
Pont Danechi
MONT MISTIGRI
MARAIS-AUX-BLAIREAUX
OSSEVILLE
Pont Crochet
Les Côtes
SINISPIRE
Île d'Horrore
MALVERSE
Petite Spire
TERRASSOL
RÉVERBOUE
TOURNEFOUTRE
Pont Gros Calibre (effondré)
Pont Peignequeue
FOUTRETOMBE
PALUS-AU-CHIEN
ARBRECOSSE
Palus-au-chien
Salpêtre
Pont d'Orge
Arbrecosse
Le Bitume
MUSCIDE
Pont Rouille
Trauka
PUITS DE SYRIAC
NOIREVERSE
ASPIC
Haut Syriac
PIERRECOQUE
SYRIAC
LIGNE SUD
Tréfonds
CHAMPS-DE-PELORUS
N
O
E
S
Câble aérien
Ligne de chemin de fer
Bois

Du veldt de la broussaille des champs des fermes puis ces premières masures se dressant sur la terre... La nuit a été longue. À la faveur de l'obscurité, les maisons délabrées incrustées dans les berges ont poussé tout autour comme des champignons.

Nous tanguons. Roulons de droite et de gauche sur un profond courant.

Derrière moi, l'homme inquiet tire sur son gouvernail et le chaland redresse le cap. La lueur vacillante de la lanterne oscille. C'est moi que cet homme craint. Je suis penché au-devant de l'onde mouvante, obscure, à la proue du petit esquif.

Des bruits ténus enflent par-dessus le ronron huileux du moteur et la caresse du flot – bruissements de maisons : les poutres chuchotent, le vent frotte le chaume, les murs se tassent, les planchers jouent pour s'adjuger l'espace. Les dizaines d'habitations sont devenues centaines, puis milliers ; éparpillées à partir de la rive, elles émettent leurs lueurs à travers toute la plaine.

Elles m'entourent, grossissent. Gagnent en hauteur, en embonpoint, en coffre. Se coiffent de toits d'ardoise, s'arment de murs de brique.

La rivière tourne et vire pour affronter la ville. Qui soudain se dévoile, menaçante, massive, taillée à l'emporte-pièce dans le paysage. Son halo se répand vers le cirque pierreux des collines tel le sang d'un hématome.

Ses tours sales sont illuminées. Je suis ramené à ma petitesse. Contraint de m'incliner devant cette présence extraordinaire, née du limon au confluent des deux rivières. Elle n'est qu'une immense pollution, que puanteur, qu'un éternel coup de klaxon. Même à cette heure, même au cœur de la nuit, ses cheminées trapues vomissent leur crasse dans le ciel. Ce n'est point le courant qui nous pousse, mais la cité elle-même, dont le poids nous aspire. De faibles cris épars, des beuglements animaux : le fracas et les coups de boutoir obscènes des usines où copulent d'énormes machines. Les voies ferrées sillonnent ce corps urbain telles des veines apparentes. Brique rouge et murs sombres ; églises trapues d'aspect troglodyte ; stores en lambeaux qui volettent ; labyrinthes pavés de la vieille ville ; culs-de-sac ; sépulcres séculiers des caniveaux criblant la terre : c'est là tout un nouveau paysage de friches, de pierre écroulée, de bibliothèques regorgeant de volumes oubliés, de vieux hôpitaux, d'immeubles de bureaux, de navires et de serres métalliques soulevant le fret au-dessus des eaux.

Comment avons-nous pu être aveugles à ce qui approchait ? Par quel étrange tour de la topographie ce monstre tentaculaire peut-il se dissimuler ainsi, prêt à fondre sur le voyageur ?

Il est trop tard pour m'enfuir.

L'homme murmure quelques mots, m'explique où nous sommes. Je ne me retourne point.

Ce dédale tourmenté qui nous cerne a pour nom Porte de la Corneille. Les immeubles vermoulus y reposent les uns contre les autres, exsangues. La rivière étale sa gelée glauque jusqu'aux berges de brique, parois urbaines surgies des profondeurs afin de tenir l'eau à distance. L'odeur est méphitique.

(Quel effet cela ferait-il vu d'en haut ? Lors, plus rien n'échappe au regard : pour qui vient sur le vent,

tout doit prendre l'allure d'une traînée d'ordure, une charogne grouillant d'asticots étalée sur des lieues à la ronde. Je pourrais chevaucher les courants ascendants que dégagent ces cheminées – je ne devrais point me dire cela mais ne puis plus revenir en arrière –, voguer loin au-dessus de ces tours altières, pour chier sur ceux qui sont sur terre, caracoler au-dessus de ce chaos, atterrir où l'envie m'en prend... – non, je ne dois point, cesse, pas maintenant, pas cela, cesse.)

Il y a là des maisons qui bavent des glaires pâles : un barbouillage organique macule les soubassements et sourd par les fenêtres du haut. D'autres étages sont fondus dans cette mucosité blanche, froide, qui englue aussi les interstices entre les murs et les impasses. Ses ondulations défigurent le paysage telle une coulée de cire répandue sur les toits. Quelque autre intelligence a fait siennes ces rues.

Des câbles sont tendus de part et d'autre de la berge, fixés aux avant-toits par des agrégats laiteux de mucus ; ils bourdonnent comme des cordes de basse. Quelque chose détale au-dessus de ma tête. Le batelier lâche un crachat méprisant dans l'eau.

Sa salive se disperse. L'amas de ciment-bave reflue au-dessus de nous. Émergence de rues étroites.

Un train siffle au-devant, qui franchit la rivière sur des voies aériennes. Je tourne la tête, suis le convoi d'ouest en est ; ses traînées de petites lumières filent dans le lointain, aussitôt avalées par la contrée nocturne, ce mastodonte qui mange ses habitants. Nous allons bientôt longer des usines. Les grues se dressent dans le noir, semblables à des oiseaux malingres ; elles s'activent çà et là afin de maintenir les équipes de nuit à la tâche. Les chaînes charrient des poids morts, tressautant soudain tels des membres inutiles quand s'enclenchent les engrenages et tournent les roues.

Des ombres grasses et prédatrices rôdent dans le ciel.

Il y règne un grondement, une réverbération – à croire que la ville possède un noyau creux. Le chaland noir poursuit son chemin, traverse une foule de ses semblables chargés de coke, de bois, de fer, d'acier, de verre. L'eau, à cet endroit, reflète les étoiles en un arc-en-ciel nauséabond, mélange d'impuretés, d'effluents et de bouillon chymique, qui la rendent tout à la fois stagnante et instable.

(Ah, prendre mon essor ne plus humer la saleté l'ordure la fiente ne point entrer ici à travers ces latrines – mais cesse, cesse, tu ne peux continuer ainsi, cesse.)

Le moteur ralentit. Je me retourne pour contempler l'homme, qui évite mon regard et barre en feignant de ne point me voir. Il nous fait pénétrer derrière un hangar si engorgé que son contenu se répand au-dehors, au-delà des arcs-boutants, en un dédale d'énormes caisses ; puis il se fraie un chemin entre d'autres péniches. Des toits émergent bientôt de la rivière. Une rangée de maisons englouties, bâties du mauvais côté du lit, acculées contre la rive à l'intérieur des eaux. Leur brique noire, bitumineuse, suinte. Cela bouillonne en dessous de nous. La rivière est secouée de courants intérieurs. Grenouilles et poissons morts, ayant renoncé à lutter pour trouver de l'air dans ce brouet putride, décrivent des cercles effrénés dans les remous, piégés entre la plage avant et la berge en béton. L'écart s'amenuise. Mon timonier saute à terre et serre les amarres. Son soulagement manifeste m'est pénible. Il marmonne de sa grosse voix, l'air triomphant, puis, s'écartant, m'ouvre le passage ; j'atterris au ralenti, m'avance comme sur des braises parmi les détritus et le verre brisé.

Il se déclare satisfait des pierres que je lui ai données. Je suis à Crassecoude, m'explique-t-il, et je m'oblige à détourner les yeux tandis qu'il m'indique le chemin.

Pour qu'il ignore que je suis égaré, novice en ces rues et que, pris d'une nausée claustrophobe et prémonitoire, je redoute ces édifices sombres, menaçants, d'où je ne pourrai m'envoler. Un peu plus bas vers le sud, deux piliers majestueux s'élèvent au-dessus des eaux : les portes ouvrant sur la vieille ville, autrefois grandioses, désormais psoriatiques et croulantes. Le temps et l'acide ont gommé les récits gravés qui ceignaient leurs colonnes, seul demeure un mortier fileté en spirale. Derrière, un pont bas (le Gué de l'Eubage, m'annonce-t-il). J'ignore les explications pressées de l'homme et m'éloigne, à travers ce secteur blanchi à la chaux, pour franchir une seconde porte béante, promesse d'obscurité véritable et de fuite loin de la puanteur de l'eau. Le batelier s'est réduit à un filet de voix. Je n'éprouve qu'un piètre plaisir à savoir que je ne le reverrai plus.

Il ne fait point froid. À l'est, une des lueurs de la ville présage d'autres promesses.

Je vais suivre les voies de chemin de fer. Je hanterai l'ombre des trains tandis qu'ils passeront au-dessus des maisons, des tours, des casernes, des bureaux, des geôles de la ville ; je marcherai dans leur sillage sur ces arches qui les arriment à la terre. Je dois trouver le moyen d'entrer.

Ma cape, un drap lourd, insolite et cuisant sur ma peau, me ralentit, et ma besace me pèse. Ce sont elles qui me protègent ici, elles et l'illusion que j'ai chérie, fondement de ma peine et de mon infamie, du supplice qui m'a mené ici – dans ce kyste qui n'a de ville que le nom, cette cité poussiéreuse toute d'os et de brique, cette conspiration d'industrie et de violence trempées dans l'Histoire et les arcanes du pouvoir, cette contrée funeste dont j'ignore tout :

Nouvelle-Crobuzon.

Première partie

COMMISSIONS

1

Une fenêtre s'ouvrit à la volée loin au-dessus du marché. Un panier en jaillit et décrivit un arc de cercle vers le bas à l'insu de la foule. Il s'arrêta à mi-course dans un soubresaut avant de tourner sur lui-même, pour reprendre sa dégringolade moins vite, par à-coups. Dansant de façon précaire au fil de sa descente, son treillis s'accrocha et ripa contre la peau rêche de l'immeuble. Le panier repartit à l'aveuglette vers le mur, escorté d'une traînée de peinture et de poussière de ciment.

Le soleil dardait de la grisaille à travers une couverture nuageuse irrégulière. En dessous du panier, étals et voitures de primeurs s'étalaient telle une mare d'huile chatoyante. La cité empestait. Mais c'était jour de marché au Trou d'Aspic : dans ces rues, à cette heure, l'âcre nappe d'odeurs d'excrément et de pourriture qui flottait en permanence au-dessus de Nouvelle-Crobuzon s'agrémentait de paprika et de tomate fraîche, d'huile chaude, de poisson et de cannelle, de boucane, de banane et d'oignon.

Les étals de provisions de bouche s'étiraient sur la longueur bruyante de la rue Shadrach. Livres, manuscrits et reproductions jonchaient la Voie Bordereaux, une avenue de banians intermittents et de béton en cours de désagrégation plus à l'est. Une marée de poteries de tous ordres noyait l'ensemble jusqu'à Chahuttes au sud ; les pièces de moteur remontaient en direction de l'ouest ; les jouets s'étiraient le long d'une rue perpendiculaire, les vêtements entre les deux suivantes. Une kyrielle d'autres produits emplissait toutes les ruelles. Ces alignements de marchandises convergeaient de guingois, tels les rayons d'une roue cassée, en direction du Trou d'Aspic.

Au sein du Trou proprement dit, aucune distinction n'avait plus cours. Dans l'ombre de vieux murs et de tours dangereuses se trouvaient une pile d'engrenages, une table branlante supportant de la vaisselle cassée et de grossiers bibelots en argile, une caisse de vieux livres scolaires tombant en poussière. Vieilleries, sexe, poudre anti-puces. Entre les éventaires fourmillaient des artefacts chuintants. Des mendiants se chicanaient dans les entrailles d'immeubles abandonnés. Les membres de races exotiques achetaient des objets singuliers. Le bazar d'Aspic : un fatras tonitruant de marchandises, de crasse et d'usuriers. Le mercantile y était de règle : *aux risques et périls de l'acheteur*.

Le marchand des quatre-saisons placé sous le panier leva les yeux vers une clarté terne et une pluie de particules de brique. S'étant essuyé les yeux, il tira sur la ficelle jusqu'à ce qu'elle mollisse puis cueillit le panier effiloché au-dessus de sa tête. À l'intérieur se trouvait un shekel en cuivre, accompagné d'un billet aux italiques soignés et fleuris. L'homme se gratta le nez en parcourant le papier. Il fourragea dans la pile de produits frais posés devant lui, déposa dans le réceptacle, tout en vérifiant sur la liste, œufs, fruits et tubercules. S'étant interrompu pour relire l'une des lignes, il afficha un sourire lascif et coupa dans une tranche de porc. Lorsqu'il en eut terminé, il rangea le shekel dans sa poche et y chercha de la monnaie, hésitant au moment de calculer ses coûts de livraison – pour finalement déposer quatre fifrelins aux côtés de la nourriture.

Il s'essuya les mains sur son pantalon, réfléchit un instant puis, à l'aide d'un morceau de charbon, inscrivit à son tour quelque chose sur la liste avant de la jeter à la suite des pièces.

Il tira trois fois sur la ficelle ; le panier entama un périple saccadé dans les airs. Poussé par le bruit, il s'éleva au-dessus des toits les plus bas, faisant sursauter les choucas qui nichaient dans un étage déserté et inscrivant sur le mur une nouvelle traînée parmi celles, innombrables, qui le zébraient déjà. Il disparut par la fenêtre d'où il était sorti.

Isaac Dan der Grimnebulin venait juste de prendre conscience qu'il était en plein rêve. Il s'était retrouvé, à sa grande consternation, employé de nouveau à l'université, en train de parader devant un immense tableau noir couvert de vagues représentations de forces, de leviers, de pressions. Introduction aux Sciences Naturelles. Isaac contemplait sa classe avec angoisse quand ce salaud onctueux de Vermishank était passé jeter un œil.

— Je ne peux pas assurer mon cours ce matin, avait soufflé Isaac, assez fort pour se faire entendre. Le marché fait trop de bruit.

Il désignait la fenêtre.

— Ne vous inquiétez pas, avait assuré un Vermishank apaisant, répugnant. C'est l'heure du petit déjeuner. Cela vous chassera vos mauvaises idées de la tête.

Sur cette absurdité, Isaac avait renoncé au sommeil avec un soulagement immense. Les obscénités tapageuses du bazar et l'odeur de cuisine pénétrèrent avec lui cette journée.

Il resta au lit, exagérément, sans ouvrir les paupières. Il entendit Lin traverser la pièce et sentit les lattes du plancher fléchir légèrement. La mansarde était emplie d'une fumée âcre. Isaac saliva.

Lin frappa par deux fois dans ses mains. Elle devinait

toujours quand il s'éveillait. Sans doute parce qu'il refermait la bouche, se dit-il – sur quoi il ricana, les yeux toujours fermés.

— Chut ! geignit-il. Encore au lit ! Pauvre petit Isaac toujours aussi ratatiné !

Et de se rouler en boule comme un enfant.

Lin frappa derechef dans ses mains, juste une fois, ironique, puis s'éloigna.

Il poussa un grognement, roula sur lui-même.

— Harpie ! gémit-il à son adresse. Mégère ! Teigne ! D'accord, d'accord, tu as gagné, espèce de… de… euh… de virago ! De peste !

Il se frotta le crâne et s'assit avec un grand sourire penaud. Lin lui décocha un geste obscène sans se retourner.

Nue devant les fourneaux, dansant en arrière à chaque goutte d'huile chaude qui sautait de la poêle, elle lui tournait le dos. Les couvertures glissèrent du monticule qui constituait l'estomac d'Isaac. Ventru, énorme, rebondi : son propriétaire avait tout du dirigeable. Poils et cheveux gris jaillissaient en abondance de sa personne.

Lin, quant à elle, était dépourvue de pilosité. Sous sa peau rousse, ses muscles serrés se découpaient nettement. On aurait dit un atlas anatomique. Isaac l'étudia, pris d'un désir jubilatoire.

Son cul le démangeait. Il se gratta sous la couverture, fouissant avec aussi peu de vergogne qu'un chien. Quelque chose éclata sous son ongle. Il remonta la main pour l'examiner. Un ver minuscule, à demi écrasé, se tortillait, impuissant, au bout de son doigt. C'était une réflique, un petit parasite khépri inoffensif. *Elle a dû être assez déconcertée par mes sucs*, pensa Isaac avant de s'en débarrasser d'une chiquenaude.

— Lin, annonça-t-il, c'est l'heure du bain. Réflique !

Lin en trépigna d'irritation.

Nouvelle-Crobuzon était un vrai nid de nuisibles,

une ville morbidifiante. Parasites, épidémies et rumeurs y grouillaient de façon incontrôlable. S'ils voulaient échapper aux démangeaisons et aux purulences, les Khépri devaient procéder chaque mois, par prophylaxie, à une immersion chymique.

Lin fit glisser le contenu de la poêle sur une assiette, qu'elle déposa en face de son propre petit déjeuner. Elle s'assit et indiqua à Isaac de la rejoindre. Il se leva du lit pour traverser la pièce d'un pas mal assuré. Il s'assit sur la petite chaise en prenant garde aux échardes.

Isaac et Lin se tenaient de chaque côté de la table en bois nu. Voyant soudain la scène avec le regard d'un témoin extérieur, Isaac prit conscience du tableau qu'ils formaient. Voilà qui ferait une belle et étrange gravure. Ces combles aménagés, ces particules de poussière qui dansaient dans la lueur prodiguée par la petite lucarne, ces livres, ces papiers et ces toiles proprement empilés à côté de ces meubles en bois bon marché. Un homme corpulent, nu, détumescent, au teint mat, le couteau et la fourchette en main, figé dans un immobilisme peu naturel en face d'une Khépri au corps élancé qui demeurait dans l'ombre mais dont la tête chitineuse apparaissait en silhouette.

Ignorant le contenu de leurs assiettes, ils se dévisagèrent un instant. Lin lui signa :

Bonjour, amant.

Puis elle entama son repas sans détacher son regard.

C'était lorsqu'elle mangeait que son aspect était le plus insolite, et leurs repas pris en commun représentaient à la fois une gageure et une affirmation. À sa vue, Isaac ressentit le même trille familier d'émotions : du dégoût – immédiatement balayé ; de la fierté d'avoir vaincu sa répulsion ; un désir coupable.

La lumière brillait dans les yeux composés de Lin. Ses pattes céphaliques frémissaient. Elle saisit une tomate et ses mandibules s'en emparèrent. Elle baissa les mains tandis que ses maxilles internes saisissaient l'aliment maintenu en place par sa mâchoire inférieure.

Isaac regarda l'énorme scarabée iridescent qu'était la tête de sa maîtresse dévorer son petit déjeuner.

Elle avalait, sa gorge se gonflant et se rétractant là où son abdomen insectoïde se fondait harmonieusement dans son cou humain... Non, elle n'aurait pas admis cette description. *Les Humains ont le corps, les jambes et les mains des Khépri ; et la tête chauve des gibbons*, lui avait-elle affirmé jadis.

Il sourit, soulevant un morceau du porc frit posé devant lui et l'enveloppant de sa langue avant d'essuyer ses doigts graisseux sur la table. Elle ondula des pattes céphaliques à son intention et signa :

Mon monstre.

Je suis un pervers, songea Isaac, *et elle aussi.*

Leurs conversations matinales étaient généralement à sens unique : Lin pouvait signer des mains tout en mangeant, tandis que lorsque Isaac s'essayait à communiquer, ça ne donnait que borborygmes incompréhensibles et chutes de nourriture sur la table. Ils préféraient donc lire : Lin tel ou tel bulletin artistique, Isaac ce qui lui tombait sous le coude. Il tendit la main, saisissant des livres et des papiers entre deux bouchées, et se retrouva en train de parcourir la liste de commissions de Lin. L'inscription demandant *une poignée d'émincé de porc* avait été entourée ; sous la calligraphie ravissante de sa maîtresse se trouvait un commentaire rédigé dans une écriture beaucoup plus grossière : *Tu as de la compagnie ? Un cochon pareil, ça se déguste !*

Isaac agita le papier devant elle.

— Qu'est-ce qu'il te veut, ce connard ? éructa-t-il, envoyant valdinguer ce qu'il mâchait.

Son indignation était amusée, mais sincère.

Lin lut le message et haussa les épaules.

Il sait que je ne mange pas viande. Que j'ai un invité ce matin. Jeu de mots sur « porc ».

— Oui, merci, créature de mes nuits, ça, j'ai compris. Comment sait-il que tu es végétarienne ? Vous vous adonnez souvent à ce fin badinage, tous les deux ?

Lin le contempla un instant sans réagir.

Je n'achète jamais de viande. Elle secoua la tête devant la stupidité de ses questions. *Ne t'inquiète pas : je badine seulement sur le papier toujours. Il ignore que je suis une punaise.*

Cet usage délibéré de l'insulte insupporta Isaac.

— Je n'insinuais rien, bordel !

La main de Lin s'agita, équivalent d'un sourcil froncé. Isaac mugit d'irritation.

— Bordel de Dieu, Lin, n'attribue pas toutes mes paroles à la crainte qu'on nous découvre !

Isaac et Lin étaient amants depuis près de deux ans. Ils avaient toujours tâché d'ériger la légèreté en règle dans leur relation, mais plus ils passaient de temps ensemble, plus leurs stratégies d'évitement se révélaient intenables. Des questions encore informulées exigeaient leur attention. La moindre chose, remarque innocente ou regard interrogateur en provenance d'un tiers, contact trop prolongé en public… phrase d'épicier… la moindre chose concourait à leur rappeler, dans certains contextes, qu'ils vivaient dans le secret. Tout en était faussé.

Ils ne s'étaient jamais déclaré *nous sommes ensemble*, si bien qu'ils n'avaient jamais eu à se dire qu'ils ne révéleraient pas leur liaison au monde extérieur. Mais, depuis des mois et des mois, celle-ci était manifestement de notoriété publique.

Lin avait commencé à laisser entendre, par le biais d'observations sarcastiques et acides, que le refus d'Isaac de s'avouer son amant était une preuve, au mieux de couardise, au pis de racisme. Un tel manque de sensibilité le dérangeait. Après tout, lui-même avait clairement expliqué la nature de leur relation à ses amis proches, comme Lin l'avait fait de son côté. Or c'était de loin – de très loin – plus facile dans son cas à elle.

Lin était une artiste. Ses proches étaient les libertins, les mécènes et les pique-assiettes, les bohèmes et les parasites, les poètes, les pamphlétaires, et les branchés amateurs de drogues. Ces gens se délectaient du scandale et de l'*outré**. Dans les salons de thé et les bars des Champs-de-Salacus, les frasques de Liz – largement sous-entendues, jamais niées, jamais explicitées – faisaient l'objet de discussions et d'insinuations *louches**. Sa vie amoureuse représentait une transgression avant-gardiste, un événement artistique, comme la musique concrète la saison précédente, ou « L'art morve ! » l'année d'avant.

Eh oui, Isaac pouvait jouer ce jeu-là. Il était connu dans cet univers, chose qui remontait bien avant sa relation avec Lin. Tout de même. Il était le savant-proscrit, ce penseur mal considéré qui avait quitté un poste d'enseignant lucratif pour se consacrer à des expériences trop scabreuses et trop brillantes pour les esprits étroits qui dirigeaient l'université. Que lui importaient les conventions ? Il coucherait avec n'importe qui ou n'importe quoi, à sa guise, merde !

Tel était le portrait qu'il aimait présenter de lui-même aux Champs, où sa relation avec Lin était un secret de Polichinelle, où il se plaisait à vivre à visage plus ou moins découvert, où il avait coutume de lui passer le bras autour de la taille dans les bars pour lui murmurer des mots tendres tandis qu'elle aspirait son café sur une éponge. Telle était l'histoire qu'il racontait, qui était au moins vraie pour moitié.

Il avait bien quitté l'université dix ans auparavant. Mais seulement après avoir compris, à son grand dam, qu'il était un professeur exécrable.

* Les mots en italique suivis d'un astérisque sont en français dans le texte. *(N.d.T.)*

Il avait contemplé les visages perplexes, écouté les grattements de plume frénétiques de ses étudiants, et pris conscience qu'avec son esprit voué à foncer, trébucher et se précipiter à tombeau ouvert dans la plus grande anarchie le long des couloirs de la théorie, il pouvait certes s'instruire, par à-coups, au petit bonheur la chance, mais pas transmettre cette compréhension qu'il goûtait tant. Il avait baissé la tête de honte et s'était enfui.

Formant en cela une deuxième entorse au mythe, son chef de département, le sémillant et répugnant Vermishank, n'était pas un épigone besogneux mais un biothaumaturge exceptionnel, qui avait mis son veto aux recherches d'Isaac moins à cause de leur manque d'orthodoxie que parce qu'elles ne menaient à rien. Isaac savait se montrer brillant, mais faisait preuve d'indiscipline. Vermishank avait joué avec lui comme avec une souris, l'incitant à supplier qu'on lui donne du travail en tant que chercheur indépendant, contre un salaire de misère, mais tout en lui consentant un accès limité aux laboratoires de l'université.

Et c'était cela, son travail, qui rendait Isaac circonspect avec Lin.

Ces derniers temps, ses relations avec la fac avaient viré au précaire. Dix années de chapardages l'avaient équipé d'un excellent laboratoire privé ; son revenu provenait en grande partie de contrats douteux avec les citoyens les moins recommandables de Nouvelle-Crobuzon, dont les besoins scientifiques se renouvelaient avec une constance qui ne laissait pas de l'étonner.

Mais la recherche d'Isaac – inchangée dans ses objectifs au fil de toutes ces années – ne pouvait progresser dans le vide. Il devait publier. Débattre. Argumenter, assister à des symposiums – sous l'étiquette du fils rebelle, anticonformiste. Le statut de renégat présentait des avantages considérables.

Or, quand le monde académique se montrait vieux

jeu, il ne faisait pas semblant. Les étudiants xénians n'étaient admis comme candidats au diplôme à Nouvelle-Crobuzon que depuis vingt ans. Pratiquer ouvertement les amours mixtes aurait été basculer presque aussitôt du statut reluisant de mauvais garçon, vers lequel il avait tendu avec assiduité, à celui de paria. Ce qu'il redoutait, ce n'était pas que les rédacteurs en chef des revues universitaires, patrons de symposiums et autres éditeurs ne découvrent la nature de ses relations avec Lin. C'était qu'on ne le voie pas s'efforcer de dissimuler ses amours. Tant qu'il faisait mine de vivre sous le manteau, ces gens ne le déclareraient pas infréquentable.

Toutes choses qui restaient sur l'estomac de Lin.

Tu nous caches afin de pouvoir publier des articles pour des gens que tu méprises, lui avait-elle signé une fois après une de leurs séances de jambes en l'air.

Lors de ses instants d'amertume, Isaac se demandait comment elle-même aurait réagi si le monde artistique avait menacé de l'ostraciser.

Ce matin-là, les deux amants parvinrent à tuer dans l'œuf la dispute naissante à coups de plaisanteries, d'excuses, de compliments et de luxure. Tout en se débattant pour enfiler sa chemise, Isaac sourit à Lin, dont les appendices céphaliques ondulèrent avec volupté.

— Que vas-tu faire aujourd'hui ? s'enquit-il.

Je vais à Bercaille. J'ai besoin de baies-couleurs. Et ensuite, à une expo à La Criée... Ce soir, je travaille, ajouta-t-elle, mi-ironique, mi-menaçante.

— Alors j'imagine que je ne vais pas te voir avant un petit moment ?

Isaac sourit jusqu'aux dents. Lin secoua la tête. Il dénombra les jours sur ses doigts.

— Eh bien... Que dirais-tu de dîner ensemble au Coq et la pendule ? Hum... Fuidi, disons ? À vingt heures ?

Lin réfléchissait. Elle avait pris ses mains dans les siennes.

Superbe, signa-t-elle avec une timidité feinte. Elle laissait planer le doute à dessein quant à l'objet de ce qualificatif – le dîner ou Isaac ?

Ils empilèrent ustensiles et assiettes sales dans le seau d'eau froide posé dans un coin de la pièce. Tandis qu'en préalable à son départ, Lin rassemblait ses notes et ses esquisses, Isaac l'attira avec douceur contre lui, puis sur le lit. Il embrassa sa chaude peau cuivrée. Elle se retourna dans ses bras. Elle se redressa sur un coude, et, sous les yeux d'Isaac, le rubis sombre de sa chitine s'ouvrit lentement tandis que s'écartaient ses appendices céphaliques. Les deux moitiés de sa tête-carapace, aussi écartées qu'il était possible, frémissaient de façon manifeste. Sous l'ombre qu'elles projetaient, elle déploya ses belles ailes inutiles de scarabée.

Vers lesquelles, entièrement vulnérable, elle attira avec douceur les mains d'Isaac, en une invitation à caresser ses fragiles appendices, manifestation de confiance et d'amour sans pareille chez les Khépri.

L'air entre eux se chargea de tension. La verge d'Isaac se raidit.

Il souligna de ses doigts l'arborescence des veines des ailes de Lin. La lumière qui les traversait se réfractait en ombres nacrées au fil de leurs douces vibrations.

Il lui remonta la jupe de son autre main, fit glisser ses doigts jusqu'en haut de sa hanche. Elle écarta les jambes autour de ses doigts pour ensuite les enfermer, les prendre au piège. Il lui souffla des invites salaces et tendres.

Le soleil tourna au-dessus d'eux, projetant dans la pièce l'ombre mouvante, embarrassée, de la fenêtre et des nuages. Les deux amants ne remarquèrent pas la progression du jour.

2

Il fallut attendre onze heures pour qu'ils se disjoignent. Ayant consulté sa montre de gousset, Isaac parcourut la pièce d'un pas mal assuré à la recherche de ses vêtements. Lin leur épargna les négociations délicates qui auraient présidé au fait de quitter les lieux ensemble. Elle se pencha, caressa d'une antenne la nuque d'Isaac, lui donnant la chair de poule, avant de partir tandis qu'il se débattait encore avec ses bottes.

Ses chambres de bonne étaient situées au neuvième étage. Elle amorça sa descente de la tour : le périlleux huitième niveau ; le septième, avec son tapis de fiente et ses susurrations de choucas ; la vieille dame du sixième qui ne mettait jamais le nez dehors ; et ainsi de suite, dépassant les voleurs au petit pied, les ouvriers des aciéries, les filles de courses, les rémouleurs.

La porte se trouvait du côté opposé au Trou d'Aspic proprement dit. Lin émergea dans une rue calme, simple passage vers les éventaires du bazar.

Elle s'éloigna de ces querelles bruyantes et de ces profits à outrance, prenant vers les jardins de la Croix-de-Sobek. Des files de fiacres attendaient systématiquement à l'entrée. Certains des conducteurs (les Recréés, en général) se révélaient assez tolérants ou aux abois pour accepter la clientèle khépri.

Au fur et à mesure que Lin traversait Aspic, immeubles et habitat se faisaient de plus en plus insalubres. Le sol ondoyant grimpait peu à peu vers l'ouest, sa direction. La cime des arbres de la Croix-de-Sobek s'élevait telle une épaisse fumée par-dessus les lauzes des logements délabrés alentour ; au-delà de cette futaie pointait l'horizon de résidences trapues du Pré-au-caïque.

Les yeux-miroir bombés de Lin percevaient la ville sous la forme d'une cacophonie visuelle composite : un million de morceaux infinitésimaux du tout, chaque infime segment hexagonal – hypersensible aux différentiels de lumière, mais médiocre dans les détails à moins que la Khépri ne focalise sa vision au point d'en avoir mal – flamboyant de couleurs piquées et de contours plus précis encore. À l'intérieur de chacun de ces segments, les squames des murs décrépis lui demeuraient invisibles, l'architecture se réduisait à des plaques de couleur, et pourtant, l'histoire ainsi racontée était nette. Le moindre fragment oculaire, la moindre fraction, forme ou nuance de teinte, différait de façon minime de ses voisines tout en renseignant sur l'état de la structure globale. Et Lin sentait sur sa langue les substances chymiques qui flottaient dans l'atmosphère, au point qu'elle aurait su dire combien d'individus de chaque race vivaient dans tel ou tel édifice : elle percevait ces vibrations de l'air et du son avec la précision de qui dialogue dans une pièce bondée ou qui sent un train passer au-dessus de sa tête.

Lin avait essayé de décrire à Isaac sa représentation de la ville.

Je vois de façon aussi nette que toi. Plus, en fait. Pour toi c'est indifférencié. Dans un coin un taudis qui s'écroule, dans un autre un train luisant aux pistons flambant neufs, ailleurs une dame maquillée de façon tapageuse surmontée d'un aérostat archaïque et terne... Toi, tu reconstitues ces choses sous la forme d'une image unique. Quel chaos! Ça ne raconte rien, ça se contredit, ça change d'histoire. Alors que pour moi le moindre élément, qui diffère à chaque fois un peu de celui d'à côté, possède son intégrité propre, distincte du voisin, si bien que toute variation se trouve répertoriée, par incrémentations, rationnellement.

Isaac était demeuré fasciné pendant une semaine et demie. Fidèle à lui-même, il avait consigné des pages de notes, parcouru des ouvrages sur la vision insectoïde, soumis Lin à des expériences barbantes sur la perception du relief et des distances. Sans oublier la lecture, le sujet le plus impressionnant pour lui, qui savait que ce processus n'était pas naturel pour la Khépri, qu'elle se voyait forcée de se concentrer telle une semi-aveugle.

L'intérêt d'Isaac avait vite décliné. L'esprit humain était incapable de traiter ce que percevait Lin.

Tout autour d'elle, la faune d'Aspic emplissait les rues, occupée à grappiller de l'argent, voler, mendier, vendre ses produits ou bien passer en revue les tas d'immondices qui jalonnaient les rues. Des enfants trottinaient çà et là, porteurs de pièces de moteur bricolées qui composaient des formes obscures. Des messieurs et des dames se promenaient parfois, l'air désapprobateur, en route pour un ailleurs.

Les galoches de Lin s'étaient imprégnées des débris organiques de la rue, proies de choix pour les bestioles furtives qui épiaient depuis les égouts. Autour d'elle, les immeubles s'étaient faits imposants, dotés de faîtes plats reliés entre eux par des ponts suspendus en planches. Autant de trajets de fuite, de chemins de traverse: les artères des toitures de Nouvelle-Crobuzon.

Seuls quelques rares enfants conspuaient Lin. C'était un quartier habitué aux Xénians. Elle sentait sur sa langue la nature cosmopolite du voisinage, les sécrétions infimes d'un éventail de races dont elle n'identifiait qu'une partie. Il y avait le musc d'autres Khépri, l'odeur humide et froide des Vodyanoi, et même, issue d'on ne savait où, une délicieuse saveur de Cactacé.

Lin passa le coin de la route pavée qui menait à la Croix-de-Sobek. Les fiacres attendaient le long des grilles métalliques. Un éventail impressionnant. À deux ou quatre roues, tirés par des chevaux, des aptéryx railleurs, des artefacts à vapeur sifflant sur leurs patins chenillés… çà et là, par des Recréés, de pauvres misérables qui, hommes ou femmes, faisaient à la fois office de véhicule et de chauffeur.

Lin se planta devant cet alignement et agita la main. Par bonheur, à son signal, le premier chauffeur de la file fit avancer son oiseau d'allure féroce à grand renfort de *hue dia !*

— Où je vous mène ? (L'homme se pencha en avant pour lire les instructions qu'elle inscrivait soigneusement sur son carnet.) Ça roule, jeta-t-il avec un geste de la tête pour lui indiquer de monter.

Le fiacre était une voiture ouverte à deux places, qui permettait de distinguer la route. L'imposant oiseau dépourvu d'ailes dont les sautillements et les dandinements se transmettaient par l'intermédiaire des roues trottinait déjà vers le sud. Elle s'adossa à la banquette et relut les indications données au chauffeur.

Isaac n'aurait pas approuvé. Pas du tout.

Lin avait effectivement besoin de baies-couleurs, et se rendait bien en chercher à Bercaille. Cette partie de ce qu'elle avait raconté était vraie. Et l'un de ses amis, Blésivore Chapeautin, présentait réellement une exposition à La Criée.

Mais elle ne la verrait pas.

Elle s'était déjà entretenue avec Blaise, lui demandant de se porter garant de sa présence au cas où Isaac s'en enquerrait – elle ne voyait pas pourquoi il l'aurait fait, mais autant ne pas courir de risque. Blaise s'était déclaré ravi, rejetant ses cheveux blancs en arrière et se vouant à pleins poumons à la damnation éternelle s'il proférait un seul mot à ce sujet. Il croyait manifestement qu'elle trompait Isaac, et tenait pour un privilège d'être associé à cette nouvelle péripétie d'une vie sexuelle déjà ô combien scandaleuse.

Lin ne pourrait se rendre à l'exposition. Elle avait affaire ailleurs.

Le fiacre progressa en direction de la rivière. Elle bringuebala sur place comme la voiture atteignait une nouvelle zone pavée. Ils venaient de tourner dans la rue Shadrach. Le marché se trouvait à présent derrière eux : ils surplombaient l'endroit où se tarissait le flot de légumes, de coquillages et de fruits blets.

Enflant, grasse, au-dessus des maisons basses, se trouvait la tour de la milice de Muscide. Une grosse colonne épaisse, noire de crasse, menaçante – et courtaude, d'une certaine façon, malgré ses trente-cinq niveaux. De fines fenêtres évoquant des archères criblaient ses parois de leurs vitres sombres, mates, antireflets. La peau de béton marbrée de la tour s'écaillait. À cinq kilomètres au nord, Lin aperçut une construction plus haute encore : le centre répartiteur de la milice, la Tour Pointue, qui crevait la terre comme une épine de béton plantée dans le cœur de la ville.

Lin tordit le cou. Un dirigeable à demi gonflé sourdait de façon obscène en haut de la tour de Muscide. Il battait, pendait, enflait comme un poisson à l'agonie. Elle sentit bourdonner son moteur, bruit régulier qui traversa l'air comme le ballon se tendait avant de disparaître au milieu des nuages plombés.

Un autre petit bruit résonnait, un vrombissement qui détonnait avec le ronron de l'aérostat. Quelque part tout près, un étançon s'était mis à vibrer : un module de la milice filait à tombeau ouvert vers la tour.

Il se précipitait haut, très haut dans les airs, suspendu au câble aérien qui, engagé dans le sommet comme un fil à travers une aiguille colossale, s'étirait de chaque côté de la tour, disparaissant au nord et au sud. Le module s'arrêta brusquement, dans un claquement, contre les butoirs. Des silhouettes en émergèrent, mais le fiacre poursuivit son chemin sans laisser à Lin le temps de voir la suite.

Pour la deuxième fois de la journée, comme l'aptéryx courait en bondissant en direction de la Serre de Dermeau, Lin s'abandonna avec délices au goût xénian de la sève de Cactacé. Méprisés par leurs aînés et évincés de leur sanctuaire monastique dont les panneaux de verre aux motifs ouvragés, compliqués, surmontaient de leurs parois abruptes le cœur des quartiers est, de petits groupes de jeunes Cactus étaient adossés à de mauvaises affiches et des immeubles aux volets fermés. Ils jouaient avec leurs couteaux. Des entailles violentes crantaient leur épine dorsale, bizarres scarifications défigurant leur peau vert pomme.

Ils considérèrent le fiacre d'un œil dénué d'intérêt.

La rue Shadrach plongeait brusquement. La voiture-fiacre était perchée au faîte d'une éminence d'où les rues partaient en s'incurvant. Lin et son chauffeur distinguaient clairement à présent les pics gris, mouchetés de neige, des montagnes qui s'élevaient, splendides, à l'ouest de la ville.

Jusqu'à ce que la voiture parvienne à la rive de la Poix.

De faibles plaintes mêlées à des vrombissements industriels s'échappaient des fenêtres obscures encastrées dans les berges de brique de la rivière – et situées, pour certaines, sous la ligne de crue. Autant de prisons, de chambres de torture, d'ateliers, avec leurs hybrides bâtards : les usines de correction, où l'on recréait les condamnés. Des bateaux avançaient, cacochymes et crachotants, au fil des flots noirs.

Les flèches du pont du Nabab apparurent. Et au-delà, ses toits d'ardoise rentrés comme des épaules frileuses, ses murs délabrés près de s'écrouler, tenant par des étais et un mortier organiques aux remugles reconnaissables entre tous, s'étendait le désordre de Bercaille.

De l'autre côté de la rivière, dans la Vieille Ville, les rues se firent plus étroites, et plus sombres. L'aptéryx s'avançait d'un pas hésitant parmi les immeubles luisant du gel durci des cétoines maçonnes. Les Khépri grimpaient, sortant par les fenêtres et les portes des maisons remodelées. Elles étaient en majorité ici, c'était leur domaine. Les rues grouillaient de leurs corps de femme, leurs têtes d'insecte. Elles se regroupaient devant des porches caverneux, mangeant des fruits.

Le chauffeur lui-même sentait leur conversation sous sa langue : l'alacrité des communications chymiques flottait dans l'air.

Une chose organique se rompit et éclata sous les roues. *Un mâle, sans doute*, songea Lin avec un frisson, imaginant l'un des innombrables scarabées sans cervelle qui grouillaient dans tout Bercaille au sein des trous et des fissures. *Bon débarras.*

L'aptéryx rétif regimbait à l'idée de passer sous une arche de brique basse d'où pendaient des stalactites de mucus de cétoine. Lin tapota sur le dos du chauffeur comme il se débattait avec les rênes. Elle griffonna rapidement et tendit son bloc.

Oiseau pas très content. Attendez ici, je reviens dans cinq minutes.

L'homme acquiesça avec reconnaissance et tendit la main pour l'aider à descendre. Lin s'en alla, le laissant à sa bête de trait irritable. Elle tourna à un carrefour pour pénétrer sur la place centrale de Bercaille. Les pâles exsudations baveuses qui pendaient du haut des toits laissaient à découvert les panneaux indicateurs à chaque extrémité du square, mais le nom que ceux-ci proclamaient – Place Aldélion – n'était pas en usage parmi les habitants. Les quelques Humains et autres non-Khépri qui vivaient en ces lieux avaient recours eux aussi à l'appellation khépri, transposée du sifflement et de l'éructation chlorée de sa langue d'origine : la Place aux Statues.

Cette dernière était vaste et ouverte, encerclée d'immeubles rafistolés remontant à plusieurs siècles. Une architecture délabrée qui formait un contraste violent avec l'impressionnante masse grise de la énième tour de la milice s'élevant, menaçante, vers le nord. Les toits déclives plongeaient très bas, selon des angles vertigineux. Les fenêtres étaient sales et striées de formes obscures. Un faible bourdonnement thérapeutique émanait des cabinets des infirmières khépri. Une fumée douceâtre flottait au-dessus de la foule : des Khépri, pour l'essentiel, mais aussi par-ci, par-là d'autres races, qui examinaient les statues. Ces œuvres emplissaient les lieux : des silhouettes de cinq mètres de haut qui représentaient des animaux, des plantes, ainsi que des bêtes monstrueuses – pour certaines réelles –, composés dans une salive khépri aux couleurs vives.

Cela représentait des heures et des heures de labeur collectif. Des femmes khépri s'étaient tenues campées là dos à dos des jours entiers, à mâcher de la pâte et des baies-couleurs, à les métaboliser, ouvrant la glande située à l'arrière de leur tête scarabe pour expulser l'épaisse (et mal nommée) salive khépri qui, une fois produite, durcissait en une heure pour atteindre sa brillance lisse, fragile, nacrée.

Aux yeux de Lin, ces statues représentaient le dévouement, le communautarisme, et un imaginaire creux, limité, une grandiloquence faussement héroïque. C'était pour cette raison qu'elle vivait, mangeait et crachait ses œuvres seule.

Lin dépassa les boutiques de fruits et légumes, les enseignes rédigées à la main proclamant de leurs grandes capitales inégales les disponibilités en cétoines maçonnes, et les centres de troc artistique qui présentaient tout l'attirail nécessaire pour la crachartiste.

D'autres Khépri lui jetaient des regards. Sa jupe était longue et de couleur vive, comme le voulait la mode aux Champs-de-Salacus – celle des Humains, par opposition avec les pantalons bouffants traditionnels de ces habitantes du ghetto. Une véritable estampille. Lin n'appartenait pas à leur groupe. Avait quitté ses sœurs. Oublié nichée et lignée.

Et j'espère que ça se voit, songea Lin en faisant froufrouter sa longue jupe verte avec des airs de défi.

La propriétaire de la baverie la reconnut, et elles échangèrent un frottement d'antennes poli, pour la forme.

Lin leva la tête vers les étagères. L'intérieur de la boutique était couvert de mortier de cétoine, dont les replis ondulaient et arrondissaient les coins avec plus de soin encore que ce qu'exigeait la tradition. Des brûleurs à gaz éclairaient les produits salivaires perchés sur les étagères qui saillaient, pareilles à des os, du sédiment organique ; la fenêtre était artistiquement maculée du jus de plusieurs baies-couleur, empêchant le jour de pénétrer dans la pièce.

Lin parla, agitant et faisant cliqueter ses pattes céphaliques, sécrétant d'infimes nuées d'effluves. Elle communiquait son désir : des baies carmin, cyan, noires, opale, et pourpres. Elle y inclut une giclée laudative envers la haute qualité de l'achalandage.

Ayant pris ses articles, elle partit de ce pas. La religiosité communautariste ambiante lui donnait la nausée.

Le chauffeur de fiacre attendait, et elle sauta derrière

lui, indiquant le nord-est et lui enjoignant de les tirer de là.

Nichée Ailerouge, lignée Crânechat, songea-t-elle au passage. *Espèces de salopes moralisatrices, je n'ai rien oublié ! Ça n'a que communauté et grande nichée khépri à la bouche, alors que vos sœurs de Criqueval grattent la terre pour y trouver des patates. Vous ne possédez rien, entourées que vous êtes d'êtres qui vous traitent de punaises, qui vous achètent votre art pour trois shekels et vous vendent de la nourriture au poids de l'or. Mais comme certaines en ont encore moins que vous, vous vous proclamez gardiennes des us et coutumes khépri. Ne comptez plus sur moi. Je m'habille comme j'en ai envie. Mon art m'appartient.*

Quand le mortier de cétoine eut disparu des rues alentour et quand les seules Khépri dans la foule furent, comme elle, des réprouvées, elle respira mieux.

Elle fit passer le fiacre sous les arches de brique de la gare du Crache-Bazar, au moment même où un train rugissait au-dessus tel un gros enfant à vapeur irascible. Il était en partance pour le cœur de la Vieille Ville. Par superstition, Lin dirigea le fiacre vers le Pont de la Strige. Ce n'était pas le passage le plus proche pour franchir la Chancre, la jumelle de la Poix ; mais le pont le plus proche traversait le Marais-aux-Blaireaux, morceau triangulaire de la Vieille Ville coincé entre le confluent des deux rivières, où elles devenaient le fleuve Bitume, et où Isaac, à l'instar de nombre de ses confrères, avait son laboratoire.

Il n'y avait aucun risque qu'il la voie, dans ce dédale d'expérimentations hasardeuses où la nature des recherches entachait de doute jusqu'à l'architecture. Mais pour s'épargner d'avoir à y songer ne serait-ce qu'un instant, elle envoya le fiacre vers la gare de Vertige, à partir de laquelle la ligne Dextre s'étirait vers l'est sur des rails surélevés, qui grimpaient de plus en plus haut au-dessus de la ville au fur et à mesure qu'on s'écartait du centre.

Suivez les trains! écrivit-elle, et le chauffeur s'exécuta, leur faisant parcourir les larges artères de Vertige ouest, passer l'antique et imposant Pont de la Strige, sur la Chancre – la rivière plus propre, plus fraîche, descendue des Pics du Bezhek. Lin l'arrêta et régla l'homme, ajoutant un pourboire généreux: elle tenait à parcourir à pied le dernier kilomètre pour éviter qu'on ne remonte sa trace.

Elle se dépêcha pour arriver à l'heure à son rendez-vous dans l'ombre des Côtes, les griffes d'Osseville, dans le quartier aux voleurs. Derrière elle, l'espace d'un instant, le ciel s'emplit de toutes parts: un aérostat qui vrombissait au loin; des poussières erratiques décrivant des embardées tout autour, formes ailées qui jouaient dans ce sillage comme des dauphins autour d'une baleine; et, devant Lin, un deuxième train, qui se dirigeait vers la ville, celui-là, vers le centre de Nouvelle-Crobuzon, cet enchevêtrement de tissu urbain dont se figeaient les fibres, où les câbles aériens de la milice irradiaient de la Tour Pointue à la façon d'un filet, où les trois grandes lignes ferroviaires de la cité se rejoignaient, convergeant sur la grande forteresse bigarrée de brique sombre, de béton, de bois, d'acier, de pierre, sur cet édifice énorme qui bâillait au cœur populaire de la ville: la gare de Perdido.

3

En face d'Isaac, dans le train, étaient assis une petite fille et son père, un type miteux en chapeau melon et veste de chiffonnier. Isaac adressait des grimaces de monstre à la gamine à chaque fois qu'elle croisait son regard.

Son père lui parlait à voix basse, la distrayant par des tours de prestidigitation. Il lui donna une pierre à tenir, cracha brusquement dessus : elle prit l'apparence d'une grenouille. La fillette mugit de plaisir devant le batracien luisant et leva un regard timide vers Isaac. Celui-ci ouvrit grands les yeux et la bouche tout en quittant son siège, mimant l'étonnement. Lorsqu'il ouvrit la portière du train pour descendre en gare de Matois, la fillette le regardait toujours. Il posa le pied sur le quai pour se frayer un chemin jusqu'à la rue, esquivant la circulation et prenant vers le Marais-aux-Blaireaux.

Les rues étroites et tortueuses du quartier scientifique, la partie la plus ancienne de la Vieille Ville, ne comptaient que peu de fiacres et peu d'animaux. Il y avait en revanche des piétons de toutes races, ainsi que des boulangeries, des blanchisseries et autres palais des corporations : tous les divers services nécessaires à la collectivité. Des tavernes, des boutiques, et même une tour de la milice : petite, courtaude, à la pointe du Marais, là où convergeaient la Chancre et la Poix. Les affiches placardées sur les murs croulants vantaient les mêmes boîtes de nuit, avertissaient de la même fin prochaine, exigeaient l'allégeance aux mêmes partis politiques que partout ailleurs dans la ville. Pourtant, malgré cette normalité apparente, une tension habitait les lieux, une impatience pesante.

Les blaireaux – animaux de compagnie par tradition, censément immunisés contre les harmonies les plus dangereuses des sciences occultes – filaient en tous sens, serrant des listes entre leurs dents ; leurs corps oblongs disparaissaient par les trappes spécialement aménagées dans les portes de magasins. Au-dessus des vitrines épaisses, des greniers : les vieux entrepôts des quais, reconvertis. Des caves oubliées étaient tapies sous des temples dédiés à des déités mineures. Dans lesquelles, à l'instar des autres failles de l'architecture, les résidents du Marais accomplissaient leur tâche : physiciens ; chiméristes ; bio-philosophes et tératologistes ; chymistes ; nécrochymistes ; mathématiciens ; chtoniciens, métallurgistes et chamanes vodyanoi ; ainsi que ceux, comme Isaac, dont les recherches ne se laissaient pas aisément cloîtrer dans les innombrables catégories théoriques.

Des vapeurs étranges flottaient au-dessus des toits. Les deux rivières convergentes couraient à une allure de limace ; leurs eaux bouillonnaient çà et là : le courant, touillant des ingrédients indéfinis, produisait des composés puissants. Les eaux usées des expériences ratées, des usines, des laboratoires et autres antres d'alchymistes se mêlaient au petit bonheur en des élixirs hybrides. Dans le Marais, l'eau présentait des qualités imprévisibles. On rapportait que de jeunes poulbots, fouillant le bourbier du lit pour y récupérer de la ferraille, avaient mis le pied sur quelque coin maculé de boue pour soudain parler des langues mortes depuis des lustres, trouver des sauterelles dans leurs cheveux, ou virer à la transparence, puis disparaître.

Isaac tourna au coin d'un bras calme du quai, atteignant les pavés décrépis et les algues tenaces de la Promenade de Sienne. De l'autre côté de la Chancre, recourbées dans les airs sur plus de cent mètres, les Côtes saillaient au-dessus des toits d'Osseville, semblables à une grappe d'immenses défenses. La rivière accélérait quelque peu en direction du sud. À un kilomètre de là, on distinguait l'Île d'Horrore, crevant le flot où celui-ci partait à la rencontre de la Poix avant de s'incurver, majestueux, vers l'est. Les pierres et les tours anciennes du Parlement s'élevaient, immenses, aux extrémités pile de l'île : aucune déclivité, aucune mauvaise herbe ne précédait les couches brutes d'obsidienne. Elles jaillissaient de l'eau comme une fontaine figée.

Les nuages étaient en train de se dissiper, laissant derrière eux un ciel lavé. Isaac distinguait le toit rouge de son atelier qui surplombait les maisons environnantes ; et juste devant lui, l'avant-cour étouffée par les herbes du bistrot du coin, l'Enfant à l'agonie. Les antiques tables de la cour extérieure se teintaient de mousse. Personne ne s'y était jamais attablé, de mémoire d'Isaac.

Il entra. À mi-chemin des épais carreaux souillés, la lumière semblait baisser les bras, laissant l'intérieur dans l'ombre. Les murs ne présentaient aucun ornement, la crasse exceptée. Le bar n'abritait que des buveurs parmi les plus assidus, silhouettes dévastées recroquevillées sur des bouteilles. Plusieurs drogués, plusieurs Recréés. Certains étaient les deux à la fois. L'Enfant à l'agonie ne refusait personne. Autour d'une table s'étalait un groupe de jeunes gens émaciés, chargés à la shazbah, à la colombine ou au véri-thé, aux membres tressautant tous sur le même rythme. Une femme tenait son verre dans une serre de métal qui crachait de la vapeur et perdait de l'huile sur le plancher. Un homme, dans un coin, lapait tranquillement son bol de bière en léchant le museau de renard qu'on lui avait greffé sur le visage.

Isaac salua sans mot dire le vieil homme planté près de la porte : Joshua, qui avait écopé d'une Recréation minime, et fort cruelle. Cambrioleur raté, il avait refusé de témoigner contre sa bande, et le Magistrat avait ordonné que son silence devienne éternel. On lui avait supprimé la bouche, la scellant d'une bande de chair lisse. Plutôt que de s'alimenter à coups de tubes de soupe enfoncés dans le nez, Joshua s'était tranché un nouvel orifice ; mais il avait tremblé sous l'effet de la douleur et le résultat était une chose inégale, charcutée, d'aspect non fini, une plaie flasque.

Joshua fit un signe de tête à Isaac et, s'aidant de ses doigts, referma avec précaution cet orifice autour d'une paille pour sucer avidement son cidre.

Isaac se dirigea vers le fond de la salle. Le bar situé dans un coin était très bas, à moins d'un mètre du sol. Derrière, dans une auge d'eau sale, se vautrait Silchristchek le tenancier.

Son corps semblait dénué d'ossature et bringuebalait comme une bourse enflée. Sil vivait, travaillait et dormait dans sa baignoire, se halant d'un bout à l'autre au moyen de ses énormes mains palmées et de ses jambes de grenouille. Il était vieux, gras et acariâtre, même pour un Vodyanoi. C'était un tas de sang doté de membres, sans tête détachée du tout ; sa grosse figure grincheuse émergeait de sa graisse côté face.

Deux fois par mois, il écopait l'eau autour de lui et se faisait arroser à coups de seaux par ses habitués en émettant force pets et soupirs d'aise. Les Vodyanoi pouvaient passer au moins une journée au sec sans en pâtir, mais Sil ne prenait pas cette peine. Revêche, il exsudait l'indolence, et choisissait de le faire dans son eau crasseuse. Isaac ne pouvait s'empêcher de penser que le numéro d'agressivité que leur jouait Sil était destiné à se diminuer aux yeux des autres. Il semblait se délecter à l'idée de décrocher la palme en matière d'abjection.

Les premiers jours, Isaac avait bu ses coups sur place pour le pur plaisir juvénile d'explorer les tréfonds du sordide. Aujourd'hui adulte, il fréquentait pour le plaisir des antres plus salubres, ne revenant au bouge de Sil que parce que ça se trouvait près de son travail – et de plus en plus souvent, chose inattendue, à des fins de recherche. Sil s'était mis à lui fournir les sujets d'expérience dont il avait besoin.

Une eau puante, couleur d'urine, gicla par-dessus les rebords du bassin tandis que Sil progressait en tressautant vers Isaac.

— Tu prends quoi, Zaac ? aboya-t-il.

— Une Roi de Pique.

Isaac fit rouler un double dans la main de Sil. Ce dernier descendit une bouteille de l'une des étagères situées derrière lui. Isaac prit une gorgée de la bière bon marché et se laissa glisser sur un tabouret, grimaçant lorsque son fessier atterrit dans un liquide douteux.

Sil se rassit dans son bain. Sans un regard pour Isaac, il entama un discours monosyllabique, imbécile, sur la météo et la bière. Par pure routine. Isaac en dit juste assez pour éviter que la conversation ne tarisse.

Sur le comptoir reposaient plusieurs formes grossières, sculptées dans une eau que le vieux bois était en train de boire sous ses yeux. Deux d'entre elles, perdant leur intégrité, étaient déjà en cours de dissolution. Elles se changeaient en flaques. Sil cueillit paresseusement une nouvelle poignée d'eau dans son bassin pour la modeler. Le liquide répondit comme de l'argile, conservant la forme que le Vodyanoi lui avait donnée. Des débris de crasse et de déteinte s'y balançaient. Sil pinça le visage de la silhouette ainsi formée, lui fabriquant un nez, puis compressa les jambes, qui prirent la taille d'une petite saucisse. Il percha le petit homuncule devant Isaac.

— C'est ça que tu cherchais ? demanda-t-il.

Isaac avala le restant de sa bière.

— Salut, Sil. Merci pour le dérangement.

Il souffla sur la petite forme avec moult précautions pour la faire tomber en arrière dans ses mains rassemblées en coupe. Quelques gouttes en jaillirent, mais la tension de surface tenait bon, manifestement. Sil observa Isaac d'un regard cynique tandis que celui-ci se précipitait afin de tirer la figurine de là et l'amener à son laboratoire.

Au-dehors, un vent léger s'était remis à souffler. Protégeant son butin, Isaac remonta d'un pas vif la petite ruelle qui reliait l'Enfant à l'Agonie au Passage du Pagayeur et à son atelier-logis. Poussant des fesses les portes vertes, il entra à reculons dans le bâtiment. Des années plus tôt, le laboratoire avait été une usine doublée d'un entrepôt, et l'immensité poussiéreuse de son rez-de-chaussée noyait les petites paillasses, cornues et tableaux noirs qui étaient perchés dans les coins.

Des deux extrémités du rez-de-chaussée émanèrent des *salut!* retentissants : David Mentonsaille et Lublamai Pèrevire – deux scientifiques non conformistes, comme Isaac, avec lesquels celui-ci partageait le loyer et l'espace. David et Lublamai utilisaient le rez-de-chaussée, séparés par dix mètres de lames de parquet inoccupées ; ils occupaient chacun un coin avec leurs instruments. Une pompe à eau recyclée jaillissait du sol à mi-chemin entre leurs paillasses. Leur artefact commun était occupé à rouler sur le sol, balayant à grand bruit, et sans efficacité aucune. *Ils gardent ce truc inutile par pur sentimentalisme,* songea Isaac.

Son atelier, sa cuisine et son lit se trouvaient sur l'énorme passerelle qui saillait à mi-hauteur des murs de l'ancienne usine. Elle mesurait dans les cinq mètres de large et faisait la longueur du bâtiment, avec sa rambarde en bois branlant qui tenait encore par miracle depuis le jour où Lublamai l'avait clouée au marteau.

La porte claqua bruyamment derrière Isaac, envoyant

trembler le long miroir suspendu à côté de l'entrée. *Je n'arrive pas à croire que cette glace ne casse pas,* se dit Isaac. *Il faut la bouger de là.* Comme à chaque fois, cette idée le quitta aussi vite qu'elle était venue.

Alors qu'il gravissait les marches trois par trois, David vit ses mains en coupe et rigola.

— Encore les fines œuvres de Silchristchek, Isaac ? hurla-t-il.

Isaac lui rendit son sourire.

— Qu'on ne dise jamais que je n'ai pas droit au meilleur !

Isaac, qui avait déniché l'entrepôt maintes années auparavant, avait choisi le premier son espace de travail, chose qui crevait les yeux. Son lit, sa cuisinière et son pot de chambre se trouvaient dans un coin de sa plate-forme surélevée, avec à l'autre bout, du même côté, les protubérances massives de son laboratoire. Des récipients en verre et en argile pleins d'étranges mixtures et de produits chymiques dangereux jonchaient les étagères. Les murs étaient parsemés d'héliotypes le représentant dans diverses postures en compagnie de ses amis, en tel et tel lieu de la ville ainsi qu'au Bois de Rude. L'arrière de l'entrepôt donnait sur la Promenade de Sienne ; les fenêtres d'Isaac surplombaient la Chancre et la berge d'Osseville, fournissant un panorama splendide sur les Côtes et la ligne d'Arbrecosse.

Il longea en courant ses immenses fenêtres en ogive pour rejoindre une machine ésotérique toute de bronze poli. C'était un enchevêtrement de tuyaux et de lentilles, avec des cadrans et des jauges fichés à la diable partout où c'était possible. Un tampon indiquait ostensiblement sur chaque composant :

PROPRIÉTÉ DU DÉPARTEMENT DE PHYSIQUE DE NC. NE PAS DÉPLACER.

Après vérification, Isaac constata, soulagé, que la petite chaudière à vapeur nichée au cœur de la machine ne s'était pas éteinte. Il y enfourna une poignée de charbon et referma le foyer, mettant la gâche. Ayant déposé la petite statue de Sil sur une paillasse d'observation sous une cloche de verre, il actionna plusieurs soufflets situés juste en dessous de cette dernière, pour siphonner l'air et le remplacer par un gaz issu d'un mince tuyau en cuir.

Il se détendit. L'intégrité de la pièce d'eau vodyanoi serait assurée un peu plus longtemps, désormais. Lorsqu'on ne les touchait pas, de telles œuvres pouvaient tenir jusqu'à une heure hors des mains de leur créateur, avant de s'effondrer peu à peu et de revenir à leur forme initiale. Pour peu qu'on les ait effleurées, elles se dissolvaient beaucoup plus vite – un peu moins dans un gaz noble. Il lui restait environ deux heures pour procéder à l'examen de celle qui l'occupait.

Isaac s'était pris d'intérêt pour l'aquart vodyanoi par hasard, à la suite de ses recherches sur la Théorie du Champ Unifié. Il s'était demandé si la capacité à modeler l'eau dont faisaient preuve ces êtres aquatiques n'était pas en rapport avec la force de cohésion qu'il recherchait – celle-là même qui, en certaines circonstances, solidifiait la matière, et la dispersait violemment dans d'autres. Il suivait en cela un schéma courant dans son mode de travail : tel chemin de traverse prenait sa dynamique propre, pour devenir une obsession profonde, sans doute vouée à une mort prochaine.

Isaac inclina des tubes à lentilles, les positionnant, et alluma un brûleur pour éclairer l'œuvre. L'ignorance autour de tout ce qui touchait à l'aquart ne laissait pas de l'irriter. De quoi lui rappeler, là encore, à quel point la science traditionnelle n'était que sornettes : ses soi-disant « analyses » se résumaient à des descriptions – souvent bancales – dissimulées derrière un charabia sans queue ni tête. Un de ses exemples favoris dans le genre provenait de l'*Hydrophysiconometricia* de Benchamburg, un manuel hautement respecté dont la lecture lui avait arraché un mugissement de rire ; il avait recopié le passage avec soin et l'avait épinglé contre son mur.

Les Vodyanoi, au moyen de ce que l'on appelle leur aquart, *sont capables de manipuler la plasticité et de maintenir la tension de surface de l'eau au point qu'une quantité donnée conservera un court moment la forme qu'a voulu lui attribuer celui qui la façonne. Ceci est obtenu par l'application d'un champ d'énergie hydrocohésif aquamorphique d'extension diachronique minime.*

En d'autres termes, Benchamburg n'était pas plus avancé qu'Isaac, que le poulbot de base ou même que ce bon vieux Silchristchek : il n'avait pas la moindre idée de la façon dont les Vodyanoi s'y prenaient pour modeler l'eau.

Isaac actionna une succession de manettes, permutant un assortiment de filtres en verre afin de projeter diverses lumières à travers la statuette, dont les bords commençaient déjà à s'affaisser sous ses yeux. En regardant à travers son oculaire à fort facteur de grossissement, il distingua de minuscules animalcules gigotant comme si de rien n'était : à l'intérieur, la structure de l'eau ne se modifiait en rien ; le liquide voulait simplement occuper un espace différent qu'à l'ordinaire.

Isaac le recueillit comme il s'écoulait à travers une fissure de la paillasse. Il l'examinerait par la suite, même s'il savait, grâce à ses expériences passées, ne rien devoir y trouver d'un quelconque intérêt.

Il griffonna des notes sur un bloc à côté de lui. Tandis que passaient les minutes, il fit subir diverses expériences à son sujet, le perçant à l'aide d'une seringue pour aspirer une partie de sa substance, y insufflant d'infimes bulles d'air qui s'élevèrent pour éclater en son extrémité supérieure, le prenant en hélio sous divers angles. Au bout du compte, il le porta à ébullition et le laissa se dissiper sous forme de vapeur.

À un moment donné, Sincérité, la femelle blaireau de David, grimpa tranquillement l'escalier pour venir renifler ses doigts pendants. Il la caressa d'une main absente ; quand elle lui lécha la main, il cria à David qu'elle avait faim. Il s'étonna du silence qui accueillit ces paroles. David et Lublamai étaient partis, pour un déjeuner tardif, sans doute ; plusieurs heures s'étaient écoulées depuis son arrivée.

Isaac s'étira et s'approcha à pas traînants de son garde-manger, lançant à la blaireaute un tortillon de viande séchée qu'elle entreprit de mâcher avec délectation. Isaac reprenait conscience du monde extérieur ; le bruit des bateaux lui parvenait à travers les murs derrière lui.

En bas, la porte s'ouvrit soudain et se referma.

Il trottina jusqu'en haut des marches, s'attendant à voir revenir ses collègues et amis.

Il découvrit un étranger campé au centre du vaste espace vide. Les courants de l'air s'ajustaient à sa présence, le passant en revue tels des tentacules, envoyant des tourbillons de poussière tournoyer autour de lui. Les taches de lumière qui filtraient par les fenêtres ouvertes et les briques cassées jonchaient le plancher, mais aucune ne l'atteignait directement. La passerelle en bois craqua sous la très légère oscillation dont fut pris Isaac. La silhouette en dessous rejeta brusquement la tête en arrière, les mains serrées sur la poitrine, pour se débarrasser de sa capuche ; elle le dévisagea sans bouger d'un pouce.

Isaac, surpris, contempla ce spectacle.

C'était un Garuda.

Il faillit dévaler l'escalier cul par-dessus tête tant sa main tremblait sur la rambarde, tant il répugnait à détacher les yeux du visiteur inouï qui l'attendait. Il parvint au rez-de-chaussée.

Le Garuda le toisait. La fascination d'Isaac eut raison de son sens des convenances, et il rendit franchement son regard à l'être imposant.

Celui-ci dépassait le mètre quatre-vingts ; ses pieds aux serres implacables pointaient sous une cape sale. Cette toile effilochée flottait quasiment jusqu'à terre, enveloppant de façon floue le moindre centimètre de chair, masquant la morphologie et la musculature de son propriétaire – tout sauf la tête. Et cette tête d'oiseau imposante, impénétrable, considérait Isaac avec ce qui ressemblait fort à de la majesté. Son bec à la courbure abrupte se situait quelque part entre celui de la crécerelle et du hibou. Les plumes soyeuses passaient en un doux dégradé de l'ocre au marron foncé, puis au brun pommelé. Les yeux noirs encaissés, dont l'iris n'était qu'une fine marbrure aux confins de l'obscur, étaient rivés dans les siens – des yeux plantés dans des orbites qui marquaient ce visage aviaire d'un air de mépris permanent, d'un sillon hautain.

Et, surplombant, menaçantes, la tête du Garuda, couvertes par la toile de sac rêche que celui-ci serrait autour de sa personne, jaillissaient les formes reconnaissables entre toutes de ses énormes ailes repliées : des promontoires de cuir, de peau, d'os, qui dépassaient de ses épaules sur près d'un mètre pour s'incurver élégamment l'un vers l'autre. Isaac n'avait jamais vu un Garuda déployer ses ailes de près, mais il avait lu des descriptions du nuage de poussière qu'elles pouvaient soulever et des vastes ombres qui recouvraient la proie qu'elles surplombaient.

Que fabriques-tu ici, si loin de chez toi ? se demanda-t-il. *Allons, regarde-toi : tu viens du désert ! Tu as dû parcourir un tas de kilomètres depuis le Cymek. Crachedieu, quelle chose étonnante, et quelle idiotie ! Qu'est-ce que tu fiches ici ?*

Lorsqu'il se racla la gorge pour parler, son respect et sa crainte de l'imposant prédateur lui firent presque baisser la tête.

— Oui ? C'est pour quoi ?

4

Lin était en retard, à sa grande horreur.

Et, pour arranger les choses, elle n'était pas une aficionada d'Osseville. L'architecture hybride de ce quartier excentré la troublait : le syncrétisme d'industrialisme et de cette ostentation tapageuse dont font preuve les nouveaux nantis voisinait avec le béton écaillé des docks oubliés et les peaux tendues des tentes du bidonville. Dans cette zone basse, plate, émaillée de halliers et de friches urbaines où fleurs sauvages et herbes folles à grosse tige s'insinuaient parmi des plaines de béton et de goudron, les formes les plus diverses s'enchaînaient dans un hasard apparent.

On lui avait donné un nom de rue mais, autour d'elle, les panneaux dégringolés de leurs perchoirs pendaient pour désigner des directions impossibles ; noircis par la rouille, ils se contredisaient. Elle se concentra pour les lire, préférant finalement consulter sa carte griffonnée.

Les Côtes lui fourniraient un point d'orientation. Elle leva la tête et les découvrit au-dessus d'elle, immensité plantée dans le ciel. On ne distinguait que l'un des flancs de la cage courbe, blanchie et boursouflée, suspendue comme une vague d'os prête à s'écraser sur les immeubles de l'est. Lin prit dans cette direction.

Les rues se déployèrent autour d'elle et elle se retrouva devant un énième terrain semble-t-il à l'abandon, mais largement plus vaste que les autres. Il n'avait pas l'air d'un square, plutôt d'une trouée massive tranchant net dans la ville. Les immeubles qui le ceignaient ne montraient pas leur devant mais leur dos et leurs flancs, à croire qu'on leur avait promis des voisins aux façades élégantes qui n'étaient jamais venus. Dans cette brousse, les rues d'Osseville faufilaient nerveusement leurs lisières de brique dont l'exploration tournait vite court.

L'herbe sale était parsemée çà et là d'éventaires de fortune : des tables pliantes posées au hasard, couvertes de gâteaux bon marché, de vieux héliotypes ou autres fonds de grenier. Des jongleurs des rues jetaient leurs ustensiles alentour en des démonstrations dénuées de talent. Il y avait là quelques clients dénués d'enthousiasme, ainsi que des gens de toutes races occupés à lire, manger, gratter la terre sèche, ou à contempler les ossements au-dessus d'eux, assis sur des rochers épars.

Au bord de ce terrain dénudé s'élevaient les Côtes.

Ces tessons de Léviathan d'un ivoire jaunissant, plus épais que les plus vieux arbres, s'élançaient en gerbe, s'écartant ensuite pour filer en une courbe ascendante qui atteignait son apogée à trente mètres du sol ; une fois au-dessus des toits du voisinage, ils se repliaient de façon brutale, en faisceau rapproché. Ils reprenaient alors leur ascension jusqu'à pratiquement se toucher en leur pointe : de vastes doigts crochus, un piège à hommes en ivoire grand comme un dieu.

On avait projeté de remplir cette esplanade, de construire des bureaux et des habitations au sein de l'antique cage thoracique, mais cela n'avait pas abouti.

Les outils utilisés sur le site disparaissaient et cassaient aisément. Le ciment refusait de prendre. Quelque menace confuse, dans le squelette à demi exhumé, empêchait tout dérangement permanent sur le site funéraire.

À quinze mètres au-dessous des pieds de Lin, des archéologues avaient découvert des vertèbres grosses comme des maisons : une épine dorsale que l'on avait tranquillement ré-enfouie à l'issue d'un accident qui avait fait déborder la coupe. Aucun membre, ni hanche, ni crâne gargantuesque n'avait été mis au jour. Personne n'aurait su dire quelle espèce d'animal était tombée là pour y mourir des millénaires plus tôt. Les vendeurs de gravures malpropres qui tenaient commerce aux Côtes s'étaient spécialisés dans diverses représentations hautes en couleur de *Gigantes Crobuzon* : quadrupède ou bipède, humanoïde ; pourvu de dents, de défenses, d'ailes ; batailleur ou pornographique.

Le plan de Lin la mena à une venelle anonyme située sur le côté droit des Côtes. Elle prit en direction d'une rue calme dans laquelle elle trouva les logements peints en noir qu'elle avait eu pour ordre de chercher : une série de maisons attenantes ténébreuses, désertées, présentant toutes des entrées de brique murées, des fenêtres scellées et couvertes de goudron.

Il n'y avait aucun passant dans cette rue, aucun fiacre, pas de circulation. Lin se sentit très seule.

Au-dessus de l'unique porte restante de cette enfilade, un plateau de jeu stylisé était dessiné à la craie, un carré divisé en neuf autres plus petits. Il ne présentait cependant ni croix ni ronds. Ni aucune autre marque.

Lin erra aux alentours ; elle tritura son chemisier et sa jupe. Exaspérée par sa propre attitude, elle finit par s'avancer jusqu'à la porte et par frapper un coup bref.

Comme si je n'étais pas assez en retard comme ça, songea-t-elle. *Autant ne pas ajouter à son énervement.*

Elle entendit bouger des leviers et des gonds quelque part au-dessus d'elle et détecta une infime lueur reflétée au-dessus de sa tête : un système de lentilles et de miroirs se mettait en branle pour permettre à ceux du dedans d'estimer si ceux du dehors étaient dignes d'attention.

La porte s'ouvrit.

Devant Lin se tenait une immense Recréée. Son faciès lugubre et harmonieux, hâlé, était intact, tout comme ses longs cheveux tressés, mais c'était une tête qui surmontait une ossature de fonte et d'étain de deux mètres de haut. Elle reposait sur un tripode de métal roide et télescopique. Son corps avait été modifié pour accomplir des tâches pénibles, pistons et poulies lui conférant une force semble-t-il inébranlable. Son bras droit était tendu en direction de la tête de Lin, et le creux de sa main en bronze dardait vers elle un harpon menaçant.

Lin recula, abasourdie, saisie de terreur.

Une grosse voix résonna derrière la femme aux traits tristes.

— Madame Lin ? L'artiste ? Vous êtes en retard. M. Madras vous attend. Suivez-moi, je vous prie.

La Recréée recula, pivotant sur sa longue jambe centrale tout en basculant les autres en arrière, faisant de la place à Lin pour qu'elle passe. Le harpon ne bougea pas d'un millimètre.

Jusqu'où iras-tu ? songea intérieurement Lin avant de pénétrer dans les ténèbres.

À l'autre extrémité d'un couloir noir du sol au plafond se trouvait un homme cactacé. Le goût de sa sève flottait dans l'air, mais très faiblement. Les membres épais et massifs, il mesurait plus de deux mètres. En haut d'une silhouette constellée de nodules durs et bourgeonnants, sa tête brisait la courbe de ses épaules comme un à-pic. Sa peau verte était un monceau de cicatrices, de piquants longs comme le doigt et de minuscules fleurs rouge printemps.

De ses doigts noueux, il lui fit signe d'approcher.

— M. Madras peut se permettre d'attendre, dit-il en se retournant pour grimper l'escalier, mais la patience n'a jamais été son fort, à ma connaissance.

Il lui jeta un regard insolent par-dessus son épaule et haussa un sourcil plein de sous-entendus.

Va te faire voir, larbin, songea-t-elle impatiemment. *Mène-moi auprès de ton chef.*

Il monta dans un martèlement, sur des pieds épais comme de petits troncs.

Dans le dos de Lin éclatèrent des jets de vapeur pétaradants : la Recréée s'engageait dans l'escalier. Lin suivit le Cactus à travers un tunnel tortueux, un couloir aveugle.

C'est immense, ici, se dit-elle comme ils progressaient et progressaient encore. Elle prit conscience qu'il devait s'agir de tout le pâté de maisons : on avait abattu et reconstruit les murs mitoyens ; le tout, adapté, rénové, formait un vaste espace labyrinthique. Ils longèrent des portes d'où émergea soudain un son énervant, évoquant une angoisse étouffée de machines. Les antennes de Lin se hérissèrent. Alors qu'ils laissaient ce bruit derrière eux, une salve de chocs sourds se fit entendre, comme une volée de carreaux d'arbalète tirée dans du bois tendre.

Par la Méchante Man, bougonna intérieurement Lin. *Bon sang, Gazid, dans quel guêpier t'ai-je laissé me fourrer ?*

C'était Lucky Gazid, l'impresario raté, qui avait lancé le processus menant Lin en ce lieu terrifiant.

Il avait pris une série d'héliotypes de sa dernière fournée d'œuvres, les avait colportés à travers la ville. Rien que de très ordinaire là-dedans, puisqu'il s'efforçait de se bâtir une réputation parmi les artistes et les mécènes de Nouvelle-Crobuzon. Gazid était une silhouette pathétique qui passait son temps à rappeler à qui voulait bien l'écouter l'unique exposition réussie qu'il avait organisée, treize ans auparavant, pour une modeleuse d'éther décédée depuis. Lin, comme la plupart de ses amis, n'avait pour lui que pitié et mépris. Toutes ses connaissances le laissaient prendre des héliotypes en lui glissant quelques shekels ou un noble au passage – « une avance sur tes honoraires d'agent ». Après quoi Gazid disparaissait invariablement plusieurs semaines, pour réapparaître les chaussures ensanglantées et le pantalon couvert de vomissures, carburant à quelque nouvelle drogue, et le processus recommençait.

Mais pas cette fois.

Gazid lui avait trouvé un acheteur.

Lorsqu'il s'était glissé à son côté au Coq, elle avait protesté. Ce n'était pas son tour, avait-elle griffonné sur son bloc : elle lui avait « avancé » une guinée entière pas plus tard que la semaine dernière ; mais Gazid l'avait interrompue, insistant pour qu'elle se retire de la table avec lui. Et sous les rires et les encouragements des amis de Lin, l'élite artistique des Champs-de-Salacus, Gazid lui avait tendu une carte blanche rigide embossée de simples armoiries. Un damier de trois cases sur trois. Sur lequel était imprimé un petit mot :

Chère madame Lin, disait le message. *Mon employeur s'est révélé fort impressionné par les clichés montrés par votre agent. Il se demande si vous seriez intéressée par une rencontre en vue de discuter d'une commande éventuelle. Dans l'attente de votre réponse*... La signature était illisible.

Gazid était une épave accro à tout ce qui se faisait ou presque, qui ne pouvait s'empêcher d'avoir recours à tous les expédients pour se procurer sa drogue ; mais Lin ne voyait pas en quoi cette histoire risquait d'être une arnaque. À moins qu'un rupin de Nouvelle-Crobuzon ne soit effectivement disposé à la payer pour son travail – et donc à la rémunérer *via* une commission –, l'impresario n'avait rien à gagner à mentir.

Elle l'avait traîné hors du bar, générant sifflets, hourras et consternation, et avait exigé de savoir ce qui se tramait. Gazid s'était d'abord montré circonspect, et avait semblé se creuser les méninges pour y trouver matière à mentir. Il avait réalisé très vite qu'il fallait lui dire la vérité.

— Il y a un type à qui il m'arrive d'acheter des trucs..., avait-il entamé, fuyant. Enfin bref, j'avais les hélios de tes statues étalés partout, et il a adoré. Il voulait en emmener quelques-uns, et... euh... j'ai dit oui. Ensuite, quelque temps après, il m'a dit les avoir montrés au type qui lui fournit ce truc qu'il m'arrive d'acheter, et ça a plu à cet autre type, qui les a emmenés, et qui les a montrés à son patron à lui, après quoi c'est remonté jusqu'au... au chef, on va dire, qui est un gros ponte côté art – il a acheté des trucs à Alexandrine l'an dernier –, et le chef a aimé, et il veut que tu lui fasses une pièce.

Lin avait traduit ses propos évasifs.

Le patron de ton dealer veut que je travaille pour lui ??? avait-elle rédigé.

— Oh merde, Lin, ce n'est pas ça... Enfin, si, mais... (Gazid s'était tu.) Bon, si, termina-t-il sans conviction. (Nouveau silence.) Sauf que... qu'il veut te rencontrer. Si ça t'intéresse, il tient à te voir en chair et en os.

Elle avait soupesé le pour et le contre.

La perspective était sans conteste séduisante. À en juger par sa carte, il ne s'agissait pas d'un petit malfrat : l'homme était un gros bonnet. Lin n'était pas stupide. Elle savait que ce serait dangereux. L'excitation l'avait gagnée, à son corps défendant. Un client dans le milieu. Ce serait un tel événement dans son parcours artistique. Elle pourrait glisser des sous-entendus à ce sujet. Elle était assez intelligente pour se rendre compte que cette excitation était puérile, mais pas assez mature pour y accorder de l'importance.

Or, alors qu'elle décidait que ça n'en avait aucune, Gazid avait énoncé le nombre de zéros de la somme que proposait l'acheteur mystérieux. Les pattes céphaliques de Lin s'en étaient fléchies de surprise.

Il faut que j'en parle à Alexandrine, avait-elle écrit, sur quoi elle était repartie dans la salle.

Son amie n'était au courant de rien. Elle avait profité de cette chance autant que possible, mais sans jamais rencontrer autre chose qu'un messager moyennement placé dans la hiérarchie, qui lui avait proposé des sommes énormes contre deux tableaux qu'elle venait de terminer. Alex avait accepté, les avait livrés, et n'avait jamais plus entendu parler de cette histoire.

Point final. Elle n'avait même pas appris le nom de son acheteur.

Lin avait décidé qu'elle pouvait mieux faire.

Elle avait fait transiter un message par Gazid et ce circuit de communication illicite qui menait allez savoir où, disant qu'effectivement elle était intéressée, et qu'elle serait prête à rencontrer ce monsieur, mais qu'elle avait vraiment besoin d'inscrire son nom dans son agenda.

La pègre de Nouvelle-Crobuzon avait digéré son message, l'avait fait attendre une semaine, puis lui avait recraché une réponse sous la forme d'un nouveau billet imprimé, poussé sous sa porte alors qu'elle dormait, et qui lui confiait une adresse à Osseville, une date, et un patronyme unique : *Madras.*

Des claquements et cliquettements frénétiques filtraient jusque dans le couloir. Le guide cactacé poussa une porte sombre parmi une multitude d'autres et se mit de côté.

Les yeux de Lin s'ajustèrent à la lumière. Elle avait devant elle un pool de secrétariat. C'était une vaste pièce à plafond haut, peinte en noir comme tout ce que contenait ce lieu troglodytique, bien éclairée par des brûleurs à gaz, et contenant une quarantaine de bureaux ; sur chacun reposait une machine à écrire encombrante, devant laquelle était assise une secrétaire occupée à recopier les piles de notes posées à côté d'elle. Des femelles pour la plupart, et humaines. Mais Lin perçut aussi l'odeur et la présence d'hommes et de Cactacés, sans compter deux Khépri et une Vodyanoi, travaillant à une machine dont les touches avaient été adaptées à ses énormes mains.

Sur le pourtour de la pièce étaient postés des Recréés, humains en général, là aussi, mais pas tous – pour rares que fussent les Xénians à avoir subi le processus. Pour certains, la Recréation était organique – greffe de griffes, de ramures ou de blocs de muscles –, mais la plupart étaient méca, et la chaleur de leurs chaudières à vapeur conférait une atmosphère étouffante à la salle.

Au bout de laquelle se trouvait un bureau fermé.

— Madame Lin, enfin ! avait claironné dès son entrée le cornet parlant situé au-dessus de la porte. Veuillez traverser cette pièce, mon bureau se trouve au fond.

Elle progressa avec précaution parmi les tables. Malgré la difficulté, encore augmentée par l'étrange clarté qui baignait cet espace aux murs noirs, elle regarda de près les textes en cours de frappe. Les dactylos tapaient toutes d'une main experte, lisant les notes rédigées à la main pour les retranscrire sans un regard vers leur clavier ni leur feuille.

Pour faire suite à notre conversation du treize courant, disait l'un des documents, *je vous confirme que votre secteur franchisé doit être considéré comme relevant de notre zone d'opérations. Les termes de cet accord restent à définir.* Lin continua d'avancer.

Espèce de connard, de grosse merde, de moins que rien, tu seras mort demain. Tu vas envier les Recréés, mon gros lâche, tu vas hurler à t'en faire saigner les babines, annonçait la suivante.

Ah... songea-t-elle. *Ah... pauvre de moi.*

La porte du bureau s'ouvrit.

— Entrez, madame Lin, entrez ! éclata la voix dans le cornet.

Elle n'hésita pas une seconde. Elle s'exécuta.

Des armoires à classement et des rayonnages de livres occupaient la majorité de la pièce. Il y avait sur un mur une petite huile de facture classique représentant la Baie de Fer. Derrière un bureau en bois massif se dépliait un grand paravent illustré de silhouettes de poissons, version plus vaste de ceux derrière lesquels se changeaient les modèles d'artiste. Au centre, l'un des poissons était représenté sur un verre-miroir, dans lequel Lin vit son propre reflet.

Elle hésita, incertaine, devant cet obstacle.

— Asseyez-vous, asseyez-vous, articula une voix tranquille.

Lin tira la chaise qui se trouvait derrière le bureau.

— Je vous vois, madame Lin. Le miroir à la carpe forme une fenêtre de mon côté. Je trouve plus poli d'en informer mes visiteurs.

Comme son interlocuteur semblait s'attendre à recevoir une réponse, elle hocha la tête.

— Vous êtes en retard, vous savez, madame Lin.

Par la queue du diable ! songea-t-elle, éperdue. *Il fallait que je choisisse ce rendez-vous pour oublier l'heure !*

Elle faisait mine de rédiger des excuses sur son bloc lorsque la voix l'interrompit.

— Je connais la langue des signes, madame Lin.

Elle reposa son bloc et s'excusa à foison.

— N'ayez aucune inquiétude, assura son hôte avec fourberie. Ce sont des choses qui arrivent. Mais Osseville n'est pas clémente avec ses visiteurs. La prochaine fois, vous saurez qu'il faut partir plus tôt, n'est-ce pas ?

Elle en convint – oui, tout à fait.

— J'apprécie fort votre travail, madame Lin. J'ai en ma possession tous les héliotypes qui ont pu transiter par Lucky Gazid. Quel triste crétin que cet homme ! Une épave, une ruine. L'addiction est accablante dans la plupart de ses manifestations... Mais votre... agent est doué, fort étrangement, d'une forme d'intuition artistique. Cette femme, cette Alexandrine Touratoff, faisait partie de ses poulains, je crois ? Un travail anecdotique, à l'inverse du vôtre, mais agréable à l'œil. Je suis toujours prêt à accorder des délais de paiement à Lucky Gazid. Quel dommage qu'il doive mourir. Ce sera sans nul doute une affaire sordide, la rencontre avec un gros couteau qui l'éventrera lentement pour trois pièces de menue monnaie ; ou la conclusion d'une maladie vénérienne caractérisée par de la sueur et d'infâmes émissions, contractée auprès d'une prostituée nubile ; à moins qu'on lui brise les os, peut-être, pour prix de ses indiscrétions – la milice, au fond, paie correctement, et les drogués ne peuvent se permettre de faire la fine bouche lorsqu'il est question d'argent...

La voix qui flottait au-dessus du paravent avait des accents mélodieux ; les paroles de son interlocuteur présentaient des qualités incantatoires. Tout se transformait en poème dans sa bouche.

Ses phrases sautillaient doucement sous la langue. Leur sens était brutal. Lin était prise d'une peur bleue. Elle ne voyait pas quoi dire. Ses mains demeurèrent immobiles.

— Aussi, ayant décidé que je goûte vos productions, je voulais m'entretenir avec vous pour voir si vous seriez apte à réaliser certaine commande que j'ai en tête. Votre travail est inhabituel pour une Khépri. En êtes-vous d'accord ?

Oui.

— Parlez-moi de vos statues, madame Lin. Et ne vous inquiétez pas de paraître trop précieuse, si cette crainte vous venait. Je n'ai aucun préjugé contre les gens qui prennent l'art au sérieux. N'oubliez pas que c'est moi qui ai suscité cette conversation. Et pour ce qui est de votre réponse, pensez thème, technique, esthétique…

Lin hésita, mais sa crainte la portait à continuer. Il fallait continuer de satisfaire cet homme ; puisque cela signifiait parler de son travail, autant s'exécuter.

J'œuvre en solitaire, signa-t-elle, *ce qui s'inscrit dans ma… rébellion. J'ai quitté Criqueval, puis Bercaille, quitté ma lignée et ma nichée. Tout le monde y était si désespéré que l'art communautaire avait atteint un degré d'héroïsme stupide. Comme sur la Place aux Statues. Je voulais cracher quelque chose de… scabreux. Je m'efforçais de rendre un peu moins parfaites certaines des grandes silhouettes que nous fabriquions toutes ensemble… Ça a fâché mes sœurs tout rouge. Du coup, je me suis consacrée à mon travail personnel. Scabreux, donc, selon les critères de Criqueval.*

— Exactement ce à quoi je m'attendais. Ça fait même – pardonnez-moi l'expression – quelque peu cliché. Toutefois, cela n'enlève rien à la puissance de vos créations. La salive khépri est une substance magnifique. Son brillant est tout à fait unique, et sa force et sa légèreté en font un support fort pratique – je sais que l'on n'est pas censé s'attacher à ce genre de chose lorsqu'on parle d'art, mais je suis quelqu'un de pragmatique. Néanmoins, quel gaspillage terrible qu'une substance d'un tel intérêt serve à exprimer l'imaginaire morne et désespéré des Khépri ! Je suis extrêmement soulagé de voir quelqu'un en faire usage à des fins intéressantes, dérangeantes. J'en profite pour vous dire que l'angularité à laquelle vous parvenez est extraordinaire.

Merci. Je dispose d'une puissante technique glandulaire. (Lin savoura cette opportunité de se vanter.) *À l'origine, j'étais membre de l'école* Dehors ! *qui interdit de travailler sur une pièce après qu'elle a été crachée. Cela vous confère une maîtrise excellente. Même si je suis devenue... une réprouvée. Je remets maintenant mon ouvrage sur le métier. Une fois la salive ramollie, je la retravaille. On a plus de liberté pour réaliser des surplombs et autres formes du même genre.*

— Employez-vous beaucoup de nuances de couleur ?

Lin hocha la tête.

— Je n'ai vu que le sépia des héliotypes. Content de savoir ça – votre technique et votre parti pris esthétique, je veux dire. Quant à votre thématique, madame Lin, je suis très intéressé par ce que vous avez à m'en dire.

Lin fut décontenancée. Brusquement, elle ne sut plus quels thèmes elle abordait.

— Permettez-moi de vous faciliter la tâche. J'aimerais vous expliquer quels sont les sujets qui m'intéressent. Après quoi nous pourrons voir si vous ferez l'affaire pour la commande à laquelle je songe.

La voix attendit jusqu'à ce que Lin, d'un hochement de tête, ait signifié son assentiment.

— Veuillez basculer la tête en arrière, madame Lin.

Elle obtempéra, prise au dépourvu. Ce mouvement la rendait nerveuse : il exposait le point vulnérable de sa tête scarabe – une invite au danger. Elle maintint son chef immobile tandis qu'on l'observait depuis le poisson-miroir.

— Vous présentez à votre cou les mêmes tendons que les femmes humaines. Vous possédez toutes à la base du cou ce creux tant révéré des poètes. Le cuivré de votre peau risquerait de détonner, il est vrai, mais il pourrait encore passer pour humain. Si je suis la superbe courbe de ce cou... humain... – je ne doute pas que vous refusiez ce qualificatif, mais passez-moi cette licence un petit instant –, il y a... il y a un moment où... il y a cette fine zone où la douce peau humaine se fond avec le crème pâle et segmenté de votre tête.

Pour la première fois depuis que Lin était entrée dans la pièce, son interlocuteur semblait chercher ses mots.

— Avez-vous jamais craché une statue de Cactus ?

Lin secoua la tête.

— Néanmoins, vous avez dû voir de près certains de ces gens ? Mon associé qui vous a menée jusqu'ici, par exemple. Auriez-vous remarqué ses pieds, ses doigts, ou son cou, par hasard ? Il y a un moment où la peau, la peau de la créature sentiente, devient du végétal sans cervelle. Coupez la grosse base ronde d'un pied de Cactus, il ne sentira rien. Piquez-le dans la cuisse, où il est un peu plus mou, il glapira. Mais là, dans cette zone dont je vous parle, c'est tout autre chose... les nerfs s'entremêlent, ils apprennent à devenir cactacés, et la souffrance est distante, émoussée, diffuse, source d'inquiétude plutôt que d'angoisse.

« Cela s'apparente à d'autres choses. Au torse des Cray, par exemple, ou aux Hommes-Pouce ; à la brusque transition d'un membre recréé ; ainsi qu'à de nombreuses autres races et espèces de cette cité, et à une myriade d'autres qui vivent avec une anatomie bâtarde de par le monde. Vous me direz sans doute que vous ne présentez aucune sorte de transition, que chaque Khépri est entière et forme un tout, qu'y voir des traits entre guillemets humains est pur anthropocentrisme de ma part. Mais en dehors de l'ironie qui sous-tendrait cette accusation, ironie que vous ne pouvez encore apprécier, vous admettrez assurément qu'il existe des zones de transition chez les races étrangères à la vôtre. Ou peut-être même chez les Humains.

« Et que dire de cette ville ? Perchée là où deux rivières s'efforcent de devenir mer, où les montagnes se changent en plateau, où les bouquets d'arbres se coagulent au sud – la quantité devenant qualité –, pour se faire subitement forêt. L'architecture de Nouvelle-Crobuzon va de l'industriel au résidentiel, de l'opulence à la misère, du souterrain à l'aérien, du moderne à l'antique, du vif au terne, du fécond au stérile… Vous saisissez. Je m'arrête là.

« C'est l'essence même du monde, madame Lin. Sa dynamique fondamentale, j'en suis persuadé. La transition. Le point de transformation. C'est ce qui fait de vous ce que vous êtes, ce qui fait que la cité, le monde sont ce qu'ils sont. Et c'est précisément le sujet qui m'intéresse. Cet endroit où le disparate vient former un tout. Cette zone hybride.

« Mon thème pourrait-il vous intéresser, selon vous ? Si votre réponse est positive… alors, je vous demanderai de travailler pour moi. Avant de répondre, toutefois, il faut que vous compreniez tout ce que cela implique.

« Je vous demanderai d'œuvrer sur le vif, de produire un modèle – grandeur nature, à mon sens – de ma personne.

« Rares sont les gens à avoir vu mon visage, madame Lin. On doit se montrer prudent dans ma position, vous le comprenez certainement. Si vous acceptez cette commande, je vous rendrai riche, mais je posséderai aussi une part de votre esprit : cette part qui me concerne. Elle me revient. Je ne vous autorise à la partager avec quiconque, absolument quiconque. Si vous contrevenez à cette règle, vous souffrirez énormément avant de mourir.

« Donc…

Quelque chose grinça. Lin réalisa qu'il s'était renfoncé dans son siège.

— Alors, madame Lin ? La zone hybride vous intéresse-t-elle ? Ce travail, en voulez-vous ?

Je ne peux pas… peux pas refuser, songea Lin, impuissante. *C'est impossible. Pour l'argent, pour l'art… Pauvre de moi. Oh… pourvu vraiment que je ne le regrette pas.*

Elle interrompit ce flot de pensées et signa qu'elle acceptait ses termes.

— Ah, souffla-t-il, j'en suis si heureux.

Le cœur de Lin se mit à battre la chamade.

— Vraiment, insista-t-il, c'est le terme. Eh bien…

Une démarche traînante se fit entendre derrière le paravent. Lin demeura tout à fait immobile sur son siège. Ses antennes frémissaient.

— Les stores sont baissés dans le bureau, n'est-ce pas ? dit M. Madras. Parce que je pense que vous devez voir dès à présent la matière sur laquelle vous allez travailler. Votre esprit m'appartient, Lin. Vous travaillez pour moi, désormais.

M. Madras se leva et projeta le paravent à terre.

Lin se redressa à demi, ses pattes céphaliques se hérissant sous l'effet de l'ébahissement et de la terreur. Elle le regarda.

Des fragments de peau, de fourrure et de plume se balançaient au fil de ses mouvements ; des membres minuscules se contractaient ; des yeux s'écarquillaient dans des cavités obscures ; des bois et des protubérances osseuses saillaient de façon précaire ; des tentacules tressautaient et des bouches luisaient. Les enchevêtrements de peau chamarrée entraient en collision. Un sabot fourchu frappait doucement le plancher. Les vagues de chair déferlaient les unes sur les autres en des courants violents. Les muscles, rattachés par des tendons étrangers à des os tout aussi étrangers, travaillaient de conserve en une trêve malaisée, produisant un mouvement serré, tout en tension. Des écailles luisaient. Des ailerons tremblotaient. Des ailes s'affolaient, comme brisées. Des pinces d'insecte s'ouvraient et se refermaient.

Lin battit en retraite, chancelante, terrifiée, tâtonnant autour d'elle pour s'écarter du lent parcours de son hôte. Des spasmes nerveux secouaient sa tête-corps chitineuse. Elle grelottait.

M. Madras s'avança vers elle d'un pas prédateur.

— Alors, dit-il, quel est mon meilleur profil, selon vous ?

5

Isaac attendait face à son visiteur. Le Garuda restait campé sans mot dire. Il se concentrait, manifestement. Se préparait à parler.

La voix, lorsqu'elle jaillit, fut cassante et monocorde.

— Tu es le savant... Ce Grimnebulin.

Il avait des difficultés à prononcer son nom. En l'absence de lèvres versatiles, la formulation des consonnes et des voyelles provenait de l'intérieur de la gorge, comme dans le cas d'un perroquet savant. Isaac n'avait conversé en tout et pour tout qu'avec deux Garuda au cours de sa vie. L'un était un voyageur entraîné depuis longtemps à pratiquer la formation des sons humains ; l'autre, un étudiant, membre de la minuscule communauté de ses pairs nés et élevés à Nouvelle-Crobuzon, qui grandissaient l'argot de la ville au bec. Aucun des deux n'aurait paru humain, à entendre leur voix, mais ni l'un ni l'autre n'aurait semblé moitié aussi animal que ce majestueux homme-oiseau qui se débattait avec un langage intrinsèquement étranger au sien. Isaac mit un instant à comprendre ce qu'on venait de lui dire.

— C'est bien moi. (Il tendit la main, ajoutant avec lenteur :) Comment t'appelles-tu ?

Le Garuda regarda sa main, impérial, avant de la serrer avec une poigne d'une délicatesse étonnante.

— Yagharek...

L'être imposant avait appuyé d'un cri sur la première syllabe. Il s'était tu et gigotait, l'air mal à l'aise, hésitant à poursuivre. Il répéta son patronyme – en ajoutant un suffixe complexe, cette fois.

Isaac secoua la tête.

— C'est aussi long que ça ?

— Ce sont mon nom... et mon titre.

Isaac haussa un sourcil.

— M'adresserais-je par hasard à un membre de la noblesse ?

Le Garuda le dévisagea d'un regard sans expression. Il finit par répondre, avec lenteur, sans détacher les yeux.

— Mon titre signifie Individu Yagharek Beaucoup Trop Abstrait Pour Qu'On Le Respecte.

Isaac tiqua. Il se frotta la joue.

— Hum... bien. Il faut m'excuser, Yagharek. Je ne suis pas coutumier des... des titres de gloire garuda.

Yagharek secoua lentement sa vaste tête.

— Tu comprendras plus tard.

Isaac demanda à son visiteur de monter à l'étage, ce que celui-ci fit, avec lenteur et précaution, en laissant des stries sur les marches en bois qu'il agrippait de ses énormes serres. Mais Isaac ne put le persuader de s'asseoir, ni de manger, ni de boire.

Le Garuda resta planté près du bureau, tandis que son hôte, assis, le contemplait.

— Alors, dit Isaac, qu'est-ce qui t'amène ?

Yagharek se concentra une nouvelle fois avant de répondre.

— Je suis arrivé à Nouvelle-Crobuzon il y a plusieurs jours. Parce que c'est ici que se trouvent les savants.

— D'où viens-tu ?

— Du Cymek.

Isaac poussa un petit sifflement. Il ne s'était pas trompé. C'était un véritable périple. Plus de mille cinq cents kilomètres, à travers ces terres rudes, arides, puis la sécheresse du veldt, l'océan, les marécages, la steppe. Yagharek devait être animé d'une passion dévorante.

— Que sais-tu des savants de Nouvelle-Crobuzon ?

— Nous avons lu des choses à propos de l'université. De la science et de l'industrie qui se déploient ici comme en nul autre lieu. Du Marais-aux-Blaireaux.

— Mais où avez-vous entendu parler de tout ça ?

— Dans notre bibliothèque.

Isaac fut pris au dépourvu. Il resta la bouche pendante, puis se reprit.

— Pardonne-moi, dit-il. Je vous tenais pour nomades.

— Oui. C'est une bibliothèque mobile.

Et Yagharek décrivit à Isaac, un Isaac de plus en plus éberlué, la bibliothèque du Cymek. Le grand clan de conservateurs qui sanglaient les milliers de volumes dans leurs coffres pour les porter entre eux lors de leur vol, quand ils suivaient la nourriture et l'eau dans l'été perpétuel, épuisant du Cymek. L'énorme village de tentes qui naissait du néant sur leur lieu d'atterrissage, et les troupes de Garuda qui se rassemblaient en ce vaste centre tentaculaire du savoir à chaque fois qu'il se trouvait à portée d'aile.

La bibliothèque remontait à plusieurs centaines d'années et contenait des manuscrits rédigés dans d'innombrables langues, mortes ou toujours en usage : le ragamoll, dont la langue de Nouvelle-Crobuzon était un dialecte ; le hotchi ; le vodyanoi fellid et celui du Sud ; le haut khépri ainsi que quantité d'autres. Elle contenait même un codex, affirma Yagharek avec une fierté non dissimulée, rédigé dans le dialecte secret des manutentionnaires.

Isaac ne disait rien. Il avait honte de son ignorance. Sa vision de son visiteur volait en éclats. Il avait devant lui bien plus qu'un sauvage empreint de dignité. *Espèce de gros porc ignorant*, se morigéna-t-il, *il est temps de te mettre à potasser tes bouquins pour te renseigner sur les Garuda.*

— Notre langue ne connaît point de forme écrite, expliqua Yagharek, mais nous apprenons à rédiger et à lire dans plusieurs autres au fur et à mesure de notre croissance. Nous nous procurons de nouveaux livres auprès des voyageurs et des marchands, qui sont pléiade à passer par Nouvelle-Crobuzon. Certains sont natifs de cette ville. C'est un lieu que nous connaissons bien. J'en ai lu l'histoire, les histoires.

— Alors, mon pote, c'est toi qui l'emportes, parce que je n'y connais que pouic à chez toi, dit Isaac d'une voix découragée.

Un silence s'ensuivit. Isaac leva de nouveau les yeux vers Yagharek.

— Tu ne m'as toujours pas dit ce qui t'amène ici.

L'homme-oiseau se détourna pour regarder par la fenêtre. Des péniches flottaient sans but en contrebas.

Il était difficile de distinguer des émotions dans cette voix éraillée, mais Isaac crut y percevoir du dégoût.

— J'ai rampé de trou en trou telle la vermine pendant quinze jours. J'ai parcouru les revues, récolté les ragots et les informations qui m'ont mené au Marais-aux-Blaireaux. Et du Marais, à toi. La question qui me poussait, c'était : « Qui peut changer les pouvoirs de la matière ? » « Grimnebulin, Grimnebulin », disaient-ils tous. « Si tu as de l'or, il est à toi. Si tu l'intéresses aussi, même sans or. Si tu l'embêtes mais qu'il te plaint, ou si un caprice le prend. » On dit que tu es homme à connaître les secrets de la matière, Grimnebulin. (Yagharek avait planté les yeux dans les siens.) J'ai de l'or. Je vais t'intéresser. Plains-moi. Je te supplie de m'aider.

— Dis-moi ce que tu cherches, dit Isaac.

Yagharek détourna de nouveau le regard.

— Tu as peut-être déjà volé dans un ballon, Grimnebulin. Regardé les toits, la terre depuis en haut. Moi, j'ai grandi en chassant dans le ciel. Les Garuda sont un peuple de chasseurs. Munis de nos arcs, nos lances et nos longs fouets, nous écumons la terre de ses proies, les airs de leurs oiseaux. C'est ce qui fait de nous des Garuda. Mes pieds ne sont point conçus pour marcher sur vos planchers, mais pour se refermer sur de petits corps et les déchiqueter. Pour s'agripper à des arbres secs et des colonnes de pierre entre terre et soleil.

Yagharek s'exprimait comme un poète. Son débit était haché, mais son langage rappelait les épopées et les histoires qu'il avait lues, l'allocution curieuse de qui a appris à parler dans de vieux ouvrages.

— Le vol n'est point un luxe. C'est ce qui fait de moi un Garuda. Ma peau frémit quand je lève les yeux vers ces toits qui me piègent. Je veux contempler cette cité d'en haut avant d'en partir, Grimnebulin. Je veux voler – pas une seule fois, mais à ma convenance.

« Je veux que tu me rendes le vol.

Yagharek dégrafa sa cape et la jeta par terre. Il regarda Isaac, l'air honteux et méfiant. Isaac émit un hoquet de surprise.

Yagharek n'avait pas d'ailes.

Harnaché en travers de son dos se trouvait un châssis compliqué, formé d'entretoises et de lanières de cuir, qui tressauta stupidement derrière lui tandis qu'il se retournait. Deux grosses planches articulées surgissaient d'une sorte de justaucorps de cuir qui lui démarrait sous les épaules, saillant loin au-dessus de sa tête pour ensuite lui pendre jusqu'aux genoux. Elles imitaient des ossatures d'ailes. Il n'y avait ni peau, ni plume, ni tissu, ni cuir tendu entre ces deux bouts de bois, ils n'étaient en rien un dispositif de vol. C'était juste un déguisement, un artifice, un support sur lequel draper sa cape incongrue, destinée à faire croire que Yagharek avait des ailes.

Isaac tendit la main pour toucher. Le Garuda se raidit, puis s'arma de courage et le laissa faire.

Isaac secoua la tête de surprise : il venait de remarquer un tissu cicatriciel inégal, quand le Garuda se retourna brusquement pour lui faire face.

— Pourquoi ? souffla Isaac.

Le visage de son visiteur se referma lentement ; il plissait les yeux. Le Garuda amorça un gémissement fort humain, qui enfla et enfla encore jusqu'à devenir le triste cri de guerre d'un oiseau de proie : sonore, monocorde, désespéré, solitaire. Isaac continua de le contempler tandis que cette plainte se changeait en hurlement à peine compréhensible.

— Parce que telle est mon *infamie* ! (Il se tut un instant, avant de répéter d'un ton posé :) Mon infamie.

Il dégrafa de son dos la masse de bois d'aspect inconfortable, qui tomba par terre dans un claquement mat.

Il était nu jusqu'à la taille. Son corps était mince, élancé, tendu. Une saine émaciation. Sans la masse en surplomb de ses fausses ailes, il paraissait petit et pitoyable.

Il se retourna lentement, et Isaac retint son souffle comme les cicatrices qu'il avait aperçues se révélaient à sa vue.

Sur les omoplates de Yagharek, deux longues tranchées de chair tordues se teintaient d'un derme rouge qui donnait l'impression de bouillonner. Les traces de déchirure s'étiraient comme autant de petites veines à partir des principales éructations de cette vilaine cicatrice. Les lambeaux de chair abîmée de chaque côté de son dos mesuraient cinquante centimètres de long, et peut-être quatre en leur plus grande largeur. Isaac fit la grimace, compatissant : ces cavités déchiquetées étaient traversées d'un réseau de marques incurvées, de crevasses irrégulières, et il prit conscience que les ailes de Yagharek avaient été *sciées* sur son dos. Pas d'un coup de tranchoir subit, mais en une longue défiguration volontaire, une torture. Isaac grimaça.

Des nodules d'os à peine dissimulés se soulevaient, se repliaient ; les muscles s'allongaient, visibles au point d'en être grotesques.

— Qui t'a fait cela ? souffla Isaac.

Ce qu'on dit est vrai, songea-t-il. *Le Cymek est une contrée des plus cruelles.*

Un long silence s'écoula avant que Yagharek ne réponde.

— C'est moi… moi.

Au début, Isaac crut avoir mal entendu.

— Comment ça ? Bordel, mais comment as-tu pu ?

— Je suis seul responsable de ce qui m'arrive ! (Yagharek criait à présent.) Ce n'est que justice. Je me le suis fait à moi-même.

— La vache, c'est une punition ? Mais bordel de merde, qu'est-ce que tu as pu… qu'est-ce que tu as commis comme crime ?

— Porterais-tu un jugement sur les lois garuda, Grimnebulin ? Je ne puis entendre tes propos sans songer aux Recréés…

— N'essaie pas de retourner le problème. Tu as tout à fait raison, je ne peux pas souffrir la justice de cette ville… Mais en l'occurrence, j'essaie juste de comprendre ce qui t'est arrivé à toi.

Yagharek poussa un soupir, ses épaules s'affaissèrent en un mouvement qui évoquait l'Humain de façon frappante. Quand il parla, ce fut d'une voix tranquille et chargée de souffrance – il accomplissait ce devoir à contrecœur.

— J'étais trop abstrait. Je ne méritais point le respect. Il… il y avait une folie… J'étais fou. J'ai commis un acte odieux, odieux…

Ses paroles avaient viré à des plaintes aviaires.

— Lequel ?

Isaac se prépara à apprendre quelque atrocité.

— Ta langue ne saurait exprimer mon crime. Dans la mienne... (Yagharek se tut un instant.) Je vais m'efforcer de traduire. Dans ma langue, ils disaient... ils avaient raison... ils disaient que j'étais coupable de privation de choix... privation de choix au deuxième degré. Et d'irrespect total.

Yagharek fixait de nouveau la fenêtre. Il avait redressé la tête, mais refusait de croiser le regard d'Isaac.

— C'est pour cette raison qu'ils m'ont qualifié de Beaucoup Trop Abstrait. Pour cela que je ne mérite point le respect. Et tel est mon nom, désormais. Je ne suis plus Yagharek Le Respecté, Individu Concret. Il a disparu. Je t'ai donné mon nom, et mon titre. Je m'appelle Yagharek Beaucoup Trop Abstrait Pour Qu'on Le Respecte. C'est ainsi que l'on doit me désigner désormais, je tiens à te prévenir.

Isaac secoua la tête tandis que Yagharek s'asseyait lentement au bord de son lit. Il faisait piètre figure. Isaac le contempla un long moment avant de parler.

— Une chose qu'il faut que je te dise..., commença-t-il. Je ne suis pas entièrement... euh... J'ai de nombreux clients qui ne sont pas... tout à fait du bon côté de la loi, dirons-nous. Bon, je ne ferai pas semblant de comprendre ton acte en quoi que ce soit, je trouve que ce ne sont pas mes affaires. Comme tu l'as dit, il n'y a pas de mots pour définir ton crime dans cette ville. Je crois que je ne pourrai jamais saisir exactement en quoi tu as fauté.

Isaac parlait avec lenteur et componction, mais son esprit courait déjà loin devant. Il commença à s'animer.

— Et ton problème... est intéressant.

Des représentations de leviers et de lignes de force, de résonances femtomorphiques et de champs d'énergie s'étaient mises à jaillir à sa conscience.

— T'envoyer dans les airs est tout ce qu'il y a de plus

facile. Des ballons, des manipulations de forces, et tout le toutim, y compris à plusieurs reprises. Mais t'y propulser *à chaque fois que tu le souhaites*, dans un élan qui te soit propre... Car c'est bien cela que tu cherches, non ?

Yagharek acquiesça. Isaac se gratta le menton.

— Crachedieu ! Oui... ça, c'est beaucoup plus intéressant, comme défi intellectuel !

Isaac commençait à se retirer dans ses computations. Certaine part prosaïque de son esprit s'était souvenue qu'il n'avait pas de rendez-vous avant un moment, ce qui signifiait qu'il pouvait s'immerger dans la recherche sur une courte période. Un autre niveau, pragmatique, s'était mis en branle, évaluant l'importance et l'urgence de son travail en souffrance. Deux ou trois analyses de composés, simples comme bonjour, qu'il pourrait remettre plus ou moins indéfiniment ; la semi-promesse – dont il serait facile de s'extraire – de synthétiser un élixir ou deux... Cela mis à part, ne restaient que ses propres travaux sur l'aquart vodyanoi. Qu'il pouvait mettre de côté.

Non, non, non! s'objecta-t-il soudain. *Pas besoin d'abandonner l'aquart... Je peux l'intégrer! Justement, ça implique des éléments qui déconnent, qui jouent des tours... Quand les liquides tiennent sans contenant, la matière peut envahir les airs... Oui, il doit y avoir un dénominateur commun. Je tiens sûrement un truc, là-dedans...*

Revenant à son laboratoire au prix d'un effort sur lui-même, il constata que Yagharek le considérait, impassible.

— Ton problème m'intéresse, annonça-t-il simplement.

Le Garuda fourragea aussitôt dans son escarcelle. Il produisit une énorme poignée de pépites d'or irrégulières, couvertes de terre. Isaac ouvrit des yeux ronds.

— Eh bien, euh, merci… Cette petite avance ne sera pas de trop, pour les dépenses…

Yagharek lui tendit la bourse.

Isaac parvint à réprimer le sifflement qui naissait sur ses lèvres au moment de la soupeser. Il en scruta le contenu. Des couches et des couches, épaisses, d'or tamisé. C'était certes manquer de dignité, mais Isaac se sentit presque envoûté. Cette somme représentait plus qu'il n'en avait jamais vu en une seule fois – assez, en tout cas, pour couvrir une bonne part des coûts de sa recherche tout en lui permettant de vivre à l'aise plusieurs mois d'affilée.

Manifestement, Yagharek n'était pas doué pour les affaires. Il aurait pu proposer un tiers, un quart de tout cela et faire saliver pratiquement tous les collègues du Marais. Il aurait mieux fait d'en conserver la majeure partie, pour avoir quelque chose à faire miroiter si l'intérêt de son interlocuteur déclinait.

Peut-être l'a-t-il déjà fait, songea Isaac, dont les yeux étaient carrément devenus des soucoupes.

— Comment vais-je faire pour te joindre ? dit-il, le regard toujours fixé sur son or. Où habites-tu ?

Yagharek secoua la tête sans répondre.

— Tout de même, je dois pouvoir te contacter…

— C'est moi qui viendrai à toi, annonça le Garuda. Tous les jours ou tous les deux jours, toutes les semaines… Je m'assurerai que tu n'oublies point mon affaire.

— Il n'y a aucun danger, je t'assure. Mais je ne peux même pas te faire parvenir de message, tu es sûr ?

— J'ignore où je me trouverai, Grimnebulin. Je me tiens à l'écart de cette ville. Elle me harcèle. Je ne dois point cesser de bouger.

Isaac haussa les épaules, impuissant. Yagharek se leva, prêt à partir.

— Comprends-tu ce que je recherche, Grimnebulin ? Je ne veux point avoir à prendre de potion. Ni porter de harnais. Ni grimper dans quelque engin que ce soit. Je ne veux pas d'un unique et magnifique séjour dans les nuages, suivi d'une éternité à terre. Ce que je désire, c'est que tu me permettes de m'élancer en l'air avec autant d'aisance que toi quand tu marches de pièce en pièce. Est-ce à ta portée, Grimnebulin ?

— Je ne sais pas, articula lentement Isaac, mais je crois que oui. Je représente ta meilleure chance, à mon avis. Je ne suis ni chymiste, ni biologiste, ni thaumaturge... Je suis un dilettante, Yagharek, un touche-à-tout. Je me considère comme... (Isaac se tut pour éclater d'un rire bref. Il reprit la parole, animé d'un plaisir emphatique :) Je me considère comme la gare centrale de toutes les écoles de pensée. À l'image de la gare de Perdido. Tu connais ? (Yagharek hocha la tête.) Impossible à rater, hein ? Un truc massif, bordel. Énorme. (Isaac se tapota le ventre, soutenant l'analogie.) Toutes les lignes de chemin de fer s'y croisent : Sud, Dextre, Verso, Lavabo et Manchette. Elles doivent toutes en passer par elle. Comme moi. C'est ça, mon boulot. Je suis ce genre de scientifique-là. Tu vois, je me montre franc avec toi. Je pense que c'est ce qu'il te faut, tu comprends ?

Yagharek acquiesça. Ses traits prédateurs étaient si acérés, si durs. Toute émotion y était invisible. Quant à ses paroles, elles exigeaient un décodage. Ce ne fut pourtant ni à son visage, ni à son regard, ni à son port (là encore, fier et impérial), ni même à son ton qu'Isaac perçut son désespoir. Ce fut à ce qu'il dit.

— Sois donc dilettante, fumiste, escroc, Grimnebulin... Pour autant que tu me renvoies dans le ciel.

Yagharek se pencha pour attraper sa vilaine parure de bois. Il se la laça autour du corps sans honte manifeste, malgré l'indignité de l'acte. Ayant drapé autour de lui l'immense cape, il redescendit sans mot dire l'escalier.

Isaac s'accouda pensivement à la rambarde, considérant le laboratoire poussiéreux. Yagharek dépassait d'un pas lent l'artefact immobile, les piles de papiers désordonnées, les chaises, les tableaux noirs. Les faisceaux de lumière qui avaient fusé à travers les murs troués par le temps avaient disparu. Le soleil était bas, à présent, bloqué par les amas de rangées de brique derrière les immeubles de l'autre côté de l'entrepôt ; il glissait en oblique au-dessus de la ville séculaire, pour illuminer les flancs cachés des monts de la Ballerine, le Pic de l'Épine et les rochers escarpés du Col des Pénitents, projetant leur ligne d'horizon découpée et composant des formes menaçantes à l'ouest de Nouvelle-Crobuzon.

Quand Yagharek ouvrit la porte, ce fut sur une rue crépusculaire.

Isaac travailla jusque tard dans la nuit.

Dès le départ de l'homme-oiseau, il avait ouvert sa fenêtre pour laisser pendre un grand morceau de ficelle rouge à plusieurs clous plantés dans la brique. Il avait déplacé son lourd calculateur, l'ôtant du centre de son bureau pour le déposer à côté, par terre. Des piles de cartes de programmation étaient tombées de leur étagère de stockage, s'étalant sur le sol ; il les avait rassemblées et rangées. Après quoi il avait porté sa machine à écrire jusqu'au bureau et entrepris de composer une liste. Par moments, il sautait sur ses pieds comme un ressort pour s'en aller déambuler devant ses rayonnages de fortune, ou farfouiller dans un tas de livres posés par terre, jusqu'à ce qu'il trouve le volume qu'il cherchait ; après quoi il l'amenait à son bureau pour le feuilleter, commençant par la fin, cherchant la bibliographie. Il avait recopié laborieusement les détails, frappant à deux doigts les touches de la machine à écrire.

Au fur et à mesure qu'il rédigeait, les paramètres de son projet avaient commencé à se déployer sous ses yeux. Il était allé chercher de plus en plus de livres, ses yeux s'écarquillant au fur et à mesure qu'il prenait conscience des potentialités de sa recherche.

Il finit par s'arrêter et se rasseoir dans son fauteuil, réfléchissant. Il saisit des papiers épars pour y griffonner des diagrammes : des canevas mentaux, des schémas sur la façon de procéder.

Il revenait au même modèle, encore et encore. Un triangle, avec une croix fermement plantée en son centre. Il ne put s'empêcher de sourire jusqu'aux oreilles.

— Ça, c'est chouette… murmura-t-il.

Un coup résonna à la fenêtre. Il se leva et s'avança d'un pas lent.

Un petit visage rubicond, idiot, lui souriait du dehors. Deux cornes courtaudes saillaient de son menton proéminent ; aspérités et nodosités osseuses débordaient du front, imitant de façon peu convaincante une ligne d'implantation de cheveux. Ses yeux humides s'ouvraient au-dessus d'un sourire laid et jovial.

Isaac ouvrit la fenêtre sur la clarté qui s'amenuisait de minute en minute. Il y avait une bataille de klaxons : deux bateaux industriels se croisaient avec acrimonie dans les eaux de la Chancre. L'être perché sur le rebord de la fenêtre sauta dans l'embrasure, agrippant les montants de ses mains noueuses.

— 'Tention, pitaine ! baragouina-t-il dans un accent bizarre. J'ai vu l'trucmuche rouge, là, le foulard… M'suis dit c'est l'heure d'aller voir l'boss ! (Il lui adressa un clin d'œil et glapit d'un rire stupide.) Qu'est-ce que ch'peux pour vous ? À vot' service.

— Bonsoir, Scoubidou. Je vois que tu as eu mon message.

La petite créature agita ses ailes rouges de chauve-souris.

Scoubidou était un calovire. Évoquant des oiseaux trapus, au torse puissant, aux bras, sous ces ailes laides et fonctionnelles, épais comme ceux de nains humains, leur espèce écumait les cieux de Nouvelle-Crobuzon. Leurs bras saillaient de leur corps ramassé telles des pattes de corbeau, leurs pieds leur servaient de mains. Une fois entre quatre murs, ils savaient accomplir quelques pas maladroits de-ci, de-là en se balançant sur les paumes, mais ils préféraient foncer au-dessus de la ville, hurlant, fondant en piqué et vociférant des imprécations à qui venait à passer.

Les calovires étaient plus intelligents que des chiens ou des primates, mais nettement moins que les Humains. Ils faisaient leur ordinaire intellectuel d'un mélange de scatologie, d'humour absurde et d'imitations, se baptisant mutuellement, sans les comprendre, de noms trouvés parmi les airs populaires, les catalogues d'ameublement et autres manuels scolaires périmés qu'ils parvenaient à peine à déchiffrer. La sœur de Scoubidou s'appelait Capsule ; l'un de ses fils, Gale.

Les calovires habitaient une myriade de recoins, dans les greniers, les dépendances et derrière les panneaux d'affichage. La plupart dénichaient leur subsistance dans les marges de la ville. Les décharges et les tas d'ordures énormes des faubourgs de Pierrecoque et des Champs d'Abolite, le cloaque proche de la rivière à Tournefoutre, regorgeaient tous de ces créatures occupées à se chamailler et à rire, à se désaltérer dans les canaux stagnants, à forniquer sur terre et dans les airs. Certains, à l'instar de Scoubidou, complétaient ces activités par des emplois occasionnels. Quand des foulards claquaient sur les toits, ou que des traces de craie défiguraient les murs près des fenêtres d'un grenier, il y avait fort à parier que l'on avait fait appel à tel ou tel calovire afin de lui confier une mission.

Isaac fouilla dans sa poche et agita un shekel.

— Ça te dirait de gagner ça, Scoubidou ?

— Ça, sûr, pitaine ! brailla le calovire. Gaffe dessous ! ajouta-t-il avant de chier à grand bruit.

La selle aspergea la rue. Scoubidou partit d'un rire gras.

Isaac lui tendit la liste qu'il avait confectionnée, roulée en forme de parchemin.

— Amène ça à la bibliothèque universitaire. Tu connais ? De l'autre côté de la rivière ? Bien. Ils ferment tard, tu devrais les trouver ouverts. Donne ce papier à la bibliothécaire. Je l'ai signé, donc ils ne devraient pas t'embêter. Elle te donnera un colis de livres. Tu peux me les ramener ? Ce sera très lourd.

— Pas de problème, pitaine ! (Scoubidou gonfla le torse comme un poids coq.) Grand mastard fort !

— Bien. Si tu y arrives en un seul voyage, je te file du flouze en plus.

Scoubidou saisit la liste ; il se retournait pour partir dans un cri grossier et puéril quand Isaac le saisit par le bout de l'aile. Le calovire se retourna, surpris.

— Problème, patron ?

— Non, non…

Isaac contemplait pensivement la base de son aile. Il ouvrit et referma avec douceur le massif appendice. Sous cette peau rouge vif, calleuse, grêlée, raide comme le cuir, on sentait les muscles spécialisés du vol s'enrouler à travers la chair jusqu'aux ailes. Ils bougeaient avec une magnifique économie de moyens. Il replia l'aile, lui faisant subir un cycle complet, sentant les muscles la tirer en un mouvement de va-et-vient, ce balayage qui brasserait l'air pour le chasser sous le calovire. Scoubidou pouffa de rire.

— Pitaine me chatouille ! hurla-t-il. Grosse crapule !

Se refrénant pour ne pas traîner avec lui le petit être, Isaac tendit la main pour prendre du papier. Il était en train de visualiser l'aile du calovire sous forme de représentations mathématiques, d'une composition de plans simples.

— Scoubidou, je vais te dire : à ton retour, je te filerai

un deuxième shekel si tu m'autorises à prendre quelques héliotypes de toi et à faire quelques petites expériences. Ça ne prendra qu'une demi-heure. Qu'en dis-tu ?

— Je veux, mon n'veu !

Scoubidou sauta sur le rebord de la fenêtre et se jeta dans le crépuscule. Isaac plissa les yeux, étudiant le roulement des ailes, observant ces muscles puissants, uniques parmi les créatures célestes, qui étaient capables d'envoyer quarante kilos de chair et d'os entremêlés ou plus à travers les airs.

Quand Scoubidou eut disparu à la vue, Isaac s'assit pour rédiger une deuxième liste, à la main cette fois, écrivant à toute vitesse.

Recherche, écrivit-il en haut de la page. Puis, en dessous : *physique ; gravité ; forces/plans/vecteurs ; CHAMP UNIFIÉ*. Et, un peu plus en dessous : *Vol : i) naturel ii) thaumaturgique iii) chymico-physique iv) combiné v) autre.*

Enfin, souligné et en capitales, il inscrivit *ANATOMIE DU VOL*.

Il se cala le dos, pas détendu pour un sou, au contraire. Il était irréparablement excité, prêt à sauter sur ses pieds.

Il farfouilla, cherchant l'un des livres exhumés de sous son lit, un vieux volume énorme. Il laissa basculer l'ouvrage à plat sur le bureau, savourant le bruit sourd ainsi produit. La couverture était frappée d'un faux or irréaliste.

Bestiaire du Potentiellement Sage : les races sentientes de Nouvelle-Crobuzon.

Isaac caressa la couverture du classique de Shacrestialchit, traduit du vodyanoi luboc et remis à jour un siècle plus tôt par Benkerby Carnadine, voyageur de Nouvelle-Crobuzon et fin lettré. Constamment réimprimé et imité, mais jamais égalé. Isaac posa le doigt sur le G du répertoire à onglets puis feuilleta les pages, jusqu'à trouver l'exquise esquisse à l'aquarelle des hommes-oiseaux du Cymek qui introduisait l'article sur les Garuda.

Comme toute clarté avait reflué de la pièce, il alluma la lampe à gaz posée sur son bureau. Dans l'air frais du dehors, plus à l'est, Scoubidou battait lourdement des ailes en serrant le paquet de livres qui pendait sous lui. Il vit scintiller le brûleur d'Isaac avec, juste derrière, à l'extérieur de la fenêtre, la lueur ivoire crachotante du réverbère. Un flot constant d'insectes nocturnes encerclait ce dernier comme des élyctrons, se frayant parfois un chemin à travers un trou du rempart de verre pour s'immoler dans la lumière en une petite explosion incandescente. Leurs restes carbonisés saupoudraient le bas du réflecteur.

Dans cette ville menaçante, ce réverbère était un fanal, un phare qui guida le calovire depuis l'autre côté de l'eau, l'attirant hors de la nuit prédatrice.

Dans cette ville, mes semblables ne me ressemblent point. Certaines fois, fatigué, effrayé, quêtant désespérément de l'aide, j'ai commis l'erreur d'en douter.

Alors que je cherchais, de nuit, une cachette – de la nourriture, de la chaleur, un répit des regards qui m'accueillent à chaque fois que je sors dans la rue –, je vis un jeune à peine sorti du nid familial, courant sans effort dans un passage étroit entre deux maisons grises. Mon cœur manqua exploser. Je lui criai quelque chose, à ce petit de ma race, dans la langue du désert… et il se retourna pour me regarder, écarta les ailes, ouvrit le bec, et partit d'un rire cacophonique.

Il m'insulta dans un croassement bestial. Son larynx s'évertuait à former les sons humains. Je l'appelai mais il ne pouvait comprendre. Il hurla quelque chose derrière lui et une grappe d'enfants humains se forma, issue des fissures de la ville, tels des esprits nourrissant leur rancune envers les vivants. Il gesticula à mon adresse, ce poussin aux yeux clairs, en vociférant des malédictions trop rapides pour que je le comprenne. Et eux, ses camarades, ces petits durs à cuire au visage maculé, ces êtres dangereux amoraux, torturés, aux traits tirés, au pantalon en lambeaux, éclaboussés de morve, de sécrétions et de saleté urbaine, ces filles en robe tachée et ces garçons aux vestes trop grandes pour eux, saisirent des galets par terre pour m'en bombarder dans mon refuge, une embrasure délabrée où je reposais dans les ténèbres.

Et ce petit que je ne qualifierai point de garuda, qui n'était qu'un Humain aux ailes et aux plumes de monstre, mon petit non-frère perdu lança des pierres avec ses camarades, se gaussa, cassa des fenêtres derrière mon dos, m'insulta.

Je pris conscience alors, tandis que ces cailloux mâchaient mon coussin de peinture écaillée, que j'étais seul.

Et ainsi, ainsi, je sais que je dois vivre sans que mon isolement connaisse de répit. Que je ne m'entretiendrai avec aucune autre créature dans ma propre langue. Je me suis habitué à chercher ma subsistance après la tombée de la nuit, quand la ville se tait, vire à l'introspection. J'avance tel un intrus dans son rêve solipsistique. Je suis venu à la faveur des ténèbres, je vis dans les ténèbres. La clarté rude du désert m'est comme une légende que j'aurais entendue il y a des lustres. Mon existence se fait nocturne. Mes croyances changent.

J'émerge dans des rues qui sinuent, telles des rivières sombres, à travers des canyons caverneux de brique. La lune et ses deux petites filles brillantes scintillent faiblement. Des vents froids suintent des piémonts, des montagnes, ainsi que mélasse, obstruant la ville de leurs bancs d'ordures. Je partage les rues avec les bouts de papier qui s'agitent sans but et les petits tourbillons de poussière, avec les phalènes qui se faufilent, pareilles à des voleurs hiératiques, sous les avant-toits et les portes.

Je me remémore les vents du désert : le khamsin qui flagelle la terre tel un feu sans fumée ; le fœhn qui fuse des flancs brûlants de la montagne, comme embusqué ; le rusé simoun qui se fraie un chemin à travers les treillis anti-sable et les sas de la bibliothèque.

Les vents de cette ville sont d'une variété plus mélancolique. Ils l'explorent comme des âmes perdues, épiant à la lueur du gaz derrière les vitres poussiéreuses. Nous sommes frères, eux et moi. Nous errons de conserve.

Nous avons trouvé des mendiants endormis qui se serrent les uns contre les autres et se figent, cherchant la chaleur, comme autant d'êtres inférieurs que la pauvreté aurait forcés à redescendre de plusieurs strates dans l'évolution.

Nous avons vu les gardiens de nuit de la ville repêcher les morts dans les rivières. Les tenues sombres de cette milice qui tire à coups de crochets et de gaffes des corps gonflés, aux yeux arrachés, au sang coagulé, gélatineux dans leurs orbites.

Nous avons observé les êtres mutants qui rampent hors des égouts pour pénétrer sous la lueur froide et mate des étoiles, et se murmurer des paroles timides, dessinant cartes ou messages dans la fange fécale.

Je me suis tenu assis, le vent à mon côté, et j'ai été le témoin de la cruauté, de la malfaisance.

J'éprouve un picotement dans mes cicatrices et mes moignons. Je suis en train d'oublier le poids, l'ampleur, le mouvement des ailes. Si je n'étais point un Garuda, je prierais. Mais je me refuse à mettre le genou en terre devant des esprits arrogants.

Parfois, je m'achemine jusqu'à l'entrepôt où Grimnebulin lit, écrit et griffonne, et je grimpe en silence jusqu'au toit pour m'adosser à l'ardoise. Songer à toute cette énergie mentale concentrée sur le vol – mon vol, ma délivrance – calme le prurit de mon dos meurtri. Le vent me secoue plus dur quand je suis ici : il se sent trahi. Il sait que si je recouvre ma totalité, il perdra son compagnon noctambule au sein de ce bourbier et ce fumier de brique. Si bien qu'il me châtie quand je m'allonge sur le toit, menaçant soudain de me tirer de mon perchoir pour me jeter dans la rivière large et puante, gros vent atrabilaire enserrant mon plumage qui m'avertit de ne le point laisser; mais je m'agrippe au toit de mes serres, et laisse les vibrations apaisantes de l'esprit de Grimnebulin monter à travers le toit effrité jusqu'à ma pauvre chair.

Je dors dans de vieilles arches sous les voies énormes.

Je mange tout ce que je trouve d'organique qui ne me tuera point.

Je me dissimule ainsi qu'un parasite sous la peau de cette vieille ville qui ronfle, pète, gargouille, se gratte et gonfle, et se fait verruqueuse et querelleuse avec l'âge.

Certaines fois, je grimpe jusqu'en haut des énormes, énormes tours qui s'élèvent, chancelantes, sur le flanc de la cité, pareilles à des épines de porc-épic. Là-haut, dans l'air raréfié, les vents perdent la curiosité mélancolique qu'ils possèdent au niveau de la rue. Ils laissent toute irascibilité derrière eux. Brassés par ces tours qui pointent au-dessus de la foule des réverbères – lampes à carbure d'un blanc intense, rouge des lampes à huile polies par la fumée, suif clignotant, flamme frénétique et crachotante du gaz –, qui forment autant de remparts anarchiques contre l'obscurité, les vents se réjouissent et jouent.

Je puis alors enfoncer mes serres au bord du faîte de l'immeuble, écarter les bras pour sentir soufflets et bourrasques de cet air tumultueux; je puis fermer les yeux pour me rappeler, un instant, ce que c'est que voler.

Deuxième partie

ANATOMIES DU VOL

6

La gravité, Nouvelle-Crobuzon ne s'y laissait pas prendre.

Les aérostats suintaient par-dessus de nuage en nuage telles des limaces sur une salade. Les modules de la milice filaient comme l'éclair à travers le cœur de la cité dans la vibration nasillarde des câbles qui les retenaient, semblables à des cordes de guitare tendues, à plus de cent mètres du sol. Les calovires labouraient l'air au-dessus des rues, lâchant des traînées d'excréments et de jurons. Les pigeons côtoyaient faucons, moineaux et perroquets en fuite. La fourmi volante et la guêpe, l'abeille et la mouche à viande, le papillon et le moustique menaient des combats aériens contre un millier de prédateurs, cornus et autres dhéri qui les croquaient au vol. Des golems assemblés à la va-vite par des étudiants soûls agitaient stupidement dans le ciel leurs gauches ailes de cuir, de papier ou de pelures de fruit, se disloquant au fur et à mesure de leur vol. Jusqu'à ces trains qui transportaient des kyrielles de marchandises, d'hommes et de femmes dans l'immense carcasse urbaine en s'efforçant de demeurer au-dessus des maisons, à croire qu'ils redoutaient la putréfaction de l'architecture.

La ville, comme inspirée par les vastes montagnes qui

s'élevaient à l'ouest, était un jaillissement massif vers le ciel. Des blocs d'habitation carrés, étouffants, de dix, vingt, trente étages ponctuaient l'horizon. Ils émergeaient de la masse tels des doigts boudinés, des poings, des chicots de membres signalant, frénétiques, les nantis des maisons les plus basses. Les tonnes de béton et de goudron qui constituaient l'agglomération recouvraient une géographie antique : tertres, tumulus et accotements aux ondulations encore visibles ; les quartiers pauvres s'étalaient tels des éboulis sur les flancs de la Colline Vaudoise, de Muscide, de Vexilmont, du Mont de Saint-Baragouin.

Les parois noires, enfumées, du Parlement jaillissaient de l'Île d'Horrore comme une dent de requin ou un aiguillon de pastenague, une arme organique monstrueuse qui pourfendait le ciel. Le bâtiment était semé de nodules, de tubes obscurs et d'énormes rivets. Il pulsait sous l'effet des antiques chaudières à vapeur enfouies dans ses profondeurs. Des pièces aux fonctions incertaines bosselaient le corps principal du colossal édifice sans se soucier de contreforts ni d'entretoises ou presque. Quelque part à l'intérieur, dans la Chambre, hors d'atteinte du ciel, se pavanaient Buseroux et d'innombrables raseurs logorrhéiques. Le Parlement était comme une montagne figée au bord d'une avalanche architecturale.

Nul plan plus pur ne surplombait la ville. Les cheminées crevaient la membrane qui séparait l'air de la terre pour dégorger, comme par dépit, leurs monceaux de fumée empoisonnée vers le monde d'en haut. Les rejets mêlés d'un million de cheminées basses tourbillonnaient juste au-dessus des toits en une vapeur plus épaisse et plus puante encore. Dans le poussier brûlé pour réchauffer des amants à l'agonie, les crématoriums déchargeaient parmi les Volants les cendres de testaments consumés par des exécuteurs jaloux. Des milliers d'ignobles fantômes de fumée enveloppaient

Nouvelle-Crobuzon d'une pestilence aussi suffocante que la culpabilité.

Les nuages tournoyaient dans ce microclimat dégoûtant. La météo semblait se résumer à un ouragan insidieux et croissant centré sur le noyau de la cité, autour de cet énorme bâtiment monstrueux, ramassé, du cœur du quartier commercial du Freux, cette concrétion de styles et d'outrages architecturaux, de kilomètres de voies de chemin de fer qu'était la gare de Perdido.

Une forteresse industrielle, en vérité, hérissée de parapets erratiques. Sa flèche la plus méridionale, écartelée dans sept directions par la tension de ses câbles aériens, était la Tour Pointue de la milice, qui surplombait les autres campaniles, les écrasant. Mais malgré toute sa hauteur, celle-ci n'était qu'une annexe de l'énorme gare.

L'architecte avait été incarcéré, fou à lier, sept années après l'achèvement de son projet. C'était un hérétique, disait-on, bien décidé à se bâtir son propre dieu.

Cinq énormes bouches de brique béaient pour avaler chacune des lignes ferroviaires de la ville. Leurs rails se déroulaient le long des arches telles des langues immenses. Boutiques, espaces à l'abandon, chambres de torture, ateliers, bureaux, farcissaient indifféremment le gros ventre du bâtiment – qui semblait, sous un certain angle, dans certaine lumière, prendre appui sur la Tour Pointue, pour s'élancer dans le vaste ciel qu'il envahissait avec tant de flegme.

Isaac ne laissait pas le romantisme lui voiler les yeux. À chaque fois qu'il regardait vers la ville de ses orbites gonflées, derrière lesquelles vrombissait un cerveau alimenté de formules nouvelles et d'éléments tous dédiés sans exception à échapper à l'étreinte de la gravité, il voyait du vol – un vol qui n'avait manifestement rien d'une évasion vers un monde meilleur. Ce passage d'une partie de Nouvelle-Crobuzon à une autre était chose profane, séculière.

Étendu sur sa couche, Isaac regarda par la fenêtre. Il suivit tour à tour du regard chacune des taches qui se mouvaient dans le ciel. Éparpillés autour de lui sur le lit, s'étalant sur le sol telle une marée de papier, reposaient des livres et des articles, des notes dactylographiées et de longues liasses rédigées dans son écriture exaltée. Les monographies classiques se nichaient sous les rêveries d'excentriques. Biologie et philosophie luttaient coude à coude pour occuper son bureau.

Il avait progressé au flair, comme un chien de chasse, au fil d'une piste bibliographique tortueuse. On ne pouvait faire l'impasse sur certains titres : *Sur la gravité* ou *Théorie du vol*. Certains étaient plus tangents, tel *Aérodynamique de l'Essaim*. Et d'autres, de simples lubies qui n'auraient suscité que réprobation chez ses collègues les plus respectables. Il lui restait encore, par exemple, à parcourir les pages de *Ces ectoplasmes qui vivent par-delà les nuages et ce qu'ils peuvent nous apprendre*.

Isaac se gratta le nez et tira sur sa paille pour aspirer la bière qui reposait sur son torse.

Au bout de seulement deux jours consacrés à la mission de Yagharek, il envisageait la ville d'une façon tout à fait nouvelle. Il se demandait si elle reviendrait un jour à son aspect antérieur.

Il roula sur lui-même, farfouillant sous lui pour déplacer les documents qui le gênaient. Son geste libéra une collection d'obscurs manuscrits et une pile d'hélios de Scoubidou. Isaac souleva devant lui les clichés qu'il avait pris, examinant les complexités de la musculature calovire qu'il avait demandé au petit être d'exhiber.

J'espère que ce ne sera pas trop long, se dit-il.

Il avait passé sa journée à lire et à prendre des notes,

en grognant poliment si David ou Lublamai lui hurlaient le bonjour, l'interrogeaient ou lui proposaient d'aller déjeuner. Il avait grignoté du pain, du fromage et des poivrons déposés devant lui sur son bureau par Lublamai. Au fur et à mesure que la journée tiédissait et que les petites chaudières à vapeur de toutes leurs machines réchauffaient l'air, il s'était débarrassé une à une de ses couches de vêtements. Chemises et foulards jonchaient le sol à côté de son bureau.

Isaac attendait une livraison de matériel. Il avait pris conscience très tôt au fil de ses lectures que ses connaissances scientifiques présentaient des lacunes énormes pour cette mission. Parmi tous les arcanes, la biologie était son point faible. Quand les ouvrages de référence portaient sur la lévitation, la thaumaturgie antigéotropique ou sa bien-aimée Théorie du Champ Unifié, il était comme un poisson dans l'eau, mais les clichés de Scoubidou lui avaient fait réaliser la pauvreté de ses connaissances en matière de biomécanique du simple vol.

Ce qu'il me faut, ce sont des cadavres de calovires... non, un sujet vivant sur lequel faire des expériences... s'était-il dit paresseusement la veille au soir en contemplant ses héliotypes. *Non... un mort à disséquer et un vivant à observer en vol.*

Ces pensées désinvoltes avaient tout soudain adopté une forme plus sérieuse. Il était resté assis à méditer un moment à son bureau, avant de décoller à son tour vers l'obscurité du Marais.

La taverne la plus réputée entre la Poix et la Chancre se dissimulait dans l'ombre d'une énorme église palgolak. Elle était située à quelques rues humides du pont Danechi, qui reliait le Marais-aux-Blaireaux à Osseville.

Bien entendu, la majorité de la population du Marais se composait de boulangers, de balayeurs, de prostituées et toutes autres professions peu susceptibles de jamais jeter un sort ou de jamais examiner un tube à essai au cours de leur vie. De la même façon, les habitants d'Osseville n'étaient pas, pour la plupart, plus soucieux de contrevenir à la loi que l'ensemble de Nouvelle-Crobuzon. Néanmoins, le Marais-aux-Blaireaux demeurerait toujours le Secteur Scientifique ; Osseville, le Quartier aux Voleurs. Et le point de rencontre de ces deux influences – ésotériques, sournoises, romancées et parfois dangereuses – était les Filles de la Lune.

Derrière sa façade d'un écarlate intense et son panneau représentant les deux petits satellites qui orbitaient autour de l'astre sous la forme de deux femmes à la beauté assez tapageuse, les Filles de la Lune était un endroit miteux mais attrayant. Sa clientèle comptait les esprits bohèmes les plus hardis de la ville ; artistes, voleurs, scientifiques frondeurs, drogués et informateurs de la milice y jouaient des coudes sous les yeux de la propriétaire des lieux : Cathy-la-Rouge.

Le surnom de Cathy était une référence à ses cheveux carotte – et, s'était toujours dit Isaac, un réquisitoire accablant contre le manque de créativité de ses clients. Elle-même faisait montre d'une grande force physique, et d'un jugement sûr pour savoir qui corrompre ou qui expulser, qui cogner ou qui abreuver de bière à ses frais. Pour ces raisons – ainsi que, soupçonnait Isaac, grâce à deux ou trois petites compétences en matière de charmes thaumaturgiques –, les Filles de la Lune avait négocié un trajet périlleux, mais réussi, loin de tous les rackets de cette zone. Les rafles de la milice y demeuraient rares et superficielles. La bière de Cathy était bonne. Elle ne s'enquérait pas de quoi on discutait en petit comité autour des tables du fond.

Ce soir-là, Cathy avait salué Isaac d'un bref geste de la main, et il avait fait de même. Il avait parcouru des yeux la pièce enfumée, mais la personne qu'il recherchait était absente. Il s'était avancé jusqu'au comptoir.

— Cathy ! avait-il beuglé par-dessus le vacarme. Pas trace de Lemuel ?

Elle avait secoué la tête et lui avait tendu, sans qu'il le demande, un demi de Roi de Pique. Il avait payé et s'était retourné, le dos au comptoir.

Il était assez désarçonné. Les Filles de La Lune faisait pratiquement office de bureau pour Lemuel Pigeon. On pouvait en général l'y trouver avec certitude tous les soirs, occupé à manigancer, à chercher de nouvelles combines ou à recevoir sa part d'un butin quelconque. Il devait être occupé à quelque tâche douteuse au-dehors. Isaac déambula sans but parmi les tables, en quête d'un visage connu.

Dans un coin plus reculé, porteur de la chasuble rose de son ordre et souriant à son interlocutrice d'un air béat, se trouvait Gedrecsechet, le bibliothécaire de l'église palgolaki. Isaac, réjoui, prit dans cette direction.

Il constata avec amusement que les bras de la jeune renfrognée qui débattait avec Ged arboraient en guise de tatouage les deux roues entrecroisées qui la désignaient comme Engrenage du Dieuméca, sans doute partie pour tenter de convaincre les impies. Au fur et à mesure qu'il s'avançait, la conversation se fit plus audible.

— Si tu abordais le monde et Dieu avec un iota de la *rigueur* et du *sens de l'analyse* que tu prétends posséder, tu verrais que ton sentiomorphisme absurde est tout bonnement intenable !

Ged sourit à la fille boutonneuse et ouvrit la bouche pour répondre. Isaac intervint.

— Excuse-moi de mettre mon grain de sel, Ged. Je voulais juste te dire, jeune Roue-en-l'air, ou quelle que soit la façon dont tu te désignes…

L'Engrenage fit mine de protester, mais Isaac l'interrompit.

— Non, non, boucle-la. Je vais être très clair : *fous-moi*

le camp ! Et emmène ta rigueur avec toi. Je veux parler à Ged.

Ged rigolait. Son adversaire était en train d'avaler sa salive, s'efforçant de poursuivre dans la voie de la colère, mais la masse énorme d'Isaac et sa pugnacité guillerette l'avaient intimidée. Elle se ressaisit, histoire de partir avec un semblant de dignité.

Au moment de se lever, elle ouvrit la bouche, prête à décocher la réplique finale sanglante qu'elle avait manifestement préparée. Isaac la devança.

— Dis quoi que ce soit et je te casse les dents, prévint-il aimablement.

L'Engrenage referma la bouche et fila.

Lorsqu'elle eut disparu de leur champ de vision, Isaac et Ged partirent d'un rire simultané.

— Pourquoi est-ce que tu supportes ça, Ged ? vagit Isaac.

Ged, accroupi comme une grenouille devant la table basse, sa grande langue rentrant et pendant hors de son immense bouche molle, se balançait d'avant en arrière sur ses bras et ses jambes.

— Je ne peux pas m'empêcher de les plaindre, gloussa-t-il. Ils sont tellement… passionnés.

On tenait en général Ged pour le Vodyanoi le plus anormalement drôle jamais rencontré. Il n'avait ni l'air mauvais, ni la brusquerie typique de cette race revêche.

— Enfin, continua-t-il, se calmant quelque peu, ces gens-là ne m'embêtent pas autant que d'autres. Ils ne possèdent pas un quart de la rigueur à laquelle ils prétendent, bien sûr, mais ils prennent les choses au sérieux, au moins. Et puis ce ne sont pas des Complies ni des Songes Petits-Dieux, ou je ne sais quoi encore.

Palgolak était un dieu de connaissance. On le représentait soit sous les traits d'un Humain courtaud et gras, soit sous ceux d'un svelte Vodyanoi, qui lisaient l'un et l'autre dans leur bain – soit, encore plus mystique, sous ces deux aspects à la fois. La congrégation palgolaki se composait d'Humains et de Vodyanoi en proportions à peu près égales. Palgolak était une déité aimable, plaisante, un sage dont l'existence se vouait entièrement à la moisson, au classement et à la dissémination de l'information.

Isaac ne révérait aucun dieu. Il ne croyait pas à l'omniscience ni à l'omnipotence que l'on attribuait à certains – ni même à l'existence de beaucoup d'entre eux. Il existait à coup sûr quelques êtres et essences qui habitaient différents plans de l'existence, et certains étaient certainement puissants, selon les termes humains, mais leur vouer un culte lui paraissait une activité un peu lâche. Toutefois, Palgolak trouvait grâce à ses yeux. Isaac avait tendance à espérer que cet enfoiré existait vraiment, sous une forme ou une autre. Il aimait l'idée d'une entité inter-aspectuelle si entichée de connaissance qu'elle se contentait d'errer de plan en plan dans sa baignoire, marmonnant avec intérêt devant chaque nouvel élément sur lequel elle tombait.

La bibliothèque de Palgolak valait amplement celle de l'Université de Nouvelle-Crobuzon. Elle ne prêtait pas d'ouvrages, mais admettait des lecteurs en son sein à n'importe quelle heure du jour et de la nuit – et il y avait très, très peu de livres auxquels elle n'accordait pas l'accès. Les Palgolaki étaient des prosélytes, persuadés que tout ce que savait un fidèle était aussitôt connu de Palgolak lui-même, raison pour laquelle les adeptes se voyaient sommés de lire voracement par la doctrine. Mais ils ne se consacraient que de façon secondaire à la gloire de leur dieu, accordant leur primeur à celle du savoir – raison pour laquelle ils avaient juré de laisser entrer tous ceux qui le désiraient dans leur bibliothèque.

Et raison pour laquelle Ged était en train de gémir gentiment. La bibliothèque palgolaki de Nouvelle-Crobuzon possédait la meilleure collection connue de manuscrits religieux de tout Bas-Lag, et elle attirait des pèlerins issus d'un immense éventail de religions et de dissidences. Ils se pressaient dans les faubourgs nord du Marais et de Crachâtre : l'ensemble des races croyantes du monde, en tunique et masque, arborant fouets, laisses, loupes – bref, tout le toutim de leur arsenal religieux.

Certains des pèlerins étaient peu ragoûtants. Les Songe-Petit-Dieux xénophobes, par exemple, connaissaient une recrudescence en ville, et Ged considérait comme son devoir sacré (quoique infortuné) d'assister ces racistes qui, entre deux pistages de passages dans leurs textes, lui crachaient à la figure en le traitant de crapaud et de buse d'eau.

Comparés à eux, les Engrenages du Dieuméca, égalitaristes, étaient une secte sans danger, même s'ils affirmaient avec agressivité leur croyance en la mécanicité du Seul Vrai Dieu.

Au fil des ans, Isaac et Ged avaient eu quantité de longues discussions – la plupart théologiques, mais portant aussi sur la littérature, l'art ou la politique. Isaac respectait l'affable Vodyanoi. Il le savait fervent dans l'accomplissement de son devoir de lecture et, en conséquence, bien informé sur la plupart des sujets imaginables. Ged se montrait toujours un peu circonspect au départ quand il s'agissait d'exprimer des *opinions* sur les informations dont il faisait part – « Seul Palgolak en sait assez pour proposer une analyse », proclamait-il religieusement au début de leurs discussions – jusqu'à ce que deux ou trois verres obscurcissent son pieux refus du dogmatisme et qu'il se lance, volubile, à tue-tête.

— Ged, demanda Isaac, que peux-tu me dire sur les Garuda ?

Son compagnon de table haussa les épaules, et sourit de plaisir à l'idée de partager ses connaissances en la matière.

— Pas grand-chose. Un peuple oiseau. Qui vit dans

le Cymek, ainsi qu'au nord du Shotek, et à l'ouest de la Mordiga, à ce que l'on dit. Peut-être aussi sur certains autres continents. Des os creux. (Le regard de Ged était fixe, concentré sur le souvenir de pages des œuvres xanthroplogiques qu'il citait.) Ceux du Cymek sont égalitaristes… oui, jusqu'à la moelle, et complètement individualistes. Des chasseurs-cueilleurs, sans aucune division sexuée du travail. Pas d'argent, aucune prédominance sociale, encore qu'ils aient des sortes de rangs non institués dans ce domaine. Qui signifient juste que tu mérites plus de respect, ce genre de truc. Ils ne révèrent aucun dieu, encore qu'ils possèdent une figure diabolique, que certains tiennent pour un véritable eidolon, Danesch, l'appellent-ils. Ils chassent et se battent à l'aide de fouets, d'arcs, de lances, d'épées légères. N'utilisent pas de boucliers : c'est trop lourd pour voler. Alors ils manient parfois deux armes à la fois. Se bagarrent de temps à autre avec d'autres bandes ou d'autres espèces, sans doute pour la maîtrise d'une ressource ou une autre. Tu es au courant, pour leur bibliothèque ?

Isaac acquiesça. Le regard de Ged brillait d'une avidité presque obscène.

— Crachedieu, dit le Vodyanoi, j'adorerais aller jusque-là. Ça n'arrivera jamais. (Son expression vira à la mélancolie.) Le désert n'est pas vraiment fait pour ceux de ma race. C'est un peu sec…

— Ma foi, dit Isaac, étant donné que tu n'en sais presque que pouic sur eux, je crois que je ferais aussi bien d'arrêter de causer avec toi.

À son grand étonnement, le visage de Ged se décomposa.

— Je plaisante, Ged ! C'est de l'ironie ! Du sarcasme ! Tu en sais des *tonnes*, bordel ! Du moins par rapport à moi. J'ai déjà parcouru tout Shacrestialchit et tu viens de multiplier la somme de mes connaissances. Sais-tu quoi que ce soit de leur… euh, leur code pénal ?

Ged le dévisagea. Ses yeux immenses se rétrécirent.

— Qu'est-ce que tu trames, Isaac ? Ils sont si égalitaristes… enfin, leur société est basée sur le fait de maximiser les choix pour l'individu, ce qui explique leur côté communisant. Ils accordent à tous des choix sans entrave. Et pour autant que je m'en souvienne, le seul crime qui existe chez eux consiste à priver un Garuda de son choix. À partir de là, la peine est exacerbée ou minimisée selon que c'est fait avec ou sans respect, raison pour laquelle ils adorent littéralement…

— Comment peut-on voler à quelqu'un son choix ?

— Aucune idée. J'imagine que si tu chipes une lance, son propriétaire n'a plus le choix de l'utiliser… Ou que si tu t'allonges sur un lichen savoureux, tu prives les autres du choix d'aller le cueillir…

— Certaines privations de choix doivent être des analogies de trucs que nous considérons comme des crimes, dit Isaac, et d'autres ne doivent avoir absolument aucun équivalent.

— J'aurais tendance à penser comme toi.

— Qu'est-ce qu'un individu concret, et un individu abstrait ?

Ged contempla Isaac, interloqué.

— Que le cul me pèle, Isaac ! Tu as fait connaissance avec un Garuda, avoue !

Isaac haussa un sourcil et approuva d'un bref signe de tête.

— Bon sang ! hurla Ged. (Les clients des tables alentour se tournèrent vers lui, momentanément surpris.) Et il vient du Cymek, en plus ! Isaac, il faut que tu le fasses… le ou la ? enfin bref, tu dois faire venir ce Garuda pour qu'il me parle du Cymek !

— Je ne sais pas, Ged. Il est assez… taciturne.

— Oh, je t'en prie, *je t'en prie*…

— D'accord, d'accord, je vais lui demander. Mais ne commence pas à crier victoire. Et maintenant, bordel, dis-moi quelle est la différence entre un individu concret et un individu abstrait.

— Oh, tout ça est *fascinant*. J'imagine que tu n'as pas le droit de me dire en quoi ton travail consiste ?… Ah, c'est bien ce que je me disais… Eh bien, pour parler simplement, et pour autant que je sache, ils sont égalitaristes, étant donné leur obsession du respect de l'individu, d'accord ? Et tu ne peux pas respecter l'individualité des autres si tu te concentres sur ta propre individualité de façon abstraite, isolée. Tout ça pour dire que tu es un individu en ce que tu existes *au sein d'une matrice sociale d'autres individus*, qui respectent ton individualité et ton droit de faire des choix. Voilà ce qu'est l'individualité concrète : une individualité qui reconnaît qu'elle doit son existence à une sorte de respect communautaire de la part de toutes les autres individualités, et qu'elle a intérêt, par là même, à les respecter elle aussi.

« Il en découle qu'un individu abstrait est un ou une Garuda qui a oublié, durant une période, qu'il ou elle fait partie d'un ensemble plus vaste, et qu'il ou elle doit le respect à tous les autres individus *choisissants*.

Un long silence suivit.

— Es-tu plus avancé, Isaac ? s'enquit doucement Ged avant de pouffer de rire.

Isaac n'était pas certain de la réponse.

— Bon, écoute, Ged, si je te disais, mettons, « privation de choix au deuxième degré et irrespect absolu », saurais-tu dire quel acte a commis un Garuda ?

— Non… (Ged sembla réfléchir.) Non, vraiment. Ça semble grave… Cela dit, je crois que certains livres de notre bibliothèque pourraient contenir une explication.

À ce moment précis, Lemuel Pigeon s'avança dans le champ de vision d'Isaac.

— Écoute, coupa ce dernier d'une voix précipitée, il faut vraiment que je parle à Lemuel. Je te demande de m'excuser et tout, et tout. Je peux repasser après ?

Ged sourit sans rancœur aucune et fit signe à Isaac de partir.

— Lemuel... J'ai deux mots à te dire... Un service qui pourrait rapporter gros.

— Isaac ! C'est toujours un plaisir de travailler pour un homme de science. Comment va la vie de l'esprit ?

Lemuel se rencogna sur sa chaise. Il était tiré à quatre épingles. Sa veste était bordeaux, son gilet, jaune. Il portait un petit haut-de-forme. Une masse de cheveux blonds bouclés se répandait partout contre une natte qui n'était manifestement pas à leur goût.

— La vie de l'esprit, Lemuel, se trouve dans une impasse considérable. Et c'est là que tu interviens, mon ami.

— *Moi ?*

Lemuel Pigeon afficha un sourire en coin.

— Oui, Lemuel, affirma Isaac, solennel. Toi aussi, tu peux faire avancer la cause de la science !

Isaac aimait à discuter avec Lemuel, même si celui-ci le mettait quelque peu mal à l'aise. Pigeon était un profiteur, un mouchard, un fourgue... la quintessence même du second couteau. Il s'était façonné une petite chasse gardée lucrative par son zèle à jouer les intermédiaires. Paquets, informations, propositions, messages, exilés, marchandises : tout ce que deux personnes voulaient échanger sans se rencontrer face à face transitait par Lemuel. Il se révélait inestimable pour ceux qui, comme Isaac, voulaient draguer les eaux de la pègre sans se mouiller ni se salir les mains. De la même façon, les gens du milieu pouvaient s'assurer ses services pour tremper dans une Nouvelle-Crobuzon plus ou moins légale, sans échouer, impuissants, aux portes de la milice. Toutes les activités de Lemuel ne relevaient pas de ces deux univers, loin s'en faut ; certaines étaient tout à fait légales ou tout à fait illégales. Simplement, franchir les frontières représentait sa spécialité.

L'existence de Lemuel était précaire. Il se montrait brutal – pervers en cas de besoin – et dénué de scrupule. Si l'affaire menaçait de prendre un tour dangereux, il plantait là sans ménagement quiconque se trouvait embarqué dans sa galère. Tout le monde le savait. Lemuel ne s'en cachait pas. Il faisait preuve d'une certaine honnêteté. Il ne prétendait jamais que l'on pouvait lui faire confiance.

— Lemuel, dit Isaac, mon jeune fana de science... Je mène une petite recherche. Bien. J'ai besoin de mettre la main sur certains spécimens. En l'occurrence, tout ce qui peut se déplacer dans les airs. Et c'est là que tu interviens. Un homme de ma stature ne peut pas baguenauder dans toute Nouvelle-Crobuzon pour trouver des foutus *roitelets,* vois-tu. Un homme de ma stature doit pouvoir faire passer le mot, de façon que ces trucs qui volent lui tombent tout rôtis dans le gosier.

— Mets une annonce dans les journaux, mon vieux. Pourquoi tu viens me chercher ?

— Parce que, en l'occurrence, il m'en faut plein, mais plein ! de ces trucs qui volent... et que je ne veux pas savoir d'où ils viennent. Et puis je tiens à en avoir un éventail très vaste. Je veux en examiner le plus possible, et certains ne sont pas faciles à dénicher. Par exemple, si je veux dégotter... un cornu, mettons. Je pourrais payer de gros dollars pour qu'un quelconque flibustier sorti de sa cambuse me file un spécimen bouffé aux mites et à moitié mort... ou alors, je peux te payer *toi* pour que tu commandites l'un de tes honorables associés afin qu'il libère un pauvre petit cornu qui étouffait dans sa foutue cage dorée des Hauts de Vertige, ou de Bord. *Capiche ?*

— Isaac, mon fils... Je commence à te comprendre.

— Bien sûr, Lemuel, bien sûr. Tu fais du business. Ce que je recherche, c'est la rareté. Je veux des bêtes que je n'ai jamais vues de ma vie. Sois inventif. Je ne paierai pas un fric fou pour un panier de merles – mais, surtout, ne va pas croire que je n'en veux pas, je t'en prie. Les merles, ça me va bien, tout comme les grives, les choucas et tous les oiseaux possibles… Les pigeons, Lemuel, tes propres homonymes ! Mais ce que je vise encore plus, ce sont, disons… les serpents-libellules.

— Rare, commenta Lemuel, le nez dans sa pinte.

— Très rare, convint Isaac. Ce qui explique que je donnerais de grosses sommes pour un bon spécimen. Tu comprends, Lemuel ? Je veux des oiseaux, des insectes, des chauves-souris… et puis des œufs, des cocons, des larves, tout ce qui pourra se transformer en un truc qui vole. Il se pourrait même que ce soit ça le plus utile, en fait. Tout ce qui a l'air de vouloir devenir pas plus gros qu'un chien. Rien de trop gros, ni de dangereux. Si méritoire que ce soit d'attraper un drude ou un rhino des vents, je n'en veux pas.

— Tu n'es pas le seul, assura Lemuel.

Isaac enfourna un billet de cinq guinées dans la poche de poitrine de Pigeon. Les deux hommes levèrent leurs verres et burent d'un même mouvement.

Cela, c'était la veille au soir. Isaac se recula sur son siège et imagina sa requête se tortillant tel un ver à travers les venelles délictueuses de Nouvelle-Crobuzon.

Isaac avait déjà fait appel aux services de Lemuel par le passé, alors qu'il avait besoin d'un composé rare ou interdit, d'un manuscrit dont il n'existait que quelques exemplaires à Nouvelle-Crobuzon, ou d'informations sur la synthèse de substances illégales. Son sens de l'humour se délectait à l'idée qu'entre deux guerres des gangs ou deux transactions de drogue, les éléments les plus durs de la pègre de la ville farfouillaient consciencieusement pour dénicher oiseaux et papillons.

Le lendemain, on serait Fuidi, réalisa-t-il. Plusieurs jours s'étaient écoulés depuis sa dernière rencontre avec Lin. Elle n'était même pas au courant de cette nouvelle commande. Ils avaient rendez-vous tous les deux, se souvint-il. Pour dîner. Il pouvait mettre sa recherche de côté un moment et raconter à son amante tout ce qui était arrivé. Il appréciait de pouvoir vider son esprit de ces petits détails accumulés afin de les offrir à Lin.

Lublamai et David étaient partis, réalisa-t-il. Il était seul.

Il ondoya à la façon d'un morse, éparpillant papiers et clichés partout sur les tableaux. Ayant éteint son bec à gaz, il leva les yeux vers le dehors depuis l'obscurité de l'entrepôt. À travers sa fenêtre sale, il distinguait l'énorme cercle froid de la lune et les lentes pirouettes que décrivaient ses deux filles, ces satellites de roche nue, ancienne, qui brillaient comme des lucioles rebondies au fil de leurs révolutions autour de leur mère.

Isaac s'endormit en observant le mouvement lunaire complexe. Se repaissant du clair de lune, il rêva de Lin : un rêve tendu, tout de sexe et d'amours.

7

Le Coq et la Pendule s'était étalé au-dehors. Tables et lanternes colorées parsemaient l'avant-cour voisine du canal qui séparait les Champs-de-Salacus de Sanguigne. Des tintements de verres et des cris amusés dérivaient jusqu'aux austères mariniers en partance pour la rivière qui actionnaient les écluses, prêts à chevaucher l'écoulement des eaux jusqu'à son cours supérieur, laissant derrière eux l'auberge tapageuse.

Lin était frappée de vertige.

Elle se trouvait assise, entourée de ses amis, au bout d'une grande table sous un lampion violet. À son côté se tenaient Blésivore, braillant sur un ton animé à l'adresse de Kwiss Kipoos, le celliste cactacé. Alexandrine ; Bellagin Sain ; Tarric Septimus ; Importuné Épinette : des peintres, des poètes, des musiciens, des sculpteurs, et une foule de parasites qu'elle ne reconnaissait qu'à peine.

Tel était son milieu. Tel était son univers. Et pourtant, elle ne s'y était jamais sentie aussi seule qu'en cette journée.

Elle avait décroché *le* travail ultime, l'énorme commande dont ils rêvaient tous, l'œuvre unique qui saurait assurer son confort des années durant : voilà ce qui la séparait de ses compagnons. Et son terrifiant employeur avait décidé de l'isoler, fort efficacement. À croire qu'on l'avait expulsée sans crier gare à mille lieues de la troupe médisante, ludique, animée, précieuse, introspective, des Champs.

Elle n'avait vu personne depuis son retour, ébranlée, de son rendez-vous extraordinaire à Osseville. Isaac lui avait énormément manqué, mais elle savait qu'il saisirait l'opportunité de sa soi-disant inspiration à elle pour se noyer dans ses propres recherches – et qu'il se mettrait dans une colère noire s'il avait vent de sa visite dans le Marais. Aux Champs, leur relation était un secret de Polichinelle. Le Marais, au contraire, représentait le ventre de la bête.

Si bien que Lin était restée prostrée toute une journée, méditant sur la tâche qu'elle était convenue d'accomplir.

Lentement, timidement, elle avait porté sa réflexion sur le modèle monstrueux qu'était M. Madras.

Bon sang de Crachedieu! songeait-elle. *Qu'est-il donc ?*

Elle n'avait aucune vision claire de son commanditaire, avait juste perçu la discordance chamarrée de sa chair. Des bribes de souvenirs visuels la tourmentaient : une main qui s'achevait en cinq pinces de crabes régulièrement espacées ; une corne en spirale jaillissant d'une paire d'yeux ; une crête reptilienne autour d'une peau de chèvre. Il était impossible de dire à quelle race il appartenait au départ. Elle n'avait jamais entendu parler d'une Recréation aussi extensive, monstrueuse, décousue. Quiconque possédait sa supposée richesse pouvait certainement s'offrir les meilleurs Recréateurs pour se faire façonner apparence plus humaine – ou plus quoi que ce fût. La seule conclusion possible était qu'il avait *choisi* cette forme.

Soit ça, soit il était victime de Torsion.

Était-ce l'obsession qu'il manifestait envers les zones de transition qui reflétait son aspect, ou son idée fixe lui avait-elle préexisté ?

L'armoire de Lin regorgeait d'esquisses grossières du corps de M. Madras – cachées à la hâte dans l'hypothèse qu'Isaac demeure avec elle ce soir. Elle avait griffonné des notes à partir des souvenirs qu'elle conservait de cette anatomie démente.

Au fil des jours, son horreur avait reflué, la laissant couverte de chair de poule et pleine d'idées.

Ceci, avait-elle décidé, pouvait être l'œuvre de sa vie.

Son premier rendez-vous avec M. Madras était fixé au lendemain, le Cendredi, dans l'après-midi. Après cela, la fréquence de leurs séances serait de deux par semaine au cours du mois suivant. Un mois au moins, et sans doute plus, selon la manière dont la sculpture prendrait tournure.

Lin avait hâte de commencer.

— Lin, espèce de chieuse ! hurla Blésivore en lui jetant une carotte à la tête. Pourquoi tu ne dis rien ce soir ?

Lin griffonna rapidement sur son bloc.

Parce que tu m'ennuies, Blaise, mon chou.

Tout le monde éclata de rire. Blésivore retourna à son flirt ostentatoire avec Alexandrine. Derkhan pencha sa chevelure grise vers Lin pour s'adresser à elle à voix basse.

— Sérieusement, Lin... C'est à peine si tu as décroché un mot. Tu as un problème ?

Touchée, Lin secoua doucement sa tête scarabe.

Je travaille sur un gros truc. Qui m'occupe beaucoup, signa-t-elle à l'intention de son amie.

C'était un soulagement de pouvoir parler sans avoir à écrire le moindre mot : Derkhan lisait couramment la langue des signes.

Isaac me manque, ajouta-t-elle avec de faux airs éplorés.

Derkhan avait pris une mine compatissante. *Elle est vraiment jolie,* songea Lin.

Son amie était pâle, et élancée – quoiqu'elle eût pris du ventre au fil des années. Derkhan avait beau adorer le cinéma éhonté qui était de mise parmi la troupe des Champs-de-Salucus, elle était d'un naturel sincère et doux, et évitait de se trouver au centre de l'attention générale. Ses publications étaient acérées et impitoyables ; si elle n'avait pas apprécié le travail de Lin, toutes deux n'auraient sans doute pas pu se lier d'amitié. La rudesse de ses jugements dans les colonnes du *Phare* avoisinait parfois la cruauté.

Lin pouvait expliquer à Derkhan qu'Isaac lui manquait. Celle-ci connaissait la vraie nature de leur relation. Un peu plus d'un an auparavant, alors qu'elles se promenaient ensemble aux Champs, Derkhan lui avait payé à boire. Au moment de tendre son argent pour régler, elle avait laissé tomber son sac. Elle s'était vite penchée pour le ramasser, mais Lin l'avait prise de vitesse, ne s'arrêtant qu'un instant à la vue de l'étrange héliotype usé qui en était tombé : le cliché d'une belle et farouche jeune femme en costume d'homme, barré d'un « bisous ! » et d'un baiser au rouge à lèvres. Elle avait rendu l'hélio à Derkhan, qui l'avait rangé dans son sac en prenant son temps, et en évitant le regard de Lin.

— Ça remonte à un bail, avait-elle commenté, énigmatique, avant de plonger le nez dans sa bière.

Lin avait eu l'impression de lui être redevable d'un secret. Plusieurs mois plus tard, c'était donc presque avec soulagement que, déprimée après une dispute idiote avec Isaac dont elle était sortie en claquant la porte, elle s'était retrouvée à boire un verre avec Derkhan. Cela lui avait fourni l'occasion de lui avouer la vérité – que celle-ci avait déjà dû deviner. La critique avait hoché la tête, n'exprimant que compassion envers le marasme dans lequel était plongée Lin.

Depuis lors, elles étaient proches.

Isaac aimait Derkhan parce que c'était une révoltée.

Au moment précis où Lin songeait à Isaac, sa voix retentit.

— Bordel de merde, désolé d'être en retard, les amis !

Elle se retourna pour découvrir la masse de son amant se propulsant vers eux entre les tables. Elle fit jouer ses antennes ; elle était sûre qu'il y reconnaîtrait un sourire.

Tous saluèrent Isaac en chœur comme il s'approchait. Il fixa Lin des yeux et lui adressa un sourire à elle seule destiné. Alors qu'il lui caressait le dos en faisant bonjour à tout le monde de son autre main, Lin le sentit épeler maladroitement *je t'aime* à travers son chemisier.

Il rapprocha une chaise d'un geste vif et força Blésivore et Lin à s'écarter pour lui faire de la place.

— Je reviens de ma banque, où j'étais passé déposer plusieurs petites pépites rutilantes. Les contrats lucratifs, hurla-t-il, ça rend les savants heureux et ça leur détraque le jugement ! Tournée générale !

Un croassement de surprise ravie s'éleva, suivi d'une clameur collective : on réclamait le serveur.

— Comment se déroule l'expo, Blaise ? s'enquit Isaac.

— Oh, magnifiquement, magnifiquement, cria Blésivore. (Sur quoi, bizarrement, il ajouta, plus fort encore :) Lin est passée nous voir piscidi.

— Ah, dit Isaac, perplexe. Ça t'a plu, Lin ?

Elle signa brièvement que oui.

Blésivore n'avait d'yeux que pour les seins d'Alexandrine, que soulignait sa robe suggestive. Isaac concentra son attention sur Lin.

— Tu ne vas pas croire ce qui est arrivé, commença-t-il.

Elle lui serra le genou sous la table. Il lui rendit son geste.

À voix basse, il fournit à Lin et Derkhan une version tronquée de la visite de Yagharek. Il les implora de n'en rien répéter, tout en jetant régulièrement des regards alentour pour vérifier que personne d'autre ne tendait l'oreille afin de capter ses propos. Alors qu'il n'en était qu'à la moitié de l'histoire, le poulet qu'il avait commandé arriva, et il mangea à grand bruit tout en décrivant son entrevue aux Filles de la Lune, ainsi que les cages et les cages de sujets d'expérience dont l'arrivée à son laboratoire était imminente.

Lorsqu'il en eut terminé, il se recula sur son siège pour leur adresser à toutes deux un grand sourire, que balaya bientôt un air de contrition.

— Et toi, demanda-t-il à Lin, comment ça va, ton boulot ?

Elle écarta la question d'un revers de la main.

Il n'y a rien, mon cœur, que je puisse te dire, songeait-elle. *Parlons plutôt de ton nouveau projet.*

Le sentiment de culpabilité d'Isaac se lut brièvement sur son visage devant cette conversation à sens unique, mais la chose était inévitable : il était englué dans les affres d'un nouveau projet. Lin fut prise d'une affection et d'une mélancolie familières. Mélancolie devant la suffisance dont son amant faisait preuve en de tels instants ; affection devant sa ferveur et sa passion.

— Regardez, regardez ! bredouilla soudain Isaac, avant de tirer de sa poche un bout de papier qu'il déplia devant elles sur la table.

C'était une publicité pour une foire de passage à la Croix-de-Sobek. Le dos de la feuille était raidi par la colle : Isaac l'avait arrachée sur un mur.

LA FOIRE UNIQUE ET MERVEILLEUSE DE M. BOMBADREZIL, stupéfaction et ravissement garantis pour LES FINES BOUCHES LES PLUS BLASÉES. LE PALAIS DE L'AMOUR ; LE COULOIR DE L'HORREUR ; LE VORTEX ; et quantité d'autres attractions à des prix abordables. Venez aussi visiter notre extraordinaire maison des horreurs : LE CIRQUE DE L'ÉTRANGE. MONSTRES et MERVEILLES en provenance de tout Bas-Lag ! Des VOYANTS du PAYS FRACTURÉ ; une authentique PATTE DE FILEUSE ; le CRÂNE VIVANT ; la lascive FEMME-SERPENT ; URSUS REX, le roi humain des ours ; de minuscules HOMMES-CACTUS NAINS ; un GARUDA, l'homme-oiseau empereur du désert sauvage ; les HOMMES-PIERRE du Bezhek ; des DÉMONS EN CAGE ; des POISSONS DANSANTS, des trésors volés aux GENGRIS ; ainsi que d'autres PRODIGES ET MERVEILLES EN GRAND NOMBRE. Certaines attractions sont déconseillées aux esprits impressionnables ou aux personnes d'un NATUREL NERVEUX. Entrée : 5 fifrelins. Jardins de la Croix-de-Sobek, du 14 chept au 14 melluaire, chaque soir de 18 à 23 heures.

— Vous avez vu ça ? gueula Isaac en flanquant son pouce sur l'affiche. Ils ont un Garuda ! Quand je pense que j'ai dû demander des bidules douteux à travers toute la ville ! Je vais sûrement me retrouver avec des tonnes de roitelets horribles, perclus de maladies, alors qu'il y a un foutu Garuda à deux pas d'ici !

Tu vas y faire un tour ? signa Lin.

— Ça, oui ! éructa Isaac. Dès que j'aurai mis le pied hors d'ici ! Je m'étais dit qu'on pouvait y aller tous ensemble… (Il prit une voix étouffée.) Les autres n'ont pas besoin de savoir ce que j'y fais. Une foire, c'est toujours amusant, de toute façon, non ?

Derkhan hocha la tête avec un grand sourire.

— Dis-moi, murmura-t-elle, comment vas-tu t'y prendre pour le faire sortir de là, ton Garuda ?

— Eh bien, je pourrais prendre des héliotypes, j'imagine, ou même lui demander de passer quelques jours au labo… Je ne sais pas. On va bien trouver un truc… Alors, vous en dites quoi ? Ça vous tente, une foire ?

Lin s'empara d'une tomate-cerise dans la garniture d'Isaac et l'essuya avec soin pour ôter la sauce au poulet. Elle la saisit entre ses mandibules et entreprit de mâcher.

Ça pourrait être drôle, signa-t-elle. *Tu nous invites ?*

— Bien sûr que je vous invite ! mugit Isaac avant de lui jeter un regard appuyé.

Il la considéra ainsi quelques instants. Ayant passé

l'assistance en revue pour vérifier que personne ne les observait, il signa avec maladresse devant elle :

Tu m'as manqué.

Derkhan avait détourné les yeux, avec tact.

Ce fut Lin qui rompit le charme, pour être sûre de le faire avant Isaac. Elle claqua bruyamment dans ses mains jusqu'à ce que toute la tablée ait les yeux fixés sur elle. Ayant indiqué à Derkhan de traduire, elle se mit à signer.

— Euh… Isaac tient à démentir tout ce qu'on raconte sur les scientifiques scotchés à leur paillasse, infoutus de s'amuser. Et comme les intellectuels et esthètes dissolus dans notre genre adorent les distractions, il nous offre ça… (Lin agita la feuille, et la jeta au centre de la table pour que chacun puisse la voir.) Cavalcades, spectacles, merveilles et jeux de massacre, le tout pour cinq petits fifrelins, qu'Isaac se propose gentiment de payer !

— Non, espèce de truie ! tonna Isaac, feignant l'indignation. Pas pour tout le monde !

Mais son hurlement fut noyé par les cris de gratitude avinés.

— … de payer, répéta obstinément Derkhan. En conséquence, je propose à mon tour de finir nos verres et de filer à toute berzingue à la Croix-de-Sobek !

Les acclamations qui approuvèrent ces paroles furent bruyantes et chaotiques. Ceux qui avaient terminé leur assiette et leur verre récupérèrent leur sac. Les autres redoublèrent d'énergie pour finir d'avaler, qui leurs huîtres, qui leur salade, qui leur plantain frit. Obtenir qu'un groupe, de quelque taille qu'il fût, agisse de façon synchrone, était une entreprise épique, songea Lin avec une ironie désabusée. Il s'en faudrait encore d'un bon moment avant qu'ils ne décollent.

Devant elle, de part et d'autre de la table, Isaac et Derkhan se susurraient quelque chose. Ses antennes s'agitèrent. Elle parvint à capter une partie de la conversation. Isaac causait politique d'un ton excité. À travers ses discussions avec Derkhan, il canalisait un mécontentement social diffus, appuyé, mais dépourvu de visée précise. Une simple pose de sa part, se dit-elle avec un dépit amusé, destinée à impressionner la laconique journaliste par la profondeur de son propos.

Pour sa part, au-delà de sa détestation nébuleuse de la milice et du gouvernement, Lin n'était pas un être politique. Elle se cala sur son siège pour contempler les étoiles à travers le halo violet de la lanterne suspendue. Elle songeait à la dernière fois qu'elle était allée à la foire : le palimpseste fou d'odeurs, les sifflets et les hurlements, les joutes acharnées et la camelote qui leur servait de prix, les animaux exotiques et les déguisements criards dont la combinaison formait un mélange canaille, passionné, excitant.

La foire était un lieu où oublier un temps les règles habituelles, où banquiers et voleurs se mêlaient les uns aux autres pour s'esbaudir, scandalisés et séduits. Les sœurs les plus sages de Lin s'y rendraient, elles aussi.

Dans l'un de ses premiers souvenirs d'enfance, elle se revoyait progressant à croupetons le long d'une rangée de tentes criardes pour aller se planter près d'un manège terrifiant, dangereux, multicolore – une roue géante –, à la Foire de Frontifiel, vingt ans plus tôt. Quelqu'un – elle n'avait jamais su qui, une passante khépri, un forain au cœur tendre – lui avait tendu une pomme d'amour, qu'elle avait dévorée avec révérence. L'un de ses rares moments de plaisir de l'époque, ce fruit enrobé de sucre.

Reculant sur son siège, Lin attendit que ses amis aient achevé leurs préparatifs. Elle aspira du thé sucré à travers son éponge et patienta jusqu'au départ pour la foire en songeant à cette pomme.

8

— Entrez, entrez donc ! Venez tenter votre chance !

— Mesdemoiselles, mesdames, dites à vos gars de vous gagner un bouquet !

— Montez dans le manège qui vous fera tourner la tête !

— Un record inégalé sur cette Terre ! Votre portrait craché en quatre minutes chrono !

— Essayez la magnétisation hypnagogique de Sillion l'Extraordinaire !

— Trois tours, trois guinées ! Tenez trois tours contre l'homme de fer Magus et remportez trois plaques ! Interdit aux Cactus.

Le bruit emplissait l'atmosphère nocturne. Défis, cris, invites, tentations et fanfaronnades explosaient autour du joyeux groupe tels des ballons qui éclatent. Les brûleurs, agrémentés de substances choisies, se consumaient dans des tons rouges, verts, bleus et jaune canari. L'herbe comme les sentiers de la Croix-de-Sobek collaient sous les pas, de sauce et de sucre répandus. La vermine, serrant contre elle des morceaux de choix, décampait depuis l'auvent des éventaires pour rejoindre les buissons obscurs du parc. Tire-laine et vide-goussets maraudaient, prédateurs, à travers les attroupements tel le poisson dans les herbes. Des cris violents et des hurlements d'indignation résonnaient dans leur sillage.

Cette multitude était un magma mouvant d'Humains, de Vodyanoi, de Cactus, de Khépri et d'origines plus rares : Hotchi, Chevauches, Élanciers, ainsi que d'autres races inconnues d'Isaac.

À quelques mètres de la foire, parmi l'herbe et les arbres, l'obscurité était totale. Des papiers déchirés et jetés, accrochés dans les branches avant d'être déchiquetés par le vent, pavoisaient buissons et ramures. Le parc était quadrillé de sentiers menant aux lacs, aux parterres de fleurs, aux acres de mauvaises herbes et aux vieilles ruines monastiques situées au centre de l'immense pré communal.

Lin et Blaise, Isaac et Derkhan déambulaient, entourés du reste de la troupe, le long d'un énorme agrégat d'acier boulonné, de lumières sifflantes et de métal peint dans des tons criards. Des mugissements de délice fusaient des petites voitures qui se balançaient au bout de chaînes d'allure bien frêle. Cent airs endiablés retentissaient, issus d'autant d'engins et d'orgues, en une cacophonie dérangeante qui enflait et refluait autour d'eux.

Alex grignotait des noisettes au miel ; Bellagin, de la viande salée ; Kwiss Kipoos, un mélange humide délicieux au palais cactacé. Ils se jetaient des bouts de nourriture, les attrapant de la bouche.

Le parc grouillait d'habitués jetant des cerceaux sur des piquets, projetant des mini-carreaux d'arbalète contre des cibles, tâchant de deviner sous quelle tasse était cachée la pièce. Les enfants poussaient des cris de plaisir et d'angoisse. Les prostitués de toutes races, tous sexes et toutes apparences se dandinaient exagérément entre les stands ou, campés près des brasseries en plein air, lançaient des œillades aux chalands.

Leur groupe se désintégra peu à peu au fur et à mesure qu'il traversait le cœur de la foire. Ils traînèrent une minute, le temps que Blaise leur fasse la démonstration de ses dons d'archer. Il offrit avec ostentation ses deux récompenses, deux poupées, à Alex et à une jeune et belle pute qui avait salué son triomphe d'un cri. Tous trois disparurent bras dessus bras dessous dans la foule. Tarric se révéla expert au jeu de la pêche au crabe, en extirpant trois d'un bassin bouillonnant. Épinette et Bellagin se firent lire l'avenir dans les cartes, glapissant de terreur quand une sorcière lasse retourna successivement le Serpent et la Vieille Femme. Ils exigèrent une deuxième opinion d'une scarabomancienne aux yeux immenses – laquelle se mit à contempler d'un air théâtral les images qui se pressaient sur la carapace de ses insectes mouchetés grouillant dans leur sciure.

Isaac et les autres laissèrent derrière eux Épinette et Bellagin.

En passant le coin de la Roue du Destin, les membres restants du groupe découvrirent une partie du parc qu'une palissade barrait de façon rudimentaire. À l'intérieur de cette enceinte, une succession incurvée de petites tentes s'étirait à l'infini. Au-dessus de l'entrée trônait une inscription peinte en lettres grossières : LE CIRQUE DE L'ÉTRANGE.

— Ma foi, clama Isaac, solennel, je crois que je vais aller jeter un petit œil…

— On veut se frotter aux profondeurs de la misère humaine, Zac ? demanda une jeune modèle d'artiste dont il avait oublié le nom.

En dehors de Lin, d'Isaac et de Derkhan, il ne demeurait du groupe originel que quelques rescapés. Ceux-ci ne semblèrent qu'à moitié étonnés du choix de leur ami.

— Recherche, recherche ! grandiloqua Isaac. Derkhan ? Lin ? Ça vous dit de vous joindre à moi ?

Les autres saisirent l'allusion ; leurs réactions allèrent des gestes d'impatience à des au revoir indifférents.

Avant qu'ils ne disparaissent tous, Lin signa rapidement à l'intention d'Isaac :

M'intéresse pas. La tératologie, c'est ton truc à toi. On se retrouve dans deux heures à l'entrée ?

Isaac approuva d'un bref signe de tête et pressa sa main dans la sienne. Ayant signé au revoir à Derkhan, Lin partit d'un pas vif rattraper un artiste sonore dont Isaac n'avait jamais su le nom.

Derkhan et Isaac se dévisagèrent.

— S'il n'en reste que deux... chantonna Derkhan – un fragment d'une chansonnette pour enfants qui parlait d'une portée de chatons décimés tour à tour de façon plus grotesque les uns que les autres.

Il y avait un droit d'entrée supplémentaire pour visiter le Cirque de l'Étrange ; Isaac l'acquitta. Le spectacle de phénomènes, quoique loin de manquer d'affluence, se révéla moins noyé de monde que le reste de la foire. À l'intérieur, plus les badauds avaient d'argent, plus ils semblaient furtifs.

Cette exhibition révélait le voyeur chez l'homme du peuple et l'hypocrisie chez le bourgeois.

Une sorte de visite guidée semblait démarrer, qui promettait de voir tour à tour chaque attraction du Cirque. Les beuglements du bonimenteur convièrent les membres de l'assemblée à rester groupés et à se préparer à des visions que les yeux humains n'étaient pas censés appréhender.

Isaac et Derkhan se laissèrent quelque peu distancer puis suivirent la troupe. Derkhan, remarqua Isaac, avait sorti un carnet de notes et brandissait un stylo.

Le maître de cérémonie coiffé d'un chapeau melon s'avança vers la première tente.

— Mesdames et messieurs..., souffla-t-il, emphatique, d'une voix voilée, dans cette tente est tapie la bête la plus remarquable et la plus terrifiante qu'il ait été donné de voir aux mortels humains... Ou vodyanoi, ou cactus, ou quoi que ce soit d'autre, ajouta-t-il d'une voix normale en adressant un signe de tête courtois aux quelques Xénians présents. (Il revint à ses intonations pompeuses.) Elle a été décrite pour la première fois il y a quinze siècles dans les récits de voyage de Libintos le sage, un habitant de ce qui n'était alors que « Crobuzon ». Au cours de ses expéditions vers les immensités brûlantes du Sud, Libintos avait effectué moult découvertes merveilleuses et monstrueuses, mais rien de plus terrifiant que l'horrible... mafadet !

Jusque-là, Isaac avait arboré un sourire sardonique. Mais même lui se joignit au hoquet de surprise général. *Un mafadet ? Un vrai ?* s'étonna-t-il intérieurement comme l'homme tirait le rideau qui recouvrait l'avant de la petite tente. Il se pressa en avant pour voir.

Un nouveau « oh » étranglé, et les premiers spectateurs se débattirent pour reculer. D'autres jouèrent des coudes pour prendre leur place.

Derrière d'épais barreaux noirs, entravée par de lourdes chaînes, se trouvait une bête extraordinaire. Elle était allongée par terre, grand corps brun foncé évoquant celui d'un lion géant. Au milieu de ses épaules, un cou immense, serpentiforme, plus épais qu'une cuisse d'homme, jaillissait d'une couronne de fourrure plus dense. Ses écailles fauves lançaient des lueurs huileuses. Un motif compliqué s'enroulait jusqu'en haut de cette courbe, enflant pour adopter la forme d'un diamant là où l'échine devenait une énorme tête de serpent.

La tête du mafadet pendait par terre. Il dardait sa gigantesque langue fourchue. Ses yeux brillaient comme du jais.

Isaac agrippa le bras de Derkhan.

— Bordel, grinça-t-il, éberlué, c'est un mafadet !

Derkhan acquiesça, les yeux écarquillés.

La foule s'était écartée du devant de la cage. Le forain saisit un bâton garni de barbelés pour l'enfoncer entre les barreaux, aiguillonnant la gigantesque bête du désert. Elle laissa échapper un sifflement creux, gargouillant, et agita en direction de son bourreau une grosse patte avant pathétique. Son cou s'enroulait et se tordait de désespoir.

De la foule émanèrent de brefs hurlements. Les gens déferlèrent vers la petite barrière qui protégeait la cage.

— Arrière, mesdames et messieurs, arrière, je vous en conjure ! (La voix du forain avait pris des accents solennels et histrioniques.) Vous courez un danger mortel ! Ne contrariez pas la bête !

Le mafadet siffla une nouvelle fois sous ses tortures répétées. Il recula par terre en se tortillant, rampant hors de portée de la brutalité de la pique.

La crainte d'Isaac décrut bien vite.

Abandonnant toute dignité, l'animal épuisé se contorsionna, au supplice, se réfugiant dans le fond de la cage. Sa queue pelée fouetta la carcasse de chèvre puante qu'on lui fournissait sans doute comme seule nourriture. Excréments et poussière maculaient la peau du mafadet, ainsi que le sang qui suintait, épais, de ses nombreuses plaies et blessures. Son corps affalé tressaillait par endroits tandis que cette froide tête en V s'élevait sur les muscles puissants de son cou d'ophidé.

Le mafadet siffla et, comme la foule lui rendait la pareille, ses méchantes mâchoires se démantibulèrent. Il essayait de montrer les dents.

Isaac fit la grimace.

Là où auraient dû luire des crocs féroces de trente centimètres de long, de simples chicots saillaient de ses gencives. On lui avait cassé les dents, réalisa-t-il, par crainte de sa morsure venimeuse, mortelle.

Isaac considéra le monstre brisé qui fouettait l'air de sa langue noire. Et qui reposait la tête par terre.

— Par le cul de Baragouin ! murmura-t-il, apitoyé et dégoûté. Je n'aurais jamais cru me prendre de compassion pour un truc pareil !

— Du coup, on se demande dans quel état va être le Garuda, répondit Derkhan.

L'aboyeur tira hâtivement le rideau sur la pauvre bête. Il en profita pour raconter à la foule l'histoire de l'épreuve du poison subie par Libintos aux mains du Roi Mafadet.

Fables, clichés, mensonges et pure mise en scène, songea Isaac avec mépris. Il prit conscience que la foule n'avait eu droit qu'à un tout petit aperçu, d'une minute au plus. *Pour éviter qu'on se rende compte à quel point cette pauvre bête est moribonde.*

Il ne put s'empêcher d'imaginer le mafadet au summum de sa force physique. Le poids immense de ce corps fauve avançant à pas feutrés dans la brousse brûlante et sèche, l'attaque éclair de la morsure empoisonnée.

Les Garuda décrivant des cercles en l'air, le reflet de leurs lames.

La foule se faisait escorter vers la barrière suivante. Isaac n'écouta pas les vociférations de leur guide. Il regarda Derkhan, occupée à prendre des notes rapides.

— C'est pour le *Fléau* ? chuchota-t-il.

Derkhan jeta un bref regard autour d'eux.

— Peut-être. Selon ce qu'on verra d'autre.

— Ce qu'on *verra,* grinça furieusement Isaac en traînant Derkhan derrière lui – il venait d'apercevoir la prochaine attraction –, c'est la méchanceté humaine à l'état pur ! Bordel, Derkhan, tout ça me désespère !

Il s'était arrêté à quelque distance d'un groupe de lambins qui contemplaient un enfant né sans yeux, une petite fille humaine frêle et osseuse qui poussait des cris inarticulés et remuait la tête au son de la foule. *ELLE VOIT GRÂCE À SA VISION INTÉRIEURE !* proclamait le panneau au-dessus de sa tête. Certaines des personnes qui se trouvaient devant la cage lui braillaient et lui gloussaient au nez.

— Crachedieu, Derkhan… (Isaac secoua la tête.) Regarde comment ils tourmentent cette pauvre petite.

Alors qu'il prononçait ces mots, un couple se détourna du spectacle avec une expression écœurée. Au moment de rebrousser chemin, ils se retournèrent pour cracher derrière eux vers la femme qui avait ri le plus fort.

— C'est en train de changer, Isaac, dit Derkhan à voix basse. Rapidement.

Le guide de la visite parcourut le chemin qui séparait les rangées de petites tentes, s'arrêtant çà et là devant des monstres de choix. La foule se disloquait. De petits agrégats s'en écartaient d'eux-mêmes pour aller fourmiller dans toutes les directions. À hauteur de certaines tentes, ils se faisaient arrêter par les gardiens, qui attendaient un groupe assez fourni pour dévoiler leurs trésors cachés. Dans d'autres, la clientèle entrait directement ; des cris de ravissement, de stupeur ou de dégoût émanaient alors de derrière la toile malpropre.

Derkhan et Isaac flânèrent jusqu'à un long enclos. Au-dessus de l'entrée trônait un panneau rédigé dans une calligraphie ostentatoire. *TOUTE UNE PANOPLIE DE PRODIGES ! OSEREZ-VOUS PÉNÉTRER DANS LE MUSÉE DES CHOSES CACHÉES ?*

— Oserons-nous, Derkhan ? grommela Isaac comme ils entraient dans une obscurité chaude, lourde de poussière.

Leurs yeux s'accoutumèrent lentement à la lumière qui émanait du coin de ce semblant de salle. Une multitude de vitrines en métal et en verre s'étendaient devant eux entre les parois de coton. Dans des niches, bougies et brûleurs, filtrés par des lentilles qui les concentraient en taches de lumière à l'effet théâtral, illuminaient des visions grotesques. Les clients déambulaient d'une vitrine à l'autre, lâchant des murmures et des rires nerveux.

Isaac et Derkhan flânèrent devant les bocaux d'alcool jauni dans lesquels flottaient des morceaux de corps abîmés. Des fœtus à deux têtes ainsi que plusieurs bouts d'un bras de kraken. Un dard rouge vif, brillant, qui aurait pu être une griffe de Fileuse, ou une sculpture polie ; des yeux secoués de spasmes qui vivaient dans des bocaux de liquide élyctrisé ; des motifs compliqués, infinitésimaux, sur le dos de coccinelles, qu'on ne pouvait distinguer que par le biais d'une loupe ; un crâne humain courant dans sa cage sur six jambes insectoïdes en cuivre. Une nichée de rats aux queues entremêlées, qui se relayaient pour tracer des obscénités sur un petit tableau noir. Un livre tout de plumes comprimées. Des dents de drude et une corne de narval.

Derkhan griffonnait ses notes. Isaac jetait des regards avaricieux sur ce qui l'entourait, sur ce charlatanisme et cette crypto-science.

Ils quittèrent le musée. À leur droite se trouvait Pescaline, Reine des Abysses ; à leur gauche, le plus vieil homme-cactus de Bas-Lag.

— Ça commence à me déprimer, lâcha Derkhan.

Isaac l'approuva de la tête.

— Trouvons vite l'Homme-Oiseau Empereur du Désert Sauvage, et tirons-nous de là. Je t'achèterai de la barbe à papa.

Ils louvoyèrent entre les rangées d'êtres difformes, obèses, hirsutes, et de grotesques, de nains. Brusquement, Isaac désigna au-dessus d'eux le panneau qui venait d'entrer dans leur champ de vision.

L'EMPEREUR GARUDA, SEIGNEUR DES AIRS !

Derkhan souleva le lourd rideau. Ils échangèrent un regard, puis entrèrent.

— Ah ! Des visiteurs venus de cette ville étrange ! Avancez donc, prenez place, écoutez les histoires du désert inhospitalier ! Passez un instant avec un voyageur venu d'ailleurs !

La voix plaintive avait jailli de l'ombre. Isaac scruta l'espace devant eux, derrière les barreaux. Une silhouette sombre, confuse, se leva avec peine pour s'avancer d'un pas mal assuré depuis l'obscurité qui régnait au fond de la tente.

— Je suis un chef parmi mon peuple, envoyé en visite à Nouvelle-Crobuzon dont nous avons ouï dire tant de choses.

La voix était âpre et haut perchée, percluse de souffrance et d'épuisement, mais elle ne produisait aucun des sons insolites qui avaient jailli de la gorge de Yagharek. Celui qui venait de parler s'avança hors des ténèbres. Isaac écarquilla yeux et bouche, prêt à mugir de triomphe et d'émerveillement, mais son cri, s'étranglant en un murmure atterré, s'éteignit aussi vite qu'il avait commencé.

La silhouette qui se tenait devant Derkhan et Isaac se grattait l'estomac, agitée de frissons. Sa chair pendait, lourde, comme celle d'un écolier potelé. Il avait la peau pâle, grêlée sous l'effet de la maladie et du froid. Les yeux d'un Isaac atterré parcoururent ce corps en tous sens. Des nodosités grotesques jaillissaient de ses orteils repliés – des serres dessinées par un gosse. Sa tête était emmitouflée de plumes, mais de toute taille et de toute forme, fichées au hasard, du sommet de sa tête à son cou, en des couches épaisses, inégales, juxtaposées. Les yeux d'allure myope qui scrutaient Derkhan et Isaac étaient humains, et parvenaient à grand-peine à soulever des paupières incrustées de pus et de suint. Le bec, massif et moucheté, évoquait le vieil étain.

Derrière cet être misérable s'étirait une paire d'ailes sales à l'odeur pestilentielle. Elles ne mesuraient pas plus de deux mètres d'envergure. Elles s'ouvrirent à demi, secouées de spasmes, sous les yeux d'Isaac. Des bribes de déchets organiques s'en échappèrent.

Le bec de l'être s'ouvrit. Isaac aperçut derrière des lèvres surmontées de narines, et occupées à former des mots. Ce soi-disant bec, réalisa-t-il, n'était qu'un simple appareillage grossier fiché et fixé par-dessus le nez et la bouche à la façon d'un masque à gaz.

— Laissez-moi vous évoquer ces fois où j'ai pris mon essor dans les airs en serrant ma proie…, entamait la silhouette pitoyable, mais Isaac fit un pas en avant, tendant le bras pour l'interrompre.

— Bonté divine, assez ! hurla-t-il. Épargnez-nous cette… *infamie* !

Le faux Garuda recula, chancelant, et clignant des yeux de peur.

Il y eut un long silence.

— C'est quoi le problème, chef ? finit par chuchoter la chose derrière les barreaux. Où est-ce que j'ai foiré ?

— Je suis venu ici pour voir un Garuda, bordel ! grogna Isaac. Tu me prends pour quoi, mon pote ? Tu es un Recréé, comme n'importe quel crétin pourrait s'en rendre compte.

Le gros bec mort se referma en claquant : l'homme se léchait les lèvres. Il jeta des regards nerveux de droite et de gauche.

— Mon bon monsieur, n'allez pas vous plaindre, pour l'amour de Baragouin, supplia-t-il à voix basse. Cette attraction est tout ce que j'ai. Vous êtes visiblement quelqu'un de cultivé… Beaucoup n'auront pas mieux à se mettre sous la dent… Tout ce qu'ils veulent, c'est voir l'homme-oiseau, qu'on leur parle de la chasse dans le désert… et moi, c'est toute ma pitance.

— Crachedieu, Isaac, souffla Derkhan, vas-y mollo.

La déception d'Isaac était écrasante. Il avait préparé mentalement une liste de questions. Il savait exactement comment il voulait s'y prendre pour étudier les ailes, quelle interaction os-muscle l'intriguerait. Il s'était préparé à le dédommager correctement pour sa recherche, se proposait d'envoyer Ged lui poser des questions sur la bibliothèque du Cymek. Quel découragement d'être ainsi confronté à un Humain apeuré, mal en point, pêchant ses répliques dans un livret qui aurait fait honte au pire des publics.

Sa colère se mâtina de pitié : il contempla la silhouette misérable qui se trouvait devant lui. L'homme dissimulé derrière les plumes serrait nerveusement son bras gauche par saccades. Il était forcé d'ouvrir ce bec grotesque pour respirer.

— Par la queue ! jura Isaac à voix basse.

Derkhan s'était avancée jusqu'aux barreaux.

— Quel a été ton crime ? demanda-t-elle.

L'homme surveilla de nouveau les alentours avant de répondre.

— Cambriolage… dit-il rapidement. On m'a pris alors que j'essayais de tirer un vieux portrait de Garuda chez une vieille conne à Chnum. Ce truc valait une fortune. Le magistrat, il a dit que puisque les Garuda m'impressionnaient à ce point-là, eh ben, j'en serais un.

Isaac avait remarqué que les plumes du visage étaient fichées impitoyablement dans la peau, sans doute reliées par une colle sous-cutanée de façon à dissuader l'ablation, trop déchirante. Il imagina le processus d'insertion au compte-gouttes – une torture. Quand le Recréé se tourna légèrement vers Derkhan, Isaac distingua dans son dos un nœud affreux de chair durcie là où ces ailes, arrachées à quelque busard ou vautour, avaient été soudées aux muscles humains.

Les terminaisons nerveuses étaient reliées entre elles au petit bonheur et les deux appendices s'agitaient dans les spasmes d'une agonie longtemps prolongée. Le nez d'Isaac se plissa devant la puanteur. Ces ailes pourrissaient lentement sur le dos du Recréé.

— Ça vous fait mal ? demandait Derkhan.

— Pas tant que ça, mademoiselle. Plus maintenant, répondit le Recréé. De toute façon, c'est une chance d'avoir ce truc. (Il indiqua la tente et les barreaux.) C'est mon seul gagne-pain. Alors je vous serais vraiment obligé si vous pouviez éviter de dire au patron que vous m'avez repéré.

La majorité des visiteurs de la tente acceptaient-ils vraiment cette mascarade répugnante ? Les gens étaient-ils crédules au point d'avaler qu'un truc aussi grotesque fût en mesure de voler ?

— Nous ne dirons rien, assura Derkhan.

Isaac approuva sèchement. Il était empli de pitié, de colère, de dégoût. Il voulait partir.

Le rideau bruissa derrière eux et un groupe de jeunes femmes fit son entrée, riant et se murmurant des plaisanteries obscènes. Le Recréé regarda par-dessus l'épaule de Derkhan.

— Ah ! s'exclama-t-il d'une voix forte. Des visiteuses de cette ville étrange ! Venez, prenez place, écoutez les histoires du désert inhospitalier. Demeurez un moment avec un voyageur venu de fort, fort loin !

Il s'écarta de Derkhan et d'Isaac, leur adressant au passage un regard suppliant. Des cris de délice et d'étonnement jaillirent des nouvelles spectatrices.

— Vole pour nous ! vagit l'une d'elles.

— Hélas ! entendit Isaac alors qu'ils quittaient la tente, le climat de cette cité est trop inclément pour ceux de mon espèce. J'ai pris froid et ne puis voler pour l'instant. Mais restez, et je vous raconterai les paysages qu'on contemple depuis les cieux purs du Cymek…

Le tissu se referma derrière eux, voilant ces pérorai-sons.

Isaac contempla Derkhan, qui griffonnait dans son carnet.

— Que vas-tu en tirer ? s'enquit-il.

— « Un Recréé forcé de vivre comme un monstre de foire à cause des tortures des Magistrats. » Je ne dirai pas lequel, ajouta-t-elle sans lever les yeux de sa feuille.

Isaac hocha la tête.

— Viens, murmura-t-il. Je vais nous chercher cette barbe à papa.

— Bordel, je suis carrément déprimé, maintenant, affirma à grand bruit Isaac.

Il mordit dans la masse doucereuse qu'il tenait à la main. Des mèches de fibres de sucre collèrent à son début de moustache.

— Oui, mais qu'est-ce qui te déprime ? demanda Derkhan. C'est le truc qu'on a fait à cet homme ou c'est de ne pas avoir rencontré de Garuda ?

Ils avaient quitté la maison des horreurs. Ils mâchonnaient avec énergie tout en remontant le corps criard de la foire. Isaac réfléchit. Cette question le prenait de court.

— Eh bien, voyons… l'absence de Garuda, sûrement… Mais, ajouta-t-il, sur la défensive, je ne serais pas moitié aussi effondré si c'était juste une arnaque, un type déguisé, un truc comme ça. Bordel, ce qui me reste en travers de la gorge, c'est l'*indignité* de tout ça…

Derkhan hocha la tête, pensive.

— On pourrait se mettre en quête, tu sais, dit-elle. Il y aura bien un Garuda ou deux quelque part dans le coin. De ceux qui sont nés en ville.

Elle pencha la tête en arrière, pour rien. Avec toutes ces lumières colorées, on distinguait à peine les étoiles.

— Pas maintenant, dit Isaac. Je ne suis plus d'humeur. J'ai perdu mon peps.

Un long silence de bon aloi plana avant qu'il ne reprenne la parole.

— Tu vas vraiment écrire quelque chose là-dessus dans *Le Fléau* ?

Derkhan haussa les épaules, jeta un regard rapide alentour pour s'assurer que personne n'écoutait.

— Traiter des Recréés n'est pas simple, dit-elle. Il y a tellement de mépris, de préjugés à leur encontre... Il faut diviser pour régner. J'essaie de faire le lien, pour que les gens... ne les prennent pas pour des monstres. C'est vraiment dur. Et ne va pas croire que le public ne sache pas que ces pauvres diables mènent une vie horrible, dans l'ensemble... La vérité, c'est que même s'ils en ont pitié, ou croient en avoir pitié, même s'ils pensent que c'est le sort que leur réservent les dieux ou des conneries de ce genre, quantité de gens se disent que quelque part, ils méritent leur sort... Oh, crachedieu ! s'exclama-t-elle subitement en secouant la tête.

— Qu'est-ce qu'il y a ?

— J'étais au tribunal l'autre jour, j'ai vu un Magistrat condamner une femme à la Recréation. Pour un crime si sordide, si pathétique... (Son visage se pinça à l'évocation de ce souvenir.) Une de ces Humaines qui vivent en haut des monolithes du Pré-au-caïque. Elle avait tué son bébé... l'avait étouffé, ou trop secoué, ou va savoir quoi... parce qu'il n'arrêtait pas de pleurer. Elle était là assise dans le box, le regard... vide, bordel, elle n'arrivait pas à croire ce qui était arrivé, elle n'arrêtait pas de geindre en répétant le prénom du bébé, et le Magistrat n'a rien trouvé de mieux à faire que la condamner ! À la réclusion criminelle, bien sûr, dix ans je crois, mais c'est la Recréation qui m'a frappée. On allait lui greffer à la figure les bras de son bébé. « Pour qu'elle n'oublie pas ce qu'elle a fait », a-t-il expliqué.

La voix de Derkhan s'était teintée de dédain comme elle imitait le Magistrat.

Ils marchèrent un moment sans rien dire, mâchant consciencieusement leur barbe à papa.

— Je suis critique d'art, Isaac, finit par lâcher Derkhan. La Recréation, c'est de l'art, tu sais. De l'art malsain, malade. L'imagination qu'il faut pour ça ! J'ai vu des Recréées qui rampaient sous le poids d'énormes coquilles métalliques, dans lesquelles elles se réfugiaient la nuit. Des femmes-escargots. J'en ai vu avec de gros tentacules de pieuvre là où se trouvaient auparavant leurs bras, campées dans la boue de la rivière, plongeant leurs ventouses sous l'eau pour ramener du poisson. Et quant à ceux qu'on fabrique pour les spectacles de gladiateurs… Enfin, ne va pas croire que les usines reconnaîtront que c'est à ça qu'on les destine…

« La Recréation, c'est de la créativité qui a mal tourné. Ou tourné tout court. Ranci. Pourri. Une fois, je me souviens, tu m'as demandé si j'avais du mal à trouver un équilibre entre mes écrits sur l'art et ce que je signe dans *Le Fléau*. (Elle tourna la tête vers lui tandis qu'ils avançaient à pas lents dans la foire.) C'est *la même chose*, Isaac. L'art, c'est un truc qu'on fait à dessein… Ça consiste à rassembler… rassembler les morceaux de tout ce qui vous entoure pour créer un nouveau truc qui fasse de vous un meilleur Humain, une meilleure Khépri, enfin… une meilleure personne, quoi. Une part de cela perdure jusque dans la Recréation. Voilà pourquoi les gens qui méprisent les Recréés sont les premiers à révérer Jacques l'Exauceur, qu'il existe ou pas.

« Je ne veux pas vivre dans une ville où la Recréation est le nec plus ultra de l'expression artistique.

Isaac tâta dans sa poche son exemplaire du *Fléau Endémique*. Le simple fait d'en détenir un numéro était dangereux en soi. Il tapota le sien, adressant mentalement un pied de nez vers le nord-est, vers le Parlement, le maire Bentham Buseroux et les factions qui se chamaillaient sur la façon de se partager le gâteau : les partis du Gros Soleil et des Trois Plumes ; Divers-cité, que Lin traitait de « salauds de collabos » ; les menteurs et suborneurs de Voir Enfin La Lumière ; toute cette engeance pompeuse pareille à des enfants de six ans en plein fantasme de toute-puissance, qui se bagarraient dans leur bac à sable.

Au bout du chemin pavé d'emballages de bonbons, d'affiches, de tickets et de nourriture écrasée, de poupées jetées et de ballons éclatés, se tenait Lin, flânant près de l'entrée de la foire. Isaac sourit à sa vue avec un plaisir non feint. Elle avait redressé le dos à leur approche et leur faisait signe de la main. Elle s'avança dans leur direction d'un pas nonchalant.

Elle tenait une pomme d'amour serrée entre ses mandibules, constata Isaac. Sa mâchoire intérieure mâchait avec énergie.

Comment était-ce, trésor ? signa-t-elle.

— Un désastre total, exhala Isaac d'une voix affligée. Je te raconterai.

Il se risqua même à lui prendre la main un instant comme ils tournaient le dos à la foire.

Leurs trois petites silhouettes disparurent par les rues mal éclairées de la Croix-de-Sobek, où l'éclairage au gaz était brun et parcimonieux, quand il y en avait tout court. Derrière eux, le gigantesque imbroglio de couleurs, de fer, de verre, de sucre et de sueur continuait de déverser dans le ciel sa pollution sonore et lumineuse.

9

De l'autre côté de la ville, à travers les venelles louches de Réverboue et les taudis de Malverse, dans l'enchevêtrement de canaux bouchés par la terre, à Crassecoude et dans les lotissements en déshérence de Chahuttes, dans certaines tours du Bec de Poix et la forêt de béton hostile du Palus-au-Chien, le mot avait circulé : *Quelqu'un est prêt à acheter tout ce qui vole.*

Lemuel, à l'instar d'un dieu, avait insufflé la vie à ce message et lui avait donné des ailes. Les voyous à la petite semaine l'avaient entendu de la bouche de revendeurs de drogue ; les marchands des quatre-saisons l'avaient transmis à des messieurs fanés ; des médecins au casier douteux le tenaient de videurs à mi-temps.

La demande d'Isaac avait balayé les masures et les cités-dortoirs. Elle avait parcouru l'architecture alternative que produisaient ces fosses d'aisance humaine.

Là où les maisons en cours de putréfaction surplombaient les cours, des passerelles en bois semblaient naître spontanément pour les relier entre elles, les connecter aux rues et aux ruelles où des bêtes de somme épuisées hissaient et descendaient des marchandises de troisième ordre : autant de ponts saillant comme des esquilles de membres au-dessus du cloaque des tranchées. Le message d'Isaac avait progressé dans la brisée des chats sauvages tout au long de cet horizon chaotique.

De petites expéditions d'aventuriers urbains avaient pris le train vers le sud par la Lavabo pour s'aventurer dans le Bois de Rude. Ils avaient longé les voies désertées aussi longtemps que possible, passant de bardeau en bardeau, dépassant la gare vide, dépourvue de nom, des confins de la forêt. Les quais avaient cédé la place à une verte luxuriance. Les rails étaient couverts de pissenlits, de digitales et de roses sauvages qui avaient percé, pugnaces, à travers la grave ferroviaire et qui, çà et là, pliaient le métal. Le merisier, le banian et la yeuse s'avançaient sur ces envahisseurs nerveux jusqu'à les encercler, les prendre dans leur piège sébacé.

Ils y étaient allés avec des sacs, des catapultes, de gros filets. Ils traînaient leurs gauches carcasses citadines à travers un fouillis de racines et d'ombres épaisses, vociférant, trébuchant et cassant des branches. Ils tentaient de repérer ce chant d'oiseau qui, résonnant de tous côtés, les désorientait. Ils effectuaient des analogies fallacieuses, inutiles, entre la ville et cette zone étrangère : « Si on peut s'y retrouver au Palus-au-Chien », avait péroré sottement et faussement l'un d'eux, « on peut trouver son chemin n'importe où. » Ils tournaient en rond, cherchant sans succès la tour de la milice perchée sur la Colline Vaudoise, invisible derrière les arbres.

Certains n'en revinrent pas.

La plupart réapparurent piqués, lacérés et furieux, les mains vides, grattant de la bardane. Ils auraient aussi bien pu pourchasser des spectres.

Certaines fois, ils avaient triomphé, et un tissu rêche était venu emmailloter quelque rossignol ou passereau du Bois de Rude, suscitant un chœur de vivats risible par son volume. Des frelons avaient enfoui leur harpon dans leurs bourreaux tandis qu'on les flanquait dans des jarres et des pots. Avec un peu de chance, leurs ravisseurs avaient pensé à percer des trous d'aération dans les couvercles.

Maints oiseaux et insectes avaient trépassé. Certains avaient survécu, pour être emmenés dans la cité sombre qui s'étendait juste derrière la futaie.

Dans la ville proprement dite, les enfants avaient desquamé les murs pour tirer des œufs de leur nid au fond des gouttières décrépites. Les chenilles, asticots et cocons qu'ils conservaient ordinairement dans des boîtes d'allumettes pour les échanger contre de la ficelle ou du chocolat prenaient brusquement une valeur marchande.

Il y avait eu des accidents. Une fille qui poursuivait le pigeon voyageur de son voisin était tombée d'un toit, se fracassant le crâne. Un vieil homme farfouillant pour trouver des larves avait été piqué par des abeilles ; son cœur avait lâché.

On avait volé des animaux volants et des oiseaux rares. Certains s'étaient échappés. De nouveaux prédateurs et de nouvelles proies avaient rejoint l'écosystème du ciel de Nouvelle-Crobuzon.

Lemuel excellait dans son rôle. Certains se seraient contentés d'écumer les bas-fonds ; lui, non. Il s'était assuré que les désirs d'Isaac remonteraient jusqu'aux quartiers huppés : Vertige, le Bec de Chancre, Mafaton et Sentinette, le Pré-aux-langues, le Freux.

Clercs et médecins, avocats et conseillers, oisifs ou propriétaires fonciers – jusqu'à la milice : Lemuel commerçait régulièrement (en général de façon indirecte) avec les strates respectables de Nouvelle-Crobuzon. La différence la plus notable entre ces dernières et les habitants les plus démunis, avait-il constaté, était la somme qui les motivait et leur capacité à ne pas se faire prendre.

Les salons et salles à manger avaient résonné de quelques murmures prudents – mais intéressés.

Au cœur du Parlement se déroulait un débat sur les taux de taxation commerciaux. Le maire Buseroux était assis, régalien, sur son trône ; il hochait la tête tandis que son adjoint, Montjoie Saint-Denis, déclamait la ligne du parti du Gros Soleil en dardant agressivement du doigt vers l'énorme salle voûtée. Saint-Denis s'interrompait périodiquement pour remettre en place l'écharpe épaisse qu'il portait autour du cou malgré la chaleur.

Les conseillers somnolaient placidement dans une bruine de particules de poussière.

En d'autres lieux du vaste édifice, au sein de corridors tarabiscotés et de passages qui semblaient conçus pour égarer, des secrétaires et des messagers tirés à quatre épingles se frôlaient, diligents. À partir des principales artères se déployaient de petits tunnels et des escaliers de marbre poli. Quantité d'entre eux n'étaient ni éclairés, ni fréquentés. Le long d'un de ces passages, un vieil homme tirait un chariot déglingué.

Il tirait son chariot derrière lui, lui faisant grimper un escalier abrupt tandis que le bruit affairé de l'entrée principale refluait dans son dos. Le couloir était à peine plus large que le chariot : il s'en fallut de plusieurs longues et pénibles minutes avant que le vieillard n'en atteigne le haut. Il s'arrêta pour essuyer la sueur à la commissure de ses lèvres et à son front, avant de reprendre sa laborieuse progression au fil du plan incliné.

Devant lui, l'air s'éclairait : le soleil tentait de se faufiler au détour d'un virage. Ayant passé le coin, l'homme eut le visage éclaboussé de lumière et de chaleur. Elles provenaient d'un vasistas et, plus loin, des fenêtres du bureau dépourvu de porte sis au fond du couloir.

— Bonjour, monsieur, croassa le vieillard en atteignant l'entrée.

— Bonjour à vous, fut la réponse de l'homme assis derrière le bureau.

La pièce était petite et carrée, dotée d'étroites fenêtres

de verre fumé qui surplombaient Foutreflanc et les arches de la ligne Sud. L'un des murs se trouvait dans l'alignement du principal corps de bâtiment du Parlement. Encastrée dans ce mur, une petite porte coulissante. Un tas de caisses vacillait dans un coin.

Cette petite pièce était l'une des salles qui saillaient du bâtiment principal, loin au-dessus de la ville alentour. Les eaux du fleuve Bitume déferlaient quinze mètres plus bas.

Le préposé aux livraisons déchargea son chariot de colis et de boîtes devant l'homme pâle, dans la force de l'âge, qui était assis devant lui.

— Pas des masses aujourd'hui, monsieur, murmura-t-il en frictionnant ses os récalcitrants.

Il repartit à pas lents comme il était venu, son chariot tressautant légèrement derrière lui.

L'employé farfouilla parmi les paquets, nota quelque chose dans un staccato de machine à écrire. Il consigna les arrivées dans un énorme registre étiqueté « ACQUISITIONS », sautant des pages entre les sections pour enregistrer d'abord la date. Après quoi il ouvrit les paquets et en détailla le contenu dans sa liste journalière, tapée à la machine, ainsi que dans le grand livre :

Rapports de la milice : 17. Articulations humaines : 3. Héliotypes (compromettants) : 5.

Il vérifia à quel service étaient destinés ces différents éléments, puis les répartit en piles ; chaque fois que l'une d'elles était assez grosse, il la déposait dans une caisse pour la porter près de la petite porte encastrée dans le mur – un carré d'un mètre de côté qui, lorsqu'on actionnait un levier, émettait un sifflement de siphon pour s'ouvrir sur l'ordre de quelque piston caché. Sur le côté se trouvait la petite fente destinée aux cartes de programmation.

Dans le fond de l'ouverture, une cage métallique pendait devant la peau d'obsidienne du Parlement ; l'un des côtés – ouvert – de cette cage se trouvait au niveau du guichet ; le tout était retenu en haut et sur les côtés par des chaînes qui se balançaient mollement, disparaissant dans un cliquetis parmi les remous d'une obscurité menaçante qui s'étirait à perte de vue dans toutes les directions. L'employé traîna sa caisse jusque dans le passage et la fit glisser dans la cage, qui piqua légèrement du nez sous ce poids.

Il libéra une clenche qui se referma sèchement, enfermant la caisse et son contenu dans un treillage. Puis il referma la porte coulissante et plongea la main dans sa poche pour en tirer les épaisses cartes de programmation qu'il avait sur lui, marquées chacune d'une inscription nette : *Milice* ; *Renseignement* ; *Finances* ; et ainsi de suite. Il glissa la carte adaptée dans la fente à côté de la porte.

Il y avait toujours un frémissement – la réaction de minuscules pistons sensibles à la pression. Alimentés par la vapeur issue des vastes chaudières de la cave, de tendres petits rochets d'engrenage parcouraient la longueur de la carte en tournant. Là où leurs dents actionnées par des ressorts découvraient des trous dans l'épais carton, elles s'y enfilaient proprement l'espace d'une seconde, actionnant plus loin dans le mécanisme un commutateur minuscule. Quand les roues avaient terminé leur bref passage, la combinaison de ces commutations se traduisait en instructions binaires qui filaient alors le long de tubes et de câbles, dans des flots de vapeur et de courant, vers des engins analytiques cachés.

La cage se détacha soudain de ses amarres pour entamer un périple rapide et tanguant sous la peau du Parlement. Elle pouvait parcourir ces tunnels dérobés vers le haut ou le bas, en latérale ou en diagonale, et changer de direction en se transférant sur de nouvelles chaînes : elle mettrait cinq ou trente secondes, ou même deux minutes ou plus, mais finirait toujours par arriver, claquant sur une cloche pour s'annoncer. Un nouveau guichet à glissière s'ouvrait devant elle, et on la tirait vers sa destination. Au loin, une nouvelle cage se mit en place à l'extérieur de la pièce de l'employé aux Acquisitions.

L'homme accomplit rondement son office. En un quart d'heure, il eut consigné et envoyé presque toute la panoplie de bizarreries qui se trouvait devant lui. C'est alors qu'il constata que l'un des colis restants tressautait de façon bizarre. Il cessa de gribouiller pour lui imprimer une petite secousse.

Les tampons qui ornaient l'emballage affirmaient qu'il s'agissait d'une arrivée récente en provenance de quelque navire marchand, dont le nom était raturé. Sur le devant du paquet, une inscription nette annonçait le nom du destinataire : « Dr M. Barbile, Recherche et Développement. » L'employé entendit gratter. Il hésita un instant, puis défit avec précaution la ficelle qui ceignait le paquet pour regarder à l'intérieur.

À l'intérieur, dans un nid de filaments de papier qu'elles bousculaient par intermittence, se trouvait un conglomérat de chenilles replètes, plus grosses que le pouce.

L'employé recula et ses yeux s'arrondirent derrière ses lunettes. Les chenilles présentaient des teintes étonnantes, de beaux tons rouge et vert sombre dont l'iridescence n'était pas sans rappeler un plumage de paon. Elles se débattaient, se tortillant pour se tenir sur leurs pattes courtaudes et gluantes. Des antennes épaisses jaillissaient de leur tête, au-dessus d'un minuscule orifice buccal. L'arrière de leur corps était couvert de poils multicolores qui se hérissaient et semblaient baigner dans une fine pellicule de colle.

Les grasses bestioles ondulaient, aveugles.

L'employé repéra, trop tard, fixée au dos de la boîte, une facture déchirée à demi détruite au cours du transport. Tous les paquets munis d'un tel document étaient censés être enregistrés à l'identique de l'étiquette, et transmis sans qu'on les ouvre.

Merde, songea-t-il nerveusement. Il déplia les deux moitiés de la facture. Le document était encore très lisible.

Chenilles de G., 5. C'était tout.

L'employé se posa sur son siège et médita un instant, observant les bestioles poilues qui rampaient les unes sur les autres et les bouts de papier dans lesquels elles reposaient.

Des chenilles ? se dit-il, affichant bientôt un bref sourire anxieux. Il ne détachait pas les yeux du couloir devant lui.

Des chenilles rares... Une espèce exotique.

Il se remémora certains murmures dans la brasserie qu'il fréquentait, les clins d'œil et les hochements de tête entendus. Un type offrait de l'argent contre de telles bêtes... Plus c'est rare, mieux c'est, avait-on précisé...

Gagné par la cupidité et la crainte, l'employé se renfrogna brusquement. Sa main planait au-dessus de la boîte, allant et venant, indécise. Il se leva et s'avança avec des airs de matamore vers l'entrée de son bureau. Il tendit l'oreille. Aucun son n'émanait du couloir scintillant.

L'employé retourna à son bureau, soupesant frénétiquement risques et bénéfices. Il scruta la facture. Elle était tamponnée d'armoiries inintelligibles, mais la véritable information s'y trouvait écrite à la main. Il farfouilla dans son tiroir de bureau sans s'accorder le temps de réfléchir – ses yeux ne cessaient de se porter vers le passage désert de l'autre côté de l'entrée – puis en sortit une plume et un coupe-papier. À l'aide du tranchant, il racla sur la feuille la ligne droite du haut du 5, ainsi que la courbe du bas, les décapant avec une immense douceur. Il écarta d'un souffle poussières de papier et d'encre, et lissa avec soin le document devenu rugueux de l'extrémité soyeuse de sa plume. Puis il retourna cette dernière pour en plonger la pointe fine dans son encrier. Méticuleusement, il redressa le haut incurvé du 5, le convertissant en deux lignes croisées.

Enfin, c'était fini. Il se redressa pour scruter d'un œil critique le résultat de son travail. On aurait dit un 4.

Le plus dur, à présent, songea-t-il.

Il tâtonna à la recherche de quelque contenant, se retourna les poches, se gratta le crâne, puis réfléchit. Son visage s'éclaira. Il sortit son étui à lunettes, qu'il ouvrit et joncha de bouts de papier. Après quoi, se chiffonnant sous l'effet d'une répugnance anxieuse, il abaissa sur sa main le bout de sa manche de chemise afin de plonger la main dans la boîte. Il sentit entre ses doigts les bords mous de l'une des grosses chenilles. Avec autant de douceur et de célérité que possible, il la cueillit, toute gigotante, parmi ses pareilles et la laissa retomber dans l'étui à lunettes. Il referma bien vite le couvercle autour de la bestiole qui se tortillait follement, le fixa bien en place.

Il enfouit son étui à lunettes au fond de sa mallette, derrière des bonbons à la menthe, des papiers, des stylos, des carnets.

Ayant renoué la ficelle autour de la boîte, il regagna son siège d'un mouvement brusque, et attendit. Son cœur battait la chamade, réalisa-t-il. Il transpirait. Il inspira profondément, il ferma les yeux, serrant fort les paupières.

Détends-toi, maintenant, s'enjoignit-il pour se calmer. *Plus la peine de t'exciter.*

Deux ou trois minutes s'écoulèrent sans que personne ne vienne. L'employé était toujours seul. Son singulier détournement était passé inaperçu. Il respira mieux.

Il finit par regarder de nouveau la facture trafiquée. Elle était, réalisa-t-il, fort bonne. Il ouvrit le registre pour consigner, au chapitre marqué *RD*, la date et l'information voulues : 27 Chet, Anno Urbis 1779. Du navire marchand X. Chenilles de Ps. : 4.

Ce dernier chiffre lui sautait aux yeux comme s'il était inscrit en rouge.

Il tapa la même information dans son relevé quotidien avant de saisir la boîte refermée pour la porter jusqu'au mur. Il ouvrit le guichet et se pencha dans la petite embrasure de métal, poussant la boîte de larves dans la cage. Les bouffées d'un air sec et confiné issu de la cavité sombre située entre la peau et les entrailles du Parlement lui soufflaient au visage.

L'employé referma la cage, les portes coulissantes qui se trouvaient devant. Il chercha ses cartes de programmation, finit par tirer du petit tas, avec des doigts qui tremblaient encore – juste un peu –, celle marquée RD. Il la ficha dans la machine à informations.

Il y eut un sifflement trépidant, doublé d'un bruit de rochets : les instructions se déversaient le long des pistons, marteaux et volants ; puis la cage fut aspirée vers le haut de façon vertigineuse, loin du bureau de l'employé, au-delà du piémont du Parlement, jusque dans ses hauteurs escarpées.

Animée d'un mouvement de balancier, la boîte de chenilles progressait, tractée à travers les ténèbres. Les larves parcouraient les contours de leur petite prison avec des mouvements péristaltiques, inconscientes de leur voyage.

Des moteurs silencieux transférèrent la cage de crochet en crochet, modifiant sa direction puis la laissant retomber sur des tapis roulants corrodés pour la récupérer ensuite, dans une autre partie des boyaux du Parlement. La boîte décrivait une spirale invisible autour de l'édifice, s'élevant peu à peu, inexorablement, vers la zone de haute sécurité, traversant les veines mécanisées pour gagner les tourelles et protubérances organiques de l'Aile Est.

Au bout du compte, la cage en fer tomba dans un tintement étouffé sur un lit de ressorts. Les vibrations d'une sonnerie assaillirent le silence. Une minute plus tard, la porte du monte-charge s'ouvrit soudain et la boîte de larves fut halée subitement sous une lumière coupante.

Il n'y avait pas de fenêtres dans cette longue salle blanche, seulement des brûleurs à gaz incandescents. La moindre fissure crevait les yeux tant la stérilité des lieux était grande. Aucune poussière, aucune saleté ne les envahissait jamais. La propreté s'y montrait tenace et agressive.

Sur le pourtour de la pièce, des silhouettes en blanc étaient penchées au-dessus de tâches obscures.

Ce fut l'une de ces silhouettes immaculées, dissimulées, qui défit la ficelle de la boîte et lut la facture. Elle ouvrit le récipient avec douceur pour en scruter le contenu.

Ayant soulevé la boîte en carton, elle la porta à bout de bras à travers la pièce. À l'autre bout, un de ses collègues, un Cactacé élancé aux épines soigneusement remisées sous une épaisse combinaison blanche, avait ouvert la vaste porte boulonnée vers laquelle elle se dirigeait. Elle produisit son badge de sécurité. Il s'écarta pour lui permettre de le précéder.

Tous deux parcoururent d'un pas prudent un couloir aussi blanc et spartiate que la salle d'où ils venaient, barré d'une grande grille en fer à son extrémité. Notant les précautions dont s'entourait sa collègue dans son transport de la boîte, le Cactus tendit le bras pour insérer une carte de programmation dans une fente du mur. La porte à claire-voie glissa, permettant le passage.

Ils pénétrèrent dans une vaste salle obscure.

Le plafond et les murs étaient si éloignés qu'on ne les distinguait pas. Des plaintes et des meuglements étouffés, insolites, résonnaient de tous côtés. Au fur et à mesure que la vision des nouveaux arrivants s'accommodait, les cages réparties irrégulièrement dans cet espace immense, renforcées de bois de fer, de tôle ou de verre blindé, prenaient des allures menaçantes. Certaines étaient immenses, vastes comme une pièce; d'autres, pas plus grosses qu'un livre. Toutes évoquaient des vitrines de musée, flanquées de graphiques et de livrets d'information. Des savants vêtus de blanc se mouvaient tels des esprits dans une ruine à travers le labyrinthe que constituaient ces blocs de verre, prenant des notes, observant, calmant ou tourmentant les habitants des cages.

Les choses que l'on retenait là reniflaient, grognaient, chantaient, bougeaient de façon irréelle dans leurs mornes prisons.

Le Cactus fila d'un pas vif et disparut. La femme qui portait les larves progressa avec prudence dans la salle.

Les captifs se jetaient vers elle au fur et à mesure de son passage, et elle tremblait avec chaque vitre. Quelque chose produisait des remous oléagineux dans un grand bac de boue; elle vit des tentacules munis de dents claquer dans sa direction et fouiller leur citerne. Elle baignait dans des lueurs organiques hypnotiques. Elle dépassa une petite cage enveloppée de tissu noir, sur chaque côté de laquelle figuraient des avertissements et des instructions sur la façon de manier le contenu. Ses collègues s'approchaient puis s'éloignaient, porteurs d'écritoires à pinces, de briques colorées pour enfants, de carrés de viande en cours de putréfaction.

Sur le devant de la salle, on avait monté des cloisons amovibles en bois de fer de six mètres de haut qui délimitaient un espace au sol de 15 mètres de côté. Un plafond de tôle rouillée avait même été cloué par-dessus. À l'entrée, cadenassée, de cette subdivision, était campé un garde en costume blanc, au cou raidi par le port d'un casque insolite. Il était armé d'un fusil à silex et d'un cimeterre qu'il portait pendu dans le dos. À ses pieds reposaient plusieurs casques semblables au sien.

Elle lui adressa un mouvement de tête, indiqua son désir d'entrer. Il regarda le badge qu'elle portait autour du cou.

— Vous êtes donc au courant, pour la façon de procéder ? demanda-t-il à voix basse.

Elle acquiesça et, après avoir vérifié que la ficelle tenait toujours, déposa un instant, avec précaution, la boîte par terre. Après quoi elle ramassa l'un des casques peu maniables situés aux pieds du garde et y enfila la tête.

C'était une cage en tubes et écrous de cuivre qui s'emboîtait autour du crâne, avec deux petits miroirs suspendus devant les yeux, à cinquante centimètres de distance. Elle serra la jugulaire pour bien caler ce lourd appareillage, puis tourna le dos au garde et tritura les miroirs, les inclinant sur leurs articulations pivotantes jusqu'à distinguer clairement l'homme derrière elle. Elle accommoda d'un œil puis de l'autre, testant la visibilité.

Un hochement de tête.

— Très bien, je suis prête, annonça-t-elle avant de saisir la boîte, détachant la ficelle au passage.

Elle fixa ardemment les miroirs tandis que le garde déverrouillait la porte située derrière elle. Quand il ouvrit, ce fut en évitant de regarder à l'intérieur.

La scientifique pénétra dans la pièce à reculons, d'un pas rapide, se guidant grâce aux miroirs.

Dès le moment où la porte s'était refermée devant son nez, elle s'était mise à transpirer. Elle se concentra de nouveau sur les miroirs, bougeant lentement la tête d'un côté puis de l'autre pour appréhender ce qui se trouvait derrière elle.

Une cage gigantesque aux épais barreaux noirs occupait presque toute la place. Dans la lueur marron des bougies et des lampes à huile incandescentes, on distinguait la végétation et les arbustes mal entretenus, à l'agonie, qui l'emplissaient. Ce couvert pourrissant et l'obscurité ambiante étaient si épais qu'ils dissimulaient l'autre côté de la pièce.

La femme vérifia promptement dans ses miroirs. Rien ne bougeait.

Elle recula d'un pas rapide jusqu'à la cage, pour atteindre un petit plateau coulissant qui permettait d'assurer un va-et-vient à travers les barreaux. Elle tendit le bras derrière elle, inclina la tête en arrière, orientant les miroirs vers le bas de façon à distinguer sa main. La manœuvre était ardue et inélégante, mais elle parvint à agripper la poignée pour tirer le plateau vers elle.

Un lourd battement se fit entendre dans un coin de la cage, comme deux tapis épais que l'on claque l'un contre l'autre. Sa respiration s'accéléra et elle tâtonna au moment de laisser tomber les chenilles sur le plateau. Les quatre petits losanges ondulants glissèrent sur le métal dans une pluie de débris de papier.

Aussitôt, quelque chose se modifia dans l'atmosphère. L'odorat des chenilles avait perçu l'habitante de ces lieux, et elles lançaient des appels au secours.

La chose dans la cage était en train de répondre.

Ces plaintes n'étaient pas audibles. Elles vibraient sur des longueurs d'onde autres que sonores. La scientifique sentit se hérisser tous les poils de son corps : des spectres d'émotion lui traversaient le crâne telles des rumeurs à demi entendues. Les bribes d'une joie étrangère et d'une terreur inhumaine flottaient par synesthésie jusqu'à ses narines, ses oreilles, jusque derrière ses yeux.

Avec des doigts tremblants, elle poussa le plateau dans la cage.

Alors qu'elle s'éloignait des barreaux, quelque chose lui caressa la jambe en un geste lascif. Elle laissa échapper un grondement de peur plaintif et tira son pantalon hors de portée, bâillonnant sa terreur, résistant à l'instinct qui la poussait à regarder derrière elle.

Dans ses miroirs, elle entr'aperçut des membres brun foncé se déployer parmi les buissons rêches, l'os de dents jaunissantes, des orbites d'un noir d'abysse. Les fougères et la broussaille bruirent, puis plus rien.

La scientifique trépigna par terre tout en avalant sa salive, et retint son souffle jusqu'à ce qu'on lui ouvre ; elle sortit d'un pas mal assuré, tombant quasiment dans les bras du garde. Ayant détaché les fermoirs sous sa tête, elle se libéra du casque. Elle avait pris bien soin d'écarter son regard de l'homme qui, à en juger par les bruits, devait être en train de refermer et verrouiller la porte.

— C'est fait ? finit-elle par murmurer.

— Oui.

Elle se retourna posément. Il ne fallait pas lever les yeux : elle les dirigea au contraire fermement vers le sol, vérifiant qu'il disait vrai par le bas de la porte, puis, gagnée par une bouffée de soulagement, elle remonta la tête et le fixa droit dans les yeux.

Elle lui rendit le casque.

— Merci, murmura-t-elle.

— Ça allait ? demanda-t-il.

— Ça ne va jamais, jeta-t-elle avec brusquerie avant de tourner les talons.

Derrière elle, elle crut percevoir à travers les parois de bois un énorme battement d'ailes.

Elle repartit d'un pas saccadé, traversant la salle aux animaux étranges, réalisant à mi-parcours qu'elle serrait encore contre elle la boîte désormais vide dans laquelle étaient arrivées les larves. Elle la plia et la mit dans sa poche.

Ayant tiré la grille derrière elle sur l'immense salle emplie de formes vagues et violentes, elle parcourut la longueur du couloir immaculé pour enfin, passé la première lourde porte, revenir dans l'antichambre du service Recherche et Développement.

Le Dr Magesta Barbile referma et verrouilla le battant, puis se retourna avec entrain pour rejoindre ses collègues en blanc occupés à regarder dans leurs femtoscopes, lire des traités ou converser à voix basse près des portes qui menaient à d'autres services spécialisés. Chacune comportait une inscription rouge et noir au pochoir en guise de plaque.

En repartant à sa paillasse faire son rapport, la scientifique jeta un bref regard par-dessus son épaule aux avertissements inscrits sur la porte qu'elle venait d'emprunter.

Risque biologique. Danger. Prudence extrême exigée.

10

— Vous adonnez-vous à la drogue, madame Lin ?

Lin avait souvent expliqué à M. Madras qu'elle avait du mal à s'exprimer lorsqu'elle travaillait. Il l'avait informée avec affabilité que l'ennui le gagnait quand il posait pour elle, ou pour quelque portrait que ce fût. Elle n'était pas forcée de lui répondre, avait-il précisé ; si quoi que ce soit l'intéressait vraiment dans ses propos, elle n'aurait qu'à garder la question pour plus tard, ils en discuteraient à l'issue de leur séance. Il ne fallait pas faire attention à lui, vraiment. On ne pouvait pas s'attendre à ce qu'il reste assis sans bouger et sans rien dire pendant deux, trois, quatre heures d'affilée. Ça l'aurait rendu fou. Si bien que Lin écoutait ses paroles en tentant de mémoriser une ou deux remarques à faire par la suite. Elle se souciait encore, à ce moment, qu'il fût satisfait d'elle.

— Vous devriez essayer. Je suis certain que cela vous est déjà arrivé, en fait. Pour explorer les profondeurs du psychisme. Ou quelque chose dans ce goût-là.

Sa voix s'était teintée d'un sourire.

Lin avait persuadé M. Madras de la laisser travailler dans le grenier de son QG d'Osseville. C'était le seul endroit à bénéficier d'un éclairage naturel dans tout le pâté de maisons, avait-elle découvert. Les peintres ou les héliotypistes n'étaient pas les seuls à avoir besoin de lumière. Les textures et la tactilité des surfaces qu'elle-même suscitait avec tant d'assiduité via son art glandulaire demeuraient invisibles à la lueur des bougies, et s'exagéraient sous celle des brûleurs. Si bien qu'elle s'était chamaillée nerveusement avec son commanditaire jusqu'à ce qu'il finisse par admettre sa compétence en la matière. À dater de ce jour-là, elle avait été accueillie à la porte par le valet cactus puis menée jusqu'au dernier étage, où une échelle en bois pendait à une trappe dans le plafond.

Elle montait et entrait seule dans ce grenier. À chacune de ses arrivées, elle trouvait M. Madras occupé à l'attendre. Il était campé dans l'immense espace, à quelques pas de l'endroit où elle apparaissait. La cavité triangulaire semblait s'étirer sur le tiers au moins des maisons attenantes – une véritable étude de perspective, avec, campée en son centre, l'agglutination chaotique de chair qu'était son modèle.

Le grenier était entièrement dépourvu de meubles. Il y avait une porte menant à quelque couloir extérieur, mais Lin ne l'avait jamais vue ouverte. Sous le toit, l'air était sec. Elle foulait les lattes disjointes, risquant l'écharde à chaque pas. Mais la saleté accumulée sur les lucarnes semblait avoir acquis des qualités translucides, admettre la lumière tout en la diffusant. Elle signait alors à M. Madras de se positionner dans le flot de clarté, ou dans la lueur grise émise par les nuages. Après quoi elle déambulait autour de lui, reprenant ses marques avant de se remettre à sa sculpture.

Une fois, elle lui avait demandé où il comptait garder cette représentation à l'identique de lui-même.

— Vous n'avez pas à vous en préoccuper, avait-il répondu avec un doux sourire.

Debout devant lui, elle observa la tiède lumière grise qui dessinait ses formes. Elle s'accordait quelques minutes à chaque séance pour retrouver le fil avant de commencer.

Les deux ou trois premières fois, elle avait eu la certitude qu'il avait changé du jour au lendemain, que les fragments d'anatomie qui constituaient sa totalité se réorganisaient en l'absence de témoins. Cette commande s'était mise à susciter ses craintes. Elle s'était demandé avec hystérie si sa tâche ne relevait pas d'une fable morale : on la punissait de quelque nébuleux péché en l'obligeant à figer dans le temps un corps en mouvement ; à jamais trop effrayée pour s'élever contre cette idée, elle reprenait chaque jour au début.

Mais elle n'avait pas mis longtemps à imposer de l'ordre au chaos. Dénombrer, juste pour s'assurer qu'elle n'en avait pas oublié dans sa sculpture, les éclats de chitine coupants comme le rasoir qui saillaient de telle ou telle parcelle de cette peau de pachyderme paraissait absurde et prosaïque ; et déplacé, a fortiori, comme si une forme aussi anarchique devait forcément défier l'énumération. Et pourtant, dès qu'elle considérait les choses sous cet angle, son travail de sculpture reprenait enfin forme.

Lin demeurait d'abord debout pour contempler M. Madras, se focalisant tour à tour sur chaque cellule de sa propre vision, laissant dériver sa concentration au fil du regard. Elle évaluait, à travers les facettes de ses yeux aux différences infinitésimales, l'agrégat qu'était son commanditaire. Elle apportait à chaque séance les bâtons denses et blancs de la pâte organique qu'elle métaboliserait pour produire son art. Elle en avait déjà absorbé plusieurs avant de venir, et tandis qu'elle évaluait visuellement ses mesures, elle en mâchait vite un de plus, ignorant fermement la saveur douceâtre, désagréable, qu'elle transmettrait bientôt jusqu'au sac situé dans la partie postérieure de son thorax céphalique. Son ventre céphalique enflait de façon visible tandis qu'elle accumulait ce magma.

Elle se retournait alors pour attraper le début de son œuvre, la patte reptilienne à trois doigts qui constituait le pied de M. Madras, et la fixer sur un support bas. Après quoi elle se retournait une nouvelle fois afin de s'agenouiller face à son sujet ; là, elle ouvrait le petit étui protecteur en chitine qui protégeait sa glande et fixait, avec un léger bruit de succion, les lèvres inférieures situées à l'arrière de son corps céphalique sur le bord de la sculpture devant elle.

Pour commencer, Lin crachait un peu de l'enzyme qui rompait l'intégrité de la salive khépri déjà solidifiée, ramenant à l'état de mucus épais, collant, la couche supérieure de son travail en cours. Ensuite, elle se concentrait sec sur la partie de la jambe en cours de réalisation, intégrant ce qu'elle avait sous les yeux et se remémorant les formes désormais hors de vue, saillies exosquelettales, cavités musculaires ; après quoi elle entreprenait de presser doucement la pâte épaisse hors de sa glande, dilatant, contractant et étirant ses lèvres sphinctériennes pour rouler et lisser ce dépôt, lui donner forme.

Elle savait tirer le meilleur profit de la nacre opalescente de la salive khépri. À certains endroits, cependant, les nuances de l'anatomie bizarre de M. Madras étaient trop spectaculaires, trop saisissantes, pour qu'on ne les représente pas. Lin jetait alors un coup d'œil par terre et saisissait une poignée des baies-couleurs disposées devant elle sur sa palette. Elle en prenait des combinaisons subtiles, dont elle mangeait rapidement le cocktail consciencieux de nuances : rouge, cyan, jaune, pourpre, noir…

Ce jus aux tons vifs serait recraché à travers ses viscères céphaliques, par des voies intestinales parallèles, pour finir dans une poche accessoire de son sac thoracique principal ; quatre ou cinq minutes plus tard, elle serait en mesure de projeter le mélange de couleurs dans la salive khépri diluée. Répandant les tonalités étonnantes en des croûtes et des corrections évocatrices, elle disposerait et lisserait avec soin cette mousse liquide, qui se coagulerait vite pour adopter sa forme définitive.

C'était seulement à l'issue d'heures entières de travail que Lin, ballonnée et épuisée, l'haleine fétide à cause de la pâte crayeuse et de l'acide des baies, pouvait se retourner pour voir sa création. Tel était le talent de l'artiste glandulaire, qui se voyait obligée de travailler à l'aveuglette.

La première des jambes de M. Madras commençait à prendre forme, venait-elle de décider non sans fierté.

Les nuages à peine visibles à travers la tabatière trimaient avec énergie, se dissolvant puis se recombinant par fragments et par bribes dans de nouveaux recoins du ciel. L'air du grenier était très stable en comparaison. La poussière y était en suspens, fixe. M. Madras demeurait immobile, debout dans la lumière.

Dès lors que l'une de ses bouches ne cessait de débiter des monologues sans suite, il n'avait aucune difficulté à ne pas bouger. Ce jour-là, il avait décidé de l'entretenir de la drogue.

— Quel est donc votre poison de prédilection, Lin ? La shazbah ? La corne n'a aucun effet sur les Khépri, si je ne m'abuse, donc écartons ça… (Il rumina.) Je trouve que les artistes ont une relation ambivalente à la drogue. Parce que bon, toute l'idée consiste à laisser sortir sa bête intérieure, n'est-ce pas ? Ou son ange… Enfin bref, à ouvrir des portes que l'on croyait bien closes. Mais l'art n'est-il pas une sorte de tromperie, dès lors qu'on le pratique sous stupéfiants ? L'objectif du créateur, c'est bien de communiquer, non ? Or, s'il se repose sur des modificateurs de conscience – qui sont, je me fous de savoir ce qu'iront raconter les petites pédales prosélytes qui sniffent de la décharge avec leurs copines en boîte, qui sont une expérience intrinsèquement *personnelle* –, il a ouvert les portes, certes, mais est-il capable de transmettre ce qu'il a découvert de l'autre côté ?

« Cela dit, à l'inverse, si on demeure clair à tout crin, qu'on se cantonne mordicus aux pensées dans ce qu'elles ont de plus ordinaire, on parvient à communiquer avec les autres, certes, puisqu'on parle la même langue… mais a-t-on ouvert cette fameuse porte ? Le mieux auquel on pourra prétendre sera sans doute de lorgner par la serrure. Admettons que ça suffise…

Lin leva brièvement les yeux pour voir par quelle bouche parlait M. Madras : de grandes lèvres féminines près de son épaule. Comment se faisait-il que cette voix demeure inchangée ? Quoi qu'il en soit, elle aurait aimé pouvoir lui répondre, ou alors qu'il arrête de parler. Elle avait peine à se concentrer. Mais elle ne parviendrait sans doute pas à lui arracher meilleur compromis.

— Il y a beaucoup, beaucoup d'argent en jeu dans la drogue… vous en êtes consciente, bien sûr. Mais savez-vous ce que votre ami et agent Lucky Gazid est prêt à investir pour sa dernière substance prohibée ? Sincèrement, vous seriez étonnée. Demandez-lui, allez. Le marché pour ces trucs est extraordinaire. Il y a de la place pour plusieurs personnes, en y gagnant chacun de coquettes sommes.

Lin avait l'impression que M. Madras se moquait d'elle. Dans toutes les « conversations » qu'ils avaient ici, il lui dévoilait des détails cachés du folklore de la pègre de Nouvelle-Crobuzon, l'entraînant sur un terrain qu'elle était soucieuse d'éviter. *Je viens en simple visiteuse,* eut-elle envie de signer, frénétique. *Ne me fournissez pas de plan détaillé ! Un petit coup de shazbah de temps à autre comme remontant, peut-être… une dose de mielleux comme calmant, mais c'est tout… Je n'y connais rien à la revente et je ne veux rien en savoir !*

— Ti-Man Francine possède une sorte de monopole sur Sinispire. Elle est en train d'élargir la zone d'action de ses représentantes au-delà de Bercaille. Vous la connaissez ? Une des vôtres. Une femme d'affaires impressionnante. Nous allons être forcés de trouver un arrangement, elle et moi. Autrement tout cela va tourner au vinaigre. (Plusieurs des bouches de M. Madras sourirent.) Mais laissez-moi vous dire une chose, ajouta-t-il à voix basse. Je vais réceptionner très prochainement une merveille qui devrait changer ma distribution de façon radicale. Je pourrais bien disposer à mon tour d'une sorte d'exclusivité...

Je vais aller trouver Isaac ce soir, songea Lin, les nerfs en pelote. *Je vais l'amener dîner quelque part aux Champs, là où je pourrai lui faire du pied.*

La compétition annuelle pour le Prix de la Chutecôte était imminente, fin melluaire, et il faudrait trouver quelque chose à dire pour expliquer qu'elle ne concourait pas. Elle n'avait jamais obtenu le prix – les juges, trouvait-elle avec hauteur, n'y comprenaient rien au crachart. Néanmoins, au cours des sept dernières années, elle et tous ses amis artistes, sans exception, s'étaient inscrits. C'était devenu un rituel. Le jour de la proclamation, ils organisaient un dîner de gala et envoyaient quelqu'un récupérer un exemplaire de *La Gazette de Salacus*, qui sponsorisait le prix, pour voir qui l'avait emporté. Après quoi ils dénonçaient d'une voix avinée les organisateurs pour les bouffons béotiens qu'ils étaient.

Isaac serait étonné qu'elle ne participe pas. Elle avait décidé de lui laisser entendre qu'elle s'était lancée dans une œuvre monumentale ; cela devrait retenir un bon moment ses questions.

Bien sûr, se dit-elle, *si cette histoire avec le Garuda n'est pas terminée, il ne se rendra même pas compte si je suis inscrite ou pas.*

Ses pensées prenaient un tour saumâtre. Là, c'était se montrer injuste, pensa-t-elle. Elle-même était pourtant en proie au même genre d'obsession que lui : ces temps-ci, rares étaient les instants où elle ne voyait pas la forme monstrueuse de M. Madras flotter dans un coin de son champ de vision. Le fait qu'Isaac ait son idée fixe en même temps qu'elle relevait simplement d'une mauvaise coïncidence. Il fallait se raisonner. Ce boulot était en train de la bouffer. Elle, tout ce qu'elle voulait, c'était rentrer chaque soir à la maison vers une salade de fruits fraîchement coupés, des billets pour une pièce de théâtre et une partie de jambes en l'air.

Au lieu de quoi Isaac gribouillait frénétiquement dans son atelier, tandis qu'elle-même retrouvait soir après soir sa couche vide au Trou d'Aspic. Ils se donnaient rendez-vous une ou deux fois par semaine, pour un dîner sur le pouce et un sommeil sans rêves, dénué de romantisme.

En levant la tête, Lin constata que les ombres s'étaient considérablement déplacées depuis son entrée dans le grenier. Ses pensées se nimbaient de coton. Ses fines pattes antérieures vinrent balayer sa bouche, ses yeux, ses antennes en un bref nettoyage. Elle mâcha ce qui serait sa dernière poignée de baies de la journée. L'âpreté des bleues fut tempérée par les roses, sucrées. Elle les mélangea avec soin, y ajoutant une de couleur perle, encore verte, puis une jaune au bord de la fermentation. Elle savait exactement vers quel goût elle tendait : l'amertume infecte, écœurante, tirant sur le gris, d'une teinte intense proche du rose saumon : celle du muscle du mollet de M. Madras.

Elle avala et pressa le jus à travers son œsophage céphalique. Il finit par gicler sur la surface chatoyante de la salive khépri presque inactive. Le suc était un peu trop liquide ; il s'étala et bava au fur et à mesure qu'il sortait. Lin le travailla, rendant la nuance du muscle par des brossés et des ruissellements abstraits. Un sauvetage improvisé.

Quand la salive fut sèche, elle se dégagea. Au moment d'écarter sa tête de la jambe à demi terminée, elle sentit une adhérence de mucus s'étirer et claquer. Elle se pencha sur le côté puis se figea, pressant la pâte restante à travers sa glande. Le bas-ventre nervuré de son corps céphalique abandonna sa forme distendue pour reprendre des dimensions plus normales. Un gros serpentin de salive blanc goutta de sa tête pour aller s'enrouler sur le sol. Lin étira l'extrémité de sa glande afin de la nettoyer à l'aide de ses pattes postérieures, puis referma avec soin le petit étui qui se trouvait sous l'extrémité de ses ailes.

Elle se mit debout, s'étira. Les petites déclarations affables, froides, pernicieuses de M. Madras s'interrompirent brusquement. Il n'avait pas pris conscience qu'elle avait terminé.

— Déjà, madame Lin ? s'écria-t-il, pris d'une déception hystérique.

Je perds toute dextérité si je n'y prends pas garde, signa-t-elle. *Ce travail est très exigeant. Je dois arrêter.*

— Bien sûr, dit M. Madras. Et comment se présente notre œuvre maîtresse ?

Ils se retournèrent de conserve.

Lin constata non sans aise que sa récupération improvisée des sucs trop liquides avait abouti à un effet évocateur, suggestif. Le résultat n'était pas tout à fait naturaliste, mais aucune de ses œuvres ne l'était ; le muscle de M. Madras semblait au contraire avoir été violemment projeté dans les os de sa jambe. Une analogie peut-être pas si éloignée de la réalité.

Les couleurs translucides s'étalaient en bavures inégales le long de la blancheur de la salive khépri dont l'opalescence rappelait l'intérieur d'un coquillage. Les plaques de tissus et de muscles se chevauchaient. Les complexités de cette chair aux multiples textures crevaient les yeux. M. Madras hocha la tête, approbateur.

— Vous savez, avança-t-il à voix basse, je regrette qu'il n'existe pas de moyen d'éviter d'en voir plus jusqu'à ce que tout soit terminé. Mon sens personnel de la grandeur du moment. Je trouve le résultat bien, vous savez, jusqu'à maintenant. *Très* bien. Mais il serait dangereux de tomber trop tôt dans la louange. Cela risquerait de vous inciter à la suffisance... Alors je vous en prie, madame Lin, ne soyez pas découragée, mais c'est là le dernier commentaire, positif ou négatif, que je vous livre sur votre œuvre jusqu'à la toute fin de vos travaux. Acceptez-vous ce principe ?

Lin hocha la tête, incapable de détacher les yeux de ce qu'elle avait créé. Elle frotta très tendrement la main sur la surface lisse en train de sécher. Ses doigts explorèrent la transition entre flanc et écailles, jusqu'à la peau située en dessous du genou de M. Madras. Elle baissa les yeux vers l'original ; les leva vers sa tête. Ce furent deux yeux de tigre qui soutinrent son regard.

Qu'est-ce... qu'est-ce que vous étiez ? lui signa-t-elle.

Il poussa un soupir.

— Je me demandais quand vous poseriez cette question, Lin. J'espérais vraiment que vous éviteriez de le faire, mais je savais cela peu probable... *Je me demande si nous nous comprenons en quoi que ce soit*, siffla-t-il, soudain haineux.

Lin eut un mouvement de recul.

— C'est si... prévisible. Vous ne me voyez toujours pas comme il convient. Pas du tout. Il est sidérant que vous puissiez produire de telles œuvres. Vous considérez encore que *ceci* (il gesticula vaguement vers sa propre anatomie, au moyen d'une paume de singe) relève de la pathologie. Vous vous préoccupez encore de ce que c'était, et de ce qui a mal tourné. *Or ce corps n'est ni erreur, ni absence, ni mutation : il est image, et essence...*

Sa voix résonnait entre les chevrons.

Il se calma quelque peu et baissa ses nombreux bras.

— C'est un tout.

Trop fatiguée pour céder à l'intimidation, elle hocha simplement la tête afin de signifier qu'elle comprenait.

— Je suis peut-être trop dur avec vous, poursuivit M. Madras, pensif. Je veux dire... Ce travail devant nous est bien la preuve que vous possédez un sens de la rupture du moment, même si votre question laisse entendre le contraire… Alors peut-être, continua-t-il plus lentement, peut-être que vous *contenez* ce moment, quoique vous ne le compreniez pas. Une partie de vous le saisit sans avoir recours aux mots, même si votre mental s'interroge dans un format qui rend toute réponse impossible.

Il la regarda d'un air de triomphe.

— Vous aussi, vous êtes hybride, madame Lin ! Votre art prend corps là où se confondent votre compréhension et votre ignorance !

Très bien, signa-t-elle tout en rassemblant ses affaires. *Peu importe. Désolée d'avoir posé la question.*

— Désolé, je l'étais tout autant, croyez-moi, répondit-il. Mais cela m'a passé, je crois.

Lin referma sa mallette en bois autour de sa palette tachée du restant de baies-couleurs (il faudrait aller en chercher d'autres, constata-t-elle) et des blocs de pâte. M. Madras poursuivait ses péroraisons philosophiques, ses ratiocinations sur la théorie de l'hybride. Lin n'écouta pas. Elle détourna ses antennes, perçut les roulements et grondements infimes de la maison, le poids de l'air sur la fenêtre.

Je veux du ciel au-dessus de moi, songea-t-elle, *pas ces vieux entretoisements de poutres poussiéreuses, ni ce toit goudronné, cassant. Je rentre à pied. En prenant mon temps. Par le Marais.*

Sa résolution ne fit que croître au fur et à mesure que progressaient ses pensées.

Je vais m'arrêter au labo ; je demanderai à Isaac de venir avec moi, froidement, et je le volerai pour une nuit.

M. Madras continuait son laïus.

Tais-toi, espèce d'enfant gâté ! La ferme, sale mégalomane, je n'en peux plus de tes théories cinglées !

Quand elle se retourna pour lui signer *au revoir*, ce ne fut qu'avec le plus infime semblant de politesse.

11

Sur le bureau d'Isaac, un pigeon pendait, crucifié à un croisillon de bois de fer. Sa tête s'agitait frénétiquement de droite et de gauche, mais malgré sa terreur l'animal ne parvenait à émettre qu'un roucoulement grotesque.

Ses ailes, repliées selon un angle aigu, étaient fixées en leur extrémité, et retenues par des clous fins fichés dans le peu d'espace entre les rémiges. Les pattes du pigeon étaient attachées aux quarts inférieurs de la petite croix. Le bois en dessous de lui était maculé du blanc et du gris sale de sa fiente. Il se contractait et tentait de secouer les ailes, mais sans parvenir à se libérer.

Isaac le surplomba, brandissant une loupe et un long porte-plume.

— Arrête de faire le con, espèce de vermine, grommela-t-il avant de lui tâter l'épaule de la pointe de son instrument.

Il scruta à travers sa lentille les infimes frémissements qui traversaient ces os et ces muscles minuscules. Il griffonna sans regarder le papier qui se trouvait en dessous de lui.

— Oï !

Isaac tourna la tête vers l'endroit d'où provenait

l'appel irrité de Lublamai, puis se leva de son bureau. Il s'avança jusqu'au bord du balcon pour jeter un œil.

— Quoi ?

Lublamai et David se tenaient côte à côte, les bras croisés, au rez-de-chaussée. On aurait dit un petit chœur de théâtre près d'entonner son couplet. Des sillons creusaient leurs traits. Le silence régna quelques secondes.

— Écoute, Isaac, commença Lublamai d'une voix soudain accusatrice... On est toujours convenus qu'on pourrait tous faire les recherches qu'on veut ici, qu'il n'y aurait pas de questions, qu'on se soutiendrait les uns les autres, ce genre de truc... exact ?

Isaac soupira et se frotta du pouce et de l'index gauches les doigts de la main droite.

— Pour l'amour de Baragouin, les garçons, pas d'airs supérieurs entre nous ! lança-t-il avec un grognement. Vous n'avez pas besoin de me dire qu'on a tenu le coup contre vents et marées ou je ne sais quoi. Je suis conscient que vous êtes à bout, et je ne vous en veux pas...

— Ça *sent mauvais*, Isaac, dit David, allant droit au but. Et pas une minute ne passe sans qu'on ait droit à un concert de cris d'oiseaux.

Tandis que Lublamai proférait ces paroles, le vieil artefact s'était avancé derrière lui d'un patin incertain ; il s'arrêta et fit pivoter sa tête, ses lentilles ayant enregistré la présence des deux hommes immobiles. Il hésita un instant, puis replia ses frêles bras de métal, imitant maladroitement leur posture.

Isaac l'indiqua d'une gesticulation.

— Regardez, regardez, ce machin idiot perd la boule ! Il a un virus ! Vous feriez mieux de le ficher au rebut, sinon il va s'auto-organiser et vous aurez des engueulades existentielles avec votre bonniche avant la fin de l'année !

— Bon sang, Isaac, ne change pas de sujet ! s'énerva

David, tout en jetant un coup d'œil à l'artefact pour lui donner une claque.

L'engin fit la culbute.

— Nous avons tous droit à une certaine marge pour ce qui est d'emmerder le monde, reprit-il, mais là, tu pousses !

— Très bien ! (Isaac projeta les mains en l'air. Il regarda lentement autour de lui.) J'ai dû sous-estimer les capacités de Lemuel, dit-il, piteux.

Sur toute la longueur de l'entrepôt, la mezzanine était bourrée à craquer de cages pleines de choses qui braillaient, rampaient ou battaient des ailes. L'entrepôt résonnait de déplacements d'air, de brusques écarts, de froufrous, de déjections qui s'écrasaient et, plus sonore encore, de la stridence incessante des oiseaux captifs. Pigeons, moineaux, sansonnets manifestaient leur détresse à grand renfort de cris et de roucoulements – ténus, pris chacun de leur côté, mais dont l'ensemble formait un orphéon grinçant, perçant. Perroquets et canaris ponctuaient ces jérémiades aviaires de points d'exclamation hystériques qui arrachaient des grimaces à Isaac. Les oies, poulets et canards ajoutaient un air rustique à la cacophonie ambiante. Des cornus au faciès féroce se jetaient dans les airs sur la courte distance de leurs cages, leur petit corps de lézard claquant contre les façades grillagées. Ils léchaient leurs plaies de leur petite tête de lion et grondaient comme des souris belliqueuses. Des énormes cuves en verre, contenant mouches, abeilles et guêpes, éphémères, papillons et scarabées volants, émanait un vrombissement intense et violent. Les chauves-souris pendues la tête en bas considéraient Isaac de leurs petits yeux incandescents. Les serpents-libellules faisaient froufrouter leurs longues ailes graciles en sifflant à grand bruit.

Le sol des cages n'avait pas été nettoyé et l'âcre odeur de fiente était très forte. Sincérité, constata Isaac, se dandinait d'un bout à l'autre de la pièce en secouant sa tête au pelage rayé. David vit le mouvement des yeux d'Isaac.

— Ouais, beugla-t-il, tu vois ? La puanteur la met dans tous ses états !

— Les amis, dit Isaac, j'apprécie votre patience à sa juste valeur, je vous assure. Mais c'est chacun son tour, non ? Lub, rappelle-toi la fois où tu menais ces expériences sur les sonars et où tu as fait venir ce type pour qu'il joue du tambour pendant deux jours ?

— Isaac, ça fait déjà près d'une semaine, ton truc ! Ça va durer encore longtemps ? Quand auras-tu fini ? Le moins que tu pourrais faire, ce serait de nettoyer leur merde !

Isaac regarda les visages irrités en dessous de lui. Ils avaient vraiment les boules, réalisa-t-il. Il réfléchit rapidement à un compromis.

— Très bien, finit-il par dire. Écoutez, je nettoierai ce soir, c'est promis. Et je vais travailler d'arrache-pied, bordel... Oui, je sais ! En commençant par les plus bruyants ! Je vais tâcher de m'en débarrasser d'ici... deux semaines ? acheva-t-il sans conviction.

David et Lublamai firent mine de protester, mais il coupa court à leurs huées et leurs quolibets.

— Je paierai un peu plus de loyer le mois prochain ! Ça vous va ?

Les grossièretés se turent instantanément. Les deux hommes le considérèrent d'un air calculateur. Ils étaient frères devant la science, ils étaient les mauvais garçons du Marais-aux-Blaireaux, ils étaient amis – mais la précarité caractérisait leur existence, et les questions d'argent ne laissaient que peu de place au sentimentalisme. Conscient de ce dernier point, Isaac avait tenté de devancer leurs éventuelles tentations d'aller se chercher un autre local. Après tout, lui-même ne pouvait se permettre d'assurer seul le loyer.

— Tu mettrais jusqu'à combien ? demanda David.

Isaac médita.

— Deux guinées de plus ?

David et Lublamai se dévisagèrent. C'était généreux.

— Et puisqu'on évoque le sujet, lâcha Isaac l'air de rien, j'aurais bien besoin d'un petit coup de main. Je ne sais pas comment m'occuper de certains de ces… euh… sujets scientifiques. Tu n'as pas fait un peu de théorie ornithologique, David ?

— Non, répondit David, acerbe, j'étais l'assistant d'un type qui en faisait. Je m'emmerdais comme un rat mort. Et arrête de prendre ces airs innocents, Isaac. Tes bestioles pestilentielles ne vont pas moins m'insupporter *si tu m'impliques dans ton projet.* (Il rigola avec un reste d'humour.) Tu as pris des cours d'Initiation à la Théorie de l'Emphase, ou quoi ?

Cependant, malgré le mépris qui avait teinté ses propos, David était en train de monter l'escalier, Lublamai sur les talons.

S'étant arrêté en haut, il mesura toute l'ampleur des captifs jacasseurs.

— Par la queue du diable, Isaac ! murmura-t-il en souriant jusqu'aux oreilles. Combien est-ce que tout ça t'a coûté ?

— Je n'ai pas encore fini de régler Lemuel, dit sèchement Isaac, mais mon nouveau patron devrait me suivre sans problème sur ces engagements de dépenses.

Lublamai avait rejoint David sur la dernière marche. Il gesticula en direction d'un groupe de cages de toute sorte situées à l'extrémité de la passerelle.

— C'est quoi, là-bas ?

— L'endroit où je garde les trucs exotiques, dit Isaac. Les cornus, le lasillon…

— Tu as un lasillon ? s'exclama Lublamai.

Isaac acquiesça et sourit.

— Il est si joli que j'ai pas eu le cœur de faire une quelconque expérience dessus.

— Je peux le voir ?

— Bien sûr, Lub. Il est là-bas, derrière la cage de la pseudo-roussette.

Tandis que Lublamai s'avançait d'un pas pesant vers les boîtes soigneusement fermées, David considéra ce qui l'entourait.

— Alors, où est-il, ton problème ornithologique ? demanda-t-il en se frottant les mains.

— Sur le bureau. (Isaac indiqua le misérable pigeon troussé.) Comment empêcher ce truc de se tortiller ? Ça m'arrangeait, au départ, pour voir la musculature, mais maintenant je veux bouger les ailes moi-même.

David contempla Isaac comme s'il était demeuré.

— Tue-le.

Isaac haussa exagérément les épaules.

— J'ai essayé. Il ne veut pas mourir.

— Oh, bordel de merde…

David s'avança jusqu'au bureau avec un rire exaspéré. Il tordit le cou au pigeon.

Isaac grimaça de façon ostentatoire et leva les battoirs qui lui servaient de mains.

— Mes doigts ne sont tout bonnement pas assez subtils pour ce genre de travail. Je suis trop malhabile, et ma sensibilité beaucoup trop délicate, déclara-t-il d'un ton dégagé.

— C'est ça, dit David, l'air sceptique. Sur quoi tu travailles ?

Isaac se montra aussitôt enthousiaste.

— Eh bien… (Il s'avança jusqu'au bureau.) Je n'ai pas eu de chance du tout avec les Garuda d'ici. J'avais entendu des rumeurs parlant d'un couple qui vivait au Mont de Baragouin et à Syriac, et j'ai répandu le bruit que j'étais disposé à donner beaucoup de flouze en échange de quelques heures de leur temps et quelques héliotypes. Je n'ai eu absolument aucun retour. J'ai aussi flanqué deux trois affiches à la fac, pour demander à tous les étudiants garuda qui seraient volontaires de passer ici, mais mes sources me disent qu'il n'y en a aucun parmi les inscrits cette année.

— « Les Garuda ne sont pas… *compétents* en matière de pensée abstraite. »

David venait d'imiter le ton méprisant du porte-parole du sinistre parti des Trois Plumes, qui avait tenu un meeting catastrophique dans le Marais l'année précédente. Isaac, David et Derkhan s'y étaient rendus pour troubler les débats, hurlant des insultes et lançant des oranges pourries sur l'homme qui se trouvait sur scène, au grand ravissement des manifestants xénians qui se trouvaient au-dehors. Isaac mugit de rire à ce souvenir.

— Absolument. Enfin, conclusion, à moins d'aller à Chiure, je ne peux pas travailler sur un vrai Garuda pour l'instant. Du coup, je m'intéresse aux divers mécanismes de vol que tu… que tu vois autour de toi. Une diversité saisissante, du reste.

Isaac feuilleta ses piles de notes, tendant des diagrammes d'ailes de passereaux et de mouches à viande. Il détacha le pigeon mort et souligna délicatement d'un cercle le mouvement des ailes. Il désigna sans rien dire la cloison qui jouxtait son bureau. Elle était couverte de diagrammes d'ailes soigneusement exécutés. Des agrandissements de l'articulation pivotante de l'épaule, des représentations réduites de forces, des études joliment ombrées des diverses formes d'empennage. Il y avait également là des héliotypes de dirigeables, barrés de flèches et de points d'interrogation tracés à l'encre sombre. Des esquisses expressives de vaisseaux-de-guerre, et des clichés énormément agrandis d'ailes de guêpe. Tout cela était étiqueté avec soin. David passa lentement en revue ce qui représentait des heures et des heures de travail, les études comparatives des ressorts du vol.

— Du moment que mon client peut aller dans les airs, je ne pense pas qu'il soit trop regardant quant à l'apparence que prendront ses ailes – ou quoi que ce soit d'autre. Ni sur les délais.

David et Lublamai étaient au courant pour Yagharek. Isaac leur avait demandé le secret. Il leur faisait confiance. Il les avait mis dans la confidence pour le cas où le Garuda lui rendrait visite alors que ses deux compères se trouvaient sur place – encore que jusque-là celui-ci fût parvenu à les éviter lors de ses visites fugaces.

— Tu as songé à lui reflanquer des ailes, tout bonnement ? dit David. À le Recréer ?

— Ma foi, bien sûr, c'est surtout là-dessus que je planche, mais il y a deux problèmes. Le premier, c'est *lesquelles* ? Je serai forcé de les bâtir entièrement. Et puis tu en connais, toi, des Recréateurs qui sont prêts à faire ce boulot-là sous le manteau ? Le meilleur bio-thaumaturge que je connaisse, c'est ce pourri de Vermishank. J'irai le voir si j'y suis forcé mais pour ça, il faudrait vraiment que je sois complètement aux abois ! Alors pour l'instant, je fais des trucs préliminaires, j'essaie de définir la taille, la forme, la source d'énergie de ce qui pourrait faire tenir Yag en l'air – ne serait-ce que ça. Enfin, si je choisis cette voie-là.

— Tu vois quoi d'autre comme solution ? La physico-thaumaturgie ?

— Eh bien tu sais, ma vieille marotte, la TCU... (Isaac sourit jusqu'aux oreilles et haussa les épaules, feignant l'autodérision.) Même si j'arrive à me tirer du problème des ailes, je sens qu'il a le dos trop abîmé pour une Recréation simple. Je me demande ce que donneraient les combinaisons de deux champs d'énergie différents... Merde, David, je ne sais pas. Mais j'ai un début d'idée...

Il désigna vaguement son dessin de triangle libellé à la va-vite.

— Isaac ?

Le hurlement de Lublamai avait percé le torrent de cris. Isaac et David tournèrent la tête vers lui. Il s'était promené jusque derrière le lasillon et le couple d'aras dorés. Il désignait un amoncellement de boîtes, de caisses et de cuves plus petites.

— C'est quoi, ça ?

— Oh, c'est ma pouponnière, beugla Isaac, tout sourire. (Il s'avança jusqu'à Lublamai, entraînant David avec lui.) Je me suis dit qu'il serait sans doute intéressant de voir comment on progresse d'un truc incapable de voler à un truc qui vole. Je me suis procuré quelques nouveau-nés, quelques œufs fécondés et des machins encore bébés.

Il s'arrêta devant sa collection. Lublamai scrutait une poignée d'œufs cobalt dans un petit clapier.

— Je ne sais pas ce que c'est, dit Isaac. J'espère que ça donnera un joli résultat.

Le clapier en question se trouvait au faîte d'une pile de boîtes similaires, ouvertes sur le devant et contenant chacune un petit nid mal imité, dans lequel reposaient de un à quatre œufs. Certains de ces derniers présentaient des couleurs extraordinaires, d'autres étaient d'un beige morne. Un petit tuyau serpentait entre les clapiers pour disparaître par-dessus la rambarde vers la chaudière située en dessous. Isaac le releva du pied.

— J'ai l'impression qu'ils préfèrent être au chaud… marmonna-t-il. Enfin, je ne suis pas complètement sûr…

Lublamai était en train de se pencher au-dessus d'une cuve à la façade vitrée.

— Ouh ! souffla-t-il. J'ai l'impression d'être revenu à mes dix ans ! Celles-là, je te les échange contre six billes !

Le sol de la cuve était un tortillement de petites chenilles vertes, qui grignotaient d'une bouche vorace et méthodique les feuilles posées au petit bonheur autour d'elles. Les tiges grouillaient de leurs petits corps.

— Ouais, c'est très intéressant. Elles devraient rentrer dans leur cocon d'un jour sur l'autre, et là, je crois que je vais leur trancher dedans à divers stades de leur développement pour voir comment elles opèrent leur transmutation.

— La vie est cruelle pour les assistants de laboratoire, hein ? murmura Lublamai à l'adresse de la cuve. Tu as quoi d'autre comme trucs répugnants ?

— Un tas d'asticots. Ça, c'est facile à nourrir. C'est sûrement leur odeur qui a incommodé Sincérité ! (Il s'esclaffa.) Et puis certains autres machins qui promettent de devenir des papillons ou des phalènes, et des trucs aquatiques horriblement agressifs dont *on me dit* qu'ils deviennent des mouches damassées, et va savoir quoi encore… (Isaac désignait un bassin plein d'eau sale, derrière les autres.) Et là, continua-t-il, s'avançant d'une démarche assurée vers une petite cage en fil de fer grillagé à quelques pas de là, j'ai quelque chose de *très* spécial…

Il bascula le pouce vers le clou de sa collection.

David et Lublamai se regroupèrent autour de la cage. Ils en contemplèrent le contenu, la mâchoire pendante.

— Oh là, dis donc, c'est *magnifique* ! murmura David au bout d'un moment.

— Mais c'est quoi ? chuinta Lublamai.

Isaac scruta, par-dessus leurs têtes, sa chenille vedette.

— Franchement, les amis, je n'en ai pas la moindre idée. Tout ce que je sais, c'est qu'elle est énorme, jolie, et pas très heureuse.

La larve agitait aveuglément sa tête épaisse. Elle déplaçait sa masse autour de sa prison. Elle mesurait au moins dix centimètres de long et trois de large ; des couleurs vives étaient plaquées au hasard tout autour du cylindre replet de son corps. Des poils aux allures de piquants lui jaillissaient du croupion. Elle partageait sa cage avec des feuilles de laitue noircies, de petits bouts de viande, des tranches de fruits, des lanières de papier.

— Vous voyez, dit Isaac, j'ai tout essayé pour l'alimenter. Je lui ai donné tout ce qui existe en matière de plantes, elle n'en veut aucune. Alors j'ai essayé le poisson, les fruits, les gâteaux, le pain, la viande, le papier, la colle, le coton, la soie... Elle se contente de rester là à crever de faim en me contemplant d'un air accusateur. (Isaac se pencha, insérant sa tête entre celles de David et de Lublamai.) Elle manque de nourriture, c'est manifeste. Ses couleurs s'affadissent, ce que je trouve inquiétant sur le plan esthétique comme physiologique... Je ne sais pas quoi faire. J'ai l'impression que ma jolie trouvaille va rester assise là et me crever dans les bras.

Isaac renifla, pragmatique.

— Tu l'as trouvée où ? demanda David.

— Oh, tu sais comment ça marche, ce genre d'histoire. Je l'ai eue par un type qui la tenait d'un homme qui l'avait obtenue d'une femme... et cetera. Je n'ai pas la moindre idée de sa provenance.

— Tu ne vas quand même pas la disséquer, dis donc ?

— Par la queue, non ! Si elle survit pour construire un cocon, ce dont malheureusement je doute, je serai fort intéressé de voir ce qui en sort. Je songe même à la donner au Muséum d'histoire naturelle. Tu me connais, le bien public avant tout... En tout cas, ce qui est sûr, c'est que cette bestiole ne m'est pas d'une grande utilité pour ma recherche. Je n'arrive même pas à la faire manger, alors pour ce qui est de la voir se métamorphoser, et encore moins *voler*... Tout le reste, tout ce que vous voyez autour de vous... (il écarta les mains, agita les poignets pour embrasser la totalité de la pièce), c'est du blé à moudre pour mon moulin antigravitationnel. Mais cette petite louloute, là… (il désigna la chenille amorphe en affichant un sourire radieux), elle, c'est du social.

Un craquement se fit entendre au niveau en dessous. Quelqu'un poussait la porte. Tous trois se penchèrent dangereusement par-dessus la passerelle pour contempler le rez-de-chaussée, s'attendant à voir Yagharek le Garuda, avec ses fausses ailes sous sa cape.

Lin les regardait d'un air interrogateur.

David et Lublamai en sursautèrent, confus. Gênés du brusque salut irrité d'Isaac, ils se trouvèrent autre chose à regarder.

Isaac dévalait déjà l'escalier.

— Lin ! beugla-t-il. Content de te voir ! (Quand il parvint à sa hauteur, il adopta un ton plus discret.) Mais qu'est-ce que tu fais ici, ma chérie ? Je croyais qu'on avait rendez-vous plus tard dans la semaine ?

Les antennes de Lin frémirent de désarroi. Isaac tâcha de tempérer l'irritation qui l'avait gagné. Il était clair que Lublamai et David comprenaient ce qui était en train de se passer – ils le connaissaient depuis un bail ; vu ses dérobades et ses sous-entendus sur sa vie amoureuse, ils avaient dû parvenir raisonnablement près de la vérité. Mais on n'était pas aux Champs-de-Salacus, ici. C'était jouer avec le feu. On risquait de le voir.

D'un autre côté, Lin était au désespoir, ça crevait les yeux.

Écoute, signa-t-elle rapidement, *je veux que tu viennes à la maison avec moi. Ne dis pas non. Tu me manques. Fatiguée. Travail difficile. Désolée d'être passée ici, j'avais besoin de te voir.*

Isaac se sentait partagé entre colère et affection. *Voilà un précédent dangereux,* pensa-t-il. *Chiotte !*

— Attends, murmura-t-il. Accorde-moi une minute.

Il se précipita en haut de l'escalier.

— Lub, David, j'avais oublié que j'étais censé sortir avec des amis ce soir, alors on a envoyé quelqu'un me chercher. Je *promets* de nettoyer tous mes petits protégés demain. Sur mon honneur. Ils ont tous mangé, cette question-là est réglée...

Il avait tourné rapidement la tête en tous sens. Il se força à regarder ses amis dans les yeux.

Lublamai lui fit au revoir de la main.

— D'accord, dit David. Passe une bonne soirée.

— Bon, soupira-t-il lourdement en regardant autour de lui. Si Yagharek revient... euh...

Il prit conscience qu'il n'avait rien à dire. Il saisit un cahier sur le bureau et redescendit les marches quatre à quatre sans regarder derrière lui. Lublamai et David évitèrent consciencieusement de le regarder partir.

Il emporta Lin à la façon d'un ouragan, la faisant tournoyer avec lui pour passer la porte et pénétrer dans les rues crépusculaires. Ce fut seulement quand ils eurent quitté l'entrepôt, quand il la regarda clairement, qu'il sentit son irritation refluer jusqu'à un état de vague démangeaison. Il voyait son amante dans tout son abattement, tout son épuisement.

Isaac hésita un instant, puis la prit par le bras. Il glissa son cahier dans son sac, qu'il referma d'un geste sec.

— Accordons-nous une soirée, murmura-t-il.

Elle acquiesça et inclina vers lui sa tête scarabe, le serra un instant contre elle.

Ils se dégagèrent, à ce moment, de crainte d'être observés. Ils flânèrent ensemble jusqu'à la gare de Matois, à une allure d'amants, éloignés l'un de l'autre de quelques pas prudents.

12

Si un assassin s'attaquait sans relâche aux vastes demeures de Vexilmont ou du Bec de Chancre, la milice se ferait-elle tirer les oreilles pour agir, se montrerait-elle chiche sur les moyens mis en œuvre ? Vous pouvez parier que non. Il n'y a qu'à voir comment ils pourchassent Jacques l'Exauceur ! Et pourtant, quand l'Énucléeur frappe et refrappe à Crassecoude, *rien ne se passe ! Une nouvelle victime aux yeux arrachés a été repêchée la semaine dernière dans la Poix, portant à cinq le nombre des victimes – or, pas un mot des grosses brutes en bleu de la Tour Pointue. Nous disons :* il y a deux poids, deux mesures : une loi pour les riches, une pour les pauvres.

Partout dans Nouvelle-Crobuzon fleurissent les affiches exigeant votre suffrage *– si vous avez la chance de pouvoir l'exprimer ! Le Gros Soleil de Buseroux s'offusque et bombe le torse, Voir Enfin la Lumière débite des discours équivoques, Divers-cité ment aux Xénians opprimés, et la poudre aux yeux incarnée que sont les Trois Plumes distille son poison. Avec ces pauvres pitres pour seule alternative,* Le Fléau Endémique *appelle tous les électeurs à exiger le droit de vote ! Montez un* *parti de toutes pièces et dénoncez la Loterie du Suffrage pour la mascarade cynique qu'elle est! Nous disons:* Des votes pour tous et votez pour le changement!

Après de violentes remises en cause de leur salaire par les autorités portuaires, les débardeurs vodyanoi d'Arbrecosse sont en train de discuter d'une action de grève. La Guilde des Dockers Humains a bassement dénoncé leurs actions. Nous disons: Pour une union de toutes les races contre les patrons!

Derkhan releva la tête de sa lecture: un couple pénétrait dans le wagon. D'un geste furtif, subreptice, elle replia son exemplaire du *Fléau Endémique* pour le glisser dans son sac.

Elle s'était assise en tout début de rame, en sens inverse de la marche, de façon à distinguer les quelques personnes présentes sans avoir l'air de les espionner. Les deux jeunes gens qui venaient d'entrer oscillèrent comme le train quittait la gare de la Fourche Sédim, puis se hâtèrent de s'asseoir. Ils étaient vêtus simplement, mais avec goût, se distinguant ainsi de la majorité des usagers qui se dirigeaient vers le Palus-au-chien. Derkhan les identifia comme des missionnaires Vérulins, étudiant à l'université toute proche du Pré-aux-langues, qui s'enfonçaient dans les entrailles du Palus pour édifier les pauvres à coups de foi moralisatrice. Elle ricana intérieurement à leur adresse tout en sortant un petit miroir.

Ayant jeté un nouveau coup d'œil pour s'assurer qu'on ne l'observait pas, Derkhan considéra son visage d'un œil critique. Elle rajusta minutieusement sa perruque blanche et appuya sur sa fausse cicatrice en caoutchouc afin de vérifier sa solidité. Elle était vêtue avec soin: une tenue sale et déchirée ne présentant aucun signe de richesse pour éviter d'attirer l'attention dans le Palus, mais pas ignoble au point de déclencher l'opprobre et la colère des voyageurs du Freux où avait démarré son itinéraire.

Son carnet se trouvait sur ses genoux. Elle s'était accordé un moment pour prendre des notes préparatoires sur le Prix de la Chutecôte. Les éliminatoires avaient lieu à la fin du mois et elle se proposait de rédiger un papier pour *Le Phare* sur le travail qui parvenait à franchir les premières étapes de la sélection. Elle avait l'intention de verser dans l'humour, tout en traitant sérieusement des manigances du jury.

Elle considéra son accroche terne et poussa un soupir. *Ce n'est pas le moment maintenant,* décida-t-elle.

Elle tourna la tête vers la fenêtre située à sa gauche, pour balayer la ville du regard. Sur cet embranchement de la ligne Dextre, entre le Pré-aux-langues et la zone industrielle qu'était le sud-est de Nouvelle-Crobuzon, les trains passaient pratiquement à mi-chemin de la mêlée de la ville avec le ciel. Le tas de toits du Marais-aux-Blaireaux et de l'Île d'Horrore était émaillé de tours de la milice, tout comme, plus loin, ceux de Muscide et de Schèque. De l'autre côté du Bitume transitaient les trains de la ligne Sud.

Les Côtes blanchies apparurent et disparurent à côté de la voie, surplombant la rame de leur masse. Fumée et crasse s'élevaient dans les airs, au point que le train semblait porté sur une marée de smog. La rumeur industrielle augmenta. En traversant Terrasol, le train fila à travers les bouquets clairsemés d'énormes cheminées, semblables à des arbres foudroyés. Réverboue était une zone industrielle sauvage un peu plus à l'est. Légèrement plus bas et plus au sud, réalisa Derkhan, un piquet de grève vodyanoi devait être en train de se former. *Bonne chance, mes frères.*

La gravité l'attira vers l'ouest tandis que tournait le

train. Le convoi s'écarta de la ligne d'Arbrecosse pour se diriger vers l'est, se préparant à sauter la rivière.

Les mâts d'Arbrecosse apparurent, oscillants. Les hauts navires vacillaient et remuaient doucement dans leurs amarres. Derkhan eut droit à un aperçu des voiles ferlées, pagaies gigantesques, cheminées béantes, et calohydres attelés des navires marchands de Myrchocque, Corossol et Piscygne. L'eau bouillonnait, agitée par les submersibles taillés dans les coques du nautilus immense. Derkhan tourna la tête pour contempler tout cela tandis que le train faisait le gros dos.

Vers le sud, au-delà des toits, c'était le Bitume – large, agité, hérissé de bateaux. Des décrets anciens arrêtaient ces grands navires, ces vaisseaux étrangers, à un kilomètre en aval du confluent de la Poix et de la Chancre. Ils embarquaient leurs marchandises au-delà de l'Île d'Horrore, dans le quartier des docks. Sur trois kilomètres ou plus, la rive gauche du Bitume grouillait de grues sans cesse occupées à charger et à décharger, qui dodelinaient de la tête comme autant d'oiseaux gigantesques en train de picorer. Des bancs entiers de barges et de remorqueurs emportaient ensuite les marchandises vers l'amont, vers Crassecoude, la Grosse Spire et les industries sales de Criqueval ; ils charriaient leurs conteneurs le long des canaux de Nouvelle-Crobuzon, reliant franchises mineures et ateliers défaillants, retrouvant leur chemin dans ce labyrinthe tels des rats de laboratoire.

L'argile d'Arbrecosse et de Réverboue était entaillée de gros docks et de bassins carrés, immenses culs-de-sac aquatiques qui saillaient dans la ville, reliés à la rivière par d'autres canaux – souterrains ceux-là, et grouillant de bateaux.

Il y avait eu par le passé une tentative de reproduire les docks d'Arbrecosse à Malverse. Derkhan avait vu ce qu'il en restait. Trois tranchées massives, puantes, de vase malariale à la surface brisée par des poutrelles tordues et des épaves à demi englouties.

Le cliquetis-clac des rails sous les roues de fer se modifia brusquement, tandis que la motrice fumante hissait son chargement sur les immenses poutrelles du Pont d'Orge ; elle donna un peu de la bande, ralentissant sur ces rails mal entretenus au moment de s'élever, comme dégoûtée, au-dessus du Palus-au-chien.

Quelques immeubles gris, au béton suintant et gâté, y poussaient au-dessus des rues telles des herbes folles dans un cloaque. Nombre d'entre eux, inachevés, arboraient des étais de fer évasés qui partaient en éventail à partir de toits fantômes, et qui, rouillant et saignant sous l'effet de la pluie et de l'humidité, tachaient la peau des immeubles. Les calovires tournoyaient au-dessus de ces monolithes telles des corneilles noires, s'accroupissant sur les étages supérieurs pour souiller d'excréments le toit de leurs voisins. Les pourtours de l'horizon de masures du Palus-au-chien enflaient, éclataient, et changeaient à chaque nouvelle visite. Des tunnels se creusaient au sein de la ville parallèle qui s'étendait sous Nouvelle-Crobuzon, un réseau de ruines, d'égouts et de catacombes. Les échelles laissées un jour contre un mur s'y voyaient clouées, puis renforcées le lendemain, si bien qu'en une semaine elles étaient devenues de vrais escaliers menant à un autre niveau, jeté de façon précaire entre deux toits affaissés. Où que portât le regard, on voyait des gens allongés, courant, ou se bagarrant sur le panorama de toits.

Dans le wagon qui ralentissait au milieu des remugles du Palus, Derkhan se leva d'un mouvement las.

Comme d'habitude, il n'y avait personne pour récupérer son billet à la sortie de la gare. Derkhan n'aurait jamais pris la peine d'en acheter un s'il n'y avait eu des conséquences profondes au risque de se faire repérer

– pour minime que fût cette possibilité. Elle jeta le bout de carton sur le comptoir et descendit.

Les portes de la gare du Palus-au-chien étaient toujours ouvertes. Elles avaient rouillé sur place ; le lierre les avait ancrées au mur. Derkhan s'enfonça dans les braillements et la puanteur de la rue d'Argento. Des chariots s'adossaient aux murs gluants de moisissure et de pâte putréfiée. Toutes sortes de marchandises – certaines d'une qualité surprenante – étaient disponibles en ces lieux. Derkhan tourna et s'enfonça plus profondément parmi les taudis. Elle était environnée d'une clameur constante : la réclame adoptait plutôt des intonations d'émeute.

— *Oignons !* Qui achètera mes beaux *oignons* ?

— Des bulots, des bulots, y a rien de plus beau !

— De la soupe pour vous tenir chaud !

D'autres biens et services se vantaient sans détour à chaque coin de rue.

Les putes étaient regroupées en bandes misérables, braillardes – au jupon crasseux et aux volants tapageurs de soie volée, au visage maculé de blanc et d'écarlate recouvrant des bleus et des veines éclatées. Elles riaient de leurs bouches pleines de dents cassées et sniffaient de minuscules tas de shazbah coupée à la suie et au raticide. Certaines n'étaient encore que des enfants, jouant avec de petites poupées en papier ou des palets en bois quand personne ne regardait, lançant des moues aguicheuses et donnant des coups de langue lascifs à chaque fois qu'un homme venait à passer.

Les prostituées du Palus-au-chien se situaient au plus bas de l'échelle de cette espèce méprisée. S'il recherchait une corruption et une perversion charnelle décadentes, inventives, obsessionnelles, fétichistes, le connaisseur allait voir ailleurs, dans la zone balisée de lumières rouges située entre Le Freux et Crachâtre. Au Palus, on vendait le plus rapide, le plus simple, le moins coûteux des exutoires. Le client y était aussi pauvre, aussi sale, aussi mal en point que la poule.

À l'entrée des boîtes d'où l'on éjectait déjà des ivrognes comateux, des Recréés industriels travaillaient comme videurs. Ils oscillaient agressivement, qui sur leurs sabots, qui sur leurs patins, qui sur leurs pieds massifs, en faisant jouer leurs griffes de métal. Leur expression était torturée, sur la défensive. Leur regard se figeait devant les railleries des chalands. Réticents à risquer leur poste, ils prenaient des crachats dans la figure. Leur crainte était compréhensible : à la gauche de Derkhan, sous la voie ferrée, un espace caverneux s'ouvrait dans une arche. Des relents de merde et de graisse, les cliquettements métalliques et les gémissements de Recréés agonisant en un amas affamé, ivre, puant, émanaient des ténèbres.

Quelques vieux artefacts chancelants titubaient parmi les rues, évitant avec maladresse les pierres et la boue que leur jetaient les enfants des rues vêtus de haillons. Le moindre mur était couvert de graffitis. Poèmes orduriers et dessins obscènes y côtoyaient des suppliques angoissées et des slogans tirés du *Fléau Endémique* :

L'Exauceur est en chasse !

À bas la Loterie !

Poix et Chancre écartent les cuisses/La ville se demande où est son amant/Vu qu'on nous l'a aveuglée, la miss/Qui ça ? Ces connards du gouvernement !

Les murs des églises n'étaient pas épargnés. Des moines Vérulins étaient de sortie, groupe nerveux occupé à nettoyer les gribouillages pornographiques qui étaient apparus sur leur chapelle.

Il y avait des Xénians dans la foule. Certains se faisaient harceler, notamment les quelques Khépri. D'autres riaient, plaisantaient et juraient avec leurs voisins. À un carrefour, un Cactus débattait farouchement avec un

Vodyanoi ; la foule à majorité humaine les conspuait autant l'un que l'autre.

Des enfants sifflèrent et quémandèrent des fifrelins sur le passage de Derkhan. Elle les ignora, évitant de rapprocher son sac, donc de se faire identifier comme victime. Elle s'avança d'un pas décidé, agressif, dans le cœur du Palus-au-chien.

Les murs alentour se refermèrent brusquement au-dessus de sa tête : elle passait sous plusieurs passerelles branlantes, et des semblants de salles comme constituées de crasse agglomérée. L'ombre de ces voûtes suintait et résonnait de grincements sinistres. Un bruit de succion derrière elle, un souffle d'air dans son cou : un calovire avait plongé acrobatiquement dans le court tunnel pour redécoller vers le ciel en jacassant comme un fou. Derkhan en trébucha et en chut contre un mur, ajoutant sa voix au chœur d'injures qui voyageait dans le sillage du petit être.

L'architecture qu'elle dépassait semblait gouvernée par des règles distinctes de celles qui prévalaient dans le reste de la ville. Il n'y avait aucun sens du fonctionnel en ces lieux. Le Palus-au-chien semblait le fruit d'un renoncement général. Les nodules et cellules de brique, de bois et de béton s'étaient emballés, s'étalant frénétiquement comme des tumeurs malignes.

Derkhan tourna dans un cul-de-sac de brique piqué d'humidité. Un cheval Recréé se tenait à l'autre bout, avec en guise de pattes arrière d'énormes marteaux actionnés par des pistons. Son chariot bâché reposait presque entièrement contre le mur. Chacune des silhouettes au regard vide qui traînait dans les parages pouvait être un informateur de la milice. C'était un risque à courir.

Elle fit le tour jusqu'à l'arrière du chariot. On venait d'en décharger six gorets, qui avaient été placés dans l'enclos de fortune constitué du côté du mur le plus proche. Deux hommes les pourchassaient, drolatiques, dans cet espace restreint. Les porcs hurlaient à tue-tête en s'enfuyant et vagissaient comme des bébés. L'enclos débouchait sur une ouverture semi-circulaire d'environ un mètre cinquante de haut, pratiquée dans le mur au niveau du sol. Derkhan y plongea le regard : à trois mètres en contrebas, des brûleurs à la lumière chiche et tremblotante éclairaient un trou fétide. Cette bauge résonnait de grondements, de sifflements, et rougeoyait à la lueur du gaz. Des silhouettes s'y activaient, pliées en deux sous leur faix dégoulinant, telles des âmes dans quelque enfer sanguinolent.

À sa gauche, une ouverture dénuée de porte la mena, par un escalier raide, jusqu'à l'abattoir submergé.

La chaleur printanière s'y trouvait magnifiée comme par l'énergie de la géhenne. Derkhan s'était mise à transpirer. Elle s'avança au milieu des carcasses qui se balançaient et les traînées de sang coagulé. Au fond de la pièce, en hauteur, disparaissant dans les boyaux plus sombres de ce charnier, une courroie charriait de lourds crochets de boucherie en un circuit implacable.

Les lueurs reflétées des lames elles-mêmes semblaient filtrées par cette ténèbre rougeoyante. Devant la pestilence rance, épaisse, du sang et de la viande chaude, Derkhan se masqua le nez et la bouche à l'aide d'un cataplasme pour échapper à la nausée.

À l'autre bout de la pièce, trois hommes étaient rassemblés sous l'arche ouverte que l'on distinguait de la rue. Dans ce lieu sombre et puant, l'air et la lumière du Palus-au-chien qui se déversaient d'en haut faisaient l'effet de Javel.

Les trois équarrisseurs reculèrent sur quelque signal muet. Dans la ruelle, les porchers étaient parvenus à s'emparer de l'un des cochons ; au milieu d'une vague grandissante de jurons, de grognements, de cris terrifiés, ils balancèrent son énorme poids à travers l'ouverture. La truie hurla tout le temps de sa plongée dans le puits. C'est rigide de terreur qu'elle dégringola vers les couteaux aux affûts.

Un bruit écœurant, entre craquement et claquement, se fit entendre comme les petites pattes raides de la bête se brisaient contre des pavés gluants de sang et de merde. Glapissant et se débattant, incapable de s'enfuir ou de lutter, elle s'effondra sur ses moignons saignants aux os éclatés. Les trois hommes s'avancèrent avec une précision éprouvée. L'un s'allongea sur son arrière-train au cas où elle se rebifferait ; un autre, tirant ses oreilles pendantes, la força à relever la tête. Le troisième homme lui fendit la peau du cou à l'aide de son couteau.

Les cris porcins faiblirent bien vite avec les jets et les flots de sang. Les hommes traînèrent l'énorme corps secoué de spasmes jusqu'à une table préparée à cet effet, sur laquelle reposait une scie rouillée. L'un d'eux aperçut Derkhan. Il donna un coup de coude à l'un de ses collègues.

— Hé, hé, crapule de Ben, espèce de cachottier ! C'est ta poule de luxe ! s'écria-t-il gentiment, assez fort pour que Derkhan l'entende.

L'homme auquel il s'était adressé se retourna pour la saluer de la main.

— Cinq minutes ! hurla-t-il.

Elle hocha la tête. Son cataplasme était collé à sa bouche ; elle ravalait bile et renvois.

L'un après l'autre, les énormes porcs terrifiés tombèrent de la ruelle, jambes repliées contre le ventre selon de drôles d'angles, désordre organique battant l'air ; l'un après l'autre, ils furent égorgés et saignés sur les vieux établis en bois. Langues et replis de peau déchirés pendaient, dégoulinants. Les sillons creusés dans le sol de l'abattoir débordaient sous cette marée de sang sale, qui venait lécher des seaux d'abats et des têtes de cochons blanchies, bouillies.

Le dernier porc avait enfin fini de tomber. Fumants, et couverts de débris sanguinolents, les hommes épuisés vacillaient sur leurs jambes. Ils s'entretinrent brièvement, éclatèrent d'un rire rauque, et celui qui s'appelait Ben se détourna de ses compagnons pour s'approcher de Derkhan. Derrière lui, les deux collègues restants fendirent la première carcasse et s'enfoncèrent dedans à travers l'immense tranchée qu'ils venaient de pratiquer.

— Derrie, je ne vais pas t'embrasser, dit Flex à voix basse en désignant ses vêtements trempés et son visage maculé.

— Merci, répondit-elle. On peut sortir d'ici ?

Ils se penchèrent pour éviter la progression saccadée des crochets de boucherie et prirent en direction de la sortie obscure. Ils empruntèrent un escalier pour remonter au rez-de-chaussée. La lumière se fit moins blafarde : le bleu-gris du ciel filtrait à travers les vasistas sales du plafond de cet étroit couloir, loin au-dessus de leur tête.

Benjamin et Derkhan bifurquèrent pour pénétrer dans une pièce aveugle contenant une baignoire, une pompe, et plusieurs seaux pleins d'eau. Des peignoirs rêches pendaient derrière la porte. Derkhan observa Flex sans mot dire tandis qu'il se débarrassait de sa tenue souillée pour la jeter dans l'un des seaux, suivie de paillettes de savon. Il se gratta et s'étira voluptueusement, puis pompa de l'eau avec énergie. On aurait dit un nouveau-né, avec son corps nu zébré de sang huileux. Il secoua un peu de savon sous le jet crachotant qui jaillissait dans la baignoire, agita l'eau froide pour produire de la mousse.

— Tes copains sont très compréhensifs de te laisser partir prendre une petite pause-cul sans prévenir, tu ne trouves pas ? demanda Derkhan avec douceur. Tu leur as dit quoi ? Je suis l'élue de ton cœur ? C'est moi qui suis l'amoureuse ? Ou est-ce une relation purement commerciale ?

Benjamin ricana. Il s'exprimait avec un fort accent du Palus, qui tranchait avec les intonations plus distinguées de Derkhan.

— Ben, j'ai déjà assuré une tranche de plus que prévu. Et déjà fait plus que mes heures. Je les avais prévenus que tu passerais. Pour eux, tu es juste une poule qui s'est entichée de moi, et c'est réciproque. Ah, avant que j'oublie, ta perruque est géniale. (Il eut un sourire en coin.) Ça te va bien, Derrie. Tu es vachement jolie.

Il entra debout dans la baignoire, s'accroupissant lentement, saisi par la chair de poule. Il laissa une épaisse écume de sang à la surface de l'eau. La crasse et l'hémoglobine se soulevaient lentement de sa peau pour monter en volutes jusqu'à la surface. Il ferma les yeux un instant.

— Je ne te retarderai pas, chuchota-t-il. Promis.

— Prends ton temps, répondit-elle.

La tête de Flex glissa sous les bulles ; de fines frondes de cheveux s'enroulèrent à la surface avant de s'enfoncer à leur tour. Il retint sa respiration quelques secondes, puis entreprit de frotter vigoureusement son corps submergé, remontant pour inspirer, puis replongeant.

Derkhan remplit un seau d'eau et se campa derrière la baignoire. Lorsqu'il réapparut à la surface, elle lui versa lentement le liquide sur la tête pour le rincer des traces de savon ensanglantées.

— Ooh, extra, marmonna-t-il. Encore, par pitié.

Elle obtempéra.

Il finit par sortir du bain, qui ressemblait à une scène de crime – un crime particulièrement violent. Il fit basculer le résidu visqueux vers une vanne enchâssée dans le sol. Un bruit de succion traversa les murs.

Benjamin enfila l'un des peignoirs rêches. Il hocha la tête à l'intention de Derkhan.

— Bon, on en vient au fait, chérie ?

Il avait ponctué sa proposition d'un clin d'œil.

— Dites-moi simplement quels services vous agréeraient, chef, répondit-elle.

Ils quittèrent la pièce. Au bout du passage, découpée dans le flot de lumière qui se déversait d'une lucarne, se trouvait la petite pièce dans laquelle dormait Benjamin. Il ferma et verrouilla la porte derrière eux. De loin plus haut que large, l'endroit évoquait un puits. Une seconde fenêtre maculée était percée dans le plafond carré. Derkhan et Benjamin enjambèrent un mince matelas pour gagner la vieille armoire branlante située à l'autre bout, une antiquité dont la magnificence décadente détonnait dans ce décor misérable.

Benjamin plongea la main dedans et écarta quelques chemises tachées de graisse. Il ficha les doigts dans les prises percées stratégiquement au fond du meuble en bois puis, avec un petit grognement, souleva le panneau. Il le bascula sur le côté avant de le déposer sur le sol du réduit.

Derkhan regarda dans la petite embrasure de brique que venait de dévoiler Benjamin, tandis que ce dernier tendait la main vers une petite étagère de l'armoire pour en tirer une bougie. Il gratta une allumette dans une déflagration de soufre, protégeant la flamme du souffle de l'air qui s'engouffrait par la pièce secrète. Derkhan sur les talons, il traversa l'armoire, illuminant les bureaux du *Fléau Endémique*.

Derkhan et Benjamin allumèrent les brûleurs. La vastitude des lieux rendait la chambre adjacente minuscule en comparaison. L'air était lourd et stagnant. Il n'y avait aucune source de lumière naturelle. Loin au-dessus d'eux se devinait le châssis d'un vasistas, mais la vitre était peinte en noir.

Des fauteuils délabrés étaient éparpillés dans la pièce,

ainsi que plusieurs bureaux tout couverts de papier, de ciseaux, de machines à écrire. Sur l'un des fauteuils reposait un artefact inactif à l'œil terne. De l'une de ses jambes, écrasée et abîmée, saignaient des fils de cuivre et des échardes de verre. Les parois étaient tapissées d'affiches. Des piles de *Fléau Endémique* tombant en poussière étaient alignées partout. Contre l'un des murs humides se trouvait une énorme presse, un machin en fer peu maniable couvert d'encre et de graisse.

Benjamin s'assit derrière le plus grand des bureaux et attira une chaise près de lui. Il alluma un long cigarillo incurvé. Une fumée touffue s'en éleva. Derkhan rejoignit Ben. Elle agita le pouce vers l'artefact.

— Alors, ça donne quoi ? demanda-t-elle.

— Il est sacrément trop vieux pour pouvoir marcher la journée. Je suis forcé d'attendre que les autres soient partis, mais comme la presse est pas vraiment silencieuse non plus, ça fait aucune différence. Et c'est quand même un sacré soulagement de pas devoir passer toute une nuit à trimer chaque quinzaine. Je flanque juste un peu de charbon dans le ventre à notre nouvelle recrue, je lui montre la manivelle, et hop, au pageot, bibi.

— Comment se présente le dernier numéro ?

Benjamin secoua lentement la tête et désigna une pile entourée d'une ficelle.

— Pas trop mal. Je compte en réimprimer quelques exemplaires. On a intégré un petit truc sur ton Recréé de la foire.

Derkhan balaya cette idée d'un geste.

— Ça n'a rien d'un sujet en or.

— Non, mais c'est… tu sais… *alléchant*. On fait la une sur les élections… « Merde à la loterie », en nettement moins perçant. (Il sourit.) Ça revient pratiquement au même que le numéro d'avant, mais c'est la période de l'année qui veut ça.

— Tu n'aurais pas gagné au loto cette année, par

hasard ? demanda Derkhan. Ton numéro n'est pas sorti ?

— Tu parles. Ça m'est arrivé qu'une fois en tout et pour tout, il y a des années de ça. J'ai couru au bureau de vote en serrant fièrement mon bon pour un suffrage et j'ai voté VELL. L'enthousiasme de la jeunesse, ricana-t-il. Et toi ? Tu n'y as pas droit automatiquement ?

— Par la queue du diable, Benjamin, je ne suis pas riche à ce point ! Je donnerais beaucoup plus d'argent au *Fléau* si c'était le cas. Non, et je n'ai pas gagné non plus cette année.

Benjamin coupa la ficelle qui retenait la pile de journaux. Il en lança quelques-uns à Derkhan. Elle souleva l'exemplaire du haut pour consulter la première page. Le journal était plié en quatre. La police de la une était à peu près aussi grosse que celles qu'employaient *Le Phare*, *Querelle*, ou les autres périodiques licites de Nouvelle-Crobuzon. Toutefois, dans les pages intérieures du *Fléau Endémique*, informations, slogans et exhortations se pressaient au coude à coude dans le foisonnement d'une typo minuscule. Pas joli, mais efficace.

Derkhan produisit trois shekels et les poussa vers Benjamin. Il les prit en murmurant « merci » et les rangea dans la boîte en fer-blanc posée à l'avant de son bureau.

— Quand arrivent les autres ? demanda Derkhan.

— J'en vois deux au pub d'ici une heure et quelque, et ensuite le reste ce soir et demain.

Dans le climat politique instable, violent, fourbe et répressif de Nouvelle-Crobuzon, éviter que les rédacteurs du *Fléau* ne se rencontrent, sauf en de rares occasions, était une protection indispensable. Ce cloisonnement servait à réduire les risques d'infiltration par la milice. En tant que responsable de rédaction, Benjamin était la seule personne de cette équipe toujours changeante que tout le monde connaissait, et qui connaissait tout le monde.

Derkhan remarqua une pile de journaux mal imprimés par terre près de son siège. Les confrères en sédition du *Fléau*. À mi-chemin entre des camarades et des rivaux.

— Ils ont de bons trucs ? demanda-t-elle en indiquant la pile.

Benjamin haussa les épaules.

— *Le Cri* est nul cette semaine. Une manchette pas mal dans *Imposture* à propos des combines de Buseroux avec les sociétés de fret. Je vais mettre quelqu'un sur le coup, d'ailleurs. Sinon ça reste maigre côté scoops.

— Tu veux que je me mette sur quoi ?

— Eh bien… (Benjamin feuilleta des papiers, consulta ses notes.) Si tu pouvais veiller au grain côté grève des dockers… Sonde l'opinion, essaie d'obtenir quelques réactions positives, quelques petites phrases, tu connais la musique. Et ça te dirait, deux feuillets sur l'histoire de la Loterie Électorale ?

Derkhan hocha la tête.

— On a quoi d'autre sur le feu ? demanda-t-elle.

Benjamin pinça les lèvres.

— La rumeur dit que Buseroux aurait je sais pas quelle maladie, et qu'il prendrait des remèdes pas nets. J'aimerais bien suivre cette piste, mais l'info est déformée, c'est clair, vu qu'elle a transité par un nombre incroyable de gens. Enfin, reste quand même aux aguets. Il y a aussi autre chose… un truc très précaire à ce stade, mais à fort potentiel. J'ai un informateur qui prétend avoir le contact avec quelqu'un qui veut tirer la sonnette d'alarme sur les liens entre le Parlement et le crime organisé.

Derkhan hocha lentement la tête, appréciative.

— Mmm, oui, très savoureux. Il s'agit de quoi ? De drogue ? De prostituées ?

— Tu peux miser ta chemise que Buseroux trempe

dans tous les trafics imaginables. Comme les autres. Ça pond un produit à la chaîne, ça fait intervenir la milice pour nettoyer tes clients après, ce qui leur fait une nouvelle moisson de Recréés ou de mineurs esclaves pour les puits de Flèchepointe, et ça leur remplit leurs prisons... idéal. Je sais pas précisément à quoi fait référence cet indic, et il est foutrement nerveux, prêt à se tirer, apparemment. Mais tu me connais, Derrie. J'y vais en douceur... (Il lui adressa un clin d'œil.) Je le laisserai pas me filer entre les mains.

— Tiens-moi au courant, d'accord ? dit Derkhan.

Benjamin acquiesça.

Elle rassembla son tas de papiers et le fourra dans un sac, les dissimulant sous des débris de toute sorte.

— Bon, dit-elle en se levant, j'ai de quoi m'occuper. Au fait, ces trois shekels, ça comprend quatorze exemplaires vendus.

— Bien, dit Benjamin avant de trouver le carnet approprié sur son bureau pour noter.

Il se leva et fit signe à Derkhan de repartir par le trou du mur et l'armoire. Tandis qu'il éteignait les lumières côté imprimerie, elle attendit dans sa minuscule chambre.

— Ce Grim je sais pas quoi, il t'en prend toujours ? demanda-t-il à travers l'ouverture. Ce savant, là ?

— Oui. C'est un client très fidèle.

— J'ai entendu une drôle de rumeur à son sujet l'autre jour, dit Benjamin en émergeant de l'armoire tout en essuyant sur un linge ses mains couvertes de graisse. C'est bien lui qui cherche des *oiseaux* ?

— Ah. Oui, pour une expérience, mais ne me demande pas laquelle. Tu as des informateurs parmi la pègre, Benjamin ? (Derkhan sourit.) Il collectionne les ailes. Je crois qu'il se fait un principe de ne jamais acheter quoi que ce soit de façon officielle s'il peut l'obtenir par des voies illicites.

Benjamin secoua la tête, approbateur.

— Eh bien, il est doué, le lascar. Il sait comment s'y prendre pour faire circuler l'info.

Il s'était penché dans l'armoire tout en parlant, pour remettre en place le fond en bois. Il le fixa et se tourna vers Derkhan.

— Bon, bon. On se prépare pour notre numéro ?

Derkhan hocha obligeamment la tête, et fit bouffer quelque peu sa perruque blanche. Elle défit ses lacets compliqués. Benjamin déboutonna sa chemise. Il retint sa respiration et balança les bras de droite et de gauche jusqu'à prendre une teinte rouge cerise. Ayant exhalé en un souffle soudain, il respira à fond puis jeta un regard en coin à Derkhan.

— Allons, implora-t-il, aide-moi un peu… Et ma réputation ? Tu pourrais prendre l'air fatigué, au moins…

Elle lui sourit et se frotta la figure et les yeux avec un soupir.

— Oooh, mon petit Ben, piailla-t-elle avec ridicule, tu es le plus doué de tous mes amants !

— Voilà qui est mieux, marmonna-t-il avant de lui adresser un nouveau clin d'œil.

Ils déverrouillèrent la porte et pénétrèrent dans le couloir. Leurs préparatifs se révélèrent inutiles. Ils étaient seuls.

Loin au-dessous, on entendait le bruit des hachoirs à viande.

13

Quand Lin s'éveilla, la tête d'Isaac à côté de la sienne, elle contempla un long moment son amant, laissant ses antennes vibrer dans l'air que soulevait son souffle. Cela faisait si longtemps qu'elle n'avait pas savouré ce spectacle.

Elle roula légèrement sur le côté pour le caresser. Il grommela et fit la moue. Ses lèvres pincées s'ouvrirent : il inspirait. Elle laissa courir les mains sur sa masse.

Elle était contente d'elle-même, contente et fière de son accomplissement de la veille. Dans son désespoir et sa solitude, elle avait pris un risque : celui de déclencher les foudres d'Isaac en se montrant chez lui sans y être invitée. Elle était néanmoins parvenue à ce que la soirée se passe bien.

Lin n'avait pas eu l'intention de faire vibrer la fibre de la compassion chez Isaac, mais le courroux de ce dernier s'était très vite changé en inquiétude devant son comportement. Elle avait pris conscience avec une certaine satisfaction que son abattement et sa lassitude crevaient les yeux, qu'elle n'avait pas besoin de le convaincre de son besoin d'être dorlotée. Il avait même reconnu ses émotions aux mouvements de son corps céphalique.

Il y avait au moins un aspect positif aux efforts que

déployait Isaac pour qu'on ne les voie pas ensemble. Quand ils déambulaient tous les deux dans les rues sans se toucher, cela évoquait la timidité dont font preuve les jeunes Humains qui se courtisent.

La chose n'avait pas d'équivalent chez les Khépri. Le sexe céphalique à visée procréatrice était une obligation déplaisante à laquelle on se soumettait pour des impératifs démographiques. Les Khépri mâles étaient des scarabées sans cervelle pareils au corps céphalique des femelles, et les sentir vous ramper et vous grimper dessus, puis monter votre tête, était une chose à laquelle Lin se réjouissait d'avoir échappé depuis des années. Le sexe pour le plaisir, entre femelles, était une affaire tumultueuse, collective, mais relativement ritualisée. Les signes de séduction, de rejet et d'acceptation entre individues ou entre groupes étaient aussi formels qu'une danse. Cela n'avait rien de l'érotisme nerveux, effarouché, des jeunes Humains.

Lin s'était suffisamment immergée dans la culture humaine pour reconnaître la tradition à laquelle était ramené Isaac lorsqu'ils parcouraient la ville ensemble. Avant cette relation interraciale, elle avait pratiqué avec enthousiasme le sexe avec ses pareilles ; intellectuellement, elle méprisait les conversations humaines inutiles, vaines, balbutiantes, qu'elle captait par bribes partout dans la ville. Mais à sa grande surprise – et pour son plus grand plaisir –, il lui arrivait parfois de percevoir chez Isaac ce fameux sentiment de camaraderie timide et incertain.

Ils s'étaient encore rapprochés la veille au soir, en marchant vers la gare par la fraîcheur des rues, puis en traversant la ville vers le Trou d'Aspic. L'un des effets les plus positifs de tout cela, bien sûr, était de rendre le passage à l'acte, lorsqu'il devenait enfin possible, encore plus intense.

Isaac l'avait serrée contre lui comme la porte se refermait, et elle lui avait rendu son étreinte, l'enveloppant de ses bras. Le désir avait été prompt à venir. Elle l'avait étreint à son tour, avait ouvert sa carapace pour lui faire caresser ses ailes ; Isaac s'était exécuté, les doigts tremblants. Elle l'avait forcé à la patience – elle savourait sa dévotion –, puis l'avait attiré jusqu'au lit. Elle s'y était roulée avec lui jusqu'à ce qu'il se retrouve sur le dos ; puis elle avait jeté ses vêtements et lui avait arraché les siens. Elle s'était mise à califourchon, et il avait caressé la dureté de son corps céphalique, lui avait parcouru la peau, les seins, de ses paumes, lui agrippant les hanches, en rythme avec ses mouvements.

Après, il lui avait préparé à dîner. Ils avaient mangé et discuté. Lin ne lui avait rien révélé de M. Madras. Lorsqu'il lui avait demandé pourquoi elle était soudain si mélancolique, cela l'avait mise mal à l'aise. Elle avait entrepris de lui raconter une semi-vérité à propos d'une grosse œuvre compliquée qu'elle ne pouvait montrer à quiconque, qui impliquait de ne pas participer au Prix de la Chutecôte, qui la pompait jusqu'à la moelle, dans un espace qu'elle s'était trouvé et dont elle ne pouvait parler.

Il s'était montré attentif. Une attitude étudiée, peut-être. Il savait que Lin s'offusquait parfois de son manque d'intérêt envers elle lorsqu'il était pris par un projet. Il l'avait suppliée de révéler où elle travaillait.

Elle avait refusé de le lui dire, bien entendu.

Ils étaient allés se coucher en essuyant miettes et graines. Isaac l'avait serrée contre lui dans son sommeil.

Une fois réveillée, elle passa de longues minutes à savourer la présence d'Isaac avant de se lever pour faire frire du pain perdu pour le petit déjeuner. Quand Isaac se leva, ayant senti ce fumet, ce fut pour embrasser, joueur, le corps céphalique de Lin. Qui lui caressa les joues de ses pattes.

Tu es forcé de travailler ce matin ? demanda-t-elle

depuis l'autre côté de la table, tandis que ses mandibules mâchaient du raisin.

Quelque peu mal à l'aise, Isaac leva les yeux de son assiette.

— Euh… Ouais, ma belle. Vraiment.

Il mordit à belles dents dans sa tranche de pain perdu, le regard fixé sur Lin.

Quoi ?

— Eh bien… J'ai tous ces trucs chez moi, ces oiseaux et le reste, mais c'est un peu ridicule, tu comprends. J'ai étudié les pigeons, les rouges-gorges, les émerillons et Baragouin sait quoi encore… mais sans jamais examiner un seul Garuda de près, bordel ! Alors je pars en chasse. J'avais remis ça à plus tard, mais je pense que le moment est venu. Je vais à Chiure. (Isaac grimaça et laissa ses propos faire leur effet. Il prit une nouvelle, une énorme bouchée. Ayant avalé, il considéra Lin depuis l'abri broussailleux de ses sourcils.) Je n'ai pas l'impression que… Est-ce que tu veux m'accompagner ?

Isaac, signa-t-elle aussitôt, *si tu n'es pas sérieux, ne me propose pas une chose pareille, parce que oui, j'ai envie de venir, et que je sauterai sur l'occasion si tu n'y prends pas garde. Même à supposer qu'il faille aller à Chiure.*

— Écoute… Je suis vraiment… vraiment sérieux, je t'assure. Viens donc faire un tour, si tu ne travailles pas sur ton chef-d'œuvre ce matin. (Plus il parlait, plus il gagnait en assurance.) Allez, tu pourras me servir d'assistante laborantine… Non, je sais ce dont tu es capable : amène ton appareil. Tu seras mon héliotypiste pour la journée. Il faut que tu te changes les idées.

Isaac devenait de plus en plus ferme. Lin et lui quittèrent la maison ensemble sans qu'il montre le moindre signe de gêne. Ils déambulèrent un peu le long de la rue Shadrach, vers le nord et la gare des Champs-de-Salacus, mais, gagné par l'impatience, il héla un fiacre sur le chemin. Le chauffeur hirsute haussa les sourcils en voyant Lin, mais garda ses objections pour lui ; il inclina la tête tout en murmurant à l'oreille de son cheval, leur faisant signe de monter.

— Où on va, chef ? demanda-t-il.

— Chiure, s'il vous plaît.

Isaac avait énoncé la chose avec une certaine emphase, comme pour se racheter de sa destination.

Le chauffeur se tourna vers lui, incrédule.

— Vous rigolez, mon bon. J'y fous pas les pieds. Je vous amène jusqu'à la Colline Vaudoise, pas plus. Ça vaut pas le coup. Les gars de Chiure, ils m'arracheraient les roues de mon fiacre avant même que j'aie lâché les rênes.

— Bon, bon, dit Isaac avec irritation. Rapprochez-vous autant que vous l'osez.

Comme la voiture branlante parcourait le pavé des Champs, Lin attira l'attention d'Isaac.

C'est vraiment dangereux comme endroit ? signa-t-elle nerveusement.

Isaac jeta un coup d'œil alentour, puis lui répondit à son tour par signes. Il était beaucoup plus lent et moins adroit qu'elle, mais cela lui permettrait de se montrer plus injurieux à l'égard du chauffeur.

Eh bien... juste sacrément pauvres. Ils fauchent tout ce qui se présente, mais ils n'ont rien de particulièrement violent. Ce connard fait juste preuve de lâcheté. Il lit trop de... Isaac hésita et se renfrogna, concentré.

— Je ne connais pas le signe, murmura-t-il. *Journaux à sensation.* Il lit trop de journaux à sensation.

Il recula sur la banquette pour considérer à travers la vitre l'horizon de toits de Charriot qui oscillait, instable, sur sa gauche.

Lin n'était jamais allée à Chiure. Elle ne connaissait le quartier que de notoriété. Quarante ans plus tôt, la ligne Lavabo avait été étendue au sud-ouest de Lichègue, au-delà de la Colline Vaudoise et dans la voie latérale du Bois de Rude qui jouxtait les étendues sud de la ville. Planificateurs et financiers avaient bâti les hautes ossatures de tours résidentielles – pas les monolithes du tout proche Pré-au-caïque, mais impressionnantes tout de même. Ils avaient ouvert une station de chemin de fer – la gare de Flanc –, et commencé d'en construire une deuxième à l'intérieur du Bois de Rude. On en prévoyait alors encore une autre au bout, et les rails avaient été posés dans la forêt dans cette optique. Il y avait même eu le projet hubristique, absurde, d'étendre le réseau à des centaines de kilomètres au sud ou à l'ouest, afin de relier Nouvelle-Crobuzon à Myrchocque ou Cygnacq.

Sur quoi la manne s'était tarie. Il y avait eu une crise financière, quelque bulle spéculative avait éclaté, tel ou tel réseau commercial s'était effondré sous le poids de la concurrence et d'une pléthore de produits inabordables, et le projet avait été tué dans l'œuf. Les trains étaient tout de même passés à Flanc, attendant vainement quelques minutes avant de repartir vers la ville. De son côté, le Bois de Rude avait vite reconquis les terres situées au sud de cette architecture creuse, assimilant la gare vide, dépourvue de nom, et les rails en cours d'oxydation. Pendant quelques années, les trains avaient attendu à Flanc, vides et silencieux. Et puis quelques passagers avaient commencé de se présenter.

Le tégument vide des immenses cités s'était mis à se remplir : des ruraux miséreux de l'Hélice-à-Grain et des contreforts de Mendiant s'infiltraient peu à peu dans ce quartier désert. Le bruit circulait. Il s'agissait d'un faubourg fantôme, échappant à l'emprise du Parlement, où impôts et lois étaient aussi inconnus que les systèmes d'évacuation.

Des armatures grossières de bois volé avaient bientôt occupé les étages vides. Sur le contour des rues mort-nées, des cabanes en béton et fer rouillé cloquaient en une nuit. Le bâti se multipliait comme de la moisissure. Il n'y avait pas de becs de gaz pour rendre la nuit plus sûre, ni de médecins, d'emplois, et pourtant, en l'espace de dix ans, un habitat vernaculaire avait fleuri, dense, dans le secteur. Qui avait acquis un nom – Chiure –, reflet du hasard qui présidait à son éparpillement. Tout ce bidonville fétide semblait tombé du ciel comme une éclaboussure de merde.

Chiure était une banlieue hors limites pour la municipalité de Nouvelle-Crobuzon. Il y avait une infrastructure alternative, peu fiable : un réseau autogéré de postiers, d'ingénieurs, et même une sorte de code civil. Mais ces systèmes se révélaient au mieux partiels et inefficaces. Dans l'ensemble, ni la milice ni quiconque ne s'aventurait sur place. Les uniques visiteurs extérieurs étaient ces trains réguliers qui apparaissaient dans la gare absurdement bien entretenue de Flanc, et les bandes de tireurs masqués qui surgissaient parfois la nuit pour tuer et semer la terreur. Les enfants des rues de Chiure étaient particulièrement vulnérables devant la barbarie féroce des escadrons de la mort.

Les habitants des masures du Palus-au-chien, et même de Malverse, trouvaient Chiure indigne de leur rang. L'endroit ne faisait tout bonnement pas partie de la ville ; c'était une petite bourgade bizarre qui s'était greffée toute seule, sans préavis, sur Nouvelle-Crobuzon. Il n'y avait aucun argent pour encourager un quelconque commerce, légal ou pas. La délinquance, à Chiure, n'était qu'actes de désespoir et de survie sans envergure.

Chiure possédait une autre caractéristique, celle-là même qui attirait Isaac parmi ses venelles inhospitalières : au cours des trente dernières années, elle était devenue le ghetto garuda de Nouvelle-Crobuzon.

Lin contempla les énormes tours du Pré-au-caïque. On distinguait de petites silhouettes occupées à chevaucher les courants ascendants créés par les immeubles, virevoltant au-dessus des toits. Des calovires, et peut-être un Garuda ou deux. Le fiacre était en train de passer sous le câble aérien qui plongeait avec grâce de la tour de la milice surplombant ce paysage.

La voiture se gara.

— Bon, chef, terminus, dit le chauffeur.

Isaac et Lin débarquèrent. D'un côté du véhicule, une rangée de maisons blanches bien nettes. Toutes étaient précédées de jardinets – pour la plupart assidûment entretenus. Des banians broussailleux jalonnaient la rue. En face des maisons, de l'autre côté de la voiture, un parc tout en longueur, une bande de verdure de trois cents mètres de large ou presque qui descendait en pente raide depuis la rue. Ce mince bout d'herbe faisait office de no man's land entre les habitations policées de la Colline Vaudoise abritant employés, médecins ou avocats et le chaos en cours de désagrégation qui régnait au-delà des arbres, en bas de la colline : Chiure.

— Bordel, souffla Isaac, pas besoin de se demander pourquoi ce coin n'attire personne, hein ? Regarde, ça doit gâcher la vue à tous ces chouettes gens là-haut.

Il avait un sourire méchant.

En regardant au loin, Lin constata que le bord de l'éminence était coupé en deux par la ligne de train. Sur le côté ouest de la colline, les convois passaient dans un fossé creusé à travers le parc. La brique rouge de la gare de Flanc surplombait le bourbier de Chiure. Dans ce coin de la ville, les voies ne surmontaient que très légèrement les toits, mais la gare n'avait pas besoin d'être fort monumentale pour se distinguer des semblants d'habitations alentour. De toutes les constructions de Chiure, seules les structures rafistolées des cités la dépassaient en hauteur.

Lin sentit qu'on lui donnait un coup de coude. Isaac désignait une grappe d'immeubles, près de la voie ferrée.

— Tu as vu ça ?

Elle hocha la tête.

— Regarde vers le haut.

Lin suivit la direction qu'indiquait son doigt. La moitié inférieure des gros bâtiments semblait désertée. À compter du sixième ou du septième étage, toutefois, des poutrelles en bois saillaient des crevasses selon des angles bizarres. Les fenêtres étaient recouvertes de papier marron, à l'inverse des orbites vides du dessous. Et tout en haut, sur les toits plats, au même niveau qu'Isaac et Lin ou presque, on distinguait de fines silhouettes.

Lin suivit des yeux le mouvement de bras d'Isaac. Une décharge d'excitation la parcourut. Des créatures ailées s'ébattaient dans le ciel.

— Eux, ce sont des Garuda, affirma Isaac.

Isaac et Lin descendirent la colline vers les voies de chemin de fer, se déportant légèrement sur la gauche pour arriver au pied des ersatz d'aires.

— Presque tous les Garuda de la ville vivent dans ces quatre immeubles. Il ne doit pas y en avoir plus de deux mille dans toute Nouvelle-Crobuzon. Ce qui fait zéro virgule zéro trois pour cent de la population... (Isaac sourit.) Tu vois, j'ai bien fait mes devoirs.

Mais ils ne vivent pas tous ici. Que fais-tu de Krakhleki ?

— Oh, bien sûr... il y en a qui parviennent à partir, je veux dire. J'en ai eu un en cours une fois, un chouette gars. Il doit y en avoir deux au Palus-au-chien, trois ou quatre à Noireverse, six à la Grosse Spire. Le Mont de Baragouin et Syriac en compteraient quelques-uns chacun, à ce que je me suis laissé dire. Et, une ou deux fois par génération, quelqu'un comme Krakhleki connaît un succès énorme. Je n'ai jamais rien lu de lui, d'ailleurs. C'est bien ?

Lin hocha la tête.

— Ouais, donc tu as des gens dans son genre, et d'autres. Tu sais, comment s'appelle ce connard... celui de Divers-cité ? Ah oui, c'est ça, Potlhash. Ils les intègrent pour prouver qu'ils sont pour *tous* les Xénians. (Isaac lâcha un bruit grossier.) Surtout s'ils sont riches.

Mais la plupart d'entre eux restent ici. Et une fois coincé dans un endroit pareil, il doit être difficile d'en sortir.

— Oui, ça, ce n'est rien de le dire.

Ils traversèrent un ruisseau puis ralentirent à l'approche des faubourgs de Chiure. Lin croisa les bras et secoua son corps céphalique.

Qu'est-ce que je fiche ici ? signa-t-elle, sardonique.

— Tu t'élargis l'esprit, répondit Isaac avec entrain. C'est important d'apprendre comment vivent les autres races dans notre belle ville.

Il lui tira le bras jusqu'à ce que, protestant pour la forme, elle se laisse traîner hors de l'ombre des arbres pour pénétrer dans Chiure.

Pour entrer dans Chiure, Isaac et Lin durent emprunter des ponts branlants, simples planches jetées sur le fossé de deux mètres qui séparait la favela du parc de la Colline Vaudoise. Ils marchèrent dans les pas l'un de l'autre, tendant parfois les bras pour préserver leur équilibre.

À un mètre cinquante au-dessous, la tranchée était emplie d'une soupe gélatineuse, bruyante, mêlant polluants et pluies acides. Des bulles de gaz mortel et des cadavres d'animaux gonflés en crevaient la surface. Çà et là surnageaient des boîtes de conserve rouillées et des nœuds de chair évoquant des tumeurs ou des fœtus avortés. Le liquide ondulait plus qu'il ne faisait de vagues, contenu qu'il était par une épaisse tension de surface, si huileuse et si puissante qu'elle refusait de céder : les pierres qui tombaient du pont y étaient avalées sans déclencher la moindre éclaboussure.

Isaac ne put se retenir, bien qu'il se fût plaqué la

main sur le nez et la bouche pour contenir la puanteur : à mi-chemin de l'autre bord, il laissa échapper une toux révulsive qui se transforma en décharge de bile. Il se reprit avant de vomir. L'idée de chanceler sur ce pont, de perdre son équilibre et de tomber était trop épouvantable.

Le goût de boue qui planait rendait Lin presque aussi nauséeuse qu'Isaac. Le temps de parvenir à l'autre bout des lattes en bois, elle comme lui avaient perdu tout allant. Ils s'avancèrent en silence, d'un pas lourd, dans le labyrinthe.

Avec des immeubles aussi bas, il était aisé de se repérer, se dit Lin : le bosquet de tours qu'ils cherchaient se détachait nettement juste devant la gare. Ils progressèrent, menant alternativement la marche, au-dessus des canaux d'évacuation qui couraient entre les maisons. Cela ne les touchait plus. Ils étaient au-delà du dégoût.

Les habitants de Chiure vinrent les contempler.

Des hommes et des femmes à la mine amère, et des centaines d'enfants, tous vêtus d'une mosaïque bizarre d'habits de récupération et de toile de sac cousue. De petites mains et de petits doigts s'agrippèrent à Lin au passage. Elle leur décocha des claques, se porta devant Isaac. Les voix autour d'eux se mirent à murmurer, et puis la clameur enfla : on leur demandait de l'argent. Personne ne leva le doigt pour les arrêter.

Isaac et Lin s'avancèrent péniblement, imperturbables, à travers les rues zigzagantes, gardant dans leur champ de vision les tours des cités. Ils traînaient une foule derrière eux. Au fur et à mesure de leur approche, les formes des Garuda volant au-dessus d'eux se précisèrent.

Un gros costaud, presque aussi massif qu'Isaac, sortit du rang devant eux.

— Monsieur, mascarabe ! les héla-t-il courtoisement en saluant tour à tour de la tête.

Il avait le regard vif. Isaac donna un coup de coude à Lin, lui indiquant de s'arrêter.

— Tu veux quoi ? fit-il d'un ton impatient.

L'homme avait un débit très rapide.

— Eh ben, les visiteurs, ça court pas les rues par ici, alors je me demandais si vous auriez pas besoin d'un p'tit coup de main, par hasard.

— Sois pas con, mec ! rugit Isaac. Je ne suis pas en *visite*, poursuivit-il d'une voix ostentatoire. La dernière fois que j'ai mis les pieds dans le coin, j'étais l'invité de Pierrot le Fou. (Il se tut pour laisser s'élever les murmures que soulevait inévitablement cette mention.) Et pour ce qui est d'aujourd'hui, je cherche à tailler une bavette avec ces gars là-haut.

Il avait basculé le pouce en direction des Garuda. Le gros homme eut un mouvement de recul notable.

— Vous venez jactancer avec les têtes de piafs ? Et de quoi donc, là, monsieur ?

— Mêle-toi de tes affaires ! La question, c'est : est-ce que tu veux bien me mener chez eux ?

L'homme leva les mains en un geste de conciliation.

— J'aurais pas dû être indiscret, monsieur, c'est pas mes oignons. Sûr que je vous emmène, contre un petit quèque chose de rien du tout.

— Oh, pour l'amour de Baragouin, ne t'inquiète pas, on te dédommagera. Et vous, beugla Isaac à l'adresse de la foule esbaudie, ne jouez pas aux cons. J'ai juste de quoi me payer un guide qui vaille le coup, pas un fifrelin de plus. Et je vous garantis que le Fou prendra la haine s'il arrive quoi que ce soit à un vieux pote comme moi.

— S'il vous plaît, chef, vous insultez les gens de Chiure, là. C'est bon comme ça, allez. Suivez-moi. Ça vous va ?

— Passe devant, mec, dit Isaac.

Tandis qu'ils traversaient le béton suintant surmonté de toits de fer rouillé, Lin se tourna vers lui.

Qu'est-ce que c'était que ça, par Baragouin ? Qui est ce Pierrot le Fou ?

Isaac signa sans s'arrêter de marcher.

Des conneries à cent fifrelins de l'heure. Je suis venu ici une fois avec Lemuel pour une... un achat pas net. J'ai rencontré le Fou. C'est lui le patron, dans le coin. Je n'étais même pas sûr qu'il ne soit pas mort ! Il ne se souviendrait pas de moi.

Lin fut exaspérée. Difficile de croire que le peuple de Chiure se fût laissé berner par ce numéro ridicule. Mais on les menait sans conteste vers la cité garuda. Le spectacle auquel elle avait assisté relevait peut-être plus d'un rituel que d'une confrontation véritable. Ou peut-être qu'Isaac, au contraire, n'avait impressionné ni fait marcher qui que ce soit. Peut-être qu'ils l'aidaient juste par pitié.

Les masures de fortune lapaient comme des vaguelettes la base des tours de la cité. Leur guide leur adressa des signes enthousiastes et gesticula en direction des quatre tours réparties en carré. Dans l'espace ombragé qui les séparait, on avait planté un jardin : des arbres tors s'étiraient désespérément, à la recherche de lumière directe. Succulents et mauvaises herbes jaillissaient de cette brousse. Des Garuda décrivaient des cercles sous la couverture nuageuse.

— Voilà, monsieur, vous y êtes ! affirma fièrement l'homme.

Isaac hésita.

— Comment est-ce que je... Je ne veux pas débarquer là-haut à l'improviste..., bredouilla-t-il. Euh... comment puis-je attirer leur attention ?

Leur guide tendit la main. Isaac le contempla un instant, puis chercha un shekel dans sa poche. L'homme, réjoui, le rangea dans la sienne. Sur quoi il se retourna, s'éloigna de quelques pas du mur de l'immeuble, porta les mains à sa bouche, et siffla.

— Oï ! beugla-t-il. Tronche de piaf ! Le monsieur vient discutailler, là !

La multitude qui entourait toujours Isaac et Lin s'enthousiasma à ce cri. Une vocifération rauque s'éleva jusqu'aux Garuda, annonçant qu'ils avaient des visiteurs. Un contingent de silhouettes volantes se rassembla dans les airs au-dessus des habitants de Chiure. Puis, sur un ajustement invisible de leurs ailes, trois d'entre elles plongèrent spectaculairement en piqué vers la terre.

Un « oh » étonné s'éleva, accompagné de sifflements appréciatifs.

Les trois Garuda tombaient comme des pierres vers la foule figée. À six mètres du sol, ils fléchirent leurs ailes étirées, interrompant leur chute abrupte. Ils battirent fortement l'air, projetant d'énormes bourrasques de poussière jusque dans les yeux des Humains en dessous d'eux : ils faisaient du surplace, retombant par moments, puis remontant pile hors de portée.

— Pourquoi est-ce que vous criez tous comme ça ? demanda le Garuda de gauche.

— C'est fascinant, murmura Isaac à Lin. Sa voix évoque celle d'un oiseau, mais rien à voir avec les intonations incompréhensibles de Yagharek... Le Ragamoll doit être sa langue d'origine, il n'en a sans doute jamais connu d'autre.

Isaac et Lin contemplèrent les magnifiques créatures. Les jambes recouvertes de fins sarouels marron, les Garuda étaient nus jusqu'à la taille. L'un avait les plumes et la peau noires ; les deux autres présentaient un hâle prononcé. Lin regarda ces ailes énormes. Elles s'étiraient et battaient sur une envergure immense, d'au moins six mètres.

— Ce monsieur, là... commença le guide, mais Isaac le coupa.

— Content de vous rencontrer ! beugla-t-il à l'adresse des hommes-oiseaux. J'ai une proposition à vous faire. Pourrait-on avoir une petite conversation ?

Les trois Garuda se dévisagèrent.

— Mais que veux-tu ? hurla celui au plumage noir.

— Eh bien, écoutez… (Isaac désigna la foule.) Je n'envisageais pas du tout ça comme ça. Y a-t-il un endroit où l'on puisse discuter tranquilles ?

— Sûr ! lança son interlocuteur. Rendez-vous là-haut !

Les trois paires d'ailes prirent leur essor d'un même élan et les Garuda disparurent dans le ciel, laissant derrière eux un Isaac gémissant.

— Attendez ! hurla-t-il.

C'était trop tard. Il chercha le guide des yeux.

— J'imagine que l'ascenseur ne marche pas, hein ?

— Ils en ont jamais mis, monsieur. (L'homme eut un sourire malveillant.) Bon, ben vous feriez bien de vous y mettre.

— Par le cul béni de Baragouin, Lin… continue sans moi. Je suis à l'agonie. Je vais rester crever là.

Isaac était allongé sur la mezzanine construite entre le sixième et le septième étage. Il sifflait, ahanait et crachait. Lin se campa au-dessus de lui, les mains sur les hanches, exaspérée.

Lève-toi, gros couillon, signa-t-elle. *Oui, c'est épuisant. Moi aussi, je suis sur les rotules. Songe à l'or. Songe à ta science.*

Gémissant comme si on le torturait, Isaac se releva en titubant. Lin le chassa jusqu'au bord des marches en béton. Il déglutit, se redressa, puis entreprit de grimper d'un pas chancelant.

La cage d'escalier était grise et seulement éclairée par la lumière qui filtrait au hasard des fissures et des débords ; ce ne fut qu'à partir de là, au moment où ils émergeaient au septième étage, qu'elle donna l'impression d'avoir été utilisée. Des détritus commençaient à se prendre dans leurs pieds. Sur les marches, la saleté avait remplacé la poussière. Chaque étage comportait deux ouvertures ; les bruits âpres de discussions garuda résonnaient à travers le bois fendu des portes.

Isaac avait adopté une allure lente, lamentable, et jurait qu'il allait faire une attaque. Lin le suivait, ignorant ses récriminations. Au bout de plusieurs longues, douloureuses minutes, ils atteignirent le dernier étage.

Au-dessus d'eux se trouvait la porte menant sur le toit. Isaac s'adossa au mur et s'essuya le visage. Il était trempé de sueur.

— Accorde-moi juste une seconde, chérie, murmura-t-il. (Il parvint même à sourire.) Oh, de dieux ! Tout ça, c'est pour la science, hein ? Prépare ton appareil... Bon. C'est parti.

Il se redressa, prit une longue inspiration, puis s'avança avec tout autant de lenteur vers la lueur terne du toit. Lin suivit, l'hélioscope en main.

La vision khépri ne nécessitait aucun temps de latence pour s'accommoder à la lumière ou l'obscurité. Lin s'avança sur le toit en ciment rugueux, inégal, semé d'ordures, tandis qu'Isaac plissait les yeux et se les masquait désespérément. Elle considéra avec froideur ce qui l'entourait.

À quelque distance au nord-est s'élevait la Colline Vaudoise, éminence sinueuse qui se dressait comme pour bloquer à la vue le centre de la ville. La Tour Pointue, la gare de Perdido, le Parlement, le dôme de la Serre : on distinguait tout cela, pressé au-dessus de l'horizon surélevé. De l'autre côté de la colline, sur des kilomètres et des kilomètres, le Bois de Rude à perte de vue, au relief inégal. De petits tertres rocheux s'échappaient çà et là des frondaisons. Le nord offrait un panorama infini sur les faubourgs de classe moyenne qu'étaient Serpolet et Frontifiel, avec la tour de la milice du Mont de Baragouin et les voies aériennes de la Ligne Verso qui séparaient en deux Criqueval et Sonneur. Juste derrière ses arches maculées de suie, à trois kilomètres, se trouvait le lit tortueux de la Poix, qui menait les péniches et leurs marchandises issues des steppes du sud jusque dans la ville.

Isaac baissa les mains ; ses pupilles se contractèrent.

Des centaines de Garuda tourbillonnaient acrobatiquement au-dessus de leur tête. Ils commencèrent à se laisser descendre, décrivant des spirales bien nettes, pour atterrir alignés autour de Lin et d'Isaac, sur leurs pieds munis de serres. Ils tombèrent du ciel à toute vitesse comme des pommes trop mûres.

Il y en avait au moins deux cents, estima Lin. Gagnée par la nervosité, elle se rapprocha légèrement d'Isaac. Même en laissant de côté le sommet magnifique de leurs ailes repliées, les hommes-oiseaux mesuraient plus d'un mètre quatre-vingt-dix en moyenne. Il n'y avait aucune différence de taille ou de musculature entre mâles et femelles. Ces dernières portaient de fines camisoles, les mâles des pagnes ou des pantalons raccourcis. Rien d'autre.

Lin leur rendait bien quarante centimètres. Elle ne voyait pas plus loin que le premier cercle qui les entourait, à un pas de distance, mais une chose était sûre : ils étaient de plus en plus nombreux à les rejoindre. Elle sentait l'affluence s'étoffer encore autour d'eux. Isaac, la tête ailleurs, lui tapota l'épaule.

Quelques silhouettes continuèrent de planer, de chasser et de jouer dans les airs autour d'eux. Quand leurs congénères eurent fini d'atterrir sur le toit, Isaac rompit le silence.

— Bien ! hurla-t-il. Merci beaucoup de nous avoir invités à monter chez vous. J'ai une proposition à vous faire.

— *Vous* qui ? demanda une voix dans la foule.

— Ma foi, vous tous, répondit-il. Je travaille sur le vol… sur le vol *aérien*, comprenez. Et vous êtes les seules créatures de cette ville capables de voler et d'en avoir dans la tronche… Si les calovires étaient doués pour la conversation, ajouta-t-il jovialement, ça se saurait.

Sa plaisanterie ne souleva aucune réaction. Il se racla la gorge.

— Donc, bref, euh... je me demandais si l'un ou l'une d'entre vous serait disposé à venir travailler quelques jours avec moi, que je voie comment vous volez, et que je prenne quelques clichés d'ailes... (Il saisit et agita la main de Lin qui tenait l'hélioscope.) Bien sûr, je vous paierai pour tout ce temps... Je vous serais vraiment reconnaissant si vous pouviez m'aider.

— Tu fais quoi ?

La voix émanait de l'un des Garuda situés au premier rang. Les autres l'avaient regardé proférer ces mots. *C'est lui, le chef,* se dit Lin.

Isaac le considéra avec soin.

— Ce que je fais ? Vous voulez dire...

— J'veux dire pourquoi il te faut des hélios ? Tu trafiques quoi ?

— Ce sont juste, euh... des recherches sur la nature du vol. Comprenez, je suis un scientifique, et...

— Foutaises. Qu'est-ce qui nous dit que tu vas pas nous tuer ?

Isaac en sursauta de surprise. Les Garuda rassemblés croassaient et hochaient la tête, approbateurs.

— Pourquoi diable voudrais-je vous tuer ?

— Tire-toi, mon gars. Personne ici a envie de t'aider.

Quelques marmonnements gênés s'ensuivirent. Il était clair qu'en fait, certains membres de l'assistance auraient bien voulu participer. Mais aucun ne contredit celui qui avait parlé, un grand type aux mamelons reliés par une longue balafre.

Lin vit Isaac ouvrir lentement la bouche pour tenter de retourner la situation. Il plongea la main dans sa poche, l'en ressortit. S'il leur brandissait de l'argent sous le nez, ils risquaient de le prendre pour un magouilleur ou un escroc.

— Écoutez…, fit-il, hésitant, je ne me doutais vraiment pas que ça vous poserait un problème…

— Non, eh bien, mon gars, c'est peut-être un mensonge, ça. Peut-être que tu es de la milice.

Isaac renifla, ironique, mais le grand Garuda poursuivit sur le même ton de mépris.

— Peut-être que les escadrons de la mort ont trouvé comment s'en prendre au peuple des airs. « Juste venu pour faire de la recherche » ? Eh bien, ça n'intéresse personne par ici, merci.

— Vous savez, je comprends que vous soyez inquiets de ce qui m'amène, dit Isaac. Je veux dire, vous me connaissez ni de Baragouin ni de…

— Personne te suivra, mon gars. C'est clair.

— Écoutez, j'offrirai un bon salaire. Je suis prêt à payer un shekel par jour à qui serait disposé à venir à mon laboratoire.

Le grand Garuda fit un pas en avant pour planter un doigt agressif dans le torse d'Isaac.

— Tu veux qu'on vienne à ton labo histoire de nous disséquer, de voir ce qu'on a dans le ventre ?

Les autres reculèrent tandis qu'il désignait Isaac et Lin.

— Vous voulez nous découper en morceaux, toi et ta copine scarabe ?

Isaac protesta pour tenter de réfuter cette accusation. Il se détourna légèrement afin de faire face à la foule qui les entourait.

— Hé, dois-je comprendre que ce monsieur parle au nom de tous, ou y a-t-il quelqu'un ici qui soit prêt à gagner un shekel par jour ?

Quelques murmures s'élevèrent. Plusieurs Garuda se regardaient, incertains, mal à l'aise. Le grand type planté devant Isaac agita les mains tout en parlant. Il était furieux.

— Je m'exprime au nom de *tous* ici ! (Il se retourna lentement pour contempler les siens.) Des *mécontents* ?

Il y eut un silence, puis un jeune mâle fit un petit pas en avant.

— Charlie... (Il s'adressait directement au meneur auto-désigné.) Un shekel, c'est pas mal de flouze... On pourrait y descendre à plusieurs, histoire de vérifier qu'il y a pas de lézard, comme ça tout le monde serait content...

Le Garuda qui répondait au nom de Charlie s'était avancé pendant la tirade de l'autre ; il lui décocha un direct à la figure.

Un cri perçant s'éleva du groupe. Dans un tumulte d'ailes et de plumes, des nuées de Garuda décollèrent brusquement du toit comme un feu d'artifice. Certains pour faire un simple tour et revenir regarder, circonspects, mais beaucoup avaient disparu en haut des tours adjacentes, ou dans la clarté du ciel.

Charlie se campa au-dessus de sa victime étourdie, qui avait chu sur un genou.

— Qui est le chef ? hurla-t-il en un criaillement strident. Qui est le chef ici ?

Tirant Isaac par la chemise, Lin entreprit de le traîner vers l'embrasure de l'escalier. Il ne résista qu'à moitié. Il était manifestement consterné du tour qu'avait pris son expédition, mais également fasciné d'avoir assisté à cette confrontation. Elle parvint à l'éloigner.

Le Garuda tombé à terre regardait Charlie.

— C'est toi, grommela-t-il.

— Oui, c'est *moi*. Parce que je vous protège tous, d'accord ? Parce que je fais gaffe à ce qu'il vous arrive rien, d'accord ? Et qu'est-ce que j'arrête pas de vous répéter ? Vous approchez pas des rampants ! Et des anthros ! C'est les pires, ils sont foutus de vous écarteler, de vous arracher les ailes, de vous buter ! *Faites jamais confiance à ces gars-là !* Et quand je dis ces gars-là, ça inclut ce gros type, là, avec son portefeuille. (Pour la première fois, il interrompit sa tirade pour considérer Isaac et Lin.) Toi ! gueula-t-il en désignant Isaac. Taille-toi vite fait avant que je te montre ce que c'est que de voler quand on n'a pas d'ailes !

Lin vit Isaac ouvrir la bouche, dans l'espoir de tenter une ultime conciliation. Elle tapa du pied, irritée, et le tira rudement vers la porte.

Isaac, apprends à décoder les situations, bordel ! À partir au bon moment ! signa furieusement Lin alors qu'ils descendaient.

— Très bien, par le cul de Baragouin, j'ai pigé !

Il était en colère et propulsait sa grande masse dans l'escalier d'un pas décidé – sans se plaindre, cette fois. Son irritation et son incrédulité lui avaient redonné du tonus.

— Mais je n'arrive vraiment pas à comprendre pourquoi ils se sont montrés si agressifs !

Lin se tourna vers lui, outrée. Lui bloquant le passage, elle l'obligea à s'arrêter.

Parce que ce sont des Xénians pauvres et effrayés, espèce de crétin ! Un gros connard se pointe à Chiure, pas génial comme refuge mais c'est tout ce qu'ils ont, et il leur agite de l'argent sous le nez en essayant de les attirer ailleurs pour des raisons qu'il refuse d'expliquer. Ce Charlie n'a sans doute pas tort, par Baragouin ! Dans un endroit comme ça, il faut quelqu'un qui se charge de surveiller ces gars. Si j'étais un Garuda, je l'écouterais, crois-moi.

Isaac se calma peu à peu, et sembla même quelque peu honteux.

— Entendu, Lin, je te suis. J'aurais dû venir en éclaireur d'abord, en passant par quelqu'un qui connaît le quartier, ou un truc comme ça...

Oui, eh bien c'est raté, maintenant. Il est trop tard pour revenir en arrière...

— Ça, c'est sûr, merci de me le dire ! (Il se renfrogna.) Bordel de Crachedieu de merde ! J'ai complètement foiré mon coup, hein ?

Lin ne répondit pas.

Ils retraversèrent Chiure sans se dire grand-chose. On les observa depuis les portes ouvertes et les fenêtres troubles tandis qu'ils rebroussaient chemin.

Comme ils retournaient sur leurs pas, traversant la fosse infecte de fumier et de pourriture, Lin jeta un regard derrière son épaule en direction des tours délabrées. Elle vit le toit plat sur lequel ils étaient montés.

Une petite masse tourbillonnante de jeunes Garuda les pistaient, muets, depuis le ciel. Isaac se retourna et son visage s'éclaira un instant, mais les hommes-oiseaux ne s'étaient pas assez approchés pour parler. Ils formaient des gestes obscènes d'en haut.

Isaac et Lin remontèrent la Colline Vaudoise en direction de la ville.

— Lin, lança tristement Isaac après plusieurs minutes de silence, là-haut, tu m'as dit que si tu étais une Garuda, tu aurais écouté ce Charlie, non ? Eh bien, tu n'es pas une Garuda, mais en tant que Khépri… Quand tu t'apprêtais à quitter Bercaille, il a dû y avoir plein de gens pour te dire de rester avec tes semblables, qu'on ne pouvait pas faire confiance aux Humains, et cetera… Mais tu ne les as pas écoutées, non ?

Lin réfléchit tranquillement un long moment, mais ne répondit rien.

14

— Allez, ma vieille, ma puce, ma jolie, mange quelque chose, par Baragouin…

La chenille reposait mollement sur le flanc. Sa peau flasque ondoyait parfois, et elle agitait la tête, en quête de nourriture. Isaac la cajolait, lui murmurait des trucs, la titillait à l'aide d'un bâtonnet. Elle remuait, incommodée, puis s'assagissait.

Isaac se redressa et jeta le bâtonnet.

— Puisque c'est ça, annonça-t-il dans le vide, je désespère d'arriver à quoi que ce soit avec toi. Tu ne pourras pas dire que je n'ai pas essayé.

Il s'écarta de la petite boîte et de ses monceaux d'aliments moisis.

Les cages formaient toujours de hautes piles sur la passerelle surélevée de l'entrepôt ; la symphonie discordante de croassements, de sifflets et de cris y résonnait encore, mais la quantité d'animaux s'était considérablement réduite. Nombre d'enclos et de clapiers reposaient ouverts et vides. Il restait moins de la moitié du stock de départ.

La maladie avait ravi à Isaac certains de ses sujets d'expérience ; d'autres étaient morts au combat, contre leurs semblables ou contre d'autres espèces ; sa recherche avait eu raison du reste. Quelques cadavres raidis étaient cloués à des panneaux, dans diverses postures, le long de la passerelle. Le mur présentait quantité d'illustrations. Les premières esquisses d'ailes et de modes de vol s'étaient multipliées par un facteur énorme.

Isaac s'appuya contre son bureau. Il fit courir les doigts sur les diagrammes qui en parsemaient la surface. Sur le dessus se trouvait le triangle griffonné avec la croix en son centre. Il ferma les yeux pour s'abstraire de la cacophonie ambiante.

— Oh, la ferme, tous ! brailla-t-il, mais la clameur animale continua sans fléchir.

Isaac se prit la tête entre les mains, fronçant les sourcils de plus belle.

Il était encore mortifié de son voyage à Chiure. Il ne pouvait s'empêcher de se repasser dans sa tête les événements de la veille, songeant à toutes les autres façons dont il aurait pu et dû s'y prendre. Il s'était montré arrogant et stupide, à débarquer ainsi à la manière d'un intrépide aventurier, en brandissant son argent comme s'il s'agissait d'une arme thaumaturgique. Lin était dans le vrai. Pas étonnant qu'il ait réussi à s'aliéner toute la population garuda de la ville ou presque : il les avait abordés comme une bande de gredins juste bons à être blousés ou achetés. Il les avait traités comme s'ils étaient les comparses de Lemuel Pigeon. Or ce n'était pas le cas. C'était une communauté pauvre, craintive, soucieuse de survivre et sans doute de préserver un brin de fierté dans cette ville hostile. Ils voyaient leurs voisins se faire enlever par la milice – un simple jeu pour elle, semblait-il. Leur existence reposait sur une économie informelle de chasse et de troc, de menus chapardages et de cueillette au Bois de Rude.

Leur comportement était brutal, mais tout à fait compréhensible.

Et maintenant, il avait foutu en l'air toutes ses chances

de ce côté. Il leva les yeux vers le fatras d'images, d'héliotypes et de diagrammes qu'il avait accumulés. *Exactement comme hier,* se dit-il. *L'approche directe ne fonctionne pas. J'étais sur la bonne voie dès le départ. Le problème n'est pas l'aérodynamique, ni la façon de procéder...* Les hurlements de ses captifs s'immiscèrent dans ses pensées.

— D'accord ! cria-t-il brusquement.

Il se redressa et fusilla du regard les animaux pris au piège, comme pour les défier de continuer. Ce qu'ils firent tout de même, bien entendu.

— D'accord ! cria-t-il de nouveau, et de s'avancer jusqu'à la première cage.

Le couple de colombes qui s'y trouvait gonfla et enfla les plumes de façon explosive, roulant d'un côté sur l'autre, tandis qu'il les traînait vers une grande fenêtre. Il laissa la boîte face à la vitre pour aller en chercher une deuxième, dans laquelle un serpent-libellule aux couleurs vives ondulait comme un crotale. Elle atterrit au-dessus de la première. Il saisit une cage à moustiques en gaze, une autre d'abeilles, et les amena aussi. Isaac réveilla des chauves-souris revêches et des cornus qui se prélassaient au soleil, les tirant jusqu'à la fenêtre qui surplombait la Chancre.

Il vida ainsi sur cette pile toute sa ménagerie restante. Les animaux étaient orientés vers les Côtes, qui s'incurvaient, féroces, sur la partie est de la ville. Il empila devant la vitre toutes les boîtes dont le contenu était encore vivant, formant une pyramide. On aurait dit un bûcher sacrificiel.

Il eut enfin terminé sa tâche. Placés ainsi côte à côte, séparés par de simples barreaux ou remparts de bois, prédateurs et sauvagine voletaient en redoublant de hurlements.

Isaac plongea maladroitement la main dans le mince espace resté vide devant les cages et ouvrit grande la vaste fenêtre. Elle pivota à l'horizontale, du haut de son mètre cinquante. Comme elle se déployait dans la chaleur de l'air vespéral, une grosse bouffée de bruits urbains s'engouffra dans l'entrepôt.

— Bon ! beugla Isaac, qui commençait à prendre plaisir à tout ça. Je me lave les mains de votre sort !

Il jeta un regard alentour et repartit un instant près du bureau, revenant avec la longue perche qu'il avait utilisée plusieurs années plus tôt pour désigner ses inscriptions sur les tableaux. Il la poussa vers les cages, ôtant les crochets de leurs agrafes, tâtonnant pour défaire les loquets, perçant des trous dans des grillages fins comme de la soie.

L'avant des petites prisons commençait à basculer. Isaac accéléra, ouvrant toutes les portes, se servant de son doigt quand la perche ne suffisait pas.

Au début, les bestioles furent prises de court. Nombre d'entre elles n'avaient pas volé depuis plusieurs semaines. Elles avaient mal mangé. Sombré dans la peur et l'ennui. Elles ne comprenaient pas cette perspective de liberté soudaine, ce demi-jour, ce fumet dans l'air devant elles. Mais après de longs moments d'hésitation, le premier des prisonniers s'élança vers sa délivrance.

C'était un hibou.

Il se précipita à travers l'embrasure de la fenêtre pour s'envoler vers l'est, là où le ciel était le plus sombre, en direction des terres boisées vers la Baie de Fer. Il plana vers les Côtes sur des ailes presque immobiles.

Cette fuite fut un signal. Une tempête d'ailes se déclencha.

Les faucons, phalènes, pseudo-roussettes, cornus, taons, perroquets, scarabées, pies, créatures de la haute atmosphère, petits rhyncops écumeurs d'insectes, les bêtes nocturnes comme diurnes ou du crépuscule, jaillirent de la fenêtre d'Isaac en une explosion chatoyante de couleurs et de camouflages. Le soleil avait plongé de l'autre côté de l'entrepôt. L'unique éclat à accrocher les nuées de plumes, de fourrure et de chitine provenait des réverbères et des quelques brins de lumière qui se reflétaient sur la rivière sale.

Isaac se vautra dans la magnificence de cette vision. Il lâcha un soupir, de ceux que l'on pousse devant une œuvre d'art. Il chercha un instant du regard de quoi immortaliser la chose, mais finit par se retourner et se contenter du spectacle.

Un millier de silhouettes tourbillonnaient dans le ciel autour de son entrepôt. Elles virevoltèrent ensemble un instant, sans but, avant d'être emportées par les courants atmosphériques. Certaines suivaient le vent. D'autres tiraient des bordées, résistaient aux bourrasques, tournoyant au-dessus de la ville. Puis la paix de ce premier moment de confusion se délita. Les cornus traversèrent les nuées d'insectes désorientés, leur petite mâchoire léonine se refermant sur de petits corps replets. Les faucons embrochèrent pigeons, choucas et canaris. Les serpents-libellules spiralèrent dans les courants ascendants, mordant leurs proies.

Les différents styles de vol des bêtes libérées se distinguaient aussi nettement les uns des autres que leurs formes découpées. Une forme noire voletait de façon chaotique dans le ciel, coulant vers un réverbère, incapable de résister à la lumière : une mite-à-mort. Telle autre s'arquait dans la nuit avec une simplicité majestueuse : quelque rapace. Une troisième s'ouvrait un instant telle une fleur, puis se resserrait pour filer au loin dans une giclée d'air maculé : l'un des petits polypes éoliens.

Les corps des épuisés et des mourants tombaient par terre dans un bruit de chair écrasée ; le sol en dessous d'eux serait maculé à son tour de sang et d'ichor, réalisa Isaac. De douces éclaboussures se faisaient entendre : la Chancre réclamait sa part de victimes. Mais il y avait plus de vie que de mort. L'espace de quelques jours, de quelques semaines, le ciel au-dessus de Nouvelle-Crobuzon gagnerait en pittoresque.

Isaac poussa un soupir béat. Il considéra ce qui l'entourait et s'approcha au pas de course des quelques boîtes de cocons, d'œufs et de larves. Il les balança vers la fenêtre, ne laissant en paix que la grosse chenille multicolore à l'agonie.

S'étant emparé de quelques poignées d'œufs, il les jeta par la fenêtre à la suite des formes qui s'enfuyaient. Il fit suivre le même chemin à des larves qui se tortillèrent et tressautèrent dans leur chute vers le sol pavé. Il secoua des cages qui résonnaient du crépitement de tendres pupes, puis les vida elles aussi par la fenêtre. Il renversa un aquarium de naissains aquatiques. C'était une libération cruelle pour ces jeunes, quelques secondes de liberté et d'air vif.

Au bout du compte, quand la dernière des minuscules formes eut disparu en dessous, Isaac referma la fenêtre. Il se retourna pour inspecter l'entrepôt. Un faible vrombissement d'ailes y résonnait. Quelques formes aériennes tournaient en rond dans les lampes. Un cornu, une poignée de phalènes ou de papillons, et deux petits oiseaux. *Eh bien*, se dit-il, *soit ils trouveront le chemin, soit ils ne feront pas de vieux os et je pourrai les éjecter quand ils seront morts de faim.*

Jonchant le sol devant la fenêtre demeuraient certains des avortons et des agonisants : les gringalets, tombés avant de pouvoir voler. Ils étaient pour partie morts. Ils rampaient faiblement de-ci, de-là, en majorité. Isaac entreprit de balayer tout ça.

— Tu as l'avantage d'être : petit a, assez belle, et petit b, assez intéressante, ma louloute, expliqua-t-il à l'énorme pupe souffreteuse tout en s'activant. Non, non, ne me remercie pas. Considère-moi juste comme un *philanthrope*. Et tant qu'on y est, je ne comprends pas pourquoi tu ne manges pas. Tu es mon projet du moment, ajouta-t-il en jetant par-dessus bord dans l'air nocturne une pleine pelle à poussière de corps se traînant faiblement. Je doute que tu passes la nuit, mais enfin, tu as soulevé ma pitié et ma curiosité et je vais tenter de te sauver une dernière fois.

Une secousse fracassante se fit entendre. Quelqu'un avait claqué à la volée la porte de l'entrepôt.

— Grimnebulin !

C'était Yagharek. Il se tenait campé dans l'espace mal éclairé, les jambes écartées, serrant sa cape contre lui. L'arête de son substitut d'ailes en bois se balançait d'un côté et de l'autre de façon peu réaliste. Son déguisement était mal fixé. Isaac se pencha par-dessus la rambarde en fronçant les sourcils.

— Yagharek ?

— M'as-tu abandonné, Grimnebulin ?

Yagharek grinçait comme un oiseau qu'on torture. Ses paroles étaient presque impossibles à comprendre. Isaac lui fit signe de se calmer.

— Yagharek, mais de quoi est-ce que tu parles, bordel ?

— Les oiseaux, Grimnebulin. Je les ai vus ! Tu m'en avais parlé, ils étaient destinés à tes recherches… Que s'est-il produit ? Te renierais-tu ?

— Minute… Comment as-tu pu les voir s'envoler, par le cul de Baragouin ? Où étais-tu ?

— Sur ton toit, Grimnebulin.

Yagharek était en train de s'apaiser. Le calme le gagnait. Il irradiait une tristesse énorme.

— Sur ton toit, où je me perche soir après soir en attendant que tu m'aides. Je t'ai vu relâcher tous tes petits sujets. Pourquoi as-tu renoncé ?

Isaac lui fit signe de grimper l'escalier.

— Yag, mon vieux… Merde, je ne sais pas par où commencer. (Isaac contempla le plafond.) Mais d'abord, qu'est-ce que tu foutais sur mon toit, hein ? Ça fait combien de temps que tu traînes là-haut ? Par la queue, tu aurais pu pieuter ici, ou quelque chose… c'est absurde ! Et même bizarre, et pas qu'un peu, de songer que tu te tiens là-haut pendant que je travaille, que je mange, que je chie, tout ça. Et puis… (Il leva la main pour couper court à la réponse de Yagharek.) Et puis d'abord, je n'ai PAS renoncé à ton projet !

Il se tut un instant. Il laissait ses paroles faire leur effet. Il attendait que Yagharek ait fini de se calmer, qu'il soit revenu du misérable petit abîme qu'il s'était composé.

— Je n'ai pas renoncé, répéta-t-il. Ce qui vient d'arriver, c'est très bien, en fait… Nous sommes entrés dans une nouvelle phase, je pense. On tourne le dos au passé. Cette piste de recherche était… hum… une voie de garage.

Yagharek inclina la tête. Ses épaules furent prises d'un frisson notable : il exhala longuement.

— Je ne comprends point.

— Bien, d'accord. Écoute, approche-toi par ici. Je vais te montrer quelque chose.

Isaac mena Yagharek jusqu'au bureau. Il s'arrêta un instant, le temps de lancer un « ta, ta, ta » désapprobateur à la chenille affaissée sur le flanc dans sa boîte. Elle gigota faiblement.

Yagharek ne lui accorda pas un regard.

Isaac désigna les diverses piles de papiers qui s'étageaient sur ses livres de bibliothèque en retard, et qui vacillaient sur son bureau. Dessins, équations, notes et traités. Yagharek entreprit de les feuilleter, sous la direction d'Isaac.

— Regarde… Vois toutes ces foutues esquisses. D'ailes, pour la plupart. Bien, le point de départ pour notre recherche, c'était ça, l'aile. Ça paraissait logique, non ? Alors je me suis consacré à comprendre cet appendice.

« Les Garuda qui vivent à Nouvelle-Crobuzon ne nous seront d'aucune utilité, au fait. J'ai placardé des avis à l'université, mais il semble qu'il n'y en ait pas parmi les étudiants cette année. J'ai même essayé de parlementer avec un… euh, un chef de communauté, pour l'avancement de la science, et ç'a été un désastre complet, je n'exagère pas… (Isaac s'interrompit à ce souvenir, puis cilla pour se forcer à revenir à la discussion.) Alors, me suis-je dit, considérons plutôt les oiseaux.

« Bien, voilà qui menait à un problème tout ce qu'il y avait de nouveau. Les petites bricoles, genre colibris, roitelets et autres sont toutes intéressantes et utiles pour ce qui est de… de fournir des éléments génériques, tu vois, sur la physique du vol et le reste. Mais fondamentalement, ce sont les grosses bestioles qui présentent de l'intérêt. Les crécerelles, les faucons, les aigles, si j'arrive à en dénicher, je me suis dit. Parce qu'à ce stade, je réfléchissais toujours *par analogie*. Mais je ne veux pas que tu me croies étroit d'esprit… je n'étudiais pas les éphémères ou je ne sais quoi juste par *curiosité*, j'essayais de voir si je pouvais appliquer ce que je trouvais.

« Parce que bon, je suppose que tu n'es pas regardant, hein, Yag ? Que si je te greffe une paire d'ailes de chauve-souris ou de mouche à viande sur le dos, ou même une glande de polype, tu ne vas pas t'en offusquer. Ça risque de ne pas être très joli, mais le truc, c'est de te permettre d'aller dans les airs, non ?

Yagharek hocha la tête. Il écoutait d'un air farouche, tout en parcourant les documents qui se trouvaient sur le bureau. Il était soucieux de comprendre.

— Bien. Alors il semblait raisonnable, compte tenu de tout ça, de devoir accorder la priorité aux gros oiseaux. Mais bien sûr… (Isaac farfouilla parmi les papiers, détacha quelques dessins du mur, tendit les piles de diagrammes afférents à Yagharek.) Bien sûr, il s'est avéré que ce n'était pas le cas. Parce que bon, tu peux aller aussi loin que tu veux de ce côté, c'est très utile mais aussi très trompeur de s'y arrêter. Parce que l'aérodynamique de ton corps à toi est fondamentalement différente, vois-tu. Tu n'es *pas* un simple aigle affublé d'un corps d'Humain décharné. Je suis sûr que tu ne t'es jamais considéré sous ce jour… J'ignore quelles sont tes connaissances en matière de maths et de physique, mais sur cette feuille, là… (Isaac la trouva et la lui tendit.)… Tu trouveras des diagrammes et des équations qui te démontrent le pourquoi de ce que je te dis. Les lignes de force sont toutes fausses. Pas assez de puissance. Ce genre de choses.

« Alors, je me suis tourné vers les autres animaux que j'avais. Et si on lui ajoutait des ailes de libellule, ou va savoir quoi ? Eh bien, primo, il y a le problème de mettre la main sur des insectes suffisamment gros. Les seuls qui le soient ne sautent pas vraiment de joie à l'idée de nous confier leur organisme. Et je ne sais pas comment toi tu vois ça, mais de mon côté je n'étais pas très enthousiaste à l'idée de me barrer dans les montagnes ou autres pour prendre un scarabée tueur en embuscade. C'est un truc à se faire rétamer.

« Du coup, ces ailes, pourquoi ne pas les concevoir selon nos spécifications propres ? On pourrait avoir à la fois la bonne taille ET la bonne forme. (Isaac sourit et poursuivit.) Seulement, étant donné ce que sont les sciences naturelles, on arriverait peut-être à en construire d'assez précises, et légères, et puissantes… mais sincèrement, j'en doute. Ça pourrait marcher, comme le contraire. En résumé, je trouve que les chances de réussite sont trop minces.

« Et puis, il faut que tu gardes à l'esprit que tout ce projet reposerait sur une Recréation effectuée par un virtuose. Personnellement, je me targue de ne connaître aucun Recréateur, première chose – et deuxièmement, ce qui les intéresse avant tout, c'est le pouvoir, ou l'esthétique, ou d'humilier leur prochain, pas un truc aussi complexe que le vol. Il y a des palanquées de terminaisons nerveuses, des tonnes de muscles, d'os arrachés et consorts qui se baladent dans ton dos, et ces mecs devraient tout remettre en place *au poil près* si tu voulais avoir la moindre chance de remonter dans les airs.

Isaac avait mené Yagharek jusqu'à une chaise. Il tira un tabouret pour s'asseoir à côté de lui. Le Garuda demeurait complètement coi. Il scruta Isaac, puis les diagrammes qu'il tenait à la main, avec une concentration notable. C'était ainsi qu'il lisait, réalisa Isaac, avec cette intensité, cette attention. Rien à voir avec un patient qui attend que le médecin en vienne au fait : il enregistrait la moindre parole de son interlocuteur.

— Je dois ajouter que je n'en ai pas entièrement terminé de ce côté. J'ai parmi mes connaissances un type versé dans le genre de bio-thaumaturgie qui te serait nécessaire pour te faire greffer des ailes en état de marche. Alors je vais aller le voir, histoire de lui demander son avis sur nos chances de succès. (Isaac grimaça et secoua la tête.) Et permets-moi de te dire, mon vieux Yag, que si tu connaissais ce type, tu saurais à quel point c'est un acte noble de ma part. Il n'y a pas de sacrifice auquel je ne m'exposerais pour toi… (Il laissa planer un long silence.)… Donc, il y a une possibilité pour que ce gars me dise, « oui, des ailes, pas de problème, amène-le-moi et je m'y colle cendredi après-midi ». C'est du domaine du possible. Mais toi, tu m'emploies pour mon bon sens scientifique, or mon opinion personnelle et professionnelle, c'est qu'il ne faut pas y compter. À mon avis, on est forcés de prendre le problème par la bande.

« Mes premiers sondages dans ce sens ont consisté à considérer les divers trucs qui volent et qui ne possèdent pas d'ailes. Bon, je t'épargne le détail. La plupart des idées que j'ai jetées sur le papier sont là, si ça t'intéresse. Un mini-dirigeable auto-gonflant ; une transplantation de glandes de polype éolien mutantes ; t'intégrer un golem volant ; et même un truc aussi prosaïque que de t'enseigner les bases de la thaumaturgie physique. (Isaac avait désigné ses différentes notes tout en mentionnant ces pistes.) Rien de tout ça n'est faisable. La thaumaturgie est épuisante et incertaine dans ses effets. C'est à la portée de tout le monde d'apprendre les sorts de base, en s'y consacrant avec application, mais un géotropisme inversé *à la demande* exigerait beaucoup plus d'énergie et de talent que n'en possèdent la plupart des gens. Avez-vous de puissants sortilèges, dans le Cymek ?

Yagharek secoua lentement la tête.

— Quelques murmures pour porter les proies vers nos serres ; certains symboles et tours qui encouragent les os à se ressouder et le sang à coaguler. C'est tout.

— Ouais, ça ne m'étonne pas. Alors mieux vaut ne pas y compter. Et fais-moi confiance quand je te dis que mes autres projets, euh... excentriques se sont révélés infaisables.

« Alors, j'ai consacré tout mon temps à travailler sur des pistes comme celles-là, sans arriver nulle part, et j'ai pris conscience qu'à chaque fois que je m'arrêtais pour réfléchir deux secondes, c'était toujours la même chose qui me revenait à l'esprit : l'aquart.

Yagharek fronça ses sourcils épais, qui formèrent une crête d'aspect presque géologique en surplomb. Il secoua la tête pour signifier sa confusion.

— L'aquart, répéta Isaac. Tu sais ce que c'est ?

— J'ai lu des choses à ce sujet... L'art des Vodyanoi...

— Bien vu, mon vieux. Tu constateras que les dockers s'y adonnent parfois, à Crassecoude ou à Arbrecosse. En s'y mettant à plusieurs, ils sont capables de donner forme à un bon morceau de fleuve. Ils creusent des trous dans l'eau jusqu'aux conteneurs fendus qui reposent sur le fond, pour permettre aux grues de les rattraper. Ébouriffant. Je te dis que ça. Dans les villages, ça leur sert à former des tranchées d'air dans les rivières, après quoi ils y poussent les poissons. Ils dégringolent depuis la paroi d'eau et ils s'écrasent sur le sol. Génial. (Isaac fit une moue appréciative.) Mais bref, ces derniers temps, ils s'en servent surtout pour des conneries, des petites sculptures qu'ils fabriquent. Ils organisent des concours et tout ça.

« Ce que je veux dire, Yagharek, c'est que tu as là de l'eau qui se comporte fondamentalement *comme elle ne le devrait pas*, exact ? Or c'est ça que tu cherches. Tu veux que ce lourd machin, ce truc, là, ce *corps*... (Il planta doucement un doigt sur le torse de Yagharek.) ... Tu veux le faire voler. Tu me suis ? Considérons l'*énigme ontologique* qui consiste à persuader la matière de rompre des habitudes millénaires. Nous voulons que les éléments *déconnent*. Ce n'est plus un problème d'ornithologie avancée, c'est de la *philosophie*.

« Par la queue, Yag, c'est un truc sur lequel je travaille depuis des années ! C'était carrément devenu une sorte de *passe-temps* pour moi. Mais tout d'un coup, ce matin, j'ai jeté un nouveau coup d'œil aux notes que j'ai prises au tout début de notre affaire, j'ai fait le rapport avec toutes mes vieilles idées, et je me suis rendu compte que c'était la voie à suivre ! Et je me suis débattu toute la journée avec ce truc !

Isaac secouait sous le nez de Yagharek une feuille de papier, sur laquelle se trouvait un triangle contenant une croix. Il saisit un stylo-plume et inscrivit des mots aux trois extrémités du triangle. Il tourna le diagramme pour le présenter à Yagharek. Le point supérieur indiquait *Sc. Occultes/thaumaturgie* ; celui d'en bas à gauche, *Naturelles* ; celui de droite, *Sociales/sapience*.

— Bon, bon, ne te tracasse pas trop sur ce diagramme,

mon vieux Yag, c'est censé être une aide à la réflexion, rien de plus. Ce que tu as là, c'est une description des trois points entre lesquels tout savoir, toute connaissance se situe.

« Ici, en bas, ce sont les sciences naturelles. C'est-à-dire la physique, les atomes et le reste. Ça va des particules fondamentales comme les élyctrons jusqu'aux gros volcans. La pierre, l'élyctromagnétisme, les réactions chymiques… Tout ce genre de choses.

« De l'autre côté, ce sont les sciences sociales. Les créatures pensantes, dont il n'y a pas vraiment pénurie sur Bas-Lag, ne peuvent pas être étudiées comme de simples cailloux. À travers leurs réflexions sur le monde et sur leur propre pensée, les Humains, les Garuda, les Cactacés et ainsi de suite, créent un différent mode d'organisation, tu suis ? Donc ça représente un sujet d'étude à part entière – mais aussi lié en même temps, bien sûr, aux éléments physiques qui composent le tout. C'est ce qui constitue cette jolie petite ligne qui les relie, là.

« Tout en haut, c'est l'occulte. Là, on tient le bon bout. Occulte égale caché. Ça comprend les diverses forces, dynamiques et autres, qui ne sont pas seulement en rapport avec des interactions de machins physiques, et qui ne sont pas les pensées. Les esprits, les démons, les dieux, si tu veux les appeler ainsi, la thaumaturgie… tu saisis. C'est en haut, ici. Mais relié aux deux autres. Tout d'abord, les techniques thaumaturgiques – invocation, chamanisme, et cetera – sont toutes affectées par les relations sociales qui les environnent, et les affectent toutes. Ensuite, il y a l'aspect physique : les sorts et les charmes sont pour l'essentiel une manipulation des particules théoriques, ces particules dites “enchantées” que l'on appelle les *thaumaturgons*. Bien. Certains scientifiques… (Il se martela la poitrine.) … pensent qu'il s'agit en gros de la même chose que les protons et les autres particules physiques.

« C'est là que les choses deviennent *vraiment* intéressantes…, dit Isaac, matois, ralentissant soudain le débit.

« Prends n'importe quel domaine d'étude ou de connaissance : il est contenu quelque part dans ce triangle, mais pas pile dans un coin. La sociologie, la psychologie, ou la xenthropologie – très simple, tu te dis ? Elles sont là, dans cette partie "sociale" ? Ma foi, oui et non. C'est assurément le *point nodal* le plus proche, mais on ne peut étudier les sociétés sans réfléchir aux questions que posent les ressources physiques, d'accord ? Donc l'aspect physique intervient dès le départ. Du coup, il faut placer la sociologie un peu plus loin le long de l'axe du bas. (Il fit glisser son doigt d'un centimètre vers la gauche.) Mais comment comprendre… les Cactacés, disons, sans comprendre leur relation au soleil, ou les Khépri sans leur rapport à leurs déités, ou la culture vodyanoi sans la médiumnité chamanique ? Impossible ! conclut-il triomphalement. Alors il faut dévier vers le haut, vers l'occulte.

Son doigt se mut légèrement.

« Donc, voilà en gros où se situent la sociologie et la psychologie. Dans ce coin, en bas à droite, un peu vers le haut, un peu vers la gauche.

« La physique ? La biologie ? Elles devraient carrément être du côté des sciences naturelles, non ? Sauf que si la biologie a un effet sur la société, l'inverse est vrai aussi, ce qui fait qu'elle se trouve un petit peu vers la droite dans le coin "Sciences Nat". Et quid du vol des polypes éoliens ? De l'alimentation des arbres à âme ? Ces trucs relèvent de l'occulte, alors on doit encore remonter, vers le haut cette fois. Et comme la physique inclut la capacité de certaines substances qui entrent en jeu dans les sorts thaumaturgiques… Tu vois où je veux en venir ? Même le sujet entre guillemets le plus pur se trouve en fait quelque part entre les trois.

« Après, il y a tout un tas de disciplines qui se définissent précisément par leur côté hybride. La sociobiologie ? Au mitan de la ligne du bas en remontant un peu. L'hypnotologie ? À mi-chemin du bord droit. Sociale, psychologique et occulte, mais saupoudrée d'un brin de chymie du cerveau, donc c'est plus par là…

Le diagramme d'Isaac était maintenant couvert de petites croix localisant les diverses disciplines. Il considéra Yagharek et en traça une, nette, assurée, élégante, au centre même du triangle.

« Bien, que voyons-nous exactement ici ? Qu'y a-t-il en plein milieu ?

« Certaines personnes aiment à penser qu'il s'agit des mathématiques. D'accord. Mais si les maths sont l'étude de ce qui te permet le plus efficacement d'*atteindre* le centre, quelles sont donc les forces que tu étudies ? Les maths ont un côté totalement abstrait, racine carrée de moins un et ce genre de truc… mais le monde, lui, n'a rien de rigoureusement mathématique. Donc il y a à cet endroit une façon de considérer le monde qui unifie toutes les forces : mentales, sociales, physiques.

« Si tous les sujets sont susceptibles d'être concentrés en un triangle, qui présente trois intersections et un centre, alors il en va de même pour les forces et dynamiques auxquelles ils s'attachent. En d'autres termes, si on trouve que cette façon de voir les choses peut s'avérer intéressante ou utile, c'est donc qu'il existe fondamentalement à cet endroit une sorte de champ, une sorte de force, qui est précisément notre objet d'étude. Raison pour laquelle on la nomme "Théorie du Champ Unifié".

Isaac sourit, épuisé. *Crachedieu*, réalisa-t-il soudain, *je ne m'en tire pas mal, sur ce coup… Ces dix années de recherche ont amélioré mes qualités de prof…*

Yagharek l'observait avec soin.

— Je… je comprends, finit-il par dire.

— Ravi d'entendre ça. Ce n'est pas fini, mon vieux, alors tiens-toi bien. La TCU n'est pas acceptée en tant que théorie, tu sais. On doit en être à peu près au même stade que pour l'Hypothèse de la Terre Fracturée, si ça signifie quoi que ce soit pour toi.

Yagharek acquiesça.

« D'accord, alors tu vois ce que je veux dire. À peu près aussi respectable, mais fort tirée par les cheveux. En plus, histoire de réduire à néant les derniers vestiges de crédibilité dont je disposais encore, je souscris à une vue minoritaire parmi les théoriciens de la TCU. Elle porte sur les forces qui sont en jeu.

« Je vais tenter de rester simple. (Isaac plissa les yeux une seconde, le temps de rassembler ses esprits.) Bien. La question, c'est de savoir s'il est pathologique ou pas pour un œuf de tomber.

Il s'interrompit, laissant planer un instant son image.

« Vois-tu, il y a deux cas de figure : soit on est persuadé que la matière, et donc le fameux champ unifié, est par essence *statique*, et donc que le fait de tomber, de voler, de rouler, de changer d'avis, de jeter un sort, de vieillir, de bouger… est fondamentalement une déviance d'un état essentiel… Soit on est persuadé que le mouvement fait partie intégrante de l'ontologie, et la question devient : quelle est la meilleure façon de théoriser tout ceci ?

« Tu te rends bien compte d'où va ma préférence. Les tenants du statisme diraient que je déforme leur pensée, mais qu'ils aillent se faire mettre.

« Donc je suis un TCUM, un Théoricien du Champ Unifié Mouvant. Pas un CUS, du Champ Unifié Statique… Tu saisis. Mais le truc, c'est que la TCUM pose autant de problèmes qu'elle en résout : si ça *bouge*, comment ? À une allure constante ? Selon des inversions rythmées ?

« Quand tu ramasses un morceau de bois et que tu

le tiens en l'air à trois mètres du sol, il dispose de plus de force que quand il se trouve par terre. On appelle ça l'énergie potentielle, d'accord ? Aucun scientifique ne me contredira sur ce point. L'énergie potentielle, c'est ce qui donne au bois le pouvoir de te faire mal ou de laisser une trace sur le sol, pouvoir qu'il n'a pas quand il repose juste par terre. Il possède cette énergie quand il est immobile, comme avant, mais qu'il *pourrait tomber.* S'il tombe, cette énergie potentielle se change en énergie cinétique, et tu te casses l'orteil ou autre.

« L'énergie potentielle, ça se résume à placer un objet dans une situation où il vacille, ou il est sur le point de changer d'état, tu comprends ? Exactement comme quand on met trop la pression à un groupe de gens et que soudain, ils explosent. Ils passeront sans crier gare d'un état grincheux et passif à un second état, violent et créatif. La transition du premier au second se produit quand on porte un truc – un groupe social, un morceau de bois, un sort – jusqu'à un point où ses interactions avec d'autres forces poussent *sa propre énergie* à lutter contre son état naturel.

« Ce dont je te parle, c'est de porter les choses jusqu'à l'état *critique*.

Isaac se rassit une minute. À sa grande surprise, il adorait ce qui était en train de se produire. Ça consolidait ses idées d'expliquer son approche théorique, ça le forçait à formuler sa démarche avec une rigueur tout expérimentale.

Yagharek était un élève modèle. Son attention demeurait inébranlable, son regard aussi acéré que des talons aiguilles.

Isaac inspira longuement puis continua.

« C'est essentiel, cette connerie-là, mon vieux Yag. Ça fait des années que je me consacre à cette théorie de l'énergie critique. En résumé : je dis que c'est dans *la nature des choses* d'entrer en crise, qu'il s'agit d'une part intégrante d'elles-mêmes. Les trucs se mettent sens dessus dessous à cause même de ce qu'ils sont, comprends-tu ? La force qui met en branle le champ unifié s'appelle énergie critique. Un truc comme l'énergie potentielle en constitue un aspect, une manifestation parmi d'autres – minuscule, et partielle. Bien. Si on était en mesure, dans n'importe quelle situation donnée, de capter les réserves d'énergie critique, la puissance ainsi récupérée serait *énorme*. Certaines situations donnent lieu ou sont enclines à plus de crises que d'autres, certes, mais l'important dans cette théorie, c'est que les choses entrent en crise parce qu'elles *sont*. Il y a des palanquées d'énergie qui passent leur temps à se balader partout, mais nous n'avons pas encore appris à les exploiter efficacement. Au lieu de quoi elles se consument chaque jour de façon peu fiable et incontrôlable. Quel horrible gaspillage. (Isaac secoua la tête à cette idée.) Les Vodyanoi sont capables de canaliser l'énergie critique, je pense. Sur une toute petite échelle. C'est paradoxal. Tu captes celle qui préexiste dans l'eau pour lui donner une forme qu'elle combat, ce qui revient à y insuffler plus de crise encore… mais il faut dire que cette force n'a nulle part où aller, si bien que la crise se résout par un retour à la forme originelle. Mais si les Vodyanoi avaient recours à de l'eau déjà, euh… *aquartée*, et l'utilisaient comme élément constitutif d'une expérience qui s'alimenterait à cette énergie critique multipliée… Désolé. Je digresse. Le truc, c'est que j'essaie de te trouver le moyen de faire appel à ton énergie critique, et de la canaliser pour voler. Tu comprends, si je suis dans le vrai, c'est la seule force dans laquelle tu… tu *baigneras* toujours. Et plus tu voleras, plus tu seras en crise, et plus tu auras les moyens de voler… Enfin, en théorie.

« Mais pour être honnête, Yag, tout ça va beaucoup plus loin encore. Si je parviens *vraiment* à débloquer l'énergie critique à ton profit, ton cas deviendra une préoccupation dérisoire, je t'assure. On a affaire à des forces et des énergies qui pourraient *tout* changer. *Entièrement.*

Cette idée incroyable avait assagi l'atmosphère. Les parages malpropres de l'entrepôt semblaient soudain trop petits et trop mesquins pour cette conversation. Isaac contempla par la fenêtre la nuit sale de Nouvelle-Crobuzon. La lune et ses filles dansaient posément au-dessus de la ville. Plus petites que leur mère mais plus grosses que des étoiles, les filles brillaient d'une lueur dure et froide. Isaac réfléchissait à cette histoire de crise.

Yagharek finit par prendre la parole.

— Donc, si tu es dans le vrai… Je volerai ?

Isaac éclata de rire devant cette question où la détresse le disputait au comique.

— Oui, oui, mon vieux Yag. Si je suis dans le vrai, tu voleras de nouveau.

15

Isaac n'était pas parvenu à persuader Yagharek de demeurer à l'entrepôt. Le Garuda avait refusé d'expliquer ses objections. Il s'était contenté de disparaître dans le soir, malheureux proscrit destiné, malgré sa fierté, à dormir dans quelque fossé, quelque cheminée ou quelque ruine. Il avait même refusé toute nourriture. Isaac, debout à l'entrée, l'avait regardé partir. La couverture sombre pendait mollement sur cette armature en bois, sur ces fausses ailes.

Isaac finit par refermer la porte. Il retourna à son rebord de fenêtre pour contempler les lumières qui glissaient le long de la Chancre. Posant la tête sur ses poings réunis, il écouta le tic-tac de son horloge. Les bruits de bête sauvage de la ville nocturne s'infiltraient, suggestifs, à travers les murs. Un meuglement plaintif de machines, de vaisseaux, d'usines.

Dans l'espace en dessous, l'artefact de David et Lublamai semblait glousser tendrement, à l'unisson avec l'horloge.

Isaac ramassa ses esquisses sur les murs. Il fourra dans un carton à dessin pansu celles qu'il trouvait potables. Quantité d'autres finirent à la poubelle après un simple coup d'œil critique. S'étant mis sur le ventre pour fourrager sous le lit, il en sortit un boulier poussiéreux et une règle à calcul. *Il faut que je pousse jusqu'à l'université pour mettre la main sur une de leurs machines à différences*, songea-t-il.

Ce ne serait pas facile. Les mesures de sécurité pour ces machins étaient névrotiques. Isaac réalisa soudain qu'il aurait l'occasion de contrôler par lui-même les systèmes de surveillance : il se rendait à la fac le lendemain, parler à Vermishank, son employeur honni.

Non que ce dernier s'assurât énormément ses services ces temps-ci. Cela faisait des mois qu'Isaac n'avait reçu aucune lettre de sa petite écriture serrée, qu'on ne lui avait pas annoncé que ses services étaient requis afin d'explorer quelque voie théorique abstruse – et sans doute oiseuse. Isaac ne pouvait jamais répondre par la négative à ces soi-disant requêtes. C'eût été mettre en péril son accès privilégié aux ressources de l'université, et par là même au riche filon d'équipement qu'il pillait plus ou moins à loisir. En dépit du caractère de plus en plus restreint de leurs relations professionnelles, et même s'il avait dû faire le rapprochement entre la disparition de certains instruments et les programmes de recherche d'Isaac, Vermishank n'avait pris aucune mesure afin de restreindre ses privilèges. Isaac en ignorait la raison. *Sans doute pour tâcher de me conserver à sa botte*, songea-t-il.

Ce serait la première fois de sa vie, réalisa-t-il, qu'il serait demandeur auprès de son ancien prof, mais il était obligé d'aller le trouver. Car si lui-même se sentait séduit par sa nouvelle approche, il ne pouvait tourner tout à fait le dos à des technologies plus banales telles que la Recréation sans demander au préalable son opinion sur le cas Yagharek au biothaumaturge le plus en vue de la ville. Ce serait manquer de professionnalisme.

Isaac se prépara un sandwich au jambon et une tasse de chocolat froid. À la pensée de Vermishank, il commença à s'armer de courage. Il détestait son ancien prof pour des raisons d'une diversité immense. L'une était d'ordre politique. « Biothaumaturgie », après tout, était un terme poli pour désigner une spécialité dont l'une des applications était de taillader la chair pour la reformer, la recoller selon des modalités inattendues, la manipuler selon les seules limites qu'imposait l'imagination. Ces techniques pouvaient servir à guérir et à réparer, certes, mais ce n'était pas leur usage premier. Personne n'en avait la preuve, bien sûr, mais Isaac n'aurait pas été un instant étonné d'apprendre qu'une partie des recherches de Vermishank se menait dans les usines de correction. Les talents de son employeur occasionnel faisaient de lui un extraordinaire modeleur de chair.

Un coup sourd résonna à la porte. Isaac leva les yeux, étonné. Il était presque onze heures. Il reposa son dîner et dégringola les marches. Quand il ouvrit la porte, ce fut pour découvrir sur le seuil un Lucky Gazid aux allures dévoyées.

Qu'est-ce que c'est que ce bordel ? songea-t-il.

— 'Zaac, mon frère, mon fier fanfaron favori..., glapit Gazid dès qu'il le vit.

Il cherchait de nouvelles allitérations. Isaac le traîna dans l'entrepôt alors que l'éclairage s'allumait le long de la rue.

— Lucky, espèce d'imbécile, mais qu'est-ce que tu veux ?

Gazid se mit à déambuler dans la pièce d'un pas beaucoup trop rapide. Ses yeux, écarquillés, décrivaient pratiquement des spirales dans leurs orbites. Il avait l'air blessé de l'accueil d'Isaac.

— Doucement, chef, du calme, du calme, pas besoin d'être *vache*, non, quand même ? Hé, je cherche Lin... Elle est là ?

Il avait ponctué ces paroles d'un gloussement.

Ah, songea Isaac, circonspect. Une situation délicate. Lucky était un homme des Champs-de-Salacus. Il connaissait la vérité tacite sur Lin et lui. Mais l'on n'était pas aux Champs.

— Non, Lucky, elle n'est pas là. Et même si par hasard c'était le cas, tu n'aurais absolument aucun droit de débouler sans prévenir à des heures pareilles. Qu'est-ce que tu lui veux ?

— Elle n'est pas chez elle. (Gazid lui tourna le dos pour s'avancer jusqu'en haut de l'escalier, parlant sans tourner la tête.) J'en reviens à l'instant, mais elle doit être plongée jusqu'au cou dans sa commande, hein ? Elle me doit de l'argent, une *commission* pour lui avoir trouvé le *taf du siècle,* celui qui la fera manger jusqu'à la fin de ses jours. Elle doit être chez ce type, j'imagine ? En tout cas, moi, il me faut de la thune !

Isaac se frappa le crâne, exaspéré, et grimpa les marches à la suite de Gazid.

— Bordel, mais qu'est-ce que tu me chantes ? Quelle commande ? Elle est sur un boulot perso en ce moment.

— Ah ouais, bien sûr, c'est ça, convint Gazid avec une ferveur particulièrement distraite. Enfin peu importe, elle me doit de l'argent. Je suis aux abois, Zaac, je t'assure... File-moi un noble.

La colère commençait à gagner Isaac. Il agrippa Gazid, l'immobilisa. Son visiteur avait les bras décharnés typiques du drogué ; il ne sut que se débattre de façon pathétique sous sa poigne.

— Écoute-moi, Lucky, espèce de grosse *tache.* Je ne vois pas comment je pourrais te faire mal, tu es tellement cassé que tu tiens à peine debout ! Et comment oses-tu débarquer chez moi, espèce de junkie ?

— Oï ! s'écria Gazid, souriant à Isaac d'un air méprisant tout en interrompant sa tirade. Lin n'est peut-être pas là pour l'instant, mais moi, il me faut de la thune, et il faut que tu m'aides, autrement va savoir ce que je risque d'aller raconter ? Lin ne peut peut-être pas m'aider, mais toi si. Tu es son preux chevalier, sa grosse puce, elle, ta bête à bon Dieu…

Isaac ramena en arrière le battoir qui lui servait de main pour écraser son poing contre le visage de Gazid, qu'il envoya voler à plusieurs pas de là.

Gazid glapit de surprise et de terreur. Tentant de regagner l'escalier, il s'érafla les semelles sur le bois nu. Une étoile de sang lui ornait le nez. Isaac secoua ses phalanges ensanglantées et s'avança, outré, vers Gazid. Sa froideur n'avait d'égale que sa furie.

Tu crois que je vais te laisser me traiter ainsi ? songeait-il. *Tu crois pouvoir me faire chanter, espèce de petite merde ?*

— Bordel, Lucky, tu as intérêt à te tailler illico si tu ne veux pas que je t'arrache la tête !

Gazid se remit sur ses pieds à grand-peine et éclata en sanglots.

— Isaac, tu es barje, merde ! Je croyais qu'on était amis !

Sang, morve et larmes dégouttaient sur le plancher d'Isaac.

— Ouais, ben on dirait bien que tu t'es trompé, mon vieux. Tu es la dernière des crapules, et je…

Isaac quitta tout mépris pour ouvrir des yeux ronds.

Gazid s'était s'appuyé contre les cages vides sur lesquelles reposait la boîte de la chenille. La grosse larve s'était mise à gigoter, décrivant des sauts de carpe excités, se tortillant désespérément contre le grillage de devant, s'avançant vers Lucky Gazid avec des réserves d'énergie insoupçonnées.

Lucky chancelait, terrifié, attendant qu'Isaac termine sa phrase.

— Quoi ? geignit-il. Qu'est-ce que tu comptes faire ?

— La ferme, grinça Isaac.

La chenille était plus maigre qu'au jour de son arrivée, et ses ocelles extraordinaires s'étaient ternis, mais elle était à l'évidence en vie. Elle ondoyait sur le pourtour intérieur de sa petite cage, tâtant l'air comme un doigt d'aveugle, vacillant vers Gazid.

— Ne bouge pas, grinça Isaac avant de se rapprocher à pas mesurés.

Ce fut un Gazid terrifié qui lui obéit. Il suivit le regard d'Isaac ; ses yeux s'écarquillèrent à la vue de l'énorme larve tâtonnante qui s'écrasait sur la cage pour l'atteindre. Poussant un petit cri, il ôta vivement sa main et fit mine de reculer. La chenille changea aussitôt de direction, essayant de le suivre.

— Voilà qui est *fascinant*, lâcha Isaac.

Gazid leva les mains et s'agrippa le crâne, le secouant soudain avec violence comme s'il était plein d'insectes.

— Oh, mais qu'est-ce qui m'arrive ? bredouilla-t-il.

Isaac ressentait lui aussi le phénomène au fur et à mesure qu'il s'approchait. Des bouffées de sensations étrangères sinuaient à travers son cervelet telles des anguilles frétillantes.

En proie à une succession d'émotions soudaines qui n'étaient pas les siennes et lui bloquaient la gorge, il cligna des yeux et partit d'une quinte de toux. Il secoua la tête puis ferma les yeux, serrant fort les paupières.

— Gazid, jeta-t-il, tourne autour de la cage. Lentement.

Lucky Gazid s'exécuta. La chenille fit la culbute dans ses tentatives de se redresser, de le suivre, de le repérer.

— Qu'est-ce que ce truc me veut ? geignit-il.

— Ma foi, Lucky, je ne sais pas, lâcha Isaac d'une voix acerbe. Cette pauvre bête a *mal*, mon vieux. On dirait qu'elle est attirée par quelque chose que tu as sur toi. Vide tes poches, sans te presser. Ne t'en fais pas, je ne vais pas te faucher quoi que ce soit.

Gazid se mit à tirer des mouchoirs et des bandes de papier des replis de sa veste et de son pantalon maculés.

Après une hésitation, il plongea la main dans une poche intérieure pour la ressortir tenant deux gros plis.

La larve se déchaîna. Les éclats déroutants des sensations synesthésiques vinrent de nouveau tourbillonner dans les têtes de Gazid et d'Isaac.

— Bordel, mais qu'est-ce que tu trimballes ? jeta ce dernier entre ses dents serrées.

— Ça, c'est de la shazbah, avança Gazid d'un ton hésitant en agitant la première enveloppe devant la cage.

La chenille ne réagit pas.

— Et ça, de la colombine.

Gazid tendit le second pli au-dessus de la tête de la bestiole, qui parvint presque à se hisser sur son derrière pour l'atteindre. Ses gémissements pitoyables n'étaient pas audibles à proprement parler, mais fortement perceptibles.

— Nous y voilà ! dit Isaac. Ça y est ! Ce qu'elle veut, c'est de la colombine ! (Il tendit la main à Gazid et claqua des doigts.) Donne-moi ça.

Gazid hésita, puis tendit le paquet.

— J'ai beaucoup de matos là-dedans, vieux, gémit-il. Ça fait un sacré tas de flouze. Tu peux pas me le prendre comme ça…

Isaac soupesa la bourse. Dans les deux ou trois livres, estima-t-il. Il l'ouvrit. De nouveau, les plaintes émotionnelles jaillirent, perçantes, de la chenille. Isaac grimaça devant cette supplication poignante, inhumaine.

La colombine était un amas de concrétions marron, collantes, dont l'odeur évoquait le caramel brûlé.

— C'est quoi, ce truc ? demanda Isaac à Gazid. J'en ai entendu parler, mais je ne sais rien dessus.

— C'est nouveau, Zaac. Et très cher. Ça doit faire un an que c'est sur le marché. L'effet est… grisant.

— C'est-à-dire ?

— Je ne vois vraiment pas comment décrire ça. Tu en veux ?

— Non ! répondit sèchement Isaac, avant d'hésiter. Enfin… pas pour moi… Combien me coûterait ce paquet, Lucky ?

Gazid hésita à son tour, se demandant manifestement jusqu'où il pouvait pousser l'exagération.

— Euh… dans les trente guinées…

— Oh, arrête tes conneries, Lucky. Tu n'es vraiment qu'un poivrot, mon vieux… Je t'en offre… dix.

— Ça marche, répondit aussitôt Gazid.

Merde, se dit Isaac. *Je me suis fait avoir.* Il s'apprêtait à ergoter quand il changea soudain d'avis. Il considéra soigneusement Gazid qui, en phase avec son visage sanguinolent et luisant de morve, s'était remis à tituber.

— Très bien. Alors, d'accord… Dis-moi, Lucky, continua Isaac d'une voix égale, il m'en faudra peut-être d'autre, tu vois le truc ? Et si on reste en bons termes, toi et moi, il n'y a pas de raison pour que je ne te garde pas comme… fournisseur exclusif. Tu piges ? Mais si quoi que ce soit devait venir semer la discorde dans nos relations, ou si la méfiance s'installait, je serais forcé d'aller voir ailleurs. Compris ?

— Zaac, mon bon, n'en dis pas plus… On est associés, toi et moi, voilà.

— Tope là, approuva bruyamment Isaac.

Il n'était pas fou au point de croire qu'il pouvait se fier à Lucky Gazid, mais au moins, de cette façon, il resterait dans les bonnes grâces du bonhomme. Celui-ci serait peu enclin à mordre la main qui le nourrissait, pendant une certaine période, du moins.

Ça n'aura qu'un temps, songea Isaac, *mais ça me va pour l'instant.*

Il saisit l'un des morceaux humides dans leur emballage. De la taille d'une grosse olive, ils étaient enveloppés d'une sécrétion épaisse qui séchait à vue d'œil. Isaac souleva sur quelques centimètres le couvercle de la boîte de la chenille pour y laisser tomber la pépite de colombine. Il se mit à croupetons et observa la larve à travers l'avant grillagé.

Les paupières d'Isaac papillonnèrent, comme si des parasites d'énergie le parcouraient. L'espace d'un instant, il fut incapable de fixer son regard.

— Ouh là ! gémit Lucky Gazid derrière lui. J'ai quelque chose qui me trifouille dans la tête.

Isaac éprouva une brève nausée, puis fut consumé de l'extase la plus brûlante et la plus extrême qu'il eût jamais éprouvée. Au bout de moins d'une seconde, ces sensations inhumaines furent expulsées de lui en une diarrhée subite. Il eut l'impression qu'elles lui sortaient par le nez.

— Oh, par Baragouin ! glapit-il. (Sa vision avait fluctué, puis s'était précisée, atteignant une acuité inédite.) Petite crapule, murmura-t-il, tu es une sorte d'empathe, hein ?

Se sentant pareil à un voyeur, il contempla la chenille. La bestiole s'enroulait autour de la boulette de drogue à la façon d'un serpent étreignant sa proie. Ses mandibules s'étaient refermées de toute leur largeur autour de la colombine, dont elle se repaissait avec une avidité intense, touchant au lascif. De la salive s'échappait de ses mâchoires évasées. Elle dévorait sa pitance comme un enfant engloutit son fondant au caramel lors des Fêtes de Baragouin. La colombine disparaissait à vue d'œil.

— Putain de moine, dit-il, il va lui en falloir beaucoup plus que ça.

Il laissa choir cinq ou six autres petits losanges dans la cage. La chenille se vautra avec ravissement dans le monceau collant.

Isaac se redressa. Il considéra Lucky Gazid, qui contemplait ce spectacle et souriait béatement sans cesser de vaciller sur ses jambes.

— Mon vieux Lucky, on dirait que tu viens de me sauver mon expérience. Tu as toute ma reconnaissance.

— Je suis un sauveur, hein, Isaac ? (Gazid tournicota lentement en une pirouette sans grâce.) Sauveur ! Sauveur !

— Oui, on va dire ça, vieux. Et maintenant, chut. (Isaac jeta un coup d'œil à l'horloge.) Il faut vraiment que j'avance dans mon travail, alors fais-moi plaisir, hein ? File. Sans rancune, Lucky... (Il hésita d'abord, puis tendit la main.) Désolé pour ton nez.

— Hein ? (Gazid paraissait surpris ; il tâta son visage ensanglanté.) Bon, ben... c'est pas tout ça.

Isaac s'éloigna en direction de son bureau.

— Bouge pas. Je vais te chercher ton flouze. (Il fourragea dans ses tiroirs, finit par trouver son portefeuille, en tira une guinée.) Attends, j'en ai autre part. Encore un peu de patience...

Isaac s'agenouilla près du lit et entreprit d'écarter des piles de papiers, rassemblant les fifrelins et les shekels qu'il exhumait.

Gazid plongea la main dans le paquet de colombine resté sur la boîte de la chenille. Il regarda pensivement Isaac qui, le nez par terre, farfouillait sous le lit. Gazid cueillit deux boulettes de colombine et jeta un coup d'œil en direction d'Isaac pour vérifier qu'il ne regardait pas. Non. Il était en train de dire quelque chose sur un ton anodin. Le matelas au-dessus de lui étouffait ses paroles.

Gazid s'avança vers le lit d'un pas nonchalant. Tirant un emballage de bonbon de sa poche, il en enveloppa l'une de ses doses de colombine, qu'il laissa retomber dans son vêtement. Un sourire idiot s'épanouit sur ses traits à la vue du deuxième morceau.

— Tu devrais connaître les substances que tu prescris, Isaac, murmura-t-il. C'est ça, l'éthique professionnelle...

Il gloussa, ravi.

— Qu'est-ce qui t'arrive ? brailla Isaac en se tortillant

pour sortir de sous le lit. J'ai trouvé. Je savais que j'avais de l'argent dans la poche d'un de ces pantalons…

Lucky Gazid avait soulevé d'un geste vif le haut du sandwich au jambon qui reposait à demi terminé sur le bureau, et glissé la colombine dans un tas de moutarde, sous une feuille de laitue. Ayant remis la moitié de pain en place, il se recula du bureau.

Isaac se releva et se tourna vers lui, souriant et couvert de poussière. Il serrait dans ses mains un assortiment de notes et de la menue monnaie.

— Tiens, ça fait dix guinées. Par la queue, tu marchandes comme un vrai pro !

Gazid s'empara de l'argent qu'on lui tendait et battit rapidement en retraite dans l'escalier.

— Ben, merci, Zaac. Tu m'as rendu un fier service.

Isaac fut quelque peu décontenancé.

— Très bien. Je te contacterai si j'ai encore besoin de colombine, d'accord ?

— Ouais, mon frère, ça roule.

Gazid était déjà pratiquement sorti de l'entrepôt, et tirait la porte derrière lui en agitant hâtivement le bras. Alors qu'il s'éloignait, sa silhouette émit une série de gloussements grotesques, petit rire intermittent qui se perdit dans les ténèbres.

Par la queue du diable ! songea Isaac. *Quelle épave… Je déteste me colleter avec des junkies.*

Il secoua la tête, puis s'en retourna à pas lents jusqu'à la cage de la chenille.

La pupe s'attaquait déjà au deuxième morceau gluant de drogue. Des vaguelettes imprévisibles de bonheur insectoïde se répandaient dans le cerveau d'Isaac. La sensation était déplaisante. Il battit en retraite. Sous ses yeux, la chenille interrompit sa mastication pour se nettoyer avec soin, ôtant le résidu poisseux. Après quoi elle se remit à manger, se salissant de nouveau, puis se re-pomponnant.

— Tu es prévisible, ma petite saleté, marmonna Isaac. C'est bon, ce que je te donne ? Ça te plaît, hein ? Extra.

Il se rapprocha de son bureau pour attraper son propre dîner. S'étant retourné, il contempla la petite forme multicolore toute torse tout en avalant une bouchée du sandwich durci et une gorgée de chocolat.

— Alors, bordel, tu vas te changer en quoi ? marmotta-t-il à son expérience ambulante.

Il mangea le reste du sandwich, faisant la grimace devant le pain presque rassis et la salade au goût de moisi. Au moins, le chocolat était bon, lui.

Il s'essuya la bouche et repartit vers la cage de la chenille, se blindant mentalement contre ces vagues d'empathie si singulières. S'accroupissant, il observa la petite créature qui se gorgeait de nourriture. Difficile à dire avec certitude, mais il avait l'impression que ses couleurs avaient déjà repris du poil de la bête.

— Tu seras un bon boulot d'appoint, ma fille. Tu m'empêcheras de faire une obsession totale sur la théorie de la crise. Hein, tu veux bien, ma petite crapule gigotante ? Tu n'apparais dans aucun livre, tu sais ? Timide, peut-être ?

Un souffle de psychisme tordu frappa Isaac comme un carreau d'arbalète. Il tituba et tomba à la renverse.

— Aïe ! criailla-t-il, et de se tortiller pour s'écarter de la cage. Je ne supporte pas tes jérémiades, ma fille !

Il se remit sur pied et recula tout en se frottant le crâne. Au moment où il parvenait à hauteur du lit, une nouvelle secousse d'émotions étrangères vint lui pulser violemment sous le crâne. Ses jambes le lâchèrent et il tomba à côté du lit, se serrant les tempes.

— *Et merde !* (Il était inquiet.) C'est trop, tu deviens bien trop forte…

Subitement, il fut incapable de parler. Il se figea en

un soubresaut : un troisième assaut lui noyait les synapses. Là, c'était différent de tout à l'heure, comprit-il. Ce n'étaient plus les petites récriminations psychiques bougonnes de l'étrange larve qui se trouvait à trois mètres de lui. Et il avait la bouche desséchée, soudain, percluse de relents de salade moisie. D'humus. De compost. De vieux cake aux fruits.

De moutarde grumeleuse.

— Oh non, marmonna-t-il. (Sa voix vacillait sous l'effet de cette prise de conscience.) Oh non, non, non ! Gazid, enfoiré de mes deux, espèce de grosse merde ! Je vais te *démolir*, bordel !

Il s'agrippa au bord du lit de ses mains secouées de spasmes. Il transpirait. Sa peau était comme de la pierre.

Couche-toi dans le lit, s'enjoignit-il, accablé. *Fourre-toi sous les draps et laisse-toi emporter jusqu'au bout de ce truc. Des milliers de gens le font tous les jours* pour le plaisir, *par Baragouin…*

La main d'Isaac rampait comme une tarentule droguée le long des replis de la couverture. Il ne parvenait pas à se figurer le meilleur moyen de se glisser dessous, à cause de la façon dont elle se repliait sur elle-même, et autour des draps – les deux gammes de froissements étaient si similaires. Il fut soudain convaincu que chacune relevait de la même immense unité de tissu, et que la diviser aurait des effets désastreux, si bien qu'il fit rouler sa masse sur tout ça, pour se retrouver nageant dans des replis tortueux de coton et de laine. Il actionna énergiquement les bras de haut en bas en un mouvement infantile, taillant et battant l'air comme un petit chien tout en se léchant les lèvres – il était saisi d'une soif prodigieuse.

Regarde-toi, espèce de crétin, cracha, méprisante, une part de son esprit. *Quel manque de dignité !*

Mais il n'y prit pas garde. Il se contenta de faire doucement du surplace sur le lit, haletant comme un animal à l'agonie, tendant expérimentalement le cou, les yeux exorbités.

Une pression montait au fond de son esprit. Il avait sous les yeux une grosse porte, une grosse porte de cave, découpée dans le mur du recoin le plus ignoré de son cervelet. On grattait à cette porte. Quelque chose essayait de sortir.

Vite, songea-t-il, *mets le verrou…*

Mais il sentit s'accroître la force de la chose inconnue qui se débattait pour sortir. La porte était un furoncle, débordant de pus, au bord de l'explosion, un chien sans visage aux muscles énormes, qui tirait, menaçant et silencieux, sur ses chaînes, une mer battant sans relâche contre un môle au bord de l'effondrement.

Dans l'esprit d'Isaac, quelque chose s'ouvrit.

16

le soleil qui se déverse comme une pluie et je m'en repais des bourgeons jaillissent de mes épaules et de ma tête la chlorophylle me court revigorante à travers l'épiderme et je lève de vastes bras hérissés de piquants

me caresse pas comme ça espèce de porc je suis pas prête

Vise-moi ces pistons! Je les trouverais superbes s'ils ne me forçaient pas à trimer autant!

est-ce que

J'ai l'honneur de t'annoncer que ton père a consenti à nos épousailles

est-ce que c'est un

et me voilà nageant sous toute cette eau sale vers la masse noire du bateau en surplomb pareille à un gros nuage je respire de l'eau crasseuse qui me fait tousser et mes pieds palmés me propulsent vers

est-ce que c'est un rêve?

lumière peau pitance air métal sexe malheur feu champignons toiles navires torture bière grenouille piquants ammoniaque violon encre éperon sodomie argent ailes baies-couleurs dieux tronçonneuse os énigmes bébés béton crustacés échasses entrailles neige opacité

Est-ce que c'est un rêve?

Mais Isaac savait qu'il n'en était rien.

Une lanterne magique lui dansait dans la tête, le bombardant d'une succession d'images. Rien à voir avec un zoëtrope et son anecdote visuelle sans cesse répétée. C'était le pilonnage trépidant d'instants infiniment variés. Il était mitraillé d'un million d'étincelles de temps. Chaque existence fractionnée vibrait en s'enchaînant à la suivante – il écoutait aux portes de la vie d'autres êtres. Il parlait le langage chymique des larmes de la Khépri pleurant parce que sa Man-nichée l'avait réprimandée ; puis il reniflait de mépris, parce que lui, le palefrenier en chef, était forcé d'écouter les excuses foireuses du nouveau petit gars ; il refermait sa paupière intérieure translucide en s'enfonçant dans les eaux froides, revigorantes, des torrents de montagne ; il battait des pieds pour rejoindre les autres Vodyanoi en pleine orgie copulatoire, et…

— Oh, Baragouin…

Il entendit sa voix depuis les profondeurs cacophoniques de cette offensive émotionnelle. Les impressions ne cessaient de se multiplier et elles arrivaient si vite, se superposant, se fondant bord à bord… c'était au point que deux ou trois instants de vie se déroulaient en même temps.

La lumière était éclatante, quand il faisait jour ; certains visages, précis ; d'autres, flous et invisibles. Chaque éclat de vie distinct se mouvait avec une précision prodigieuse, symbolique. Chacun était gouverné par une logique onirique. Dans une poche analytique de son esprit, Isaac savait qu'il ne s'agissait pas, qu'il ne pouvait s'agir là de résidus d'histoire coagulés, puis distillés, jusque dans cette résine collante. Leur défilement était trop fluide. Sagacité et réalité s'entremêlaient. Il n'était pas tombé dans l'abîme d'autres vies, mais d'autres esprits. Il était un voyeur, espionnant le dernier refuge de ceux que l'on harcèle : tout cela, c'étaient des souvenirs. Des rêves.

Arrosé par une vanne psychique, Isaac se sentait tout embrouillé. Il n'y avait plus de succession, plus un deux trois quatre cinq six moments d'états d'esprits envahissants, qui se seraient mis en place une seconde pour se voir illuminés à la lueur de sa propre conscience. Non, désormais, il nageait dans la fange, dans cette fosse d'aisance visqueuse grouillant de sucs oniriques qui s'écoulaient les uns dans les autres, les uns hors des autres, qui n'avaient plus d'intégrité, qui vomissaient des logiques et des images embrassant des vies, des sexes et des espèces tout entiers, au point que lui-même parvenait à peine à respirer, qu'il était en train de s'étouffer dans l'étoffe enveloppante dont sont faits les rêves et les espoirs, dans ces souvenirs et réflexions qui ne lui avaient jamais appartenu.

Son corps n'était qu'un tas flasque d'effluent mental ; quelque part au loin, il gémissait et oscillait sur le lit en un gargouillis liquide.

Isaac chavira. Au sein flou de cet assaut dansant d'émotions et de drames, il y avait un courant fin, constant, de haut-le-cœur mâtinés de crainte qu'il reconnut pour sien. Il se débattit à travers la bourbe des drames mentaux imaginés et rejoués pour progresser dans cette direction. S'étant senti toucher le timide goutte-à-goutte de dégoût qui était indiscutablement ce que *lui* éprouvait en cet instant, il raffermit sa prise, se centrant dessus…

Isaac s'agrippait avec une ferveur absolue.

Ballotté par les rêves qui l'entouraient, il s'accrochait à ce noyau vital : il volait au-dessus d'une ville hérissée, petite fille de six ans s'esclaffant, ravie, dans un langage qu'il n'avait jamais entendu mais comprenait l'espace d'un instant comme s'il était le sien ; plongé dans le songe licencieux d'un jeune garçon pubescent, il tressautait, pris d'une excitation inexperte ; il traversait des estuaires à la nage, visitait d'étranges grottes, menait des luttes rituelles. Il errait à travers le veldt aplati de l'esprit cactacé enclin à la rêverie. Les maisons morphaient autour de lui avec cette logique onirique qui semblait partagée par toutes les races sentientes de Bas-Lag.

Nouvelle-Crobuzon apparaissait çà et là, dans des formes rêvées, une géographie remémorée ou imaginaire ; certains détails étaient exacerbés, d'autres manquaient : de vastes vides entre les rues, qui se voyaient balayés en quelques secondes.

Il y avait d'autres cités, pays et continents, dans ces rêves. Certains n'étaient à coup sûr que fictifs, nés d'un papillonnement de paupières. D'autres semblaient munis de références – les nœuds oniriques menaient alors en des lieux palpables, des villes, bourgades et villages aussi réels que Nouvelle-Crobuzon, et présentant des argots et des architectures qu'Isaac n'avait jamais entendus ni vues.

L'océan de rêves dans lequel il nageait, comprit-il, était constitué de gouttes venues de très loin.

Non, corrigea-t-il du fond de son esprit impuissant, pas tant un *océan* qu'une sorte de potage. Il s'imagina mâchant, impassible, les tendons et les abats d'esprits étrangers, autant de bouts rances de nourriture onirique flottant dans un léger brouet de semi-souvenirs. Isaac fut pris d'une nausée mentale. *Si je vomis ici,* pensa-t-il, *j'aurai la tête à l'envers.*

Ces souvenirs et ces rêves lui parvenaient par vagues. Des marées les charriaient en des flux thématiques. Quoique ballotté par ces déferlements impromptus, il suivait des flux reconnaissables, dans son parcours de panoramas mentaux. Là, il succombait au courant de songes fiduciaires : un flot de souvenirs de fifrelins, de dollars, de têtes de bétail, de coquillages peints et de pierres de promesses.

Là, il roulait dans une déferlante de rêveries grivoises : des hommes cactacés éjaculant sur la terre, le long des rangées d'ovulbes plantées par les femmes ; des Khépri s'oignant mutuellement en leurs orgies sororales ; des prêtres humains voués au célibat caressant leurs fantasmes charnels illicites, coupables.

Emporté, il virevolta dans un petit vortex de cauchemars anxieux. Il se retrouva jeune fille humaine partant nue à l'école à la veille de l'examen ; Vodyanoi aquartant, dont le cœur battait la chamade devant l'eau saline, piquante, venue de la mer, qui se rejetait dans sa rivière ; acteur planté, muet, sur scène, incapable de se remémorer une seule ligne de son texte.

Mon esprit est un chaudron bouillonnant, se dit-il, *et tous ces rêves débordent.*

La soupe d'idées jaillissait, de plus en plus avide et de plus en plus rapide. Isaac se concentra sur cette rime et tâcha de s'y accrocher, se polarisant dessus et l'investissant comme s'il s'agissait d'un prodige, psalmodiant *avide et rapide avide et rapide avide et rapide*... pour tenter d'ignorer ce barrage, ce torrent d'effluves psychiques.

Ce fut peine perdue. Il n'y avait pas d'échappatoire : les rêves se trouvaient dans son esprit. Il avait rêvé qu'il rêvait ceux des autres, et découvrait que le sien était réel.

Il ne lui restait plus qu'à tâcher de se rappeler, avec une intensité fébrile, lequel était le sien.

Un cui-cui effréné, issu de tout près, s'était infiltré à travers l'un des écheveaux d'images qui soufflaient par rafales dans la tête d'Isaac, puis avait crû en intensité jusqu'à y devenir le thème dominant.

Soudain, tous les rêves cessèrent.

Isaac ouvrit les yeux trop vite, jurant devant la souffrance qui s'engouffrait dans sa tête avec la lumière. Il leva la main et la sentit pendre contre son crâne telle une grosse pagaie informe. Il la posa lourdement sur ses paupières.

Les songes avaient cessé. Il risqua un œil à travers ses doigts. Il faisait jour. Le soleil brillait.

— Par… par le cul de Baragouin… murmura-t-il.

Ce simple effort lui avait donné la migraine.

Quelle absurdité. Il n'avait pas la moindre impression d'avoir perdu le sens de la durée. Il conservait un souvenir précis de tout. Sa mémoire immédiate semblait même exacerbée. Il avait la nette sensation d'avoir dodeliné, transpiré et gémi sous l'influence de la colombine pendant environ une demi-heure, pas plus. Et pourtant il était… – Il lutta pour soulever les paupières, jetant un regard de biais à l'horloge – … il était sept heures et demie du matin. Des heures et des heures s'étaient écoulées depuis qu'il avait fait l'effort de se mettre au lit.

Il se redressa sur les coudes pour s'inspecter. Sa peau, d'ordinaire mate, était luisante et grise. Il avait un goût nauséabond dans la bouche. Il avait dû passer toute la nuit étendu sans bouger : le lit était un peu froissé, guère plus.

Le chant d'oiseau terrifié qui l'avait réveillé résonna de nouveau. Isaac secoua la tête, irrité, et en chercha la source. Un oiseau minuscule décrivait des cercles désespérés en l'air, sur le pourtour de l'entrepôt. C'était, saisit-il, l'un des fugitifs réticents de la veille au soir – un roitelet, à l'évidence effrayé par quelque chose. Comme Isaac tournait la tête pour comprendre la raison de cette nervosité, le corps reptilien élancé d'un cornu fila d'un linteau à un autre tel un carreau d'arbalète. Il avait cueilli au passage le petit oiseau, dont les cris se turent brusquement.

Isaac descendit de son lit d'un mouvement malhabile et décrivit des cercles confus.

— Des notes, s'enjoignit-il. Prends des notes.

Il saisit plume et papier sur son bureau et entreprit de griffonner ses souvenirs du voyage en colombine.

— Bordel, qu'est-ce que c'était ? chuchota-t-il tout seul sans cesser d'écrire. Il y a quelque part un type hyper-doué pour reproduire la biochymie des rêves, ou pour aller les puiser à la source… (Il se frotta de nouveau la tête.) Mais quelle sorte de chose peut bien faire son ordinaire d'un tel truc ?

Isaac se leva pour considérer sa chenille captive.

Il demeura fort immobile. Sa bouche s'ouvrit de façon idiote, puis se referma, se rouvrit, et parvint enfin à formuler des mots.

— Oh nom de… Bordel… Merde !

Lentement, nerveusement, il traversa la pièce d'un pas mal assuré, hésitant à admettre la vision qu'il avait sous les yeux. Il s'approcha de la cage.

À l'intérieur, une masse colossale de chair éruciforme aux couleurs magnifiques se tortillait, chagrine. Isaac se campa, mal à l'aise, au-dessus de l'énorme chose. Il sentait dans l'éther autour de lui des petites vibrations de tristesse non humaine.

La chenille avait au moins triplé de volume au cours de la nuit. Elle mesurait à présent plus de trente centimètres, et avait épaissi dans les mêmes proportions. La magnificence fanée de ses taches colorées avait retrouvé sa brillance et son luisant initiaux. Avec les intérêts. À l'extrémité de sa queue, les poils d'apparence collante étaient désormais des piquants à l'air malintentionné. Elle ne disposait plus que de quinze centimètres de marge de chaque côté du clapier, dont elle triturait faiblement les côtés.

— Mais qu'est-ce qui t'est arrivé ? grinça Isaac.

Il recula pour contempler l'animal, qui agitait en l'air sa tête aveugle. Il réfléchit rapidement, se représenta le nombre de losanges de colombine qu'il lui avait donnés à manger. Ayant tourné la tête, il se rendit compte que l'enveloppe contenant tout le reste de son stock de drogue se trouvait toujours là où il l'avait laissée, intacte. La chose n'était pas sortie s'en repaître. Il était impossible, comprit-il, que les petites boulettes qu'il avait laissées dans le clapier aient contenu en quoi que ce soit la quantité de calories nécessaire pour que la chenille grossisse autant en une nuit. Même à supposer qu'elle ait grandi d'un gramme pour chaque gramme de drogue absorbé, ça n'aurait pas représenté une telle croissance.

— Quelle que soit l'énergie que tu retires de ton dîner, elle n'est pas physique, murmura-t-il. Mais qu'est-ce que tu es donc, au nom de Baragouin ?

Il fallait sortir cette chose de la cage. Elle avait l'air si misérable, à battre l'air inutilement ainsi dans ce petit espace. Isaac hésita, légèrement effrayé et quelque peu dégoûté à l'idée de toucher ce truc extraordinaire. Il finit par soulever la boîte, chancelant sous ce poids incroyablement magnifié, pour la maintenir juste au-dessus d'un contenant beaucoup plus large, une mini-volière posée par terre, d'un mètre cinquante de haut, grillagée à l'avant, qui lui restait de ses expériences, et qui avait hébergé une petite famille de canaris. Il ouvrit le battant de devant et laissa choir la grosse larve dans la sciure, puis referma et verrouilla la grille à la hâte.

Reculant d'un pas, il considéra sa prisonnière relogée.

Elle le regardait droit dans les yeux, maintenant, et il percevait ses supplications enfantines : *manger !*

— Hé, du calme ! dit-il. Moi non plus, je n'ai pas encore pris mon petit déjeuner !

Il battit en retraite, troublé, puis se retourna et se dirigea vers son coin à vivre.

Au cours de son repas de fruits et de brioches, Isaac prit conscience que les effets de la colombine se résorbaient très rapidement. *C'est peut-être la pire gueule de bois qui soit au monde,* pensa-t-il avec une ironie désabusée, *mais ça part en une heure de temps. Pas étonnant que les habitués en redemandent !*

À l'autre bout de la pièce, les trente centimètres et quelques de la chenille farfouillaient dans le sol de leur nouvelle cage. L'animal fureta misérablement dans la poussière, puis se redressa une nouvelle fois pour agiter la tête en direction du paquet de colombine.

Isaac s'assena une claque.

— Oh, par le trou du cul du Diable !

Il était partagé entre de vagues sensations de malaise et une curiosité expérimentale. Une excitation puérile, comme celle des petits garçons et des petites filles qui brûlent des insectes avec une loupe sous le soleil. Il se leva, plongea une longue cuiller en bois dans l'enveloppe donnée par Gazid, et amena la masse coagulée à la chenille, qui dansa presque d'excitation à la vue, l'odeur… – la sensation, en tout cas – de la colombine approchant. Isaac ouvrit la petite trappe destinée à l'alimentation des oiseaux et laissa tomber la drogue derrière le grillage. Aussitôt, la chenille se jeta tête la première sur le monceau de boulettes. Elle avait la bouche assez vaste, à présent, pour qu'on la voie précisément en action. Elle se déploya pour mâcher voracement le puissant narcotique.

— Ça, dit Isaac, c'est la cage la plus grande que tu auras, alors calme-toi côté croissance, d'accord ?

Il partit s'habiller sans détacher les yeux de la bestiole qui s'alimentait.

Isaac souleva et renifla les divers vêtements éparpillés dans la pièce. Il enfila une chemise et un pantalon qui ne sentaient pas et qui présentaient le moins de taches possible.

Tu ferais bien de te rédiger une liste de trucs qui pressent, songea-t-il sombrement. *En haut de laquelle tu inscriras : tabasser à mort Lucky Gazid.* Il se rendit jusqu'à son bureau d'un pas lourd. Le diagramme triangulaire de la Théorie du Champ Unifié dessiné pour Yagharek se trouvait en haut de la pile « à faire ». Isaac le scruta avec une moue désapprobatrice. L'ayant soulevé, il regarda pensivement en direction de la chenille, toujours joyeusement occupée à mâcher. Il y avait quelque chose d'autre qu'il devait faire ce matin-là.

Ça ne sert à rien de le remettre à demain, songea-t-il à regret. *Va savoir, tu parviendras peut-être à déblayer le terrain pour Yag et à en apprendre un peu plus sur notre petite copine ici présente…*

Il poussa un profond soupir et se roula les manches, puis s'assit devant une glace pour se livrer à un auto-examen sommaire. Il se passa maladroitement les doigts dans les cheveux, trouva une nouvelle chemise plus propre, qu'il enfila à la place de la première ; il exsudait l'amertume.

Il griffonna une note pour David et Lublamai, s'assura que sa bestiole géante était bien enfermée et incapable de s'échapper. Après quoi il descendit l'escalier et, épinglant son message sur la porte, pénétra dans une journée claire, pleine de lames de lumière acérées.

Isaac poussa un nouveau soupir puis se mit en quête d'un fiacre matinal afin de se rendre à l'université, auprès du meilleur biologiste, philosophe de la nature et bio-thaumaturge qu'il connaissait : l'infect Montaigu Vermishank.

17

Partagé entre nostalgie et malaise, Isaac franchit le seuil de l'Université de Nouvelle-Crobuzon. Les bâtiments n'avaient que peu changé depuis l'époque où il enseignait. Les diverses facultés et sections parsemaient le Pré-aux-langues d'une architecture grandiose qui éclipsait le reste du quartier.

La cour de devant de l'énorme et ancienne Faculté des Sciences était couverte d'arbres en pleine défloraison. Ce fut dans un blizzard de pétales d'un rose criard qu'Isaac foula ces sentiers usés par des générations entières d'étudiants. Il grimpa d'un pas preste les marches blanchies et poussa les immenses portes.

Isaac brandissait des papiers universitaires qui n'étaient plus valables depuis sept ans, mais il n'aurait pas dû prendre cette peine. Le portier qui se trouvait derrière le bureau était Laîche, un bonhomme chenu et pourtant sans une once de jugeote; son engagement sur place avait de loin précédé celui d'Isaac, et il semblait parti pour rester là jusqu'à la fin des temps. Il salua ce visiteur comme il le faisait toujours, au cours de ses visites irrégulières: un marmonnement incohérent signifiant qu'il l'avait reconnu. Isaac lui serra la main et prit des nouvelles de sa famille. Il avait de quoi être reconnaissant envers Laîche, sous les yeux laiteux duquel il avait chapardé moult pièces d'équipement de laboratoire coûteux.

Isaac grimpa d'un pas vif les marches sur lesquelles se tenaient des groupes d'étudiants, occupés à fumer, à discuter, à écrire. Des Humains, dans leur écrasante majorité. Mâles. Il y avait néanmoins de-ci, de-là quelques groupes soudés de jeunes Xénians, de femmes, ou les deux à la fois. Certains étudiants étaient plongés dans des débats théoriques au volume ostentatoire. D'autres prenaient des poignées de notes en marge de leurs cahiers tout en suçant des cigarillos maison roulés dans un tabac âcre. Isaac dépassa un groupe assis à croupetons au fond d'un couloir, occupé à pratiquer ce qu'il venait juste d'apprendre : tous s'esclaffaient devant le minuscule homuncule de foie moulu qu'ils avaient fabriqué, et qui dégringola quatre marches avant de s'écrouler en un amas de miettes convulsives.

Le nombre des étudiants diminua autour de lui au fur et à mesure qu'il progressait dans les étages et les couloirs. À sa grande irritation et à son grand dégoût, Isaac constata que les battements de son cœur s'accéléraient à l'approche de son patron d'antan.

Il longea les épais lambris en bois de fer de l'aile administrative de la Faculté des Sciences et s'avança vers le bureau situé tout au bout, qui annonçait à l'or fin : *Directeur : Montaigu Vermishank.*

Isaac s'arrêta devant la porte et tambourina nerveusement. Il était plongé dans une grande confusion émotionnelle : il devait s'efforcer de concilier une colère et une répugnance remontant à une décennie avec un ton de voix conciliateur, non conflictuel. Il prit une profonde inspiration, puis se mit de côté, et, ayant frappé un coup sec, ouvrit la porte et entra.

— Pour qui vous pre…, protesta l'homme assis derrière le bureau, avant de s'arrêter net : il avait reconnu

Isaac. Ah, lâcha-t-il après un long silence. Bien sûr. Isaac. Asseyez-vous, voyons.

Isaac s'assit.

Montaigu Vermishank était en train de prendre son déjeuner. Ses épaules et sa figure livide étaient penchées au-dessus de son énorme bureau. Derrière lui se trouvait une petite fenêtre. Elle donnait sur les larges avenues et les vastes demeures de Mafaton et de Chnum, mais un rideau d'aspect peu engageant la voilait, étouffant la lumière.

Vermishank n'était pas gras à proprement parler, mais recouvert, des bajoues jusqu'aux jambes, d'une légère couche en trop, un emmaillotage de chair morte évoquant celle d'un cadavre. Il était engoncé dans son costume, et sa peau d'une blancheur de nécrose lui faisait des plis aux poignets. Sa maigre chevelure avait été brossée et brushée avec une ferveur névrotique. Il était en train d'absorber un consommé grumeleux. Il y plongeait régulièrement un pain mal cuit pour sucer le magma qui en résultait, mâchant mais sans mordre, écrasant et malaxant la mie maculée par la salive qui dégouttait, jaunâtre, sur son bureau. Ses yeux sans couleur évaluaient Isaac.

Celui-ci le regarda, mal à l'aise, et se félicita de sa peau lisse, couleur de bois où le feu couve.

— J'allais vous houspiller d'avoir oublié de frapper, et vous dire de prendre rendez-vous, mais puisque c'est vous… Bien sûr. Les règles habituelles ne s'appliquent pas. Comment allez-vous, Isaac ? Vous faut-il de l'argent ? Vous avez besoin d'un travail de recherche ? demanda Vermishank dans son habituel filet de voix cacochyme.

— Non, non, rien de tout ça ; je vais assez bien, en fait, Vermishank, dit Isaac avec une bonhomie forcée. Et vous, comment va votre travail ?

— Oh, bien, bien. Je fais un article sur la bio-ignition.

J'ai isolé le collet pyrotique des Bès-à-feu. (Un long silence plana.) Très excitant, chuchota Vermishank.

— Ça m'en a tout l'air, ça m'en a tout l'air, fit mine de s'enthousiasmer Isaac.

Ils se dévisagèrent. Isaac ne voyait plus aucune banalité à proférer. Il détestait et respectait tout à la fois Vermishank. Une combinaison déstabilisante.

— Donc, euh… Bref, dit Isaac, pour être franc, je suis venu vous demander votre aide.

— Ho oh.

— Moui. Comprenez, je travaille sur quelque chose qui sort un peu de mon domaine habituel… Je suis meilleur en théorie qu'en recherche pratique, vous le savez…

— Oui…

La voix de Vermishank transpirait une ironie insondable.

Espèce de fumier, songea Isaac. *C'est trop facile…*

— Bien, dit-il avec lenteur. Eh bien, il s'agit… Je veux dire, il *pourrait* s'agir, encore que j'en doute… d'un problème de bio-thaumaturgie. Je voulais vous demander votre avis en tant que professionnel.

— Ha ah.

— Oui. Ce que je voulais savoir, c'est si… si l'on peut faire appel à la Recréation pour faire voler quelqu'un.

— Ooh. (Vermishank s'appuya au dossier de son siège et se tapota le pourtour des lèvres au moyen d'une tranche de pain. L'espace d'un instant, il arbora une moustache de miettes. Ayant croisé ses doigts boudinés devant lui, il tambourina sur le dos de sa main.) Voler, ah oui ?

Sa voix avait adopté des accents excités dont elle était dénuée jusque-là. Il avait peut-être voulu piquer Isaac au vif avec son mépris, mais ne pouvait s'empêcher de se passionner pour les problèmes scientifiques.

— Moui. Je veux dire, est-ce déjà arrivé ?

— Oui… Oui, ç'a déjà été fait.

Vermishank hocha lentement la tête sans détacher les yeux d'Isaac, qui se redressa sur sa chaise pour récupérer un carnet de notes dans sa poche.

— Ah, oui ? Vraiment ?

Les yeux de Vermishank se perdirent dans le vague : il réfléchissait plus intensément.

— Oui… Pourquoi, Isaac ? Quelqu'un est-il venu vous voir en vous demandant de le faire voler ?

— Je ne peux vraiment pas… euh, divulguer…

— Bien sûr, je comprends. Bien sûr. Parce que vous êtes un professionnel. Et je vous respecte pour cela.

Vermishank sourit négligemment à son visiteur.

— Alors…, hasarda Isaac, avez-vous des précisions à me donner ?

Il avait serré les dents avant de parler, pour contrôler les tremblements de son indignation. *Va te faire foutre, espèce de gros pervers paternaliste*, songea-t-il furieusement.

— Oh ho… Eh bien…

Isaac se contorsionna d'impatience tandis que Vermishank levait pesamment la tête pour faire appel à ses souvenirs.

— Il existait un bio-philosophe, il y a des années de ça, à la fin du siècle dernier, du nom de Calligine. Il s'est fait Recréer. (Vermishank secoua la tête, paré d'un sourire affectueux et cruel.) Une idée folle, en fait, mais il semble que ça ait fonctionné. D'énormes ailes mécaniques qui se déployaient comme des éventails. Il a écrit un opuscule à ce sujet. (Il étira la tête au-dessus de ses épaules charnues, jeta un vague coup d'œil aux rayonnages qui tapissaient ses murs, puis agita une main flasque qui aurait pu signifier absolument n'importe quoi à propos des écrits de Calligine.) Vous ne connaissez donc pas la suite ? Vous n'avez jamais entendu la chanson ?

Isaac plissa les yeux, perplexe. Vermishank entonna

quelques mesures d'une voix de ténor nasillarde, épouvantable :

— *Donc Calli vola haut/Sur ses ailes en ombrelle/ S'en alla dans le ciel/En laissant sa Margot/Il fila vers l'orient/Disparut sur les terres/des Êtres Effrayants...*

— Oui, bien sûr que j'ai déjà entendu ça ! dit Isaac. Sans jamais savoir qu'il s'agissait d'un personnage *réel...*

— Ma foi, il me semble que vous n'avez jamais suivi mon cours d'Introduction à la Bio-Thaumaturgie, non ? Si je me souviens bien, vous avez fait environ deux trimestres du Cours Intermédiaire, bien après. Vous avez raté ma première séance. C'est l'histoire dont je me servais pour allécher nos jeunes chasseurs de savoir blasés, afin de les mettre sur la voie de cette noble science.

Vermishank avait parlé sur un ton totalement pince-sans-rire. Isaac sentit son dégoût lui revenir. Avec les intérêts.

— Calligine a disparu, continua Vermishank. Il est parti sur ses ailes vers le sud-ouest, vers la Tache Cacotopique. On ne l'a jamais revu.

Un nouveau long silence.

— Euh... C'est tout ? dit Isaac. On n'en sait pas plus ? Comment lui a-t-on fixé ces ailes ? A-t-il pris des notes au fil de ses expériences ? Comment se présentait la Recréation ?

— Oh, ç'a dû être horriblement difficile, je dirais. Calligine a sûrement été forcé d'en passer par plusieurs sujets expérimentaux avant d'additionner deux et deux... (Vermishank sourit jusqu'aux oreilles.) Il a sans doute demandé l'aide du Maire Mantagonie. À mon avis, certains condamnés à mort ont vécu quelques semaines de plus qu'ils ne le croyaient. Il ne s'est pas étalé sur cette partie de son exploit. Mais il paraît logique, me semble-t-il, qu'il ait dû en passer par plusieurs tentatives avant de parvenir à ses fins. Car il fallait connecter le mécanisme à des os, des muscles, et j'en passe, qui n'ont pas la moindre idée de ce qu'ils sont censés faire…

— Mais si les muscles et les os *savent* ce qu'ils sont censés faire ? Qu'adviendrait-il si un… un calovire, disons, se faisait couper les ailes ? Pourrait-on les remplacer ?

Vermishank considérait passivement Isaac. Ni sa tête ni ses yeux ne bougeaient.

— Ha…, lâcha-t-il finalement d'une voix faible. On pourrait se dire que l'opération est plus aisée, mmm ? En théorie, certes, mais en pratique, c'est encore plus ardu. J'ai moi-même tenté quelques petites choses sur des oiseaux et sur… eh bien, ma foi, des choses volantes. Tout d'abord, en théorie, c'est parfaitement possible, Isaac. Il n'y a presque aucun résultat auquel on ne puisse aboutir grâce à la Recréation. Ça suppose juste de tout brancher au bon endroit, et de modeler un peu de chair. Mais le vol est horriblement compliqué, parce qu'on a affaire à toute une série de paramètres qui doivent être ajustés au poil près. Voyez-vous, Isaac, on peut Recréer un chien, lui recoudre une patte, ou la remodeler au moyen d'un charme formateur de chair, et notre bébête avancera benoîtement en claudiquant. Ce ne sera pas joli, mais il avancera. On ne peut pas procéder ainsi avec des ailes. Il faut que tout soit absolument parfait, ou elles ne fonctionneront pas. Or il est *plus difficile* d'enseigner une autre manière de s'y prendre à des muscles qui croient savoir voler qu'en former de novices. Votre oiseau ou je ne sais quoi, ses épaules seront toutes troublées par cette aile dont la forme, ou la taille, est juste un tantinet différente, ou qui est basée sur une autre aérodynamique – si bien qu'au final, il sera totalement dérouté, même à supposer que vous ayez tout reconnecté comme il se doit.

« Donc la réponse, me semble-t-il, Isaac, c'est que oui, c'est faisable. Ce *calovire*, ou je ne sais quoi, peut être

Recréé de façon à revoler. Mais c'est peu probable. C'est fichtrement trop difficile. Pas un bio-thaumaturge, pas un Recréateur, ne vous garantira d'y parvenir. Soit vous trouvez Calligine et vous le persuadez de vous aider, siffla-t-il en conclusion, soit je ne m'y risquerais pas.

Isaac termina de griffonner ses notes et referma son carnet d'un geste sec.

— Merci, Vermishank, j'espérais confusément que vous me diriez cela. C'est votre avis en tant que professionnel, hein ? Eh bien, je vais me voir forcé de suivre mon autre piste de recherche, que vous n'approuveriez pas du tout…

Il écarquilla les yeux à la façon d'un sale gosse.

Vermishank hocha très légèrement la tête et un petit sourire malsain naquit et mourut sur ses lèvres comme une moisissure.

— Ah, lâcha-t-il d'une voix faible.

— Bon, eh bien, merci de m'avoir reçu… Toute ma gratitude… bredouilla Isaac en se levant pour partir. Désolé de passer ainsi en coup de vent…

— Ne vous excusez pas. Rien d'autre comme conseil ?

— Ma foi… (Isaac s'interrompit, le bras à moitié enfilé dans sa veste.) Hum, auriez-vous entendu parler d'une substance appelée colombine ?

Vermishank haussa un sourcil. Il se rencogna sur son siège et se mâcha le pouce, considérant Isaac avec des yeux à demi clos.

— Vous êtes à l'université, Isaac. Croyez-vous qu'une substance illicite nouvelle et *excitante* pourrait submerger la ville sans que nos étudiants ne soient tentés d'y toucher ? Bien sûr que j'en ai entendu parler. Nous avons eu notre première expulsion pour revente il y a moins de six mois. Un très brillant jeune psychonomiste, aux conceptions théoriques avant-gardistes, forcément.

« Isaac, Isaac… malgré toutes vos petites, hum…

bêtises... (une minauderie peu convaincante affecta d'atténuer le piquant de cet affront), je ne vous aurais pas cru, comment dire... enclin à ce genre de pratique.

— Non, Vermishank, je ne le suis pas. Néanmoins, vivant comme j'ai choisi de le faire dans un véritable *bourbier de corruption*, entouré d'*amis louches*, et de dégénérés dénués de morale, il m'arrive souvent d'être confronté à des choses telles que la drogue lors des diverses *orgies sordides* auxquelles j'assiste. (Isaac s'admonesta d'avoir perdu patience, même s'il avait décidé qu'il n'y avait plus rien à gagner à poursuivre dans la voie de la diplomatie. Il s'était lâché, d'une voix forte et sarcastique. Son propre courroux lui plut assez.) Bref, quoi qu'il en soit, poursuivit-il, l'un de mes amis répugnants a entrepris de consommer cette drogue bizarre et je voulais en savoir plus à ce sujet. Je n'aurais manifestement pas dû m'en enquérir auprès d'un esprit aussi noble.

Vermishank s'esclaffa en silence. Il riait sans ouvrir la bouche, un petit sourire amer plaqué sur le visage. Il n'avait pas détaché les yeux d'Isaac. Le seul signe de son hilarité était un petit mouvement des épaules et un léger balancement d'avant en arrière.

— Ah, finit-il par dire. Susceptible, Isaac ?

Il secoua la tête. Isaac se tapota les poches et boutonna sa veste, se préparant ostensiblement à partir et refusant de se trouver idiot. Il tourna les talons puis s'avança jusqu'à la porte, soupesant les mérites d'une ultime réplique.

Vermishank intervint avant qu'il ne se décide.

— La colom... Euh, ce *truc* n'est pas vraiment dans mes cordes, Isaac. La pharmacologie et consorts sont pour moi un bras mort de la biologie. Je suis sûr qu'un de vos anciens collègues saura être plus disert. Bonne chance.

Isaac avait choisi de ne rien dire. Il agita néanmoins

la main en un mouvement pusillanime qui, s'il le voulait méprisant, pouvait aussi bien passer pour un au revoir, ou l'expression d'une certaine gratitude.

Espèce de lâche, se tança-t-il. Mais il n'y avait pas à tortiller, Vermishank était un puits de connaissance précieux. Il s'en faudrait de beaucoup avant qu'il fasse preuve d'une incivilité crasse envers son ex-patron. Les compétences de ce dernier étaient tout bonnement trop nombreuses pour qu'il se passe de lui.

Aussi Isaac se pardonna-t-il ses tièdes représailles pour sourire, au contraire, de sa réaction devant l'ignoble personnage. Au moins avait-il trouvé ce qu'il était venu chercher. La Recréation n'était pas viable dans le cas de Yagharek. Isaac en était satisfait, et il fit preuve d'assez d'honnêteté pour admettre l'aspect ignoble de ses motivations. Ses propres recherches avaient connu un nouveau souffle grâce au problème du vol ; si jamais ce prosaïque modelage de la chair qu'était la bio-thaumaturgie appliquée avait gagné sur sa théorie de la crise, son propre travail aurait fait du surplace. Il ne voulait pas perdre son nouvel élan.

Mon vieux Yag, songea-t-il, *c'est exactement ce que je pensais. Je suis ta meilleure chance, et toi la mienne.*

Avant la cité, il y eut des canaux sinuant entre des blocs rocheux semblables à des défenses de silice. Des parcelles de blé dans une terre étriquée. Et avant la savane, des jours de pierre chauffée à blanc ; de tumeurs torses de granit qui reposaient lourdement dans le ventre de cette contrée depuis sa naissance, et dont l'air et le vent arrachaient la fine chair, la glèbe, depuis près de dix mille ans. Ces lieux étaient laids et terrifiants comme le sont toujours les entrailles – ces promontoires de pierre, ces failles.

Je suivais la voie de la rivière. J'allais sans nom entre les dures collines. Le cours d'eau, d'ici plusieurs jours, prendrait celui de Poix. Je distinguais les hauteurs de montagnes glaçantes à des lieues à l'est, véritables colosses de pierre et de neige qui s'élevaient, aussi impériaux, au-dessus des langues d'éboulis et de lichen, que les pics plus bas saillant au-dessus de moi.

Je voyais parfois dans ces rocs des formes menaçantes. Des crocs, des griffes, des têtes évoquant des massues ou des mains ; des géants pétrifiés, des dieux de pierre figés : autant d'erreurs du regard ou de sculptures de hasard – les vents, là encore.

J'étais observé. Chèvres et brebis moquaient mes flageolements. Les oiseaux de proie criaillaient leur mépris. Je croisais parfois des bergers qui me jaugeaient, dédaigneux et grossiers.

Il y avait des formes plus sombres, la nuit. Des guetteurs plus froids sous la surface de l'eau.

Les crocs de roche perçaient la terre avec tant de lenteur et de timidité que je parcourus cette vallée des heures durant sans même y prendre garde. Avant cela, il y avait eu des jours et des jours d'herbe et de savane.

La terre arable était plus accueillante pour mes membres, et l'immensité du ciel pour mes yeux. Mais je ne m'y mépris point : ce n'était point celui du désert. C'était un imitateur, une doublure, cherchant à m'engourdir. La végétation qui se desséchait, de loin plus luxuriante qu'en mes contrées, me caressait à chaque souffle du vent. Au loin se trouvait la forêt qui, je le savais, s'étendait au nord jusqu'au bord de Nouvelle-Crobuzon, et à l'est jusqu'à la mer. Dans des recoins secrets de ses futaies épaisses pointaient de vastes, d'obscures machines en déshérence – pistons et engrenages, autant de troncs de fer parmi le bois, à l'écorce de rouille.

Je ne m'en approchai point.

Derrière moi, là où se scindait la rivière, il y avait des marécages, une sorte d'estuaire intérieur absurde qui promettait, vaguement, de se dissoudre dans l'océan. Là, je séjournai dans les longhuttes des Élanciers, cette race paisible, pieuse. Ils me nourrirent et me fredonnèrent leurs berceuses. Je chassai avec eux, transperçant l'anaconda et le caïman. Ce fut dans ces palus que je perdis ma lame, la cassant dans la chair d'un prédateur rapide qui voulait me sucer depuis fange et roseaux. Reculant et sifflant comme une bouilloire brûlante, il disparut dans la tourbière. J'ignore s'il périt.

Avant les palus et la rivière, ce furent des journées entières d'herbe humide au pied des collines – pétries, m'avait-on averti, de groupes de bandits Recréés fuyant la justice. Je n'en vis aucun.

Il y eut des villages qui me cajolèrent à coups de viande et de vêtements pour que j'y pénètre et que j'in-

tercède en leur faveur auprès des dieux des moissons. D'autres qui me dissuadèrent d'en rien faire, à coups de piques, d'escopettes et de klaxons hurlants. Je partageai l'herbe avec des troupeaux et, certaines fois, des cavaliers, avec des oiseaux que je considérais comme cousins et des animaux que j'avais crus mythiques.

Je dormais seul, dissimulé dans des replis de pierre ou des fourrés, des bivouacs improvisés lorsque je sentais l'odeur de la pluie. À quatre reprises, quelque chose me flaira dans mon sommeil, laissant des traces de pas et un fumet d'herbes, de sueur ou de viande.

Ce fut lors de ces longues solitudes que se modifia la forme de ma colère et de mon désespoir.

Je marchais en compagnie d'insectes tempérés qui sondaient mes parfums insolites, qui tentaient de lécher ma sueur, de goûter mon sang, de polliniser les taches sur ma cape. Je vis des mammifères replets dans cette verdure grasse. Je cueillis des fleurs que j'avais aperçues dans des livres, efflorescences aux longues tiges et aux couleurs subtiles, comme voilées d'une fine fumée. La fragrance des arbres me coupait le souffle. Le ciel regorgeait de nuages.

Je marchai, créature du désert, dans cette terre fertile. Je me sentais rêche et poussiéreux.

Un jour, je pris conscience que je ne rêvais plus de ce que je ferais lorsque j'aurais recouvré mon intégrité. Ma volonté avait brûlé d'en arriver à ce moment et puis, soudain, le vide. Je m'étais réduit à mon désir de voler. Je m'étais adapté, j'ignore comment. Tandis que j'avançais, impavide, dans ces terres exotiques, vers le lieu où étaient réunis les savants et Recréateurs de l'univers, j'avais évolué. Les moyens étaient devenus la fin. Si je retrouvais mes ailes, je deviendrais une autre personne, dépourvue du désir qui m'avait défini.

Tandis que je marchais vers le nord, je vis dans le printemps marécageux que ce n'était point mon accom-

plissement que je recherchais, mais ma dissolution. J'allais transmettre mon corps à un nouveau-né, et sonnerait l'heure du repos.

Quand j'avais posé le pied pour la première fois parmi ces collines et ces plaines, j'étais un être plus fruste. J'avais quitté Myrchocque, où avait abordé mon vaisseau, sans même y passer une seule nuit. C'est une ville portuaire dénuée de beauté qui contient tant des miens que cela m'oppresse.

Je l'avais traversée à la hâte, n'y voyant qu'opportunité de m'approvisionner et de confirmer la justesse de mon choix : me rendre à Nouvelle-Crobuzon. J'y avais acheté une crème pour mon dos à vif et suintant, trouvé un médecin assez droit pour avouer que je n'y trouverais personne qui sache m'être d'aucun secours. Je donnai mon fouet à un marchand qui me laissa parcourir les vingt lieues de la vallée sur son chariot. Il ne voulut point de mon or, juste de mon arme.

J'avais hâte de laisser derrière moi les étendues maritimes. Elles n'étaient qu'un interlude. Quatre jours à ramper sur cette mer Maigre dans un bateau à aubes mou et lent comme une limace, où j'étais demeuré cloîtré, ne sachant qu'aux secousses et aux bruits de l'eau que nous avancions. Je ne pouvais grimper sur le pont. Je me serais senti plus enfermé là-haut, sous l'immense ciel océanique, qu'à n'importe quel instant de ces journées suffocantes dans ma cabine fétide. Je me prostrai loin des mouettes, aigles de mer et albatros. Je demeurai près du sel, dans mon abri de bois sale, derrière les cabinets.

Et avant ces vagues, alors que je brûlais et rageais encore, que mes cicatrices suintaient toujours le sang, il y avait eu Corossol, la ville cactus. La cité aux mille noms. Perle du soleil. Oasis. Borridor. Troudesel. La Citadelle en Tire-bouchon. Le Solarium. Corossol, où j'avais combattu sans relâche dans les fosses de gladiateurs et les cages barbelées, m'écorchant la peau et en arrachant d'autres, beaucoup plus souvent vainqueur que perdant, me déchaînant la nuit comme un coq de combat et amassant mes piécettes la journée. Jusqu'à ce jour où j'affrontai un prince barbare qui voulait faire un casque de mon crâne garuda et où je gagnai, contre toute attente, alors même que je perdais mon sang de façon effrayante. Retenant mes intestins d'une main, je lui arrachai la gorge avec mes serres. J'y gagnai son or et sa suite, que je libérai. Je me payai de quoi guérir, de quoi acheter mon passage sur un navire marchand.

Je m'élançai dans la traversée du continent pour retrouver forme.

Le désert à mes trousses.

Troisième partie

MÉTAMORPHOSES

18

Les vents du printemps s'étaient chargés de chaleur. L'air souillé qui surplombait Nouvelle-Crobuzon était élyctrique. Arrachant les graphiques tracés par des indicateurs atmosphériques pris de frénésie, les météoromanciens municipaux du gratte-nuages du Bec de Poix recopiaient les chiffres indiqués par leurs cadrans affolés. Ils secouaient la tête, la moue au bec.

Ils échangeaient des murmures à propos de l'été prodigieusement torride qui s'annonçait. Tapaient les énormes tubes de la machine aéromorphique qui s'élevait à la verticale tout du long de leur tour creuse, tels des tuyaux d'orgue géants, ou des canons de fusil exigeant un duel entre le ciel et la terre.

— Cette saloperie ne vaut rien, marmonnaient-ils, dégoûtés.

Il y eut bien quelques tièdes tentatives de démarrer les moteurs situés dans les caves, mais ceux-ci n'avaient pas tourné depuis un siècle et demi, et personne n'était plus là pour les réparer. Nouvelle-Crobuzon était donc condamnée à ce climat dicté par les dieux, la nature, ou le hasard.

Dans le zoo du Bec de Chancre, les animaux s'agitaient, troublés par la météo changeante. C'étaient les derniers jours de la saison du rut ; la lascivité fébrile de ces corps enfermés avait quelque peu décru. Les gardiens s'en révélaient aussi soulagés que leurs pensionnaires : les effluves provocants de muscs de toutes sortes qui avaient flotté dans les cages avaient donné lieu à des comportements agressifs, imprévisibles.

À présent que la lumière s'attardait un peu plus chaque jour, ours, hyènes et hippopotames décharnés, alopex et singes, restaient allongés des heures durant à contempler les passants depuis leurs cellules de brique nue ou leurs tranchées boueuses – tendus, semblait-il. Ils attendaient. Les pluies méridionales qui n'atteindraient jamais Nouvelle-Crobuzon, mais devaient être encodées dans leur chair. En voyant que les précipitations n'arrivaient pas, ils s'assagiraient peut-être, dans l'attente de la saison sèche – qui n'affecterait pas plus que la précédente leur nouvel habitat. Quelle existence étrange et angoissée ce doit être, se disaient paresseusement les gardiens parmi les grondements des bêtes lasses, désorientées.

Les nuits s'étaient écourtées de près de deux heures depuis l'hiver, mais donnaient l'impression d'avoir encore gagné en essence. Elles paraissaient particulièrement intenses : les activités illicites s'efforçaient de se déployer entre le crépuscule et l'aube à une allure de plus en plus endiablée.

Chaque soir, l'énorme entrepôt situé à moins d'un kilomètre au sud du zoo attirait des flots d'hommes et de femmes. Les hurlements léonins qui y résonnaient parfois avaient beau assourdir les chocs et la cacophonie constante de la ville grincheuse, insomniaque, qui pénétraient dans le vieux bâtiment et tintaient au-dessus de la foule, chacun y réagissait par l'indifférence.

Les briques de l'entrepôt, naguère rouges, étaient à présent noires de crasse – une couche aussi lisse et méticuleuse que si elle avait été peinte à la main. Le panonceau originel barrait toujours la longueur du bâtiment : *Maison Cadnebar, Savons et suif.* La maison en question avait fait faillite lors de la récession de 57. L'énorme machinerie destinée à fondre et raffiner la graisse avait été emportée, puis vendue comme ferraille. Au bout de deux ou trois ans passés à croupir gentiment, Cadnebar s'était transformée en cirque de gladias.

Comme les autres maires avant lui, Buseroux aimait à comparer la civilisation et la splendeur de la République indépendante de Nouvelle-Crobuzon à la fange barbare dans laquelle étaient forcés de se vautrer les habitants des autres contrées. Songez au Rohagi, exhortait-il au fil de ses discours ou de ses éditoriaux. Nous ne sommes pas en Tesh, à Troglodopolis, ni à Vadaunk, et encore moins dans le Haut Cromlech !

La ville n'était pas gouvernée par des sorcières, n'avait rien d'un éternel boyau ; les changements de saison n'apportaient pas les massacres d'une répression superstitieuse. Nouvelle-Crobuzon ne moulinait pas systématiquement ses citoyens dans des usines à zombies, son Parlement n'avait rien de celui de Maru'ahm, ce casino où les lois représentaient autant d'enjeux sur les tables de roulette.

Et l'on n'était pas, martelait Buseroux, à Corossol, où l'on se battait pour le plaisir comme des animaux.

Hormis, bien sûr, entre les murs de la maison Cadnebar.

Illégal, ça l'était sans doute, mais de mémoire générale, l'établissement n'avait jamais subi un seul raid de la milice. La majorité des stalles les plus cotées avaient pour bailleurs de fonds des parlementaires, des industriels et des banquiers, dont les interventions maintenaient la curiosité des autorités au niveau le plus bas. Il existait d'autres arènes de ce type, bien entendu, faisant aussi office de fosses de combat de coqs ou de rats, et dans un coin desquelles pouvait se dérouler un match d'ours ou de blaireaux, avec dans l'autre un duel de pythons, et quelques gladias au centre. Mais Cadnebar était lieu de légende.

Chaque soir, les distractions du jour commençaient sur un gladio-crochet, source de rigolade pour les habitués. Des nuées de jeunes garçons de ferme stupides, râblés, cadets de leur village, qui avaient voyagé des jours entiers depuis l'Hélice-à-Grain ou les Collines de Mendiant pour se constituer une réputation à la ville, faisaient jouer leur musculature prodigieuse devant les sélectionneurs. On en choisissait deux ou trois, qui étaient poussés dans l'arène centrale sous les yeux de la foule hurlante. Ils balançaient avec assurance les machettes qu'on leur avait données. Puis la porte de l'arène s'ouvrait et ils pâlissaient en se retrouvant face à un gladiateur Recréé ou un impassible guerrier cactacé. Le carnage qui en résultait était bref et sanglant, simple amusement pour les professionnels.

Chez Cadnebar, le sport suivait la mode du moment. Lors de ces dernières journées du printemps, la vogue était aux affrontements entre deux Recréés et trois sœurs-gardiennes khépri. Les équipes khépri avaient été attirées hors de Bercaille et de Criqueval à coups de gratifications énormes. Leurs unités, composées de trois guerrières religieuses entraînées sur le modèle des déesses protectrices scarabes – les Dures Sœurs –, pratiquaient la lutte ensemble depuis des années. Comme les Dures Sœurs, la première combattait munie d'un filet et d'une lance, la deuxième d'une arbalète et d'un fusil à silex, et la dernière de l'arme khépri que les Humains avaient baptisée Hélyctrique.

À mesure que l'été commençait à percer sous la peau du printemps, les paris se faisaient de plus en plus conséquents. À des kilomètres de là, au Palus-au-chien, Benjamin Flex méditait, morose, sur le tirage cinq fois supérieur à celui du *Fléau Endémique* dont bénéficiait *La Cire de Cadnebar*, l'organe illégal des combats.

L'Énucléeur avait laissé une nouvelle victime dans les égouts. Elle fut découverte par des poulbots. Elle pendait, comme épuisée, à une canalisation d'évacuation qui se jetait dans la Poix.

Dans les faubourgs de Sentinette, une femme mourut des multiples entailles qu'elle présentait de chaque côté du cou, à croire qu'elle avait été prise entre les lames d'une paire de ciseaux dentelés. Quand ses voisins la découvrirent, son cadavre était couvert de documents prouvant qu'elle était une colonelle-informatrice de la milice. L'information filtra. Jacques l'Exauceur avait frappé. Dans les caniveaux et les taudis, personne ne pleura sa victime.

Lin et Isaac s'étaient accordé quelques soirées furtives quand c'était possible. Isaac se rendait bien compte que Lin avait des problèmes. Un jour, il l'avait forcée à s'asseoir pour exiger qu'elle lui fasse part de ce qui la troublait. Pourquoi, redoublant d'amertume dans son débinage coutumier des critères de sélection, ne s'était-elle pas inscrite cette année-là au Prix de la Chutecôte ? Sur quoi travaillait-elle, et où ? Il n'y avait pas la moindre trace de débris artistiques chez elle.

Lin lui avait caressé le bras, visiblement reconnaissante de l'inquiétude qu'il manifestait. Mais elle avait refusé de lui dire quoi que ce fût. Elle avait expliqué qu'elle travaillait sur une pièce dont elle était pour l'instant très fière. Elle s'était déniché un espace dont elle ne pouvait ni ne voulait parler, dans lequel elle produisait une œuvre de grande taille sur laquelle il ne devait en rien l'interroger. Elle n'avait pas fui toute vie sociale, tout de même. Une fois par quinzaine, peut-être, on la voyait revenir dans l'un des bars des Champs-de-Salacus pour rire avec ses amis, même si c'était avec moins d'énergie que deux mois plus tôt.

De son côté, elle taquinait régulièrement Isaac sur son ressentiment à l'égard de Lucky Gazid, évanoui dans la nature avec un sens de l'à-propos qui ne laissait pas d'être louche. Isaac avait fait part à Lin de son expérience involontaire de la colombine, et parcouru les environs dans l'espoir de punir Gazid. Il avait décrit alors à Lin la bestiole extraordinaire qui semblait prospérer sous l'effet de la drogue. Lin n'avait pas vu la chenille, elle n'était pas retournée au Marais-aux-Blaireaux depuis sa fameuse journée d'abattement le mois précédent, mais même à supposer qu'Isaac donnât quelque peu dans l'exagération, tout cela semblait extraordinaire.

Elle éprouva une bouffée d'affection envers Isaac, comme à chaque fois qu'elle déviait ainsi sa curiosité. Elle lui demanda quel nutriment, selon lui, la chenille pouvait retirer de son étrange aliment, et se recula sur son siège tandis que le visage de son amant s'éclairait, fasciné ; il lui répondit qu'il l'ignorait, mais qu'il avait bien quelques pistes. Elle lui demanda de tâcher de lui expliquer cette notion d'énergie critique, et s'il croyait que cela pourrait aider Yagharek à voler, et il se lança dans des explications animées, dessinant des diagrammes sur des feuilles de papier.

Isaac était malléable. Lin avait parfois la sensation que son amant, dans ces cas-là, savait qu'on le manipulait, qu'il se sentait coupable de la facilité avec laquelle il recyclait ainsi le souci qu'il se faisait pour elle. Elle perçut de la gratitude dans les changements de sujet qu'il venait d'opérer de son côté, ainsi que de la contrition. Il savait que c'était son rôle de s'inquiéter à sa place, étant donné la neurasthénie dont elle faisait preuve, et il s'en acquittait, sincèrement, mais c'était avec effort, par devoir, alors que dans le même temps, il avait l'esprit presque entièrement consacré à cette histoire de crise et de nourriture pour la larve. Elle l'autorisait à s'inquiéter, et il acceptait avec gratitude.

Lin voulait écarter les appréhensions d'Isaac à son sujet, pendant une période. Elle ne pouvait se permettre qu'il fasse montre de curiosité. Plus il en saurait, plus le danger serait grand pour elle. Elle ignorait quels pouvaient être les pouvoirs de son employeur ; elle doutait qu'il fût capable de télépathie, mais autant ne courir aucun risque. Elle voulait achever cette pièce, prendre l'argent et dire adieu à Osseville.

Chaque fois qu'elle voyait M. Madras, ce dernier l'attirait – malgré toute sa réticence – dans sa ville à lui. Il évoquait, badin, des guerres de territoires à Tournefoutre et Malverse, laissait entendre que des massacres de chefs de gangs s'étaient déroulés au cœur du Freux. Ti-Man Francine étendait son emprise. Elle s'était emparée d'une énorme portion du marché de la shazbah à l'ouest du Freux, comme M. Madras s'y était attendu. Mais elle s'infiltrait à l'est, à présent. Lin mâchait, salivait et modelait, en tentant de ne pas entendre les détails, les surnoms des convoyeurs assassinés, les adresses des bases de repli. M. Madras la mêlait à ses affaires. De propos délibéré, sans doute.

La statue avait développé des cuisses et une deuxième jambe, un début de torse (pour autant que l'on pouvait désigner ainsi ce qui en tenait lieu chez M. Madras). Les couleurs n'étaient pas naturalistes, mais évocatrices, imposantes, hypnotiques. Une pièce étonnante, comme il convenait à son sujet.

Malgré les tentatives de Lin pour isoler son esprit, le bavardage allègre de M. Madras s'infiltrait, passant ses défenses. Elle se surprenait à réfléchir à ce qu'il disait. Horrifiée, elle en éloignait alors ses pensées, mais ses résolutions ne tenaient goutte. Au final, elle se retrouvait à se demander négligemment qui donc était le plus susceptible de remporter la maîtrise de telle maison de véri-thé à Font-du-Sonneur. Elle devenait indifférente. Une deuxième forme de défense. Elle laissait son esprit parcourir, blasé, ces informations dangereuses. En tâchant soigneusement de rester dans l'ignorance de leur teneur.

Lin se surprit à penser de plus en plus à Ti-Man Francine. M. Madras évoquait sa concurrente d'un ton léger, mais celle-ci ne cessait de revenir dans ses monologues, et Lin prit conscience qu'elle éprouvait quelque inquiétude.

À sa grande surprise, elle commençait à porter mentalement les couleurs de sa « sœur ».

Elle n'aurait pas su dire comment cela lui était venu. La première fois qu'elle s'en était rendu compte, c'était lorsque M. Madras avait évoqué avec un humour feint l'attaque désastreuse opérée sur deux de ses convoyeurs la veille au soir, au cours de laquelle une énorme quantité d'une substance indéterminée, un produit brut destiné à être transformé ou quelque chose dans ce goût-là, avait été détourné par un commando khépri de la bande de Ti-Man Francine. Lin avait émis une petite acclamation mentale. Elle s'en était étonnée ; son activité glandulaire s'était interrompue un instant tandis qu'elle évaluait ses propres impressions.

Elle avait envie que Ti-Man Francine l'emporte.

Il n'y avait rien de logique à cela. Dès lors qu'elle appliquait un raisonnement rigoureux à la situation, elle n'avait plus aucune opinion sur la question. Intellectuellement parlant, le triomphe d'un truand revendeur de drogue sur un autre ne revêtait aucune importance pour elle. Mais sur un plan émotionnel, elle commençait à tenir l'invisible Ti-Man Francine pour sa championne. Et elle se surprit à huer silencieusement M. Madras lorsqu'il lui assura, avec sa sournoiserie hautaine, qu'il possédait un plan qui modifierait de façon radicale la constitution du marché.

Qu'est-ce qui t'arrive ? se demanda-t-elle avec une ironie désabusée. *Après toutes ces années, voilà que s'éveille ta conscience de race ?*

Elle avait beau se moquer, il y avait quelque vérité là-dedans. *Peut-être que je réagirais exactement pareil devant quiconque s'opposerait à Madras,* se dit-elle. Sa réticence à l'idée d'être plus qu'une employée était si grande, elle redoutait tant de réfléchir à sa relation avec lui, qu'elle avait mis un bon moment à prendre conscience qu'elle le haïssait. *L'ennemie de mon ennemi...,* songea-t-elle. Mais sa réaction allait plus loin encore : Lin saisit que si elle éprouvait un sentiment de solidarité avec Ti-Man Francine, c'était parce que cette dernière était khépri... mais – et voilà peut-être le cœur de ce qu'elle ressentait – qu'elle n'était pas une *bonne* Khépri.

Ces pensées la taraudaient, la dérangeaient. Pour la première fois depuis de nombreuses années, elles l'amenaient à considérer sa relation avec la communauté sororale sous des auspices différents. Elle ne faisait plus preuve d'une opposition franche, vertueuse. Et cela la ramenait à son enfance.

À l'issue de chaque journée en compagnie de M. Madras, Lin s'était mise à fréquenter Bercaille. Elle laissait son monstrueux modèle pour prendre un fiacre au bout des Côtes ; traversait les ponts Danechi ou de la Strige ; dépassait les restaurants, les bureaux et les maisons de Crachâtre.

Certaines fois, elle s'arrêtait à Crache-bazar et tuait le temps à déambuler dans sa lumière étouffée. Elle tâtait les robes et les vestes en lin pendues aux étals, ignorant les passants qui la dévisageaient grossièrement, s'interrogeant sur cette Khépri attirée par des tenues humaines. Lin sinuait à travers les ruelles, jusqu'au moment où elle parvenait à Schèque, dense et chaotique, avec son dédale de rues et ses résidences en brique tentaculaires.

Schèque n'avait rien de sordide. Les immeubles y étaient tout ce qu'il y a de plus solide, et la plupart ne laissaient pas entrer la pluie. Comparée à la prolifération mutante du Palus-au-Chien, au magma de brique moisie de Malverse et Font-du-Sonneur, aux masures improvisées de Chiure, Schèque était un lieu séduisant. Quelque peu surpeuplé, certes, et qui connaissait son lot d'alcoolisme, de pauvreté et de petite délinquance. Mais tout bien considéré, il y avait quantité d'endroits pires où vivre. C'était là qu'habitaient les boutiquiers, les directeurs les moins haut placés et les ouvriers des usines les mieux rémunérés qui s'entassaient chaque jour sur les quais de Réverboue et d'Arbrecosse, de la Grosse Spire et du Village Didacaï connus universellement sous le nom de Crassecoude.

Lin n'était pas accueillie à bras ouverts. Schèque jouxtait Bercaille, séparé du secteur khépri par deux ou trois parcs sans importance. Les Khépri ne cessaient de rappeler au quartier que la chute le guettait. Elles emplissaient les rues durant la journée, sur le trajet qui les menait faire des courses au Freux ou prendre le train à la gare de Perdido. La nuit, toutefois, seule la plus courageuse de ses sœurs aurait parcouru ces rues, rendues dangereuses par des Trois Plumes pugnaces bien décidés à « nettoyer le quartier ». Lin prenait soin d'en sortir avant le coucher du soleil. Parce que juste à côté se trouvait Bercaille, où elle était en sûreté.

En sûreté, mais pas heureuse.

Lin parcourait les rues de Bercaille, prise d'une sorte d'excitation nauséeuse. Pendant plusieurs années, ses expéditions dans cette zone s'étaient réduites à de brèves excursions destinées à se procurer des baies-couleurs et de la pâte, ainsi peut-être que, parfois, quelque gâterie khépri. Chaque visite était désormais le rappel dérangeant de souvenirs qu'elle aurait cru bannis.

Les maisons exsudaient le mucus blanc de la cétoine

maçonne. Certaines habitations étaient entièrement enveloppées dans l'épaisse substance ; elle s'étalait jusqu'entre les toits, reliant plusieurs bâtiments qui composaient alors un tout bosselé, coagulé. On en distinguait l'intérieur par les fenêtres et les portes. Les murs et les sols créés par des architectes humains avaient été cassés par endroits, et l'on avait laissé les coléoptères géants se frayer un chemin à travers cette ossature, leur abdomen sécrétant leur suc-ciment, leurs petites jambes courtaudes fourmillant tandis qu'ils avançaient à coups de mâchoires à travers les intérieurs en ruine des immeubles.

De temps à autre, Lin en voyait un vivant spécimen qui, amené des fermes du bord de la rivière, procédait au ravalement, transformant les lieux en ce dédale sinueux de boyaux organiques qui avait la faveur de la plupart des propriétaires khépri. Les énormes cétoines stupides, plus grosses que des rhinocéros, réagissaient aux torsions et tractions de leurs gardiennes, avançant de-ci, de-là à l'aveuglette, replâtrant les pièces d'une couche vite séchée qui adoucissait les angles et connectait salles, bâtiments et rues – vu de l'intérieur, on aurait dit des traces de ver géantes.

Certaines fois, Lin allait s'asseoir dans l'un des minuscules parcs de Bercaille. Elle demeurait immobile parmi les arbres au lent bourgeonnement et observait ses semblables tout autour d'elle. Elle levait les yeux loin au-dessus du parc, vers le dos et le flanc des bâtiments les plus élevés. Une fois, elle avait vu une petite fille humaine se pencher très haut à une fenêtre plantée presque au hasard, au faîte d'un mur en béton taché, à l'arrière d'un de ces immeubles. La gamine observait placidement ses voisines khépri, tandis que la lessive familiale battait et claquait au vent sur une barre saillant à côté d'elle. *Drôle de façon de grandir*, songea Lin, imaginant cette enfant entourée de créatures silencieuses aux têtes d'insectes… aussi drôle que si elle-même avait été élevée parmi les Vodyanoi – mais cette pensée la ramenait désagréablement à sa propre enfance.

Ce séjour en des rues honnies était une promenade à rebours à travers la ville de ses souvenirs, elle en était consciente, bien entendu. Elle s'arma de courage pour réfléchir au passé.

Bercaille avait été son premier refuge. Au cours de cette étrange période d'isolement où elle acclama les efforts d'une reine du crime khépri et se promena à la façon d'une proscrite dans tous les quartiers de la ville – hormis, peut-être, les Champs-de-Salacus, règne des bannis –, elle prit conscience que ses sentiments à l'égard du quartier étaient plus ambivalents que ce qu'elle s'était autorisée à penser jusque-là.

Cela faisait près de sept siècles qu'il y avait des Khépri à Nouvelle-Crobuzon, depuis que la *Mante Fervente* avait traversé l'Océan Démonté pour atteindre Bered Kai Nev, le continent oriental, berceau de ses semblables. Quelques marchandes et voyageuses en étaient revenues, dans une mission d'édification sans billet de retour. Pendant des siècles, la population de ce petit groupe s'était maintenue dans la ville, devenant autochtone. Il n'y avait pas de zones séparées, à cette époque, pas de cétoines maçonnes, pas de ghettos. Les Khépri n'étaient pas assez nombreuses. Jusqu'à la Traversée Tragique.

Cela faisait maintenant un siècle que les premiers bateaux de réfugiées avaient pénétré, surnageant à peine, dans la Baie de Fer. Leurs énormes moteurs mécaniques étaient rouillés et cassés, leurs voiles, lacérées. C'étaient des charniers flottants, remplis jusqu'à la gorge de Khépri de Bered Kai Nev à l'agonie. La contagion était si impitoyable que les antiques tabous contre l'ensevelissement aquatique avaient été renversés. Si bien qu'il y avait quelques cadavres à bord, mais surtout des milliers de mourantes. Des vaisseaux comme autant d'antichambres de morgue surpeuplées.

La nature de la tragédie demeurait un mystère aux yeux des autorités de Nouvelle-Crobuzon, qui n'avaient aucun consul et pratiquement aucun contact avec les pays de Bered Kai Nev ; les réfugiées refusaient de l'évoquer. Si elles le faisaient, c'était de façon elliptique, et lorsqu'elles se montraient précises et explicites, la barrière de la langue bloquait toute compréhension. Les seules informations dont disposaient les Humains se résumaient au fait que quelque chose d'horrible était survenu aux Khépri du continent oriental, quelque vortex terrible qui les avait aspirées par millions, n'en laissant qu'une poignée en état de s'enfuir. Les Khépri avaient baptisé cette apocalypse nébuleuse la Dévoration.

Vingt-cinq ans s'étaient écoulés entre l'arrivée des premiers et des derniers vaisseaux. On disait que certains d'entre les plus lents, dépourvus de moteur, étaient entièrement peuplés de Khépri nées en mer, toutes les réfugiées d'origine ayant succombé au cours de l'interminable traversée. Leurs filles ignoraient ce qu'elles avaient bien pu fuir, sachant seulement que leurs man-nichées leur avaient ordonné d'aller *à l'ouest*, sans jamais virer de bord. L'histoire des Vaisseaux-Pitié khépri – ainsi nommés en fonction de ce qu'ils quémandaient – avait atteint Nouvelle-Crobuzon via les autres pays de la côte est du continent Rohagi, de Piscygne aux Îles Jhécoque en passant par les Échardes tout au sud. La diaspora khépri avait réagi de façon chaotique, disparate et paniquée.

Dans certaines contrées, les réfugiées avaient été massacrées en de terribles pogroms. Dans d'autres, comme à Nouvelle-Crobuzon, elles furent accueillies avec émotion, mais sans violence officielle. Elles s'installèrent, devinrent ouvrières, contribuables ou criminelles, et se retrouvèrent, sous une pression naturelle à peine trop modérée pour crever les yeux, à vivre dans des ghettos – devenant ainsi la proie des dévotes et de la canaille.

Lin n'avait pas grandi à Bercaille. Elle était née dans le ghetto plus récent et plus pauvre de Criqueval, tache grumeleuse du nord-ouest de la ville. Étant donné le gommage mental systématique qu'avaient entrepris les nouvelles venues, il était quasi impossible de comprendre la véritable histoire de ces deux quartiers. Le traumatisme de la Dévoration était tel que la première génération de réfugiées, annonçant leur arrivée à Nouvelle-Crobuzon comme le début d'un nouveau cycle d'années, le Cycle de la Cité, avait délibérément oblitéré dix siècles d'histoire khépri. Quand la génération suivante avait exigé de connaître son passé collectif auprès des man-nichées, nombre d'entre elles avaient refusé d'en faire part, et nombre d'autres avaient oublié. L'ombre énorme du génocide rendait obscure l'histoire des Khépri.

À son tour, Lin avait eu quelque difficulté à pénétrer les secrets de ces vingt premières années du Cycle de la Cité. Bercaille et Criqueval leur avaient été présentées comme un fait accompli, à elle comme à sa man-nichée, ainsi qu'à la génération précédente et à celle d'avant.

Criqueval n'avait pas de Place aux Statues. Cent ans plus tôt, c'était un quartier humain pauvre, en ruine, de taudis surpeuplés à l'architecture de fortune, et les cétoines maçonnes khépri s'étaient contentées, pour la plus grande part, d'enchâsser ces maisons délabrées dans leur ciment, les pétrifiant à jamais au bord de l'écroulement. Les résidentes de Criqueval n'étaient pas artistes, tenancières de bars à fruits, cheffes de lignée, anciennes de nichée, ni boutiquières. C'étaient des Khépri peu recommandables, et affamées. Elles travaillaient dans les usines et les égouts, se vendaient pour de l'argent. Leurs sœurs de Bercaille les tenaient en piètre estime.

Dans les rues décrépies de Criqueval fleurissaient des idées étranges et dangereuses. De petits groupes d'extrémistes se réunissaient dans des salles secrètes. Des cultes messianiques promettaient la délivrance aux élues.

La plupart des réfugiées du début avaient tourné le dos aux déesses et dieux de Bered Kai Nev, leur reprochant de n'avoir pas protégé leurs disciples de la Dévoration. Mais les générations suivantes, dans leur ignorance de la nature de la tragédie, leur avaient de nouveau offert leur dévotion. En l'espace d'un siècle, des panthéons avaient été consacrés dans d'anciens ateliers et des dancings vides. Mais maintes Criquevaliennes, dans leur confusion et leur faim, s'étaient vouées à des divinités dissidentes.

On pouvait trouver tous les temples courants à l'intérieur des limites de Criqueval. Méchante Man y était adorée, ainsi que la Cracharte. Dou-Nounou présidait aux destinées du misérable hôpital, et les Dures Sœurs défendaient les croyantes. Mais dans les huttes primitives qui moisissaient près des canaux industriels, et dans les pièces barrées de fenêtres sombres, on élevait des prières vers des puissances plus étranges. Des prêtresses se vouaient au service du Diable Élyctrique ou de la Faneuse d'Air. Priant pour s'envoler, des groupes furtifs se hissaient sur les toits afin de chanter des cantiques à la Sœuraile. Et quelques âmes esseulées, désespérées – comme celle de la man-nichée de Lin –, accordaient leur loyauté à Insecte/Aspect.

Correctement transposé du khépri dans l'écriture de Nouvelle-Crobuzon, le composé chymico-audio-visuel de descriptions, de dévotion mêlée de crainte qu'était le nom de ce dieu donnait: « Insecte/Aspect/(mâle)/(obnubilé) ». Mais les rares humains à en connaître l'existence l'appelaient Insecte Aspect, et c'était en ces termes que Lin l'avait signé à Isaac quand elle lui avait narré l'histoire de son apprentissage.

Depuis l'âge de six ans, où elle avait déchiré la chrysalide de ce qui avait été sa tête-larve de bébé devenue soudain tête scarabe pour jaillir, douée de langage et de pensée, au monde de la conscience, sa mère lui avait enseigné qu'elle était déchue. La doctrine lugubre d'Insecte Aspect expliquait que les femmes khépri étaient maudites. Quelque imperfection épouvantable chez la première d'entre elles avait voué ses filles à vivre encombrées du poids d'un corps humain lent, pataud et ridicule, et d'un esprit grouillant des errements et complexités inutiles de la conscience. La femme avait perdu la pureté insectoïde de Dieu et du mâle.

La man-nichée de Lin (qui refusait d'être appelée par son nom, par affectation décadente) avait enseigné à la jeune Khépri et à sa sœur-nichée qu'Insecte Aspect était le maître de toute création, la force toute-puissante qui ne connaissait que faim, soif, rut et satisfaction. Il avait chié l'univers après avoir avalé le vide, en un acte de création cosmique d'autant plus pur et plus magistral qu'il était dénué de mobile ou de réflexion. Lin et sa sœur-nichée avaient reçu pour catéchisme de Le révérer avec une ferveur terrifiée, et de mépriser leur conscience et leur corps mou, privé de chitine.

On leur avait aussi appris à adorer et à servir leurs frères dépourvus de cerveau.

Lin ne frissonnait plus de révulsion, à présent, en repensant à cette époque. Assise dans ces parcs reculés de Bercaille, elle observait avec soin son passé se dérouler petit à petit dans sa tête, en un acte de réminiscence progressif qui demandait quelque courage. Elle se remémora comment elle en était venue à réaliser peu à peu que sa vie n'était pas ordinaire. Lors de ses rares expéditions destinées à faire des emplettes, elle avait constaté avec horreur la façon dont ses sœurs khépri traitaient les mâles de leur espèce, bousculant et écrasant du pied ces insectes gros comme le bras, dépourvus de cerveau. Elle se rappela ses conversations avec les autres enfants, qui lui avaient appris comment vivaient ses voisines ; sa crainte d'employer le langage qu'elle connaissait instinctivement, qu'elle charriait dans son sang, mais que sa man-nichée lui avait appris à mépriser.

Lin se souvenait quand elle rentrait à la maison dans des murs grouillant de Khépri mâles, qui puaient le légume et le fruit tant elle était jonchée des débris organiques dont se repaissaient les mâles. Les fois où on lui avait ordonné de laver les carapaces luisantes de ses innombrables frères, d'empiler leurs crottes devant l'autel domestique, de les laisser grimper sur son corps pour l'explorer au gré de leur curiosité obtuse. Lui revenaient les discussions nocturnes avec sa sœur-nichée, dans les infimes bouffées chymiques et les doux sifflements saccadés qu'était le chuchotement khépri. Conséquence de ces débats théologiques, sa sœur lui avait tourné le dos, s'enfouissant si profondément dans sa foi en Insecte Aspect qu'elle en était venue à éclipser sa mère en termes de bigoterie.

Lin avait dû attendre d'atteindre ses quinze ans pour défier ouvertement sa man-nichée. Elle l'avait fait en des termes qui lui semblaient aujourd'hui naïfs et confus. Elle avait traité sa mère d'hérétique, la vouant aux gémonies au nom du panthéon dominant. Elle avait échappé à la folie, au dégoût de soi du culte d'Insecte Aspect et aux rues étroites de Criqueval. Elle s'était enfuie à Bercaille.

Voilà pourquoi, se dit-elle, malgré tout son désenchantement par la suite – son mépris, en réalité, sa haine –, une part d'elle-même conserverait toujours le souvenir d'un Bercaille sanctuaire. L'ironie désabusée de cette communauté insulaire lui donnait à présent la nausée, mais au moment de son échappée belle, elle en était ivre. Elle s'était délectée de cette dénonciation arrogante de Criqueval, avait prié Méchante Man avec un ravissement véhément. Elle s'était baptisée d'un patronyme khépri et – chose vitale à Nouvelle-Crobuzon – d'un deuxième, humain. Elle avait découvert qu'à Bercaille, à la différence de Criqueval, le système de nichées et de lignées favorisait des réseaux complexes et utiles de liens sociaux. Sa mère n'avait jamais évoqué sa naissance ni son apprentissage, si bien que Lin avait copié l'allégeance de sa première amie à Bercaille, et raconté à quiconque posait la question qu'elle était de Nichée AileRouge, Lignée Crânechat.

Son amie l'avait initiée au sexe-plaisir, lui avait appris à se délecter de la chair sensuelle située en dessous de son cou. Ç'avait été là la transition la plus difficile, la plus extraordinaire. Jusque-là, son corps avait été une source de honte et de dégoût ; s'adonner à des activités sans autre but que se repaître du pur aspect physique l'avait d'abord écœurée, puis terrifiée... et finalement libérée. Jusque-là, assise immobile, mal à l'aise, tandis qu'un mâle tâtonnait pour s'accoupler, excité, avec sa tête scarabe, dans des tentatives de procréation par bonheur restées infructueuses, elle s'était simplement soumise au sexe céphalique, sur l'ordre de sa mère.

Avec le temps, la haine qu'elle éprouvait envers sa man-nichée s'était lentement apaisée, virant d'abord au mépris, puis à la pitié. À son dégoût devant le sordide qui régnait à Criqueval s'était ajoutée une forme de compréhension. Après quoi sa passion de cinq ans pour Bercaille avait fini par s'éteindre. Cela avait commencé alors qu'elle se tenait sur la Place aux Statues : elle avait pris conscience que ces œuvres, personnification d'une culture sans retour sur soi-même, étaient mal exécutées et empreintes de sentimentalisme. Bercaille, à ses yeux, venait de prendre un tour nouveau : celui d'un quartier impliqué dans l'assujettissement de Criqueval et des Khépri pauvres, toujours tenues sous silence – une soi-disant communauté au mieux insensible et indifférente, au pis empêchant volontairement Criqueval de se développer afin de maintenir sa propre supériorité.

Devant ces prêtresses, ces orgies et cet artisanat industriel, cette dépendance secrète de l'économie de Nouvelle-Crobuzon – dont l'ampleur était en général dépeinte avec désinvolture, comme s'il s'agissait d'une sorte d'adjuvant de Bercaille –, Lin avait réalisé qu'elle vivait en une zone insoutenable. Un lieu combinant pharisaïsme, décadence, insécurité et snobisme en un brassage névrotique. Un territoire parasite.

Elle avait saisi, à sa grande colère et révolte, que Bercaille était plus malhonnête que Criqueval. Pourtant, cette prise de conscience n'avait pas donné lieu à une quelconque nostalgie envers son enfance. Elle refusait de retourner à Criqueval. Et si, aujourd'hui, elle tournait le dos à Bercaille de la même façon qu'elle l'avait fait un jour devant Insecte Aspect, le seul recours était d'aller ailleurs.

Si bien qu'elle avait appris seule le langage des signes et qu'elle était partie.

Lin n'avait jamais eu la légèreté de croire qu'elle pouvait cesser de se définir comme une Khépri, aux yeux de la cité. Elle ne le voulait pas, du reste. Mais pour elle-même, elle avait cessé de s'efforcer d'être khépri, comme elle avait un jour cessé d'être un insecte. Voilà ce qui la désarçonnait dans sa réaction vis-à-vis de Ti-Man Francine. Ce n'était pas seulement que cette dernière s'opposait à M. Madras, comprit-elle. Il y avait quelque chose, dans le fait qu'une Khépri ose se comporter ainsi, ose s'emparer sans coup férir de territoires appartenant à cet être ignoble, qui la remuait profondément.

Lin ne pouvait pas faire semblant de comprendre, ni se tromper elle-même. Elle s'asseyait donc, de longs moments, sous l'ombre des banians, des chênes ou des poiriers, dans ce Bercaille qu'elle avait méprisé des années durant, entourée de sœurs aux yeux desquelles elle était une étrangère. Elle ne voulait pas plus revenir à la « khépritude » qu'à Insecte Aspect. Elle ne comprenait pas la force qu'elle puisait à Bercaille.

19

L'artefact qui avait balayé plusieurs années durant le plancher de David et Lublamai avait fini par rendre l'âme, apparemment. Il chuintait et décrivait des cercles au moment de nettoyer, faisant désormais des fixations sur des secteurs arbitraires du sol, qu'il polissait comme autant de bijoux. Certains matins, il mettait près d'une heure à chauffer. Il s'engluait peu à peu dans des boucles logicielles qui le faisaient répéter à l'infini des comportements infimes.

Isaac avait appris à ignorer ses gémissements répétitifs, névrotiques. Lui-même travaillait des deux mains à la fois. De la gauche, il griffonnait ses concepts sous forme de diagrammes. De la droite, il alimentait en équations, par l'intermédiaire des touches rigides, les entrailles du petit calculateur ou enfonçait des cartes perforées dans sa fente de programmation, les y glissant et les en ôtant à toute vitesse. Il résolvait les mêmes problèmes avec différents programmes, comparant les réponses, saisissant des pages de chiffres.

Les innombrables ouvrages sur le vol qui avaient jusque-là empli ses rayonnages avaient cédé la place, avec l'aide de Scoubidou, à une quantité tout aussi vaste de volumes sur la Théorie du Champ Unifié, ainsi que sur le sous-domaine obscur des mathématiques de crise.

Au bout d'à peine deux semaines de recherches, quelque chose d'extraordinaire s'était produit dans le cerveau d'Isaac. Une re-conceptualisation survenue si simplement qu'il n'avait pas, au premier abord, envisagé toute l'ampleur de son intuition. Au sein de tout un dialogue scientifique interne, cet instant de pensée avait semblé semblable à de nombreux autres. Nul éclair de lumière flamboyante n'avait aveuglé Isaac Dan der Grimnebulin, le pénétrant de la sensation de toucher au génie. Non, simplement, certain jour, alors qu'il mordillait son crayon, il avait connu un moment de réflexion vaguement verbalisé, du style : *ou alors… attends une minute, tu devrais peut-être t'y prendre comme ça…*

Il mit une heure et demie à saisir que ce qu'il avait pris pour un modèle mental utile se révélait beaucoup plus excitant encore. Se lançant dans un processus systématique de démolition de son hypothèse, il construisit une cohorte de scénarios mathématiques pour tâcher de réduire à néant son tas d'équations griffonnées à la va-vite. En pure perte. Ses équations tenaient la route.

Il s'en fallut de deux jours avant qu'il ne commence à croire qu'il venait de résoudre un problème fondamental de la théorie de la crise. Il connut des moments d'euphorie, mais d'autres, bien plus nombreux, de prudente nervosité. Il parcourut ses chers cahiers à une allure de limace, pour s'assurer qu'il n'avait pas ignoré quelque erreur qui crevait les yeux, qu'il n'avait pas reproduit tel théorème battu depuis longtemps en brèche.

Non, ses équations tenaient bon. Dans sa terreur de l'hubrys, Isaac, plutôt que de croire à ce qui ressemblait de plus en plus à la vérité, avait passé en revue toutes les alternatives possibles. Il avait résolu le problème de la représentation et de la quantification mathématiques de l'énergie critique.

Il savait qu'il aurait dû aussitôt s'en ouvrir à ses collègues, publier sa découverte sous forme de résultat partiel dans *La Revue de Thaumaturgie et de Physique Philosophique*, ou encore dans *Le Champ Unifié*. Mais sa découverte l'intimidait tant qu'il ne parvint pas à suivre cette voie. Il fallait être sûr, se disait-il. S'accorder quelques jours de plus… quelques semaines, un mois ou deux, peut-être… après quoi il publierait. Chose plus extraordinaire encore, il n'en pipa mot ni à Lublamai, ni à David, ni à Lin. Isaac était quelqu'un de volubile, prompt à chanter sur tous les toits n'importe quelle bonne histoire qui lui venait à l'esprit – qu'elle soit scientifique, sociale ou obscène. Ces cachotteries allaient totalement à rebours de sa pente naturelle. Il se connaissait assez pour reconnaître un phénomène de cet ordre, et comprendre sa signification : il était profondément perturbé, et très, très profondément excité par sa découverte.

Isaac revint sur ce processus de découverte, de formulation. Il prit conscience que ces avancées, ces incroyables progrès théoriques du mois écoulé qui éclipsaient son travail des cinq années précédentes avaient tous répondu à des questionnements immédiats, pratiques. Jusqu'à ce que Yagharek vienne l'engager, il avait atteint une impasse dans ses études de la théorie de la crise. Par un drôle de mystère, c'était donc lorsqu'il songeait à des applications pratiques que ses théories les plus abstraites progressaient. En conséquence, il décida de ne plus s'immerger à fond dans une théorisation abstruse. Non, il continuerait à se concentrer sur le problème de faire voler Yagharek.

À ce stade, il se refusait à songer aux ramifications de son étude. Chaque élément qu'il mettrait au jour, chaque avancée, chaque idée qui lui viendrait, serait sereinement réinvesti dans ses recherches appliquées. Il fallait tâcher de tout considérer comme un moyen de ré-envoyer Yagharek dans les airs. Il était difficile – pervers, même – de s'évertuer sans cesse ainsi à contenir et limiter son travail. Cela revenait un peu à s'échiner dans son propre dos ou, plus exactement, à tenter de mener ses expérimentations du coin de l'œil. Si incroyable que cela puisse paraître, avec cette discipline auto-imposée, ses théories progressaient à une vitesse dont lui-même n'aurait jamais rêvé six mois plus tôt.

Je défriche un chemin extraordinairement détourné qui mènera à une révolution scientifique, se disait-il parfois… se réprimandant aussitôt pour s'être laissé aller à considérer de façon directe le champ théorique. *Remets-toi au travail,* s'enjoignait-il alors fermement. *Il y a un Garuda à propulser dans les airs.* Mais il ne pouvait empêcher son cœur énervé de battre la chamade, ni des sourires réguliers, presque hystériques, de lui traverser le visage. Certains jours, il allait chercher Lin afin de faire un tour avec elle et, si elle ne travaillait pas dans sa pièce secrète en son lieu inconnu, il s'efforçait de l'enjôler pour qu'elle l'amène chez elle — avec une ferveur tendre, excitée, qui la ravissait, malgré sa fatigue évidente. D'autres fois, il passait la journée sans compagnie aucune, immergé dans sa science.

Isaac avait mis ses intuitions extraordinaires en application et entrepris, en guise de test, de concevoir une machine pour résoudre le problème de Yagharek. Le même dessin avait commencé à apparaître de plus en plus souvent dans son travail. Au début, c'était un gribouillis informe, quelques lignes mal reliées entre elles, couvertes de flèches et de points d'interrogation. Au bout de quelques jours, ça sembla plus solide. Les traits furent tracés à la règle graduée. Les courbes se firent mesurées et prudentes. C'était en voie de devenir un schéma directeur.

Yagharek revenait parfois au laboratoire, le soir, lorsqu'il savait qu'ils seraient seuls ensemble. Isaac entendait la porte s'ouvrir. Il se retournait pour découvrir l'impavide, le digne Garuda exsudant toujours un désespoir manifeste.

Il s'était rendu compte qu'expliquer son travail à Yagharek lui était d'une certaine aide. Pas les grands aspects théoriques, bien entendu, mais les sciences appliquées qui prolongeaient ses théories à demi dissimulées. Il passait des journées entières secoué de milliers d'idées et de projets potentiels. Or, simplifier tout cela, expliquer dans un langage profane les diverses techniques qu'il croyait susceptibles de l'aider à canaliser l'énergie de crise, le forçait à réévaluer ses trajectoires, à en rejeter certaines, à se concentrer sur d'autres.

Il commença à compter sur l'intérêt que manifestait Yagharek. S'il s'écoulait trop de jours avant que le Garuda ne se montre, il se laissait gagner par la distraction. Il passait ces heures-là à observer l'énorme chenille.

La bestiole s'était gorgée de colombine durant près de quinze jours et n'avait cessé de croître. Lorsqu'elle avait atteint un mètre de long, Isaac, nerveux, s'était résolu à ne plus l'alimenter. La cage devenait beaucoup trop étroite. Il était impératif de la bloquer définitivement à cette taille. Après cela, elle avait passé un ou deux jours à errer, à espérer, agitant le nez en l'air dans son petit espace. Mais depuis, elle semblait s'être résignée au fait qu'elle n'aurait plus à manger. Son appétit désespéré des débuts avait reflué.

Elle ne bougeait guère, se contentant de changer de place de temps à autre, d'onduler une fois ou deux sur la largeur de la cage, de s'étirer comme on bâille. La plupart du temps, elle se contentait de rester immobile, en pulsant légèrement... Son souffle, ses battements de cœur ? Isaac n'aurait su le dire. Pourtant, elle avait l'air en forme. On aurait dit qu'elle attendait.

Auparavant, au moment de jeter les bouchées de colombine dans les mandibules avides de la chenille, Isaac s'était surpris certaines fois à envisager sa propre expérience de la drogue sous les auspices d'un brin d'appétit un peu bougon. Rien à voir avec les illusions de la nostalgie. Isaac se rappelait très clairement son sentiment d'alors, de baigner dans l'ordure ; d'être souillé jusqu'au plus profond de lui-même ; sa nausée écœurante, déroutante ; sa confusion panique devant le fait de se perdre dans un magma d'émotions, puis de perdre à son tour cette confusion, pour la confondre avec les peurs envahissantes de l'esprit d'un autre... Et pourtant, en dépit de la véhémence de ses souvenirs, il s'était surpris à surveiller les petits déjeuners de sa chenille d'un air pensif – ou même affamé, qui sait ?

Isaac avait été fort perturbé par ces impressions. Il avait toujours fait preuve d'une couardise avouée côté drogues. Lorsqu'il était étudiant, il avait eu sa part, bien sûr, de savoureux cigarillos d'herbrume, roulés serrés, et des crises d'hilarité idiotes que la substance déclenchait. Mais il n'avait jamais eu envie d'essayer quoi que ce fût de plus fort. Ces gargouillis naissants d'une envie nouvelle n'avaient rien pour apaiser ses inquiétudes. Il ignorait quel était le risque d'accoutumance à la colombine, ou même s'il y en avait un, mais refusait de céder à ces faibles mouvements de curiosité.

La colombine était destinée à sa chenille, et à elle seule.

De sensuels, Isaac canalisa sa curiosité vers des courants intellectuels. Il ne connaissait personnellement que deux chymistes, tous deux d'indescriptibles bégueules avec lesquels il n'aurait pas plus soulevé la question des drogues illégales qu'il n'aurait dansé nu au milieu de l'Avenue Tervisadd. Non, ce sujet-là, il l'aborda parmi les tavernes louches des Champs-de-Salacus. Plusieurs de ses connaissances se révélèrent avoir tâté de la colombine, et en être des utilisateurs réguliers.

Les effets ne semblaient pas différer entre les races. Personne ne connaissait la provenance de la drogue, mais tous ceux qui admettaient en prendre vantaient ses extraordinaires effets. Le seul point sur lequel tout le monde tombait d'accord, c'était que c'était cher, et que ça ne faisait qu'augmenter. Non que cela suffît à détourner quiconque de ses petites habitudes. Les artistes, en particulier, évoquaient en des termes quasi mystiques une communion collective par l'esprit. Isaac se moqua de cette affirmation, prétendant (sans admettre l'avoir expérimentée lui-même) qu'il ne s'agissait là que d'un puissant onirogène, qui stimulait les centres du cerveau consacrés au rêve de la même façon que le véri-thé stimulait le cortex visuel et olfactif.

Il n'y croyait pas lui-même. Il ne fut pas étonné de l'opposition véhémente que rencontra sa théorie.

— Je ne sais pas à quoi c'est dû, 'Zaac, lui avait affirmé Kwiss Kipoos sur le ton de la vénération, mais ça te permet de *partager des rêves*…

À ces mots, les autres accros entassés dans un petit box du Coq et la Pendule avaient tous hoché la tête d'un même geste, comiquement. Isaac avait affecté une mine sceptique, pour rester fidèle à son rôle de rabat-joie. En réalité, bien sûr, il était d'accord. Il comptait bien s'enquérir plus avant de l'extraordinaire substance – Lemuel Pigeon serait l'interlocuteur idéal, ou Lucky Gazid, s'il refaisait jamais surface – mais le rythme de son travail en matière de théorie de la crise l'avait dépassé. Son attitude envers la colombine qu'il jetait dans la cage de la larve demeurait empreinte de curiosité, de nervosité et d'ignorance mêlées.

Un jour chaud de la fin melluaire, Isaac était occupé à observer, mal à l'aise, l'énorme bestiole. Qui était, décida-t-il, plus que prodigieuse. Ça allait plus loin qu'une très grosse chenille. Elle relevait assurément du monstre. Il lui en voulait d'être aussi intéressante. Autrement, il se serait contenté de l'oublier…

On poussa la porte dans son dos, et Yagharek fit son

apparition parmi les rais de lumière matinale. Il était rare, très rare, que le Garuda vienne avant la tombée de la nuit. Isaac sursauta et sauta sur ses pieds, faisant signe à son client de monter à l'étage.

— Mon vieux Yag ! Ça fait un bail ! Justement, je m'égarais. J'ai besoin de toi pour me remettre sur la voie. Monte donc par ici.

Yagharek gravit l'escalier sans mot dire.

— Comment sais-tu quand Lub et David vont être de sortie, hein ? demanda Isaac. Tu m'épies, je parie. Bordel, Yag, ça fout les jetons ! Il faut que tu arrêtes de rôder dans les parages comme un monte-en-l'air !

— Je voudrais avoir une discussion avec toi, Grimnebulin.

La voix de Yagharek était étrangement timide.

— Vas-y, vieux, lance-toi.

Isaac s'assit et le regarda. Il savait, à ce stade, que Yagharek refuserait de prendre un siège.

L'homme-oiseau ôta sa cape et son armature en bois, puis, les bras croisés, se tourna vers Isaac. Sans doute l'expression la plus proche de la confiance dont fût capable le Garuda, d'être campé ainsi, sa difformité sautant aux yeux, sans faire d'efforts pour se dissimuler... *Je devrais me sentir flatté*, songea Isaac.

Yagharek le considérait d'un œil torve.

— Il y a des gens dans la ville nocturne que j'habite, Grimnebulin, qui ont connu toutes sortes d'existences. Ce ne sont point seulement des épaves qui se cachent.

— Loin de moi cette idée... commença Isaac, mais Yagharek secoua impatiemment la tête, et il se tut.

— Que de nuits j'ai passées silencieux et seul... mais à d'autres moments, je parle à ceux qui gardent l'esprit vif sous leur patine d'alcool, de drogues et de solitude.

Je t'ai déjà expliqué qu'on peut s'arranger pour te trouver une chambre, avait envie de dire Isaac, mais il se retint. Il voulait voir où tout cela menait.

— Il y a un homme, quelqu'un de cultivé, d'ivrogne… Je ne suis point certain qu'il me tienne pour vrai. Il se peut qu'il voie en moi une hallucination. (Yagharek inspira profondément.) Je lui ai parlé de tes théories, de ta crise, et j'étais excité. Or cet homme m'a dit… il m'a dit : « Pourquoi ne pas aller jusqu'au bout ? Avoir recours à la Torsion ? »

Un très long silence plana. Isaac secoua la tête, exaspéré, dégoûté.

— Je suis ici pour te mettre face à cette question, Grimnebulin. Pourquoi tout cela ? Tu essaies de créer une science à partir de zéro, mais l'énergie de Torsion existe, les techniques pour la canaliser sont connues… Je pose cette question comme l'ignorant que je suis. Pourquoi n'as-tu point recours à la Torsion ?

Isaac poussa un profond soupir ; son visage se tordit. Une part de lui-même était habitée par la colère, mais pour l'essentiel, c'était simplement d'impatience : il n'avait qu'une envie, mettre un terme à cette discussion, tout de suite. Il se tourna vers le Garuda et leva la main.

— Yagharek…, entama-t-il, quand, au même moment, un coup fut frappé à la porte.

— Y a quelqu'un ? brailla une voix guillerette.

Yagharek se raidit. Isaac sauta sur ses pieds. Ce concours de circonstances était extraordinaire.

— Qui est-ce ? beugla Isaac en descendant l'escalier quatre à quatre.

Un homme passa la tête par l'embrasure de la porte. Il avait l'air avenant, à un point presque absurde.

— Hé, bonjour, chef. Je viens pour l'artefact.

Isaac secoua la tête. Il n'avait pas la moindre idée de ce que voulait dire l'homme. Il jeta un œil derrière lui, mais Yagharek demeurait invisible. S'écartant du bord de la plate-forme, le Garuda s'était caché aux regards. Sur le seuil, l'homme tendait une carte à Isaac.

NATHANIEL ORRIABEN, RÉPARATION ET REMPLACEMENT D'ARTEFACTS. SERVICE DE QUALITÉ À DES PRIX RAISONNABLES.

— Un monsieur est passé hier. Du nom de... Sérachin ? suggéra l'homme en consultant une feuille de papier. Y nous a dit que son nettoyeur modèle, hum..., EKB4C lui jouait des tours. Y pensait qu'y risquait d'avoir un virus ou un truc comme ça. J'étais censé venir demain, mais je rentre à l'instant de chez un autre client dans le coin et je me suis dit que je tenterais ma chance, des fois qu'y aurait quelqu'un.

L'homme afficha un sourire éclatant. Il plongea les mains dans les poches de sa combinaison huileuse.

— Bon, dit Isaac. Euh... Écoutez, le moment est mal choisi...

— D'accord ! À vous de voir, bien sûr. Seulement... (L'homme regarda autour de lui avant de poursuivre, comme s'il s'apprêtait à livrer un secret. Rassuré de ce qu'aucune oreille inopportune ne fût présente, il poursuivit, sur le ton de la confidence :) Le truc, chef, c'est que je risque de pas pouvoir venir au rendez-vous demain, contrairement à ce qui était prévu... (La grimace qu'il afficha était un regret feint des plus exagérés.) Je peux me mettre dans un petit coin pour faire mes affaires, c'est sans problème, vous m'entendrez pas. Ça me prendra environ une heure si je peux réparer sur place, sinon faudra l'amener à l'atelier. Je pourrai vous dire ça d'ici cinq minutes. Sinon j'aurai pas le temps de m'y coller avant une semaine, à mon avis.

— Oh, chiotte. Bon... Écoutez, je suis en réunion à l'étage, et il est absolument *vital* que vous ne nous interrompiez pas. Je parle sérieusement. Est-ce que ça va pouvoir coller ?

— Oh, oui, nickel. Je vais juste lui flanquer mon tournevis dans la couenne, et puis je vous crierai le résultat d'en bas. Ça vous va comme ça ?

— Ça me va. Bon, alors je peux vous laisser ?

— Perfecto.

L'homme se dirigeait déjà vers l'artefact nettoyeur, portant sa mallette à outils. Lublamai avait allumé la machine ce matin-là, et entré ses instructions : elle était censée laver par terre dans son coin, mais l'espoir que cela se réalise était mince. L'artefact avait crachoté en décrivant des cercles pendant vingt minutes, puis s'était arrêté, appuyé contre le mur. Il s'y trouvait toujours, trois heures plus tard, émettant de tristes petits clics, les membres agités de spasmes.

Le réparateur s'avança posément vers la chose, marmonnant et ânonnant comme un parent inquiet. Il lui tâta les membres, fit jaillir une montre de gousset de sa poche et mesura l'écart entre les spasmes. Ayant griffonné quelque chose dans un petit cahier, il fit pivoter la nettoyeuse pour la mettre face à lui, et scruter l'intérieur d'un de ses iris en verre. Il bougea lentement son crayon d'un côté, puis de l'autre, observant la façon dont le moteur sensoriel suivait le mouvement.

Isaac regardait à moitié le réparateur, mais son attention ne cessait de vaciller vers le niveau au-dessus, où l'attendait Yagharek. *Cette histoire de Torsion, ça ne peut pas attendre*, se dit-il nerveusement.

— Alors, ça va, là-bas ? hurla-t-il d'une voix agitée au réparateur.

L'homme était en train d'ouvrir sa mallette pour en sortir un grand tournevis. Il leva la tête vers Isaac.

— No problemo, chef, répéta-t-il en agitant joyeusement son outil.

Il considéra de nouveau l'artefact et l'éteignit en actionnant le commutateur situé derrière le col. Les cris d'angoisse de la machine moururent dans un murmure reconnaissant. Il entreprit de dévisser le panneau situé derrière la « tête » de la chose, une plaque de métal gris rugueuse en haut du corps cylindrique.

— Très bien, alors, jeta Isaac avant de s'élancer de nouveau en haut de l'escalier.

Yagharek se tenait près du bureau, largement hors de vue du premier niveau. Au retour d'Isaac, il leva la tête.

— Ce n'est rien, expliqua Isaac avec calme. Quelqu'un qui vient réparer notre nettoyeuse, Elle débloque complètement. Mais je me demande si on ne va pas nous entendre…

Yagharek ouvrait la bouche pour répondre, quand un sifflotement discordant se mit à résonner à l'étage en dessous. La bouche du Garuda demeura ouverte un instant, l'air bête.

— On dirait qu'on se tracasse pour rien, dit Isaac avec un grand sourire.

Il l'a fait exprès ! songea-t-il. *Pour me faire comprendre qu'il n'écoute pas. Très poli de sa part.* Il inclina la tête en un remerciement invisible pour le réparateur.

Puis ses pensées revinrent à l'affaire en cours, à la suggestion de Yagharek, et son sourire s'évanouit. Il s'assit lourdement sur son lit, passa les mains dans son épaisse tignasse et leva les yeux vers le Garuda.

— Tu ne t'assieds jamais, hein ? Comment ça se fait, dis-moi ?

Il tambourina des doigts sur le bord de son crâne et réfléchit. Puis il finit par reprendre la parole.

— Yag, mon vieux… Tu m'as déjà impressionné avec ton… ta prodigieuse bibliothèque, d'accord ? Je vais te citer deux noms, histoire de voir ce qu'ils t'évoquent. Que sais-tu de Suroch, ou de la Tache Cacotopique ?

Il y eut un long silence. Yagharek avait relevé légèrement la tête et regardait par la fenêtre.

— La Tache Cacotopique ne m'est point inconnue, bien sûr. Elle figure dans tous les récits qui évoquent la Torsion. C'est peut-être un démon ?

Isaac ne savait pas détecter les humeurs dans la voix

de Yagharek, mais ces paroles indiquaient qu'il était sur la défensive.

— Nous devrions peut-être surmonter nos craintes… Et quant à Suroch… J'ai lu vos histoires, Grimnebulin. La guerre est toujours… une période ignoble.

Pendant que le Garuda prononçait ces mots, Isaac s'était levé pour s'avancer jusqu'à ses rayonnages chaotiques et passer en revue les piles de volumes. Il revint porteur d'un mince in-folio cartonné, qu'il ouvrit devant Yagharek.

— Tiens, expliqua-t-il pesamment, c'est une série d'héliotypes pris il y a près d'un siècle. Ce furent ces hélios, pour l'essentiel, qui mirent un terme aux expériences sur la Torsion à Nouvelle-Crobuzon.

Yagharek tendit lentement le bras pour tourner les pages. Il ne proféra pas un mot.

— C'était censé être une mission de recherche secrète, poursuivit Isaac, pour évaluer les effets de la guerre à cent années de distance. Un petit groupe de miliciens, deux, trois scientifiques et un héliotypiste ont remonté la côte dans un ballon-espion, pour faire des prises de vue d'en haut. Après quoi on en a descendu quelques-uns dans ce qu'il restait de Suroch pour prendre ça de plus près.

« Sacramundi, l'héliotypiste, en a été si… épouvanté qu'il a imprimé cinq cents exemplaires de son rapport à ses frais. Il les a distribués gratuitement aux libraires. C'était pour court-circuiter le Parlement, et mettre ça sur la place publique… Le Maire Turgisadi en a fait une apoplexie, mais il n'y avait plus moyen de revenir en arrière.

« Il y a eu des manifestations, suivies des émeutes sacramundiennes de 89. C'est pratiquement tombé dans l'oubli de nos jours, mais elles ont bien failli causer la chute du gouvernement. Une poignée des entreprises qui avaient injecté de l'argent dans le programme Torsion

– la plus grosse étant Plumeton, qui possède toujours les Mines de Pointeflèche – ont pris peur et se sont retirées, mettant un terme à l'affaire.

« Ceci, fils… (Isaac indiquait le livre), c'est la raison pour laquelle nous n'utiliserons pas la Torsion.

Yagharek tourna les pages avec lenteur. Des images sépia de désolation défilèrent devant leurs yeux.

— Ah… (Isaac posa le doigt sur un panorama dévasté aux allures de verre pilé et de charbon. L'héliotype aérien était pris de très bas. Quelques-uns des plus gros éclats qui jonchaient le sol étaient visibles, laissant entendre que ces débris desséchés étaient tout ce qu'il restait d'objets extraordinairement tortueux jadis.) Voilà ce qui demeurait du centre-ville. C'est là qu'ils avaient balancé les bombes-couleurs en 1545. D'après eux, c'est ce qui a mis un terme aux Guerres Flibustières, mais pour être franc avec toi, Yag, elles avaient cessé depuis un an déjà, depuis que Nouvelle-Crobuzon avait bombardé Suroch à l'aide de bombes à Torsion. Tu comprends, ils ont lancé ces bombes-couleurs après *pour dissimuler leurs actes*… hormis que l'une est tombée en mer et que deux n'ont pas fonctionné, alors comme il n'en restait qu'une, ils ont seulement réussi à nettoyer deux kilomètres carrés et quelques au centre… (Il indiqua un tas de débris plats au bord de la plaine circulaire.) À partir de cet endroit-là, les ruines tiennent encore debout. C'est là qu'on peut vérifier les effets de la Torsion.

Il indiqua à Yagharek de tourner la page. L'homme-oiseau s'exécuta, et quelque chose s'étrangla au fond de sa gorge. Ce devait être l'équivalent garuda d'un hoquet de surprise. Isaac considéra brièvement l'image, puis releva la tête, pas trop vite, pour considérer le visage de Yagharek.

— Ces machins dans le fond qui ont l'air de statues fondues, c'étaient des maisons, avant, dit-il d'une voix dénuée d'inflexion. Ce que tu regardes là, pour autant qu'ils aient pu en juger, ça descendrait de nos chèvres domestiques. Apparemment, ils les considéraient comme animaux de compagnie à Suroch. Ça pourrait être post-Torsion de deux, dix, vingt générations, on ne sait pas. On ignore quelle est leur espérance de vie.

Yagharek contemplait la chose morte prise par l'héliotypiste.

— Ils ont été forcés de l'abattre, à ce qu'explique le texte, poursuivit Isaac. Elle avait tué deux miliciens. Ils ont voulu tenter une autopsie, mais ces cornes à l'intérieur de son estomac n'étaient pas mortes, même si le reste l'était. Elles se sont rebiffées, ça a presque tué la biologiste. Tu vois la carapace ? C'est très bizarre, cette épissure.

Yagharek hocha lentement la tête.

— Tourne la page, Yag. La suivante, là, personne n'a la moindre idée de ce que c'était avant. Ça a peut-être été généré spontanément dans l'explosion de la bombe T. Mais je pense que ces engrenages, là, descendent de moteurs de train... (Il tapota doucement les pages.) Le... euh, le meilleur reste à venir. Tu n'as pas vu l'arbre-blatte, ou les hordes de ceux qui étaient peut-être humains avant.

Yagharek fut méticuleux. Il tourna chaque page l'une après l'autre. Il contempla des clichés furtifs volés derrière des murs, et des vues vertigineuses prises depuis les airs. Un lent kaléidoscope de mutation et de violence, de guérillas, entre des monstruosités indescriptibles, pour la maîtrise des no man's land, au sein de scories mouvantes et d'une architecture de cauchemar.

— Il y avait vingt miliciens, l'héliotypiste Sacramundi et trois scientifiques chercheurs, plus deux ingénieurs qui ne sont pas descendus une seule fois de l'aérostat. Sept miliciens, Sacramundi et une chymiste sont ressortis vivants de Suroch. Certains étaient atteints de Torsion. Le temps qu'ils reviennent à Nouvelle-Crobuzon, l'un des miliciens était mort. Un autre avait des tentacules barbelés là où auraient dû être ses yeux, et la scientifique avait des morceaux de corps qui disparaissaient d'un jour sur l'autre. Pas de sang, aucune douleur, juste... des trous lisses dans son abdomen, son bras, ou va savoir quoi. Elle s'est donné la mort.

Isaac se rappelait la première fois où il avait entendu cette histoire, sous la forme d'une anecdote narrée par un professeur d'histoire ; il était remonté à la source, suivant une piste jalonnée de notes personnelles et de vieux journaux. Les événements avaient été oubliés, transmués en chantage émotionnel pour les enfants – *Sois sage ou je t'envoie à Suroch, au pays des monstres !* Il lui avait fallu un an avant de dénicher l'un des rapports de Sacramundi, et trois de plus pour rassembler la somme exigée.

Isaac avait l'impression de deviner certaines des pensées qui dansaient, presque invisibles, sous la peau impassible de Yagharek. Celles que n'importe quel étudiant hétérodoxe de première année avait caressées un jour.

— Yag, dit-il avec douceur, on ne va pas avoir recours à la Torsion. Tu te dis sans doute qu'un marteau peut servir à assassiner les gens ? C'est ça, hein ? Qu'une rivière peut déborder et tuer des milliers de personnes, comme alimenter des centrales ? J'ai deviné ? Eh bien fais-moi confiance, à moi qui ai trouvé la Torsion terriblement excitante, un temps : ce n'est pas un outil. Ce n'est *pas* un marteau, ce n'est pas comme l'eau. C'est... c'est une force indomptable. On ne parle plus énergie critique, là, d'accord ? Sors-toi ça *tout de suite* de la tête. La crise est l'énergie qui sous-tend toute la physique. La Torsion n'a rien à voir avec la physique. Ni avec quoi que ce soit d'autre. C'est... c'est une force entièrement pathologique. Nous ignorons d'où elle provient, pourquoi elle apparaît, où elle mène. *Avec elle, rien ne va plus.*

Aucune règle n'a plus cours. On ne peut pas la canaliser – enfin si, on peut tenter, mais tu as vu le résultat. On ne peut pas jouer avec, ni s'y fier, ni la comprendre, et surtout pas la contrôler, bordel de merde !

Isaac secoua la tête, énervé.

— Oh, bien sûr, il y a eu des expériences et tutti quanti. Ils croient disposer de certaines techniques pour se préserver de ses effets et pour en amplifier d'autres – certaines doivent même aboutir à quelque chose, du reste. Mais il n'y a *jamais* eu une seule expérimentation autour de la Torsion qui ne finisse pas… eh bien, pour le moins *très mal*. À mon avis, il n'y a qu'une seule sorte d'expérience à tenter de ce côté-là, et elle consiste à trouver le moyen d'*éviter* la Torsion. Soit on l'arrête net, soit on prend nos jambes à notre cou comme Libintos, avec les dracovies à nos trousses.

« Il y a cinq siècles, quelque temps après l'ouverture de la Tache Cacotopique, une tempête de Torsion assez modérée s'est déclenchée quelque part en mer, dans le nord-est, avant de venir balayer le continent. Elle a survolé un moment Nouvelle-Crobuzon. (Isaac secoua lentement la tête.) Rien à voir avec Suroch, évidemment, mais ça a suffi à déclencher une rafale de naissances monstrueuses et des turbulences très étranges dans la cartographie. Tous les bâtiments affectés ont été abattus aussitôt. Très sensé comme décision, je trouve. C'est à ce moment qu'on s'est mis à concevoir les plans du gratte-nuages – on ne voulait plus laisser la météo aux mains du hasard. Mais ce machin-là est cassé, maintenant, et si on se paie de nouveaux courants de Torsion, on l'aura dans le fion ! Enfin, ils semblent s'être faits de plus en plus rares au fil des siècles, heureusement. Ils ont connu une sorte d'apogée au cours des années 1200.

Isaac agita les mains en direction de Yagharek, s'échauffant au fur et à mesure de ses diatribes et explications.

— Tu sais, Yag, quand ils ont réalisé qu'il se tramait un truc dans le Sud, dans la savane – et ils n'ont pas mis longtemps à percuter que c'était une *immense* crevasse de Torsion –, il y a eu beaucoup de conneries de dites lorsqu'il s'est agi de lui trouver un nom. Un demi-millénaire plus tard, les débats ne sont toujours pas clos. Un jour, quelqu'un a appelé ça la Tache Cacotopique, et le surnom est resté. Je me rappelle, à la fac, ils nous ont dit que c'était une description horriblement populiste, parce que Cacotopos – « Sale endroit », disons – était un terme teinté de moralisme, que la Torsion n'était ni bonne ni mauvaise, et cetera. Le problème c'est que... évidemment, c'est exact à un certain niveau. La Torsion n'est pas maléfique en soi. Elle n'a pas de pensées, ni de motivations... Enfin, à mon avis. Certains n'approuveraient pas ce point de vue.

« Mais même si j'ai raison, il me semble que l'ouest du Ragamoll est *précisément* un Cacotopos. C'est une immense langue de terre devant laquelle nous sommes tout à fait impuissants. Nous ne pourrons nous former à aucune thaumaturgie, perfectionner aucune technique qui nous permette de faire usage de ce lieu en quoi que ce soit. Notre seul recours, c'est de nous en tenir à l'écart en espérant que ça finisse par se résorber. Ce ne sont que ravines grouillant d'Hommes-Pouce – qui, en théorie, vivent aussi en dehors des zones de Torsion, mais ils y ont l'air particulièrement heureux – et d'autres trucs que je ne prendrai même pas la peine d'essayer de décrire. Tu as donc là une force devant laquelle notre pensée se révèle totalement absurde... un truc maléfique, de mon point de vue. Ça pourrait même être la définition exacte du terme... Tu comprends, Yag – ça me fait mal de dire ça, vraiment, parce que bon, je suis un rationaliste bordel ! –, mais la Torsion est *inconnaissable*.

Gagné par un soulagement énorme, Isaac vit Yagharek hocher la tête. Il fit de même lui aussi, avec ferveur.

— C'est en partie par égoïsme, tout cela, comprends-tu, affirma-t-il avec un humour lugubre. Je veux dire, je ne veux pas me casser le cul à faire des expériences pour finir par me changer en… en je ne sais quel bidule abominable. C'est trop risqué, merde ! On en reste à la crise, d'accord ? D'ailleurs, à ce propos, j'ai des trucs à te montrer…

Isaac ôta délicatement le rapport de Sacramundi des mains de Yagharek et le rangea sur les étagères. Il ouvrit un tiroir de son bureau pour en sortir son schéma directeur de principe.

Il le plaça sous les yeux du Garuda puis, hésitant, se recula quelque peu.

— Yag, mon vieux, il faut vraiment que je sache… Tu es… satisfait ? Convaincu ? On ne reviendra plus là-dessus, désormais ? Si tu dois te mettre à tripatouiller la Torsion, pour l'amour de Baragouin, avoue-le-moi maintenant, que je te dise adieu… et que je t'exprime mes condoléances.

Il étudia les traits de son visiteur d'un regard embêté.

— J'ai entendu tes paroles, Grimnebulin, affirma le Garuda après un silence. Je… je te respecte.

Isaac afficha un sourire dénué de joie.

— J'accepte tes paroles.

Le sourire d'Isaac s'élargit, et il aurait volontiers réagi, si Yagharek n'avait pas été occupé à regarder par la fenêtre avec une immobilité toute neurasthénique.

Le Garuda resta la bouche ouverte un long moment avant de reprendre, ménageant un silence entre chaque phrase :

— Nous connaissons la Torsion… Nous, je veux dire, mon peuple… Elle est passée par le Cymek… Nous l'appelons *rebekh-lajhnar-h'k'*.

Ce mot avait été prononcé sur une cadence âpre évoquant un chant d'oiseau courroucé. Yagharek regardait Isaac droit dans les yeux.

— *Rebekh-sackmai,* « force qui achève », signifie la Mort. *Rebekh-kavt,* « force qui commence », la naissance. Elles étaient les Jumelles Originelles, nées du monde-bombe après l'union avec son propre rêve. Mais il y avait… une maladie… une *tumeur*… (Il se tut pour savourer l'exactitude de ce terme) dans le ventre de la terre avec elles. *Rebekh-lajhnar-h'k* s'est frayé un chemin en déchirant le monde-bombe derrière elles, ou peut-être en même temps, ou juste avant. C'est la… (Il se creusa la tête pour trouver un équivalent.) La sœur-cancer. Son nom signifie : « force à laquelle on ne peut se fier ».

Yagharek n'avait pas raconté ce conte populaire sur un quelconque mode incantatoire, chamanique, mais avec l'aplomb impassible du xenthropologiste. Il ouvrit son bec tout grand, le referma brusquement, puis le rouvrit.

— Je suis un proscrit, un renégat, poursuivit-il. Ce n'est sans doute… pas surprenant… que j'aie tourné le dos à mes traditions… Mais je dois apprendre à me colleter de nouveau avec elles. *Lajhni* signifie « faire confiance », et « lier fermement ». On ne peut se fier à la Torsion, ni l'attacher. Elle est impossible à contenir. Je l'ai su dès que j'ai eu vent de ces histoires. Mais dans mon… Mais je… J'ai hâte, Grimnebulin. Je m'en remets peut-être trop vite à des choses devant lesquelles j'aurais autrefois reculé. C'est… difficile… d'être entre deux mondes… de n'appartenir à aucun. Mais tu m'as rappelé ce que j'ai toujours su. (Il eut un long, un dernier silence.) Merci.

Isaac hocha lentement la tête.

— Ne me remercie pas. Je suis… très soulagé d'entendre tout cela, Yag, plus que je ne saurais l'exprimer. Allez, arrêtons avec ces histoires, mon vieux. (Il se racla la gorge et tapota du doigt le diagramme.) J'ai des choses fascinantes à te montrer.

Dans la lumière poussiéreuse qui régnait sous la passerelle d'Isaac, le réparateur de chez Orriaben agaçait au tournevis et à la lampe à souder les entrailles de la nettoyeuse cassée. Il sifflotait tranquillement sa balade, ce faisant, chose qui ne lui demandait strictement aucun effort de concentration.

Les bruits de discussion du dessus lui parvenaient sous la forme d'une infime rumeur de basse, parfois entremêlée de propos croassants. Il avait levé la tête de surprise, l'espace d'un instant, en entendant cette dernière voix, mais pour vite retourner à ce qui l'occupait.

Un bref examen des mécanismes de l'engin analytique interne de l'artefact avait confirmé son diagnostic de départ. En dehors des problèmes habituels liés à l'âge (joints fendillés, rouille et soies usées que le réparateur remit bien vite en état), l'artefact avait contracté un virus. Une carte de programmation mal perforée, ou quelque rouage décalé dans les profondeurs de l'engin à vapeur intelligent, avait abouti à ce qu'une série d'instructions se ré-alimente elle-même en une boucle infinie. Afin de tenter d'extraire plus d'informations ou des ordres plus complets, l'artefact avait entrepris de s'absorber dans des activités qu'il aurait dû mener comme par réflexe. Sous cet assaut d'instructions paradoxales ou cet excès de données, il était paralysé.

L'ingénieur leva la tête vers le plancher qui le surplombait. On l'ignorait.

Il sentit son cœur vibrer d'excitation. Les virus se manifestaient sous une grande variété de formes. Certains se contentaient de mettre un coup d'arrêt au mécanisme de la machine. D'autres l'amenaient à accomplir des tâches bizarres et inutiles, résultat de la programmation d'une nouvelle attitude envers les informations ordinaires. Et d'autres enfin, dont celui-ci était un parfait, un *magnifique* spécimen, paralysaient les artefacts en leur faisant réexaminer de façon récursive leurs programmes comportementaux de base.

Les machines étaient tourmentées par la pensée. Par les ferments d'une conscience.

Le réparateur plongea la main dans sa mallette pour en tirer un assortiment de cartes de programmation et les déployer en éventail d'une main experte. Il murmura une prière.

Les doigts s'activant à une vitesse extraordinaire, il relâcha la pression dans divers valves et cadrans au cœur de l'artefact. Ayant ouvert à l'horizontale le couvercle protecteur de la fente de programmation, il vérifia que la pression restant dans le générateur était suffisante pour alimenter le mécanisme récepteur du cerveau de métal. Les programmes se chargeraient en mémoire, pour être actualisés par les processeurs de l'artefact lorsqu'on le remettrait en marche. D'un geste rapide, il inséra d'abord une carte, puis une deuxième, et ainsi de suite, dans l'ouverture. Il sentit les dents actionnées par des pistons effectuer leur rotation le long de la plaque rigide, se glissant dans les petits trous qui se traduisaient par des instructions ou des informations. Il avait ménagé une pause entre chaque insertion pour s'assurer que les données se chargeaient correctement.

Ayant battu sa petite pile de cartes comme un pro des tables de jeu, il vérifia du bout des doigts de la main gauche les minuscules secousses qui animaient l'engin analytique. Il recherchait là des impulsions erronées, des dents cassées ou des pièces mobiles mal huilées qui, figées, corrompraient ou bloqueraient les programmes. Aucune. Incapable de se refréner, le réparateur émit un sifflement de triomphe : le virus de l'artefact n'avait rien à voir avec une panne physique, il résultait entièrement d'un feed-back informationnel. Les cartes avec lesquelles lui-même était en train de manipuler la machine se chargeaient bien dans ce cerveau à vapeur sophistiqué.

Lorsqu'il eut enfoncé dans la fente, selon un ordre mûrement réfléchi, chacune des cartes de programmation qu'il avait sélectionnées avec soin, il tapota une brève séquence sur les touches marquées de chiffres reliées à l'engin analytique de la nettoyeuse.

L'homme referma le couvercle et le corps de l'artefact. Il remit en place les vis tordues qui maintenaient le coffrage. Il garda un instant ses mains sur le corps sans vie de la machine. Qu'il hissa à la verticale, la remettant sur ses bandes de roulement. Il rassembla ses outils.

Recula jusqu'au centre de la pièce.

— Euh, monsieur… Excusez-moi ? beugla-t-il.

Un instant, seul le silence lui répondit, puis la voix d'Isaac retentit.

— Oui ?

— J'ai fini. Elle ne devrait plus poser de problème. Dites juste à M. Serachin de lui fourrer un peu de coco dans le ventre avant de l'allumer, à cette vieille bête. Vraiment mimi comme modèles, ces EKB.

— Oui, je vous crois sur parole. (Isaac apparut derrière la rambarde.) Y a-t-il quoi que ce soit d'autre que je doive savoir ? demanda-t-il avec impatience.

— Non, chef, c'est à peu près tout. On enverra la facture à M. Serachin cette semaine. Bon, alors, ciao.

— Au revoir. Merci beaucoup.

— Pas la peine de me remercier, monsieur… commença l'homme, mais Isaac s'était déjà retourné et était reparti en un lieu invisible au regard.

Le réparateur s'avança lentement jusqu'à la porte. Il la tint ouverte pour se retourner vers l'artefact qui reposait face contre le sol dans l'ombre de la grande pièce. Son regard fit un bref aller-retour jusqu'à l'étage pour vérifier qu'Isaac était parti, puis il bougea les mains, traçant un symbole formé de l'intersection de deux cercles.

— Que ta volonté soit faite, chuchota-t-il, avant de partir dans la chaleur de midi.

20

— Qu'est-ce ? demanda Yagharek.

Au moment de soulever le diagramme, il avait basculé la tête sur le côté en un mouvement tout à fait aviaire.

Isaac lui prit la feuille de papier et la retourna pour la mettre dans le bon sens.

— Ceci, mon vieux, est un conducteur de crise, dit-il, pompeux. Ou du moins, un prototype. Le triomphe physico-philosophique de la crise appliquée, bordel !

— Qu'est-ce ? Qu'est-ce que ça fait ?

— Eh bien, regarde. Tu mets la chose que tu veux... canaliser là-dedans. (Il indiqua un griffonnage représentant une cloche en verre.) Ensuite... eh bien, l'aspect scientifique est complexe, mais le fond du problème... voyons... (Il tambourina des doigts sur le bureau.) Cette chaudière à vapeur est maintenue à un niveau de chaleur énorme, et elle actionne une série de moteurs interconnectés, ici. Bien, celui-ci est plein d'équipements sensoriels qui sont en mesure de détecter diverses sortes de champs énergétiques – émissions de chaleur, élyctrostatiques, potentielles, thaumaturgiques – et de les représenter sous forme mathématique. Bien, si je suis dans le vrai à propos du champ unifié – et je te garantis que c'est le cas –, toutes ces sortes d'énergie sont la manifestation, sous une forme ou une autre, de notre fameuse énergie critique. Donc le boulot de cet engin analytique que tu vois là, c'est de calculer à quel type de champ énergétique nous avons affaire étant donné les paramètres de tous les autres.

Isaac secoua la tête.

— Ce sont des calculs très compliqués, vieux. Ça va être la partie la plus difficile, je pense. L'idée, c'est d'avoir un programme qui soit capable de dire « eh bien, il y a tant d'énergie potentielle, tant d'énergie thaumaturgique, et ainsi de suite, ce qui signifie que la situation de crise sous-jacente doit être ceci ou cela ». Ce programme va tenter de traduire des données... euh... banales, sur un autre plan, celui de l'énergie critique. Ensuite – et là aussi, on a un point d'achoppement possible – l'effet que tu recherches doit être traduit à son tour sous forme mathématique, donnant une équation de crise que l'on entre dans cet engin computationnel *à cet endroit*. Ensuite, on utilise ce truc, qui est alimenté par une combinaison de vapeur ou de chymie et de thaumaturgie. C'est le point crucial de tout le processus, un convertisseur destiné à puiser dans l'énergie critique pour la faire se manifester sous sa forme la plus brute. Après quoi on la dirige jusque dans l'objet voulu...

Isaac devenait de plus en plus excité au fur et à mesure qu'il évoquait son projet. Il ne parvenait pas à s'en empêcher: l'espace d'un moment, son allégresse devant les immenses potentialités de cette recherche, l'ampleur de ce qu'il était en train d'accomplir avaient mis à mal sa résolution de ne considérer que le projet immédiat.

— Ce qu'on devrait arriver à faire, ça revient à changer la forme de l'objet pour lui en faire adopter une nouvelle, où la canalisation de son champ d'énergie critique ne fasse qu'augmenter son état de crise. En d'autres termes, le champ de crise grandit *du simple fait qu'on le siphonne*. (Isaac adressa un sourire radieux à

Yagharek, la bouche ouverte.) Vois-tu ce que je veux dire ? Le mouvement perpétuel, bordel ! Si nous parvenons à stabiliser le processus, ça donnera une boucle de rétroaction infinie, ce qui signifiera une source d'énergie permanente !

Il se calma devant le froncement de sourcils impassible de Yagharek. Puis sourit jusqu'aux oreilles. Sa résolution de se cantonner à la recherche appliquée était facilitée, voire accélérée, par l'obsession univoque que manifestait son client envers cette mission.

— Ne te fais pas de bile, Yag. Tu obtiendras ce que tu cherches. De ton point de vue, ce que ça signifie – si je parviens à faire fonctionner mon truc –, c'est que je pourrai te transformer en une dynamo ambulante, bordel !… Et volante ! Plus tu voleras, plus tu émettras d'énergie critique, et donc plus tu pourras voler. Tu ne connaîtras plus jamais la fatigue dans tes ailes.

Un silence troublé accueillit ces paroles. Au grand soulagement d'Isaac, Yagharek ne semblait pas avoir remarqué la double signification malheureuse de sa dernière phrase. Le Garuda était occupé à caresser la feuille de papier avec émerveillement et avidité. Il murmurait quelque chose dans sa propre langue, une petite mélopée douce, gutturale.

Il finit par relever la tête.

— Quand bâtiras-tu cette chose, Grimnebulin ?

— Eh bien, il me reste encore à constituer un modèle de travail pour pouvoir effectuer des tests, affiner l'aspect mathématique, et ainsi de suite. Je devrais mettre une semaine et quelque à assembler quelque chose qui marche. Mais nous en sommes au début, n'oublie pas. Au tout début.

Yagharek eut un petit hochement de tête, agita la main pour signifier qu'il comprenait.

— Tu es sûr de ne pas vouloir pieuter ici ? demanda Isaac. Tu vas continuer à errer dans le coin comme une goule pour me tomber dessus au moment où je m'y attends le moins ?

Imperméable à son ironie, Yagharek hocha la tête.

— Dès que tes théories auront progressé, je t'en prie, Grimnebulin, préviens-moi.

Isaac éclata de rire devant cette requête à la fois pathétique et comique.

— Compte sur moi, mon vieux, tu as ma parole.

Yagharek se détourna, raide, et se dirigea vers l'escalier. Au moment de se retourner pour dire au revoir, il aperçut quelque chose. Il demeura un moment immobile puis s'avança vers le bout de la passerelle, du côté qui faisait face à l'est. Il indiqua la cage qui contenait la chenille colossale.

— Grimnebulin, dit-il, que fait ta chenille ?

— Je sais, je sais, elle a grandi comme pas possible, dit Isaac en s'approchant d'un pas léger. Impressionnante, cette petite, hein ?

Yagharek désigna la cage et leva des yeux interrogateurs.

— Oui, dit-il. Mais qu'est-elle en train de faire ?

Isaac fronça les sourcils et scruta l'intérieur de la boîte en bois. Il l'avait déplacée pour lui faire tourner le dos aux fenêtres ; l'intérieur était dans l'ombre, et difficilement visible. Plissant les yeux, il tenta de déchiffrer la pénombre.

L'énorme bestiole avait rampé jusqu'au coin le plus reculé de la cage et s'était débrouillée, d'une façon ou d'une autre, pour grimper le long du bois râpeux. Après quoi, à l'aide de quelque adhésif exsudé par le cul, elle s'était suspendue en haut de la boîte. Elle oscillait là, pendante et lourde, tanguant et ondulant légèrement, comme un bas plein de boue.

Isaac émit un sifflement, la langue en avant.

La chenille avait resserré ses pattes trapues, les incurvant bien serré contre son abdomen. Sous les yeux de

Yagharek et d'Isaac, elle fit un saut de carpe et sembla vouloir embrasser le bout de sa queue, avant de se relâcher et de pendre à nouveau comme un poids mort. Elle répéta le processus.

Isaac désigna du doigt la pénombre.

— Regarde, dit-il. Elle se barbouille de quelque chose.

À l'endroit où la bouche de la chenille avait touché sa chair, elle laissait des filaments luisants infiniment fins, qui s'étiraient, se tendant au fur et à mesure qu'elle éloignait la tête, pour adhérer à l'endroit où ils revenaient en contact avec son corps. Les poils qui couvraient sa partie postérieure, aplatis, paraissaient humides. L'énorme larve était en train de s'emmailloter peu à peu dans une soie translucide.

Isaac se redressa, lentement. Il croisa le regard de Yagharek.

— Eh bien..., dit-il, mieux vaut tard que jamais. Je vais enfin en avoir pour mon argent. Notre amie devient chrysalide !

Au bout d'un moment, Yagharek hocha lentement la tête.

— Elle pourra bientôt voler, affirma-t-il calmement.

— Pas nécessairement, mon vieux. Tout ce qui devient pupe ne finit pas forcément par voler.

— Tu ignores donc ce que ce sera ?

— C'est précisément pour cette raison que je l'ai encore, cette satanée bestiole. Ma curiosité maladive, Yag. Incorrigible.

Isaac sourit. À la vérité, il éprouvait bien un peu de nervosité à voir cette chose bizarre accomplir enfin le geste qu'il attendait depuis la première fois où il l'avait vue. Il l'observa se recouvrir, en cet étrange et minutieux contraire d'une toilette. Ce fut rapide. Les couleurs vives, chamarrées, de sa robe virèrent au vaporeux sous la première couche de fibres, puis s'évanouirent vite.

L'intérêt de Yagharek envers la bestiole fut bref. Il remit en place sur ses épaules le châssis en bois qui cachait sa difformité, puis le recouvrit de sa cape.

— Je vais tirer ma révérence, Grimnebulin.

Isaac releva la tête de la chenille qui retenait son attention.

— Bien ! Bon, Yag, je vais m'atteler à... euh, à l'engin. Ça ne sert à rien de te demander quand je te reverrai, hein ? Tu te montreras le moment venu ?

Il secoua la tête. Yagharek se trouvait déjà en bas de l'escalier. Le Garuda se retourna, une fois, brièvement, pour le saluer, puis il partit.

Isaac lui rendit son salut du bras. Il demeura perdu dans ses pensées ; sa main plana en l'air plusieurs secondes après le départ de Yagharek. Au bout du compte, il referma les doigts avec un petit clappement et revint à la cage de la chenille.

La couche de fibres mouillées séchait rapidement. L'extrémité de la queue était déjà raide et immobile. Elle restreignait les ondulations de sa propriétaire, l'obligeant à accomplir de plus en plus d'acrobaties claustrophobes dans sa tentative de se recouvrir. Isaac tira son fauteuil devant la cage pour observer ses efforts. Il prit des notes.

Une part de lui-même lui soufflait qu'il faisait preuve de relâchement intellectuel, qu'il fallait se reprendre et se concentrer sur la tâche à accomplir. Mais ce n'était qu'une petite part, dont le murmure manquait d'assurance. Elle s'exprimait presque par devoir. Rien, au fond, n'empêchait Isaac de saisir cette chance d'observer un phénomène hors du commun. Il se cala confortablement dans son fauteuil, saisit une loupe.

La chenille mit un peu plus de deux heures à se recouvrir entièrement de sa chrysalide humide. La manœuvre la plus compliquée eut trait à la tête. Elle fut obligée de se saliver une sorte de collier, puis de le laisser sécher un moment avant de se trousser dans ce sac, s'évasant et rapetissant en longueur le temps de filer un couvercle : après quoi elle s'enferma dans sa gaine. Elle poussa lentement, vérifiant sa solidité, avant d'exsuder un peu plus du mortier filandreux, jusqu'à ce que sa tête soit complètement recouverte, invisible.

L'espace de quelques minutes, le linceul organique frémit, se gonflant et se contractant en réaction aux mouvements qui l'animaient de l'intérieur. Le manteau blanc se rigidifia sous les yeux d'Isaac, virant au nacré grisâtre. Il se balança très doucement comme des courants d'air le dérangeaient, mais la substance ayant durci, les mouvements de la larve à l'intérieur n'étaient plus discernables.

Isaac se rassit et griffonna des notes. *Yagharek était presque sûrement dans le vrai quand il disait qu'elle aurait des ailes,* songea-t-il. Le petit sac organique avait tout du dessin de chrysalide de phalène ou de papillon qu'on trouvait dans les manuels scolaires, mais en beaucoup plus gros.

À l'extérieur, la lumière se fit plus intense tandis que s'allongeaient les ombres.

Le cocon suspendu était resté immobile durant plus d'une demi-heure quand la porte s'ouvrit, faisant sursauter Isaac. Il se leva.

— Y a quelqu'un ? cria la voix de David.

Isaac se pencha par-dessus la balustrade pour le saluer.

— Un type est passé pour s'occuper de l'artefact, annonça-t-il. Il a dit qu'il fallait juste alimenter un peu la chaudière avant de l'allumer. Ça devrait marcher, d'après lui.

— Excellent. Toute cette saleté me tape sur le système. On a droit à la tienne, en prime… Serait-ce volontaire ?

David souriait jusqu'aux oreilles.

— Comment ça ? Mais non ! répondit Isaac en poussant du pied poussière et miettes à travers sa rambarde avec ostentation.

David s'esclaffa et s'éloigna hors de portée de vue. Un bruit sourd métallique : il avait gratifié l'artefact d'une tape affectueuse.

— Je suis aussi censé te dire que c'est une vieille chose toute mimi, ajouta Isaac, solennel.

Ils éclatèrent de rire de concert. Isaac vint s'asseoir au milieu de l'escalier. David était occupé à enfourner des pelletées de coke dans la petite chaudière de l'artefact, un modèle efficace à triple échange thermique. Son ami claqua le battant et mit le loquet. Il leva la main vers la tête de la nettoyeuse et mit la petite manette en position *marche*.

Il y eut un sifflement et un petit gémissement : la vapeur fusait dans les tuyaux fins, alimentant peu à peu l'engin analytique. L'artefact fut pris de secousses spasmodiques et retomba contre le mur.

— Ça devrait se réchauffer d'ici peu, dit David avec satisfaction en plongeant les mains dans ses poches. Alors, Zaac, quelles sont les nouvelles ?

— Monte par ici, répondit Isaac. Je veux te montrer un truc.

David eut un rire bref en voyant le cocon suspendu, et posa les mains sur ses hanches.

— Baragouin ! dit-il. C'est énorme ! Quand ce truc va sortir, moi je file aux abris…

— Ouais, ben c'est en partie pour ça que je te le montre. Simplement pour te dire de le garder à l'œil quand il s'ouvrira. Tu pourras m'aider à l'épingler dans sa vitrine…

Les deux hommes sourirent.

D'en bas leur parvint une suite d'explosions, comme de l'eau qui essaie de passer à travers une tuyauterie bruyante. Un faible sifflement de pistons se fit entendre. Un instant déroutés, Isaac et David se dévisagèrent.

— On dirait qu'elle est partie pour mettre les bouchées doubles, dit David.

Dans les chemins de traverse trapus de cuivre et de bronze qui constituaient le cerveau de l'artefact, un fatras de données et d'instructions nouvelles cliquetait avec violence. Transmis par les pistons, vis et innombrables soupapes, bribes et bouts d'intelligence faisaient bouchon au sein de cet espace limité.

Des décharges d'énergie infinitésimales jaillissaient à travers de minuscules marteaux-pilon, fruits d'une ingénierie délicate. Au centre du cerveau se trouvait un boîtier rempli jusqu'à la gueule de rangées successives d'interrupteurs qui accéléraient leur train-train. Chacun d'entre eux était une synapse à vapeur qui pressait des boutons et actionnait des manettes en des combinaisons d'une complexité intense.

L'artefact tressauta.

Au plus profond de son calculateur intelligent circulait la boucle de données solipsistique qui constituait précisément le virus, née là où un volant d'inertie avait momentanément dérapé. Tandis que la vapeur courait avec une vitesse et une force croissantes à travers cette boîte crânienne, l'inutile succession de requêtes du virus tournait en rond en un circuit autistique, ouvrant et refermant les mêmes soupapes, actionnant les mêmes interrupteurs dans un ordre toujours semblable.

Mais, cette fois, le virus était alimenté. Les programmes que le réparateur avait chargés dans le calculateur intelligent de la machine envoyaient des instructions extraordinaires à travers les tubulures de son cervelet ouvragé. Les soupapes claquaient et les interrupteurs bourdonnaient en un staccato trépidant, trop rapide, semblait-il, pour ne pas relever du hasard. Et pourtant, dans ces séquences heurtées de code numérique, le méchant petit virus avait muté ; il évoluait.

Les informations encodées enflaient à l'intérieur de ces neurones limités et sifflants, se voyaient réintégrer à l'idiotie récursive du virus, et en recrachaient des écheveaux de nouvelles données. Le virus s'épanouissait. Le moteur imbécile de son circuit rudimentaire accélérait, chassant d'une chiquenaude des pousses de code viral nouveau-né qui partaient en spirale, animées d'une sorte de force centrifuge, vers tous les recoins du processeur.

Chacun de ces circuits viraux annexes répéta le processus jusqu'à ce qu'instructions, données et programmes secondaires viennent submerger le moindre parcours du calculateur mécanique limité.

L'artefact reposait debout dans son coin, tremblant et vrombissant légèrement.

Dans ce qui avait été un ordre sans importance de son esprit valvé, le virus de départ – cette combinaison originelle de données aberrantes et de références sans suite qui avait affecté la capacité de la nettoyeuse à balayer par terre – continuait d'évoluer. Similaire, mais transformé. Désormais utilisé à des fins non destructrices, il était devenu un moyen, un générateur, une force motrice.

Le moteur central de traitement du cerveau de l'artefact cliqueta bientôt à plein régime. Des mécanismes ingénieux intervinrent, sur l'ordre des nouveaux programmes qui bourdonnaient à travers les soupapes analogiques. Des pans entiers de capacités intellectuelles ordinairement dévolues au mouvement, à la sauvegarde de données et aux fonctions de sustentation se replièrent sur eux-mêmes, doublant leur capacité : les mêmes fonctions binaires étaient désormais investies d'une signification double. Le flot de données étrangères était dévié, mais pas ralenti. Les directives époustouflantes de cette conception de programme accroissaient l'efficacité et la capacité de traitement des soupapes et des interrupteurs mêmes qui les transmettaient.

David et Isaac discutaient à l'étage, grimaçant ou souriant devant les sons que la malheureuse machine ne pouvait s'empêcher d'émettre.

Le flot de données d'abord transféré de l'impressionnante série de cartes de programmation du réparateur, puis stocké dans le boîtier mémoriel au doux ronronnement et aux tendres cliquetis, poursuivait à présent sa course, converti en instructions, dans un processeur actif. Il s'écoulait sans relâche, vague inlassable d'instructions abstraites, simple combinaison de *oui/non* et de *marche/arrêt*, mais si nombreuses et si complexes qu'elles touchaient au concept.

Et au final, à un certain moment, cette quantité devint qualité. Quelque chose changea dans le cerveau de l'artefact.

L'instant d'avant, c'était une machine dotée d'un calculateur, qui s'efforçait désespérément de suivre le rythme des bouffées de données. Sur quoi, balayée par ces dernières, une chose métallique se contracta tandis que se faisait entendre un crachotement de soupapes dont l'instruction n'avait pas été donnée par les chiffres. Une boucle de données connaissait une génération spontanée à l'intérieur du calculateur. Le processeur réfléchissait à sa création dans un sifflement de vapeur sous pression.

L'instant d'avant, c'était une machine à calcul.

L'instant suivant, il était doué de pensée.

De sa conscience étrange et étrangère, l'artefact réfléchit à sa propre réflexion.

Il n'éprouvait aucun étonnement. Aucune joie. Aucune colère, ni horreur existentielle.

Seulement de la curiosité.

En interagissant avec cet extraordinaire, ce nouveau

mode de calcul – ce traitement autotélique –, des amas de données qui avaient attendu, circulant dans le boîtier de soupapes sans être examinés, faisaient soudain sens. Ce qui était demeuré incompréhensible à l'artefact nettoyeur signifiait soudain quelque chose. Ces données étaient conseils. Promesses. Cri de bienvenue. Ces données étaient avertissement.

L'artefact demeura longtemps immobile, émettant de petits murmures de vapeur.

Isaac se plia en deux par-dessus la rambarde, qui grinça de façon préoccupante. Il s'étira, la tête en bas, jusqu'à distinguer la nettoyeuse que David et lui avaient sous leurs pieds. Il observa ses sursauts incertains, heurtés, et fronça les sourcils.

Au moment où il ouvrait la bouche pour parler, l'artefact se redressa en position active. Il allongea son tube à succion et, d'abord hésitant, entreprit d'aspirer la poussière sur le plancher. Ayant étendu une brosse tournante derrière lui, il se mit à en frotter les lattes. Isaac l'observa, guettant une éventuelle anomalie, mais son rythme accélérait avec une assurance presque palpable. Le visage d'Isaac s'éclaira : la machine accomplissait sa première tâche ménagère depuis des semaines.

— Voilà qui est mieux ! annonça-t-il à David sans se retourner. Cette saleté est de nouveau opérationnelle. Elle est repartie comme en 40 !

21

Dans l'immense cocon crissant, des processus extraordinaires avaient débuté.

La chair gainée de la chenille avait entrepris de se déliter. Pattes, yeux, piquants et segments de corps perdaient leur intégrité. Le corps tubulaire devenait fluide.

La chose faisait appel à l'énergie tirée de la colombine pour alimenter sa transformation. Elle s'auto-organisait. Sa forme en cours de mutation bouillonnait et enflait au sein d'étranges crevasses dimensionnelles, suintant, puis rebroussant chemin par-dessus le rebord du monde telle une bourbe huileuse. Elle se repliait sur elle-même, façonnant son propre aspect dans la glèbe protéiforme de sa matière de base.

Elle était instable.

Elle avait été vivante, et puis il y eut une période entre deux formes où elle ne fut ni vive ni morte, mais saturée d'énergie.

Après quoi elle fut en vie, de nouveau. Mais différente.

Des spirales de soupe biochymiques se sculptèrent soudain. Des nerfs qui s'étaient déroulés et dissous se lovèrent de nouveau en autant d'écheveaux de tissu sensoriel. Les traits fondirent et se reconstituèrent, formant des constellations étranges, nouvelles.

La chose se plia en deux, saisie d'une angoisse naissante et d'une faim rudimentaire, mais croissante.

Du dehors, rien n'était visible. Ce violent processus de destruction et de création était un drame métaphysique qui ne se jouait pour personne. Il se dissimulait derrière un rideau opaque de soie fragile, cosse qui cachait ce changement en une pudeur brute, instinctive.

Après la lenteur et le chaos de cet effondrement formel, il y eut un bref instant où la chose qui se trouvait dans le cocon fut figée dans un état liminal. Et puis, en réponse à d'impensables marées de chair, elle se mit à se reconstruire. De plus en plus vite.

Isaac passa de nombreuses heures à observer la chrysalide, sans autre recours qu'imaginer l'autopoiésis qui l'animait. Tout ce qu'il avait sous les yeux, c'était un objet compact, un fruit étrange pendu à un fil fragile dans l'obscurité d'une vaste cage sentant le renfermé. Perturbé par ce cocon, il imaginait l'émergence de toutes sortes de phalènes ou de papillons gigantesques. Le cocon ne changeait pas. Une fois ou deux, il le titilla avec précaution, et l'envoya se balancer doucement, lourdement, l'espace de quelques secondes. Ce fut tout.

Quand il ne travaillait pas sur son moteur, Isaac s'adonnait à ces observations et interrogations. Des deux, c'était cependant sa machine qui lui prenait le plus de temps.

Des piles de cuivre et de verre avaient commencé de prendre forme sur son bureau et son plancher. Il consacrait ses journées à souder et à clouer, fixant des pistons à vapeur et des moteurs thaumaturgiques à sa machine naissante. Ses soirées, il les passait au pub, en discussions avec Gedrecsechet, le bibliothécaire palgolak, avec David ou Lublamai, ou encore d'ex-collègues de l'université. Suscitant des discussions autour des mathématiques, de l'énergie, de la crise et de l'ingénierie, il restait mesuré dans ses révélations, évitant de livrer trop d'éléments – mais sa voix s'enflammait sous l'effet de la fascination.

Il ne s'écarta pas du Marais-aux-Blaireaux. Il avait averti ses amis des Champs-de-Salacus qu'il serait injoignable – ces relations étaient souples, de toute façon, lâches, superficielles. La seule personne qui lui manquait, c'était Lin. Son travail la retenait au moins autant que lui le sien, et au fur et à mesure qu'il accélérait son élan, il lui devenait de plus en plus difficile de trouver un moment pour la voir.

À la place, Isaac s'adossait aux oreillers dans son lit et lui écrivait des lettres. Il lui demandait des nouvelles de sa sculpture, et lui disait qu'elle lui manquait. Il affranchissait et postait ces missives tous les deux ou trois jours, au matin, dans la boîte située au bout de sa rue.

Elle lui répondait. Isaac s'infligeait des tourments au moyen de ces messages. Il s'empêchait de les lire avant d'avoir fini le travail de la journée. Après quoi il s'asseyait à sa fenêtre pour boire une infusion ou un chocolat, projetant son ombre au-dehors, jusqu'à la Chancre et la ville enténébrée ; là, il lisait ce qu'elle avait écrit. Il s'étonnait de la chaleur sentimentale qu'il éprouvait à la faveur de ces instants. Il y avait là-dedans un certain charme larmoyant, mais aussi de l'affection, un lien véritable – ce vide qu'il éprouvait en l'absence de Lin…

En une semaine, il eut construit un prototype de moteur de crise, un circuit crachotant, détonant, de tuyaux et de fils qui ne sut que produire moult bruits et jappements. Il le démonta puis le reconstruisit. Un peu plus de trois semaines plus tard, un nouveau conglomérat désordonné de bouts de mécanisme s'étalait devant la fenêtre, celle d'où les choses ailées avaient conquis leur liberté. Tout était à nu. Un vague regroupement de moteurs, de dynamos et de convertisseurs détachés se déployait par terre, connectés par des câblages de fortune.

Isaac aurait voulu attendre Yagharek mais, vivant comme il le faisait tel un vagabond, le Garuda ne pouvait être contacté. Ce devait être sa façon bizarre, paradoxale, à lui de s'agripper à sa dignité. À vivre ainsi dans la rue, il ne devait rien à personne. Jamais il n'aurait terminé ce pèlerinage à travers le continent en renonçant à sa responsabilité, à sa maîtrise de lui-même. À Nouvelle-Crobuzon, Yagharek était un exilé, un déraciné. Il refusait de s'en remettre aux autres, de leur devoir quelque reconnaissance que ce fût.

Isaac l'imaginait mouvant sans cesse d'un endroit à un autre, dormant à même le sol dans des immeubles désertés, ou roulé en boule sur les toits, recroquevillé autour de la chaleur d'une bouche de vapeur. Il s'en faudrait peut-être d'une heure avant sa visite, peut-être de plusieurs semaines. Isaac n'attendit qu'une demi-journée avant de décider de tester sa création en l'absence du Garuda.

Dans la cloche à essai où convergeaient fils, tubes et câbles enroulés, Isaac avait déposé un morceau de fromage. Qui resta posé là, se desséchant lentement, tandis qu'il martelait les touches de son calculateur. Il tentait de mathématiser les forces et les vecteurs en cause. Il s'arrêtait souvent pour prendre des notes.

En dessous résonnaient les reniflements de Sincérité la blaireaute, les petits gloussements que lui adressait Lublamai en réponse, et le bruissement de la nettoyeuse qui progressait par terre. Isaac savait ignorer, éradiquer tout cela, se concentrer sur ses chiffres.

Il se sentait un peu mal à l'aise, réticent à l'idée de poursuivre plus avant en présence de Lublamai : il maintenait sa politique inusitée de silence. *J'ai peut-*

être pris goût aux effets de manche, se dit-il en souriant. Quand il eut résolu de son mieux ses équations, il lambina, attendant le départ de son ami. Il jeta un œil sous la passerelle, vers l'endroit où celui-ci griffonnait des diagrammes sur du papier millimétré. Il n'avait pas l'attitude de quelqu'un qui s'apprête à partir. Isaac se lassa d'attendre.

Il se fraya un chemin parmi les miasmes de métal et de verre qui jonchaient le sol et s'accroupit lentement, avec à sa gauche le dispositif destiné à saisir les informations pour le moteur de crise. Le circuit de rouages et de tubes décrivait dans la pièce un double arc sinueux qui culminait avec la cloche et son fromage, sur la droite.

Isaac tenait à la main un tube en métal flexible, connecté à l'autre bout, côté mur, à la chaudière de son labo. Il était nerveux, et survolté. Il relia ce tube à la soupape d'alimentation du moteur de crise, tâchant de faire aussi peu de bruit que possible. Ayant relâché le clapet, il sentit la vapeur commencer d'emplir le mécanisme. Un chuintement s'éleva, suivi d'un cliquetis. Isaac s'agenouilla pour recopier ses formules mathématiques sur les touches d'entrée de données. Il inséra rapidement quatre cartes de programmation dans la machine, sentit les petites roues dentelées glisser et se bloquer. De la poussière s'éleva : les vibrations du moteur se multipliaient.

Il marmonna tout seul, observant en silence.

Il avait l'impression de sentir l'énergie et les données parcourir les synapses mécaniques pour atteindre les divers points nodaux du moteur de crise épars. À croire que la vapeur pulsait à travers ses propres veines, transformant son cœur en piston martelant. Il actionna d'une pichenette trois gros interrupteurs, entendit tout l'engin s'échauffer.

L'air bourdonnait.

Pendant plusieurs secondes interminables, rien ne se produisit. Puis, dans la cloche sale, le morceau de fromage fut parcouru d'un léger tremblement.

Isaac le scruta, pris d'une envie de hurler de triomphe. Il fit basculer un cadran de 180 degrés et la chose accéléra quelque peu son mouvement.

Portons-le au point critique, se dit Isaac en tirant le levier qui bouclait le circuit, et qui plaçait la cloche sous l'attention des dispositifs sensoriels.

Isaac avait adapté le réceptacle, ôtant le haut pour le remplacer par un piston. Il tendit la main vers ce dernier et entreprit d'appuyer dessus, abaissant peu à peu son bout abrasif en direction du fromage. Ce dernier était menacé ; si le piston poursuivait son mouvement, il finirait complètement écrasé.

Tandis qu'Isaac pressait de sa main droite, il réglait, de l'autre, boutons et manettes en se basant sur les cadrans de pression tressautants. Les aiguilles plongeaient, bondissaient, ajustant en réaction l'énergie thaumaturgique.

— Allez, mon petit salopiaud ! murmura-t-il. Protège-toi, d'accord ? Tu ne sens rien ? La crise te guette…

Le piston plongeait sadiquement de plus en plus près du fromage. Dans les tuyaux, la pression augmentait dangereusement. Isaac siffla de frustration. Il ralentit le rythme, et avec lui la menace, tout en continuant son mouvement inexorable vers le bas. Si le moteur de crise échouait et que le fromage ne montrait pas les effets qu'il avait tenté de produire, il l'écraserait tout de même. Tout était une question de potentialité, dans la crise. À supposer qu'Isaac n'ait eu aucune intention d'écraser le fromage, celui-ci n'entrerait pas en crise. Avec un champ d'ordre ontologique, on ne pouvait pas tricher.

Alors, comme la plainte de la vapeur et des pistons chantants se faisait lancinante, et que les bords de l'ombre du piston s'effilaient dans sa course vers la base de la cloche, le fromage explosa. Un bruit de succion, semi-liquide, se fit entendre : la pépite de fromage éclatait avec violence et vélocité, éclaboussant de miettes et de graisse l'intérieur de la cloche.

Lublamai poussa un hurlement depuis le rez-de-chaussée, demandant ce que c'était que ça, au nom de Baragouin, mais Isaac n'écoutait pas. Il resta bouche bée, comme un idiot, la mâchoire pendante devant le fromage détruit. Puis il éclata d'un rire incrédule et joyeux.

— Isaac ? brailla Lublamai. Putain, mais qu'est-ce que tu branles ?

— Rien, rien ! Désolé de t'avoir dérangé… Juste un petit boulot… Qui a l'air de bien se passer, d'ailleurs…

Sa réponse s'interrompit sur un sourire.

Il éteignit rapidement le moteur de crise et souleva la cloche. Passa les doigts sur le fatras d'éclaboussures éparses. *Incroyable !*

Il avait tenté de programmer le fromage pour qu'il s'élève d'environ cinq centimètres au-dessus du sol. Donc, de ce point de vue, son expérience était un échec. Mais il ne s'était pas attendu à ce que *quoi que ce soit* se produise ! Il devait certainement s'être trompé dans ses extrapolations, programmant ses cartes de travers. Il serait fort difficile, à l'évidence, de spécifier quels effets il recherchait. Le processus de canalisation lui-même était sans doute épouvantablement rudimentaire, laissant la porte ouverte à toutes sortes d'erreurs et d'imperfections. Et il n'avait même pas *essayé* de créer le genre de boucle de rétroaction permanente qui était son objectif final.

Mais, mais… *il avait canalisé l'énergie de crise* !

C'était sans précédent. Pour la première fois, Isaac fut vraiment convaincu que ses idées pouvaient marcher. À partir de là, le travail ne consisterait plus qu'à affiner sa technique : de nombreux problèmes en perspective, bien sûr, mais d'un ordre différent, et bien moindre qu'avant.

Le mystère essentiel, le problème de sa théorie, central entre tous, avait été *résolu.*

Isaac rassembla ses notes, les feuilleta avec révérence. Il ne parvenait pas à croire à ce qu'il avait accompli. Aussitôt, de nouvelles idées lui vinrent. *La prochaine fois,* songea-t-il, *j'utiliserai une pièce d'aquart vodyanoi. Quelque chose qui tienne déjà grâce à l'énergie critique. Ça devrait mettre beaucoup plus de piquant, on pourra peut-être monter cette boucle…*

Isaac était tout étourdi. Il se frappa le front et sourit jusqu'aux oreilles.

Je sors, se dit-il brusquement. *Je vais… me soûler. Trouver Lin. M'accorder une soirée. Je viens de débrouiller l'un des problèmes les plus épineux de l'un des paradigmes les plus controversés de la science. Ça mérite bien un verre…*

Il sourit devant cette sortie mentale, puis reprit son sérieux. Il venait de décider de parler du moteur de crise à Lin. Il ne pouvait plus porter cela tout seul.

Ayant vérifié qu'il avait bien ses clés et son portefeuille en poche, il s'étira et se secoua, puis descendit au rez-de-chaussée. Lublamai se retourna en entendant ses pas.

— Je sors, Lub, annonça Isaac.

— Tu fermes boutique ? Il n'est que trois heures.

— Écoute, vieux, dit-il avec un large sourire, j'ai gagné un peu de temps sur mon planning. Je m'accorde une demi-journée. Si qui que ce soit me demande, je serai visible demain.

— D'acc, dit Lublamai en se retournant vers son travail avec un geste d'adieu. Amuse-toi bien.

Isaac grogna un au revoir.

En plein milieu du Passage du Pagayeur, il s'arrêta et poussa un soupir, pour le pur plaisir de se sentir respirer. La petite rue n'était pas animée, mais pas déserte non plus. Isaac salua un ou deux voisins, puis se retourna pour partir d'un pas léger vers la Grosse Spire. La journée était magnifique, et il avait décidé de se rendre à pied aux Champs-de-Salacus.

L'air chaud s'infiltrait dans l'entrepôt à travers les portes, fenêtres et fentes. Lublamai s'interrompit une fois dans son travail pour rajuster ses vêtements. Sincérité, joueuse, était aux prises avec un scarabée. L'artefact avait achevé de nettoyer quelque temps auparavant et se tenait à présent dans le coin le plus éloigné de la salle, tic-tacant gentiment, l'une de ses lentilles optiques apparemment fixée sur son propriétaire.

Quelque temps après le départ d'Isaac, Lublamai se leva et, se penchant par la fenêtre ouverte à côté de son bureau, attacha un foulard rouge à un piton fixé dans la brique. Il dressa la liste des achats dont il avait besoin, au cas où Scoubidou passerait. Puis il retourna à son travail.

À cinq heures du soir, le soleil était toujours haut dans le ciel, mais sa course s'incurvait vers la terre. La lumière s'épaississait rapidement, virant à des tons fauves.

Dans les profondeurs de la chrysalide pendulaire, la forme de vie en cours de transformation sentait la fin du jour. Elle frissonna et fléchit sa chair presque achevée. Dans son ichor et les canaux de son corps, une dernière séquence de réactions chymiques commençait.

À six heures et demie, un choc sourd et gauche résonnant à l'extérieur de la fenêtre interrompit Lublamai, qui regarda au-dehors pour découvrir Scoubidou campé dans la petite ruelle, se frottant la tête de l'un de ses pieds préhensiles. Le calovire leva la tête vers Lublamai et vociféra un salut.

— Pitaine Lublub ! Me faisais des rondes, j'ai vu ton tire-jus rouge.

— Bonsoir, Scoubidou, dit Lublamai. Tu viens ?

Il s'écarta de la fenêtre pour laisser entrer le calovire. Scoubidou s'affaissa par terre en un mouvement lourd. Dans les éclats de lumière vespérale qui l'accrochaient, sa peau brun-roux était superbe. Il sourit à son client de son visage bonhomme, hideux.

— C'est quoi le plan, patron ? brailla-t-il.

Sans laisser à Lublamai le temps de répondre, il tourna la tête vers Sincérité, qui le détaillait d'un air peu rassuré. Il déploya ses ailes, tira la langue et lui adressa un regard mauvais. Elle décampa, dégoûtée.

Scoubidou partit d'un rire rugissant et rota.

Lublamai sourit avec indulgence. Avant que Scoubidou ne se laisse détourner plus avant, il le hissa sur le bureau où attendait la liste de courses. Il donna une plaquette de chocolat au calovire pour fixer son attention sur la tâche qui l'attendait.

Tandis que Scoubidou et Lublamai se chamaillaient pour établir la quantité de courses que le petit être pouvait porter dans les airs, quelque chose remua au-dessus d'eux.

Dans le laboratoire d'Isaac, parmi les ombres qui gagnaient de plus en plus vite le fond de la cage, le cocon ondulait sous l'effet d'une force qui n'était pas le vent. Les déplacements qui avaient cours dans le ficelage organique lui imprimaient un mouvement rapide, hypnotique. La chrysalide tournoya, puis ralentit et se cabra légèrement. Un déchirement infinitésimal se fit entendre, beaucoup trop bas pour que Lublamai ou Scoubidou le perçoivent.

Une griffe humide, ciselée, fendit les fibres du cocon. Elle glissa lentement vers le haut, déchirant la matière rigide sans plus d'efforts qu'un couteau d'assassin. Un fouillis de sens éminemment étrangers s'étala tels des viscères invisibles à partir de cet orifice irrégulier. Des bouffées désorientées d'émotions parcoururent rapidement la salle, arrachant un grognement à Sincérité, ainsi qu'un regard nerveux à Scoubidou et Lublamai.

Des mains tortueuses émergèrent de l'obscurité et s'agrippèrent au bord de la trouée. Elles poussèrent en silence, écartant et ouvrant leur antre. Un choc des plus étouffés accompagna la chute de ce corps tremblant hors du cocon – un corps aussi mouillé et glissant que celui d'un nouveau-né.

L'espace d'un instant, faible et décontenancé, il se recroquevilla sur le bois, dans la même posture que celle qu'il avait conservée dans sa cosse. Avec lenteur, il se déploya, se repaissant de cet espace soudain. Quand il rencontra le grillage du clapier, il l'arracha sans effort du montant de la porte pour ramper vers la plus grande ampleur de la pièce.

Il se découvrait. Se familiarisait avec sa forme.

Apprenait qu'il possédait des besoins.

Scoubidou et Lublamai dressèrent la tête en direction du crissement et du pincement de fil de fer déchiré. Le son avait semblé naître au-dessus d'eux pour parcourir ensuite la salle. Ils se dévisagèrent, puis relevèrent les yeux.

— Késako, pitaine ? dit Scoubidou.

Lublamai s'écarta du bureau. Il leva la tête vers le balcon d'Isaac et se retourna sans hâte, embrassant du regard la totalité du rez-de-chaussée. Le silence régnait. Lublamai se figea, fronçant les sourcils, scrutant la porte d'entrée. Cela venait-il du dehors ?

Un mouvement se refléta dans le miroir qui jouxtait la porte.

Quelque chose de sombre se levait sur le plancher en haut de l'escalier.

Lublamai articula quelque chose, un chevrotement incrédule, craintif, troublé, mais ce son se dissipa aussitôt dans le silence. Lub contemplait le reflet, bouche bée.

La chose se déployait. Une impression d'épanouissement. D'expansion après un entassement, comme lorsqu'on se met debout en écartant complètement les bras après s'être lové en position fœtale – mais démultiplié par un facteur immense. Comme si les membres indistincts de la chose étaient susceptibles de se fléchir à des centaines d'endroits, si bien qu'elle se dépliait comme une sculpture de papier, se levant et écartant des bras, des jambes, des tentacules ou des queues qui s'ouvraient à l'infini. Quand cette chose qui s'était enroulée sur elle-même comme un chien se leva et s'ouvrit, elle était presque de la taille d'un homme.

Scoubidou grinça quelque chose. Lublamai ouvrit la bouche plus large encore et esquissa un mouvement. Il ne distinguait pas la forme de ce truc. Seulement sa peau sombre, luisante, et des mains crispées évoquant celles d'un enfant. Des ombres froides. Des yeux qui n'étaient pas des yeux. Des replis, des rebords et des pics organiques pareils à des queues frissonnantes et saccadées, comme celles d'un rat à l'agonie. Et ces échardes effilées, longues comme le doigt – des os sans couleur qui scintillaient, blancs, qui s'écartaient et dégouttaient, et qui étaient des *dents*...

Au moment où Scoubidou tentait de foncer derrière Lublamai – et Lublamai d'ouvrir la bouche pour crier, les yeux toujours fixés sur la chose dans le miroir, les pieds ricochant sur les dalles, la chose ouvrit les ailes en haut des marches.

Quatre concertinas froufroutants de matière noire apparurent sur le dos de la créature, s'ouvrant et s'ouvrant encore, prenant position, se déployant de plus belle, immenses replis de peau épaisse, mouchetée, qui s'étirèrent jusqu'à atteindre une taille impossible : une explosion de motifs organiques, des poings qui se desserrent, un drapeau qui se déploie.

La chose affina son corps et étendit ses ailes colossales, énormes replis plats d'une peau rigide qui parurent emplir le hall. Elles étaient irrégulières, chaotiques de forme, des volutes fluctuant au hasard ; mais parfaites comme un miroir, symétriques, comme des taches d'encre ou de peinture sur un papier plié en deux.

Et sur ces vastes plans plats se trouvaient des taches sombres, des formes grossières qui paraissaient danser sous les yeux de Lublamai tandis que Scoubidou, tout gémissant, se débattait, aux prises avec la porte. Ces couleurs étaient nocturnes, sépulcrales, bleu-noir, noir-marron, noir-rouge. Et puis les motifs se mirent véritablement à danser, leurs ombres-formes se murent comme des amibes sous une lentille grossissante, ou de l'huile sur l'eau ; les figures de droite et de gauche, toujours en miroir, bougeaient de conserve, hypnotiques et lourdes, accélérant leur mouvement. Les traits de Lublamai se creusèrent. Son dos le démangeait hystériquement à l'idée que la chose se trouvait derrière lui. Il pivota pour lui faire face, plongea les yeux droit dans ces couleurs mouvantes, ce spectacle bistre, éclatant…

… Et, tandis que ces taches sombres roulaient et bouillonnaient le long des ailes en une symétrie parfaite, comme des nuages dans un ciel nocturne au-dessus de votre tête, ou dans l'eau en dessous, Lublamai ne songea plus à crier, mais seulement à regarder.

Scoubidou hurla à la mort. Il se retourna pour découvrir la chose qui descendait à présent l'escalier, les ailes toujours déployées. Puis les formes s'emparèrent de lui et il les contempla, la mâchoire pendante.

Les motifs sombres bougeaient, captivants.

Lublamai et Scoubidou étaient debout, figés et silencieux, bouche bée et frissonnants, contemplant les ailes magnifiques.

L'être goûta l'air.

Il considéra un instant Scoubidou et ouvrit la bouche, mais la récolte fut maigre. Il tourna la tête pour faire face à Lublamai, sans replier ses ailes ensorcelantes. Il poussa une plainte affamée, au timbre silencieux, qui arracha un cri à Sincérité, déjà malade de peur. La blaireaute se recroquevilla plus encore dans l'ombre de l'artefact immobile, appuyé contre le mur dans un coin de la pièce, dont les lentilles s'étaient animées d'ombres étranges. L'être saliva, ses ailes tanguèrent frénétiquement et, le goût de Lublamai s'étant fait plus prononcé, il darda sa langue monstrueuse ; puis il s'avança, chassant sans effort Scoubidou de son chemin.

L'être ailé saisit Lublamai dans son étreinte vorace.

22

Le couchant s'épanchait jusque dans les canaux et rivières convergeant de Nouvelle-Crobuzon, qui couraient lourds et ensanglantés de lumière. Les équipes se succédaient, la journée finissait. Des cortèges d'ouvriers des hauts-fourneaux et des aciéries, d'employés, de boulangers et de convoyeurs de coke se rendaient d'un pas lourd des usines aux gares. Le gaf, de son côté, respirait le cigarillo et la gnôle, les altercations lasses et tonitruantes : hissant leur chargement exotique au-dessus des navires étrangers, les grues à vapeur d'Arbrecosse fonctionnaient même la nuit. Depuis la rivière et les vastes docks, les débardeurs vodyanoi en grève vagissaient des insultes à l'adresse des multitudes humaines entassées sur les débarcadères. Le ciel au-dessus de la ville était maculé de nuages. L'atmosphère chaude oscillait entre fragrance et remugle : les arbres donnaient des fruits, les rejets des usines se coagulaient en des jets toujours plus épais.

Passage du Pagayeur, Scoubidou jaillit de l'entrepôt tel un boulet de canon. Il s'enfonça dans le ciel, chialant et reniflant comme un bébé, laissant derrière lui, à travers le carreau cassé, une traînée de larmes et de sang.

Il décrivit une spirale jusqu'à Cabille et aux Jardins d'Abolite.

Il s'en fallut de plusieurs minutes avant qu'une autre forme, plus obscure, celle-là, ne lui succède dans les cieux.

Ce nouveau-né nébuleux traversa, replié, l'une des fenêtres du haut puis s'élança dans le crépuscule. Sur le sol, ses mouvements étaient hésitants, chaque geste avait des allures d'expérience ; dans les airs, il monta en flèche, sans la moindre hésitation, savourant simplement son essor.

Les ailes irrégulières se rapprochaient et s'écartaient en d'immenses bourrasques silencieuses qui chassaient de grandes brassées d'air. L'être vira, battant langoureusement des ailes, fonçant à travers le ciel avec l'allure désordonnée, dénuée de grâce, d'un papillon. Il laissait dans son sillage des remous de vent, de sueur, et d'exsudations non physiques.

L'être n'était pas encore sec.

Il exaltait. Léchait l'air rafraîchi.

En dessous de lui, la cité suppurait comme moisissure. Un palimpseste d'impressions-sens vint submerger la chose ailée : des bruits, des odeurs, des lumières qui filtraient jusque dans son esprit obscur en une marée synesthésique, une perception totalement *autre*.

Nouvelle-Crobuzon embaumait. Un riche fumet-goût de proie.

La chose avait mangé, à satiété ; la surabondance d'aliments ne pouvait que la perturber. Elle bava et grinça des dents, prise de frénésie.

Elle plongea. Ses ailes palpitèrent et tremblèrent comme elle s'élançait vers les ruelles noires en contrebas. Elle savait, dans son cœur chasseur, devoir éviter les grosses croûtes de lumière coagulée par endroits dans la ville, pour se mettre en quête de lieux plus sombres. Elle laissa traîner sa langue dans l'air, découvrit de la nourriture, et virevolta en des acrobaties chaotiques jusqu'à l'ombre des briques. Elle descendit tel un ange déchu sur le cul-de-sac sinueux où une prostituée et son client niquaient contre un mur. Leurs tressautements saccadés s'interrompirent : ils avaient senti la chose derrière eux.

Leurs cris furent brefs ; ils se turent vite. Les ailes de la créature s'étaient déployées.

Elle se jeta sur eux avec une avidité vorace.

Quand ce fut terminé, la chose s'envola de nouveau, ivre de saveurs.

Elle plana, en quête du centre de la ville, tournant, peu à peu attirée vers l'énorme masse étalée de la gare de Perdido. Elle chemina vers l'ouest, par-dessus Crachâtre et le quartier rouge, l'entrelacs contradictoire de misère sordide et de commerce qu'était le Freux. Derrière lequel, barrant l'air comme un piège, se dressaient le noir édifice du Parlement, et les tours miliciennes de l'Île d'Horrore et du Marais-aux-Blaireaux. Elle suivit un itinéraire irrégulier par-dessus le câble aérien qui reliait ces flèches plus basses à la Tour Pointue – qui surmontait l'accotement ouest de la gare de Perdido.

La chose volante sursauta : des modules filaient le long de ce câble. Puis elle plana un instant, captivée par le passage cliquetant des trains qui s'étiraient en quittant la gare, fascinée par cette monstrueuse énormité architecturale.

Des vibrations la sollicitaient, dans cent registres différents ; forces, émotions, rêves se divisaient et s'amplifiaient au sein des chambres de brique de la gare, pour éclater bruyamment au-dehors, dans le ciel. Une énorme traînée invisible de saveurs.

Les quelques oiseaux nocturnes décrivaient de violentes embardées pour s'éloigner de la chose étrange qui volait lourdement vers le noyau obscur de la ville. Les calovires en course, ayant aperçu sa silhouette indéchiffrable, viraient de bord, lâchant obscénités et jurons. Bômes et senseurs vibraient : deux dirigeables s'auscultaient l'un l'autre, glissant avec lenteur tels de gros brochets entre ciel et ville. Tandis qu'ils tournaient pesamment, la chose les dépassa sans que personne ne la remarque, hormis un ingénieur qui ne rapporta pas ce qu'il avait vu, mais se signa religieusement et invoqua à voix basse la protection de Solenton.

Prise dans le courant ascendant, la déferlante de sens issus de la gare de Perdido, la chose volante se laissa emporter et balayer jusqu'à se retrouver loin, très loin au-dessus de la ville. Elle vira sans hâte avec un frémissement d'ailes, s'orientant par rapport à son nouveau territoire.

Elle nota les sentes de la rivière. Sentit les jets d'énergie qui s'élevaient des diverses zones. Qu'elle sonda, passant par intermittence d'un mode à l'autre. Telle concentration de nourriture. Tel abri.

Mais l'être cherchait encore autre chose. Des pareils.

Il était sociable. Lorsqu'il était né pour la seconde fois, c'était animé d'une soif de compagnie. Sa langue se déroula et il goûta l'air chargé, en quête de quelque chose qui lui fût semblable.

Il frissonna.

Faiblement – très, très faiblement –, il perçut une émanation, vers l'est. De la frustration. Ses ailes en vibrèrent d'empathie.

Il décrivit un demi-tour en arc de cercle puis rebroussa chemin – se décalant quelque peu vers le nord, cette fois, pour survoler les parcs et les immeubles élégants de Vertige et du Pré-aux-langues. Les énormités en cours de fissuration qu'étaient les Côtes s'évasaient, prodigieuses, vers le sud, et la chose volante fut assaillie d'un malaise, d'une angoisse, devant cette ossature menaçante. La force qui suintait vers le ciel à cet endroit n'était pas du tout de son goût. Mais son trouble céda devant la commisération profondément encodée envers ses pareilles, dont les effluves ne cessaient de grandir, et grandir encore, dans l'ombre du vaste squelette.

La chose descendit timidement. Elle approcha par un parcours détourné, venue du nord et de l'est. Elle volait bas et ras, sous le câble aérien qui s'étendait vers le nord à partir de la tour milicienne du Mont Mistigri, jusqu'à celle de Chnum. Elle suivit un train de la ligne Dextre en partance vers l'est, glissant dans ses thermiques dégoûtants. Puis elle vira en un long demi-cercle autour de la tour du Mont Mistigri, traversant l'orée nord de la zone industrielle de Réverboue. La chose s'enfila en direction de la voie surélevée d'Osseville, renâclant toujours devant l'influence des Côtes, mais poussée à poursuivre par le goût de ses pareilles.

Elle voletait de toit en toit, la langue dardée de façon obscène pour les repérer. Les remous de ses ailes déclenchaient parfois les regards d'un passant, tête levée parmi les papiers et chapeaux qui dévalaient les rues désertes. Si celui-ci apercevait la forme sombre qui l'avait surplombé un instant avant de disparaître, il frissonnait et pressait le pas, ou fronçait le sourcil en se disant qu'il avait mal vu.

La chose ailée laissa pendre sa langue tout en brassant lentement l'air. Cet appendice lui était l'équivalent du museau chez le chien. Elle franchit le paysage ondulé de toits qui semblait cerné par les Côtes. Elle trouva son chemin au fil d'une trace infime.

Sur quoi elle traversa l'aura d'un vaste immeuble bitumineux dans une rue vide de monde, et là, sa langue s'agita comme un fouet. Elle accéléra, s'arqua vers le haut, puis le bas, pour descendre en une boucle élégante vers le toit goudronné. Elle s'avança dans le coin le plus éloigné de ce toit par lequel filtraient les sensations de ses semblables, telle de la saumure à travers une éponge…

Fléchissant ses membres hors du commun, elle progressa avec difficulté sur les ardoises. Des sensations avides en suintaient, et elle connut un instant de griserie et de confusion : ses semblables, captives, réagissaient à sa présence. Puis leur désespoir, de nébuleux, fulgura : suppliques, joie, appels à la libération et, au milieu de tout cela, des instructions froides et précises sur la façon de procéder.

L'être parvint à atteindre le rebord du toit et, mi-volant, mi-escaladant, à descendre pour se retrouver accroché au montant extérieur d'une fenêtre condamnée, à douze mètres au-dessus du trottoir. La vitre était opacifiée à la peinture. Secouée par les émanations issues de l'intérieur de l'immeuble, elle vibrait de façon infime dans des dimensions insolites.

La chose tâtonna un instant de ses doigts avant d'arracher le chambranle d'un mouvement sec, laissant une méchante entaille à l'endroit où s'était trouvée la fenêtre. Elle laissa choir le verre, qui se brisa dans un bruit cataclysmique, pour s'enfoncer dans le grenier plongé dans l'obscurité.

La pièce était très vaste, et vide. Une immense vague visqueuse l'accueillit, venue de l'autre bout du sol couvert d'ordure – bienvenue et mise en garde mêlées.

Devant le nouveau venu se trouvaient quatre de ses semblables. Ils l'éclipsaient par la taille ; l'économie magnifique avec laquelle ils mouvaient leurs membres conférait aux siens des allures rabougries, gringalettes. Ils étaient enchaînés au mur par d'énormes bandes de métal passées autour de la taille et ceignant plusieurs de leurs membres. Tous avaient les ailes pleinement déployées, aplaties contre le mur : chaque configuration était aussi unique et aussi fortuite que la sienne. Chacun avait un seau sous l'arrière-train.

Un instant passé à tirer sur ces fers convainquit l'avorton qu'ils ne pouvaient pas être ôtés. L'un des enchaînés siffla à l'adresse de l'être frustré, lui ordonnant impérieusement de l'écouter. Il communiqua dans un jacassement psychique.

Gagnée par l'humilité, la chose libre recula comme on le lui commandait, et attendit.

Sur le plan sonore le plus simple, des hurlements et des cris résonnaient dans la rue en contrebas, là où s'était écrasée la vitre. Des grondements s'élevaient à l'intérieur du bâtiment, sous eux. Du couloir situé derrière la porte leur parvenait un bruit de course. Les bribes désordonnées d'une conversation se frayaient un chemin à travers le bois.

— ... *dedans...*

— ... entrer ?

— ... miroirs, non, ne...

L'être s'écarta de ses pareils attachés pour rejoindre les ombres du fond de la pièce, derrière la porte. Il replia les ailes et attendit.

On défit les verrous de l'autre côté du battant. Il y eut un instant d'hésitation, puis la porte s'ouvrit à la volée et quatre hommes armés en jaillirent dans une succession rapide. Ils tournaient tous le dos aux êtres pris au piège. Deux portaient de lourds pistolets à pierre amorcés, prêts à tirer. Deux étaient des Recréés. Ils brandissaient de la main gauche un pistolet, mais d'énormes canons de métal, évasés en leur extrémité tels des tromblons, saillaient à leurs épaules. Ceux-ci, en position, visaient directement derrière chacun des Recréés. Qui maintenaient leurs cibles en joue avec soin, dans le miroir suspendu sur le devant de leur casque de métal.

Les deux hommes porteurs de fusils plus classiques arboraient eux aussi des casques à miroirs, mais fixaient l'obscurité droit devant eux.

— Quatre gorgones, et toutes HS ! hurla l'un des Recréés aux étranges bras-fusils dirigés vers l'arrière, en regardant toujours dans son rétroviseur.

— Il n'y a rien... ajouta l'un de ceux qui étaient occupés à scruter les ténèbres à côté de l'embrasure de fenêtre démolie.

Au moment même où il prononçait ces paroles, l'intrus sortit de l'ombre et déploya ses incroyables ailes.

Les deux hommes dont le regard portait droit devant eux parurent atterrés, et ouvrirent la bouche pour hurler.

— Oh, non, par Baragouin ! parvint à émettre l'un, puis tous deux sombrèrent dans le mutisme : les ailes versicolores de l'être ailé s'étaient mises à foisonner tel un kaléidoscope inexorable.

— Putain ! Qu'est-ce que... entama l'un des Recréés, avec un bref coup d'œil devant lui.

Son expression vira à l'horreur, mais son gémissement mourut très vite sur ses lèvres : il avait entrevu les ailes.

L'ultime Recréé vociféra le nom de ses camarades puis gémit en les entendant laisser tomber leurs armes. Il ne distinguait qu'une forme infime, du coin de l'œil. L'être qui lui faisait face avait senti sa terreur. Il se dirigea avec raideur dans sa direction, en émettant de petits murmures rassurants sur un vecteur émotionnel. Une formule tournoyait de façon imbécile dans l'esprit de l'homme : *Il y en a une* en face *de moi il y en a une* en face *de moi...*

Le Recréé tâcha de s'écarter, les yeux fixés sur ses miroirs, mais l'être qui se trouvait devant lui s'avança avec aisance dans son champ de vision. Ce qui s'était trouvé au bord devint un spectacle inévitable, mouvant, et l'homme succomba, laissant se poser ses yeux sur ces ailes animées de changements violents. Sa mâchoire s'ouvrit et claqua, prise de multiples soubresauts. Il laissa tomber son bras-fusil.

D'une secousse d'un écheveau de chair, l'être libre referma la porte. Il se campa devant les quatre hommes hébétés en bavant d'envie. Un ordre cassant, humiliant, en provenance de ses semblables lui coupa l'appétit. Il tendit la main pour retourner chacun des hommes en direction des quatre gorgones immobilisées.

Il y eut un moment infime où tous ces hommes ne se trouvèrent plus face à aucune aile, où leur esprit se débattit pour recouvrer la liberté, mais les quatre séries de formes fluctuantes prirent aussitôt le contrôle de leurs esprits. Ils étaient perdus.

L'intrus, à présent situé derrière eux, poussa tour à tour chacun des quatre hommes en direction des énormes choses entravées, qui tendirent avec précaution leurs membres restés libres pour s'emparer de leur proie.

Et les êtres de se repaître.

L'un d'eux tâtonna maladroitement la ceinture de sa pitance pour en arracher un trousseau. Lorsqu'il eut terminé son repas, il leva les mains avec des mouvements prudents et inséra délicatement la clé dans la serrure de la ceinture qui le retenait.

Il lui fallut quatre tentatives – de ces doigts serrés autour de la forme peu familière de la clé, tordue selon un angle malhabile –, mais l'être se délivra. Il se tourna vers chacun de ses compagnons pour répéter le lent processus, jusqu'à ce que tous les captifs fussent libérés.

L'un après l'autre, ils traversèrent la pièce en chancelant pour gagner la béance déchiquetée qui avait tenu lieu de fenêtre. Ils s'arrêtèrent pour arc-bouter leurs muscles atrophiés contre la brique, déployant en grand ces ailes étonnantes, puis s'élancèrent au-dehors, loin de l'éther sec et écœurant qui semblait s'écouler des Côtes. Le dernier à partir fut le nouveau venu.

Il se traîna à la suite de ses camarades : même épuisés et torturés, ces derniers volaient plus vite qu'il ne le pouvait. Ils attendirent en cercle, à plus de cent mètres de haut, enrichissant leurs perceptions, dérivant parmi les sens et impressions qui montaient des alentours.

Lorsque leur humble libérateur les rejoignit, ils s'écartèrent légèrement pour lui faire place. Ils volèrent ensemble, partageant ce qu'ils percevaient, léchant l'air avec lascivité.

Comme le premier l'avait fait, ils se laissèrent porter en direction du nord, vers la gare de Perdido. Ils tournaient lentement tous les cinq – cinq, comme les lignes de train de la cité –, revigorés par cette présence urbaine massive, profane, en dessous d'eux, par ce lieu fécond, grouillant, tel qu'aucun de leurs semblables n'en avait jamais connu jusque-là. Ils se balançaient au-dessus dans le claquement de leurs ailes, vibrant sous l'effet des sons et de l'énergie de la ville grondante.

Partout, le moindre secteur – ponts obscurs, hôtels particuliers vieux de cinq siècles, bazars tortueux, entrepôts de béton, tours, péniches d'habitation, taudis répugnants et parcs au cordeau – grouillait de nourriture.

C'était une jungle dépourvue de prédateurs. Un terrain de chasse.

23

Quelque chose bloquait la porte d'entrée de l'entrepôt. Isaac pesta à voix basse en poussant contre cette obstruction.

C'était le lendemain après-midi de son succès, qu'il avait déjà baptisé son « triomphe fromager ». La veille au soir, il avait été ravi, en parvenant aux chambres de bonne de Lin, de découvrir que celle-ci se trouvait sur place. Fatiguée mais, elle aussi, heureuse de le voir. Ils avaient passé trois heures au lit, puis avaient gagné le Coq et la Pendule en tenant à peine sur leurs jambes.

Chose déroutante, la soirée s'était déroulée à la perfection. Tous les gens qu'Isaac aurait pu désirer voir étaient de sortie aux Champs-de-Salacus, et chacun avait fait halte au Coq pour manger du homard, avaler un whisky ou un chocolat corsé de mielleux. Il y avait de nouveaux venus, parmi lesquels Parimée Disloque, à qui l'on avait pardonné d'avoir remporté le prix de la Chutecôte. En échange, elle-même ne tenait pas rigueur à Derkhan des commentaires condescendants qu'elle avait publiés et exprimés devant elle.

Même si sa mélancolie semblait simplement refluer et non se dissiper, Lin s'était détendue en compagnie de ses amis. Isaac s'était lancé dans une de ses discussions politiques postillonnantes avec Derkhan, qui lui avait glissé le dernier numéro du *Fléau*. L'assemblée de copains avait bavardé, mangé, et s'était bagarrée à coups de boulettes de pain jusqu'à deux heures du matin, heure à laquelle Lin et Isaac étaient repartis vers leur lit et un sommeil chaleureux, tout entrelacé.

Au petit déjeuner, il lui avait évoqué sa victoire. Elle n'avait pas vraiment saisi toute l'ampleur de cet accomplissement, mais il n'y avait rien là que de très compréhensible. Elle l'avait senti, en revanche, survolté comme jamais ou presque, et avait fait de son mieux pour dûment s'extasier. Côté Isaac, ainsi qu'il s'en était douté, le simple fait d'exprimer les grandes lignes du projet de la façon la moins scientifique qui fût avait changé les choses : il se sentait raffermi, tiré de ce qui aurait pu n'être qu'un rêve grotesque. Ces explications lui avaient fait entrevoir des problèmes potentiels, et l'avaient laissé plein d'énergie, bien décidé à les rectifier.

Lin et lui s'étaient dit au revoir avec une profonde affection, et avec la promesse mutuelle de ne plus passer autant de temps sans se voir.

Et voilà qu'Isaac ne parvenait plus à entrer dans son atelier.

— Lub ! David ! gueula-t-il en imprimant une nouvelle secousse à la porte. Qu'est-ce que vous branlez, merde ?

Le battant s'ouvrit un tantinet sous ses coups, lui dévoilant un brin d'entrepôt baigné de soleil. On distinguait le bout de ce qui bloquait la porte.

C'était une main.

Le cœur d'Isaac fit la culbute.

— Baragouin ! s'entendit-il hurler en pesant de tout son poids sur la porte.

Au moment où il s'agenouilla près de la tête de son ami, il entendit Sincérité renifler à quelque distance de là, entre les pattes de l'artefact. Elle avait des airs de chien battu.

Retournant Lublamai, Isaac émit un soupir de soulagement haché : son corps était chaud, on l'entendait respirer.

— Réveille-toi, Lub ! cria-t-il.

Lublamai avait déjà les yeux ouverts. Devant ces prunelles impassibles, Issac, surpris, fit un saut en arrière.

— Lub… ? murmura-t-il.

De la bave s'était accumulée en dessous du visage, laissant des traînées le long du menton couvert de poussière. Il gisait, complètement flasque, complètement immobile. Isaac lui tâta le cou. Le pouls était assez régulier. Son ami inhalait profondément, se figeait un moment, puis exhalait. Au bruit, on aurait cru qu'il dormait.

Mais Isaac tressaillait d'horreur devant ce regard vide, imbécile. Il agita la main devant les yeux de son ami sans déclencher aucune réaction. Il le gifla, avec douceur, puis dureté, à deux reprises. Se rendit compte qu'il hurlait son prénom.

La tête de Lublamai avait roulé de droite et de gauche comme un sac plein de pierres.

Quand Isaac referma la main, il sentit quelque chose de moite. Une fine couche de liquide collant recouvrait la paume de Lublamai. Il renifla ses doigts et eut un mouvement de recul devant les faibles relents de citron et de pourriture. L'odeur lui tourna momentanément la tête.

Tâtant le visage de Lub, il se rendit compte que sa peau, autour de la bouche et du nez, glissait et collait sous l'effet de ce liquide, et que ce qu'il avait pris pour la salive de son ami était pour l'essentiel cette fine viscosité.

Aucun cri, aucune gifle, aucune supplication ne put venir à bout de l'hébétude de Lublamai.

Quand Isaac finit par relever la tête pour parcourir la pièce des yeux, il se rendit compte que la fenêtre située à côté du bureau de Lub était ouverte, le carreau, cassé, et les montants en bois, déchiquetés. Il se releva pour courir jusqu'au chambranle arraché, mais il n'y avait rien à voir, ni au-dedans, ni au-dehors.

Alors même qu'il se précipitait en tous sens sous son laboratoire surélevé, fonçant du coin de Lublamai à celui de David pour murmurer des paroles de réconfort sans suite à l'adresse de Sincérité tout en recherchant les traces d'un intrus quelconque, il se rendit compte que l'idée épouvantable qui lui était venue quelque temps auparavant lui occupait toujours, maléfique, le fond du cerveau. Il hésita, puis s'arrêta. Sans se hâter, il leva les yeux pour considérer, glacé d'horreur, les poutres inférieures de sa mezzanine.

Un calme chargé de crainte l'engloutit telle une averse de neige. Il sentit ses pieds se soulever, avancer inexorablement vers l'escalier en bois. Il tourna la tête tout en marchant : son courage revenu maintenant qu'elle n'était plus seule, Sincérité se rapprochait peu à peu de Lublamai sans cesser de renifler.

Tout ce qu'il voyait lui paraissait plus lent. Il se mouvait comme dans une eau qui gèle.

Marche après marche, il monta. En découvrant dans l'escalier les flaques d'une étrange salive, les éraflures fraîches laissées par un nouveau venu aux griffes acérées, il n'éprouva aucune surprise, juste un vague pressentiment. Son cœur battait avec un calme apparent, et il se demanda s'il était devenu imperméable à la surprise.

Mais lorsqu'il atteignit le haut de l'escalier puis se retourna pour trouver le clapier jeté sur le côté et son épais grillage déchiré vers l'extérieur, avec ses petits tortillons de métal explosés à partir du trou central, et quand il vit le cocon fendu et vide et la traînée de sucs sombres qui s'en étirait, Isaac s'entendit pousser un cri d'effroi. Il sentit son corps frissonner, se figer, tandis qu'une chair de poule glacée le submergeait. Des tourbillons d'horreur s'élevaient en lui et tout autour, telle de l'encre délayée dans l'eau.

— Oh, mes dieux… murmura-t-il à travers ses lèvres sèches, tremblantes. Oh, Baragouin… qu'ai-je fait ?

La milice de Nouvelle-Crobuzon n'aimait pas qu'on la voie. Ses membres surgissaient de nuit pour accomplir leur tâche dans leur uniforme sombre – repêcher des morts dans la rivière, par exemple. Ses aérostats, ses modules serpentaient et bourdonnaient à des fins opaques au-dessus des toits. Ses tours étaient hermétiques.

La milice, la défense militaire et les agents de correction de Nouvelle-Crobuzon n'apparaissaient en tenue (masques-casques et armures sombres, boucliers et pistolets à pierre) que lorsqu'ils jouaient les gardes sur quelque lieu sensible, ou en période d'extrême urgence. Ils avaient porté ouvertement leurs couleurs lors des Guerres Flibustières et des Émeutes sacramundiennes – quand l'ordre de la cité s'était trouvé sous le feu d'ennemis intérieurs ou extérieurs.

Pour leurs tâches coutumières, ils se reposaient sur leur réputation et leur vaste réseau d'informateurs – les primes à l'information étaient généreuses –, ainsi que sur leurs agents en civil. Quand la milice frappait, c'était cet homme qui buvait du cassis au café, cette vieille femme alourdie de paquets, cet employé à col rigide, aux chaussures cirées, qui levait brusquement le bras au-dessus de sa tête pour sortir une cagoule de replis de tissu invisibles, qui tirait un énorme pistolet d'un holster caché, ou qui faisait une descente dans les repaires de voleurs. Quand un coupeur de bourses s'éloignait en courant de sa victime hurlante, c'était un homme replet à la moustache broussailleuse – manifestement fausse, se dirait tout le monde après coup, comment se faisait-il qu'on ne l'avait pas remarqué plus tôt ? – qui se saisissait du fripon d'une clé au cou et disparaissait avec lui, ou elle, parmi la foule, jusque dans une tour.

Et par la suite, aucun témoin ne pouvait dire avec certitude à quoi ressemblaient ces agents dans leur tenue de ville. Et l'on ne revoyait jamais l'employé, l'homme replet, ni personne d'autre, dans cette partie de la cité.

Du maintien de l'ordre par la peur – décentralisée.

Quand la prostituée et son client avaient été découverts au Marais-aux-Blaireaux, il était quatre heures du matin. Les deux hommes déambulant les mains dans les poches, la mine désinvolte, parmi les ruelles obscures, s'étaient arrêtés à la vue de la forme tassée dans la faible lueur du gaz. Leur allure avait changé. Ils avaient évalué les environs, puis trottiné jusque dans le cul-de-sac.

Ils avaient découvert les deux corps stupéfiés étendus l'un sur l'autre, le regard vide et vitreux, la respiration saccadée et fleurant l'agrume blet. L'homme avait le pantalon et le caleçon abaissés sur ses chevilles, exposant son pénis racorni. Les vêtements de la femme – dont une jupe agrémentée de la fente subreptice qu'utilisaient quantité de prostituées pour accélérer la besogne – étaient intacts. Les nouveaux venus ne parvenant pas à réveiller le couple, l'un d'eux était resté en compagnie des corps muets tandis que l'autre filait dans les ténèbres. Tous deux avaient tiré des cagoules sombres sur leur tête.

Quelque temps plus tard, une voiture noire s'était garée, tirée par deux énormes chevaux – Recréés, munis de cornes et de crocs luisant d'écume. Un petit corps de miliciens en uniforme avait sauté du véhicule pour pousser sans un mot les victimes comateuses dans l'obscurité du fiacre, lequel était parti à toute vitesse en direction de la Tour Pointue qui dominait de sa hauteur le centre de la ville.

Les deux hommes étaient demeurés sur place. Ils avaient attendu que la voiture disparaisse des pavés de ce quartier labyrinthique. Après quoi ils avaient considéré les environs avec soin, faisant le point sur la maigre moisson de lumières dont le halo étincelait à l'arrière des immeubles et des appentis, au dos des murs délabrés et derrière les doigts fins des arbres fruitiers, dans les jardins. Satisfaits de constater qu'on ne les observait pas, ils avaient ôté leur cagoule et fourré de nouveau les mains dans leurs poches. Ils s'étaient fondus brusquement dans leur nouveau personnage, riant tranquillement tous les deux et bavardant avec urbanité tandis que, sous cette apparence inoffensive, ils reprenaient leur tranche de patrouille nocturne.

Dans les catacombes qui s'étendaient sous la Tour Pointue, le couple flasque d'enfants trouvés eut droit à des coups et des gifles, des cris et des caresses. Quand arriva le petit matin, ils avaient été examinés par un membre de la milice scientifique, qui avait rédigé un rapport préliminaire.

On se grattait la tête, perplexe.

Le rapport d'expertise, accompagné d'un condensé d'informations sur toutes les autres infractions graves ou inhabituelles, se vit propulsé sur toute la hauteur de la tour, pour s'arrêter à l'avant-dernier étage. Les documents furent convoyés à vive allure le long d'un couloir tortueux, aveugle, vers les bureaux de la ministre de l'Intérieur. Ils arrivèrent en temps voulu, à neuf heures et demie.

À dix heures moins dix, un tube acoustique se mit à corner de façon péremptoire dans la gare de modules qui occupait tout l'étage supérieur de la tour. Le jeune sergent de garde se trouvait à l'autre bout de la salle, réparant le phare d'un module pendant, comme des dizaines d'autres, au lacis de rails aériens qui décrivaient des boucles et s'entrecroisaient sous le haut plafond. Ils servaient à mouvoir les modules, positionnés sur l'un ou l'autre des sept filins qui s'éclataient en étoile jusque dans chacun des énormes trous béants répartis uniformément sur le pourtour du mur extérieur, et leur permettaient de décoller au-dessus de la surface colossale de Nouvelle-Crobuzon.

De l'endroit où il se tenait, le sergent distinguait le câble qui pénétrait dans la tour de Schèque, à un kilomètre et demi sur sa gauche, et qui en émergeait au-delà. Il constata qu'un module quittait cette autre tour, loin au-dessus de l'habitat désorganisé, pratiquement au niveau de son regard, et filait en trombe en direction de la Poix qui s'écoulait, sinueuse et douteuse, vers le sud.

Il leva la tête car le bruit de corne persistait. Ayant compris lequel des tubes exigeait son attention, il jura et se précipita à l'autre bout de la pièce dans des battements de fourrure : il faisait froid même en été à une telle hauteur, dans cette salle ouverte à tous les vents qui fonctionnait comme un tunnel aspirant. Ôtant le bouchon du tube acoustique, il aboya dans le cuivre :

— Oui, madame la Ministre ?

La voix qui émergea des tubulures était faible et distordue à la suite de son périple parmi les torsions du métal.

— Préparez immédiatement mon module. Je me rends à l'Île d'Horrore.

Les portes de la Salle Lemquist, le bureau du maire au Parlement, étaient immenses et ceintes de bandes de fer antédiluviennes. Deux miliciens stationnaient devant à toute heure, mais privés d'un des classiques à-côtés d'une telle charge au sein des corridors du pouvoir : aucun ragot, aucun secret, aucun bruit de quelque sorte que ce fût ne filtrait à leurs oreilles à travers les énormes battants.

Derrière cette entrée ceinturée de métal, la salle proprement dite était d'une hauteur immense, lambrissée d'un bois de fer d'une qualité si exquise qu'il rappelait le jais. Les portraits des édiles précédents encadraient la pièce, spiralant doucement à partir du plafond situé à dix mètres de haut pour s'arrêter à deux mètres du sol. Une fenêtre gigantesque s'ouvrait directement sur la gare de Perdido et sur la Tour Pointue ; un assortiment de tubes acoustiques, de calculateurs et de périscopes télescopiques, figés dans des postures obscures, bizarrement menaçantes, trônaient dans les innombrables niches s'ouvrant dans les murs.

Bentham Buseroux était assis, la mine impérieuse, derrière son bureau. Nul de ceux qui l'avaient vu dans cette salle n'aurait pu nier l'extraordinaire impression de pouvoir absolu qui émanait de lui. En ces lieux, il était le centre de gravité. Il le savait, en son for intérieur, ainsi que ses invités. Sa haute taille et son corps tout en muscles concouraient assurément à cet effet, mais sa prestance ne s'arrêtait pas là, et de loin.

Devant lui était assis Montjoie Saint-Denis, son vizir, qui, enveloppé comme à l'accoutumée dans une écharpe épaisse, se penchait en avant pour désigner quelque chose sur le papier qu'étudiaient les deux hommes.

— Deux jours, annonça Saint-Denis d'une voix blanche, étrange, fort différente de celle qu'il employait à des fins oratoires.

— Et ensuite ? demanda Buseroux en caressant son bouc impeccable.

— Ils passent à la vitesse supérieure. Pour l'instant, comme vous le savez, la grève ne fait que retarder le chargement et le déchargement de cinquante à soixante-dix pour cent. Mais nous disposons de renseignements selon lesquels les ouvriers vodyanoi prévoient de paralyser entièrement la rivière dans deux jours. Ils vont œuvrant toute la nuit, en commençant par le fond du lit, et en remontant à partir de là. Un peu à l'est du pont d'Orge. Une manifestation massive. Ils creuseront une tranchée d'oxygène dans l'eau sur toute la largeur du cours d'eau. Ils seront forcés d'aquarter sans relâche pour étayer les parois et éviter qu'elles ne s'affaissent, mais ils sont assez nombreux pour y pourvoir, s'ils font se relayer plusieurs équipes. Il n'existe aucun navire susceptible de franchir ce genre de trou, monsieur le maire. Ils vont interrompre tout le commerce fluvial à Nouvelle-Crobuzon, vers l'amont comme l'aval.

Buseroux prit l'air songeur et afficha une moue désapprobatrice.

— Nous ne pouvons le permettre, affirma-t-il non sans logique. Qu'en est-il des dockers humains ?

— C'est le second problème, monsieur le maire, continua Saint-Denis. La situation est inquiétante. Leur hostilité de départ semble retomber. Une minorité grandissante paraît prête à se rallier aux Vodyanoi.

— Oh, non non non non, dit Buseroux, secouant la tête comme un professeur qui corrige un étudiant d'ordinaire fiable.

— Exactement. Nous comptons beaucoup plus d'agents dans les rangs humains, bien sûr, et la majorité des non-Xénians est encore opposée à la grève, ou indécise, mais il semble y avoir une coordination – une conspiration, si vous préférez... Des rencontres secrètes entre grévistes, et autres...

Buseroux écarta ses énormes doigts pour inspecter le grain du bois en dessous.

— Des gens à vous dans ce groupe ? demanda-t-il d'une voix calme.

Saint-Denis tritura son écharpe.

— Un parmi les Humains, répondit-il. Il est difficile de demeurer caché des Vodyanoi, qui ne portent généralement aucun vêtement dans l'eau.

Buseroux acquiesça.

Les deux hommes observèrent un instant de silence, réfléchissant.

— Nous avons déjà tenté de les travailler de l'intérieur, finit par lâcher Buseroux. Or, c'est de loin la grève la plus grave qui menace la ville depuis... depuis plus d'un siècle. Quelle que soit ma réticence, il semble que nous devions faire un exemple.

Saint-Denis hocha la tête avec solennité.

L'un des tubes acoustiques situés sur le bureau du maire corna. Il décrocha en haussant un sourcil.

— Oui, Davinia ? répondit-il.

Son ton avait été un chef-d'œuvre d'insinuation. En un seul mot, il exprimait à sa secrétaire sa surprise devant le fait d'être interrompu en plein rendez-vous, contrairement à ses instructions, mais aussi que sa confiance en elle était grande, et qu'il était fort sûr qu'elle avait une excellente raison de désobéir – raison qu'elle avait tout intérêt à lui fournir incontinent.

La voix creuse, lourde d'échos, en provenance du tube, glapit de menus bruits.

— Eh bien ! s'exclama le maire d'une voix sans timbre. Certainement, certainement. (Il raccrocha le tube et lorgna Saint-Denis.) Quelle synchronisation ! dit-il. C'est la ministre de l'Intérieur.

Les énormes portes s'entrouvrirent un instant, laissant pénétrer cette dernière, qui salua d'une inclination du buste.

— Élisa, dit Buseroux. Joignez-vous donc à nous, je vous en prie.

Il gesticula en direction d'un fauteuil situé à côté de celui de Saint-Denis.

Élisa Tube-Fulcher s'avança jusqu'au bureau. Il était impossible de lui donner un âge. Son visage aux traits épais, pratiquement dépourvu de rides, suggérait quelque chose comme la trentaine. Les rares mèches noires qui parsemaient la blancheur de ses cheveux laissaient pourtant entendre que ceux-ci avaient été autrefois d'une autre couleur. Elle portait un tailleur pantalon à la coupe et la couleur finement étudiées pour évoquer un uniforme de la milice. Elle tirait doucement sur sa pipe en terre blanche à long tube, dont le fourneau était situé à cinquante centimètres de ses lèvres au moins. Son tabac était épicé.

— Monsieur le maire. Monsieur l'adjoint. (Elle s'assit et tira un dossier de sous son bras.) Pardonnez-moi cette interruption imprévue, monsieur le maire, mais j'ai pensé que vous deviez voir ceci immédiatement. Vous aussi, Saint-Denis. Je suis heureuse de vous trouver ensemble. Il semble que nous ayons… une sorte de crise qui s'annonce.

— Nous étions occupés à dire la même chose, en substance, annonça le maire. Il s'agit bien de la grève des dockers ?

Tube-Fulcher leva un bref regard vers lui tout en sortant du dossier plusieurs feuilles.

— Non, monsieur. Pas du tout.

Elle avait parlé d'une voix retentissante et sévère. Elle lança sur le bureau un rapport de la criminelle. Buseroux le plaça de biais entre lui et Saint-Denis, et tous deux tordirent le cou pour le lire de conserve. Au bout d'une minute, le maire releva les yeux.

— Deux personnes plongées dans une sorte de coma. Des circonstances étranges. Je présume que vous comptez me montrer autre chose ?

Tube-Fulcher lui tendit une deuxième feuille. Le maire et Saint-Denis répétèrent leur manège. La réaction fut presque immédiate, cette fois. Saint-Denis siffla entre ses dents et se mordit l'intérieur de la bouche, mâchant avec concentration. Presque au même instant, Buseroux poussa un petit soupir indiquant qu'il comprenait, une petite exhalaison frémissante.

La ministre de l'Intérieur les observait, impassible.

— Notre taupe au bureau de Madras ignore ce qui se trame, ça saute aux yeux. Elle est complètement hors du coup. Mais les bribes de conversation qu'elle a notées…

Vous voyez ça ? Les *hormones* se sont enfuies ? Il me semble que nous pouvons tous trois tomber d'accord sur le fait qu'elle a entendu de travers, et sur le contenu réel de cette nouvelle…

Buseroux et Saint-Denis lurent et relurent le rapport sans mot dire.

— J'ai amené le rapport scientifique que nous avions commandé au tout début du projet Gorgones, l'étude de faisabilité. (Tube-Fulcher avait parlé d'une voix rapide, dénuée d'émotion. Elle laissa tomber le rapport à plat sur le bureau.) J'attire votre attention sur quelques expressions qu'il convient fort de noter.

Buseroux ouvrit le rapport relié. Certaines locutions et phrases étaient entourées de rouge. Le maire les parcourut rapidement : … *danger extrême… en cas de fuite… aucun prédateur naturel…*

… *une catastrophe absolue…*

… *se reproduire…*

24

Le maire Buseroux tendit le bras pour décrocher une nouvelle fois son tube acoustique.

— Davinia, dit-il, annulez tous mes rendez-vous et toutes mes réunions de la journée… non, pour les deux jours qui viennent. Des excuses à chaque fois que c'est nécessaire. On ne me dérange sous aucun prétexte, à moins que la gare de Perdido n'explose, ou quelque chose de cette ampleur. C'est bien compris ?

Il remit le récepteur en place et adressa un regard noir à Fulcher et Saint-Denis.

— Mais chiedieu de putain de merde, à quoi est-ce que joue Madras ? C'était censé être un professionnel, par Baragouin !

Tube-Fulcher hocha la tête.

— La question s'est posée au moment où nous organisions la transaction pour le transfert, expliqua-t-elle. Nous avons vérifié ses activités répertoriées – la plupart sont à notre désavantage, soit dit en passant – et nous l'avons estimé au moins aussi apte que nous à assurer la sécurité. Il a la tête sur les épaules.

— Savons-nous qui est à l'origine de cette disparition ? demanda Saint-Denis.

Tube-Fulcher haussa les épaules.

— Il pourrait s'agir d'un rival... Francine, Judix, ou quelqu'un d'autre. Si c'est le cas, ils ont eu les yeux sacrément plus grands que le ventre. ...

— Bien, l'interrompit Buseroux d'un ton péremptoire.

Tube-Fulcher et Saint-Denis se tournèrent vers lui, dans l'expectative. Il fléchit et rapprocha ses mains, posa les coudes sur la table et ferma les yeux, se concentrant avec tant d'intensité que ses traits parurent se fragmenter.

— Bien, répéta-t-il en rouvrant les yeux. Ce dont il faut s'assurer en premier lieu, c'est que nous sommes bien confrontés à la situation que l'on croit. Ça peut paraître évident, mais il faut en être certains *à cent pour cent*. Deuxièmement, nous devons mettre au point une stratégie, quelle qu'elle soit, pour maîtriser la situation au plus vite, et sans faire de vagues... Bien. En ce qui concerne le deuxième objectif, nous savons tous les trois que nous ne pouvons faire appel ni à la milice humaine, ni à des Recréés – ni même à des Xénians, du reste. Nous sommes tous semblables côté psychique, fondamentalement. Tous *un aliment*. Je suis certain que vous vous souvenez tous les deux de nos tests d'attaque et de défense initiaux...

Saint-Denis et Tube-Fulcher hochèrent rapidement la tête. Buseroux poursuivit.

— Bien. Il est sans doute possible d'avoir recours à des Zombies, mais nous ne sommes pas en Cromlech : nous ne disposons pas des équipements nécessaires pour en créer autant et d'aussi bonne qualité qu'il faudrait... Bien. Il me semble que le premier objectif, quant à lui, ne peut être atteint par le biais de nos opérations de renseignement habituelles. Il nous faut accéder à des informations *différentes*. Voici donc deux raisons qui nous obligent à demander l'assistance d'agents mieux à même de se dépêtrer du problème, puisqu'il est vital d'avoir recours à des modèles psychiques différents du nôtre. Bien. Il en existe deux de cette sorte, et nous n'avons pas le choix, à mon avis. Nous sommes forcés de les contacter.

Il demeura silencieux, évaluant l'un après l'autre Tube-Fulcher et Saint-Denis. Il attendait des protestations. Elles ne vinrent pas.

— Concluez-vous de même ? demanda-t-il avec calme.

— Vous pensez à l'ambassadeur, c'est ça ? demanda Tube-Fulcher. Mais qui d'autre ? Oh… Vous ne voulez pas dire… la Fileuse ?

Ses yeux s'étaient plissés sous l'effet du désarroi.

— Ma foi, dit Buseroux d'un ton qui se voulait rassurant, avec un peu de chance, nous n'en viendrons pas à cette extrémité. Mais oui, ce sont les deux seuls… agents que je vois. Dans cet ordre-là.

— Entendu, lâcha vivement Tube-Fulcher, du moment qu'on commence par l'ambassadeur. La Fileuse… Baragouin ! Entretenons-nous avec l'ambassadeur.

— Montjoie ?

Buseroux s'était tourné vers son séide.

Saint-Denis le fixa avec lenteur, en tripotant son écharpe.

— L'ambassadeur, dit-il lentement. Et j'espère que nous n'aurons besoin que de lui.

— Comme nous tous, monsieur le premier adjoint, dit Buseroux. Comme nous tous ici.

Entre le onzième et le quatorzième étage de l'aile Mandragore de la gare de Perdido, au-dessus de l'une des galeries marchandes les moins populaires, spécialisée dans les tissus anciens et les batiks lointains, sous une série de tourelles désertées depuis des lustres, se trouvait la Zone Diplomatique.

La plupart des ambassades de Nouvelle-Crobuzon étaient localisées ailleurs, bien entendu : dans des immeubles baroques, à Sentinette, Vertige Est ou Vexilmont.

Mais plusieurs avaient leur siège à cet endroit, dans la gare – assez nombreuses, en tout cas, pour avoir valu leur appellation aux niveaux en question et leur avoir permis de la conserver.

L'aile Mandragore était peu ou prou un donjon autarcique. Ses couloirs dessinaient un énorme rectangle de béton autour d'un espace central au bas duquel s'étendait un jardin mal entretenu, débordant d'ébéniers et de fleurs épiphytes. Des enfants détalaient le long de ses sentiers et jouaient dans cette enclave protégée tandis que leurs parents se trouvaient dans les boutiques, en voyage ou au travail. L'enceinte des murs s'élevait, énorme, autour d'eux, donnant à ces taillis des allures de mousse au fond d'un puits.

Sur les couloirs de l'étage supérieur s'embranchaient des séries de salles toutes reliées entre elles. Beaucoup avaient servi de bureaux ministériels à un moment ou à un autre. L'espace d'une courte période, chacune avait été le quartier général de petites sociétés. Après quoi elles étaient demeurées vacantes plusieurs années de suite, jusqu'à ce que l'on en évacue moisissure et pourriture pour y installer des ambassadeurs. Tout cela remontait à un peu plus de deux siècles, quand une vague de compréhension partagée avait balayé les divers gouvernements de Rohagi : à dater de ce jour-là, la diplomatie serait grandement préférable à la guerre.

Nouvelle-Crobuzon avait accueilli des représentations étrangères bien avant cela. Mais quand le carnage qui s'était déroulé à Suroch avait mis un terme sanglant à ce que l'on appelait les « Guerres Flibustières », ou encore la « Guerre lente » ou la « Fausse guerre », le nombre de pays et de cités-États cherchant des résolutions négociées aux conflits qu'ils traversaient s'était multiplié de façon considérable. Les émissaires étaient arrivés de tous les coins du continent et au-delà. Les planchers désertés de l'aile Mandragore avaient été envahis de nouveaux arrivants, ainsi que de consulats plus anciens transférés sur place pour baigner dans ce déferlement d'activité diplomatique.

Même lorsqu'il s'agissait de quitter les ascenseurs ou les escaliers des niveaux de la Zone, on devait se soumettre à un éventail de mesures de sécurité. Les passages étaient froids et silencieux, interrompus de rares portes et chichement éclairés par des brûleurs sporadiques. Buseroux, Saint-Denis et Tube-Fulcher parcouraient les galeries désertes du douzième étage. Ils étaient accompagnés d'un petit homme sec et nerveux affublé d'épaisses lunettes qui se précipitait derrière eux sans jamais parvenir à les rattraper, en tirant à sa suite une grosse valise.

— Élisa, Montjoie, avait annoncé le maire sans s'arrêter de marcher, je vous présente le frère Sanchem Vansetti, l'un de nos chtoniciens les plus compétents.

Saint-Denis et Tube-Fulcher l'avaient salué de la tête. Vansetti les avait ignorés.

Les salles de la Zone diplomatique n'étaient pas toutes occupées, mais certaines des portes présentaient des plaques en laiton, qui les proclamaient territoire souverain de tel ou tel pays – Tesh, ou Khadoh, ou Gharcheltist –, et derrière lesquelles s'étendaient d'immenses suites réparties sur plusieurs étages, véritables maisons à part entière dans cette tour. Certaines des pièces se trouvaient à des milliers de kilomètres de leur capitale. D'autres étaient vides. La tradition tesh, par exemple, voulait que l'ambassadeur vécût comme un vagabond à Nouvelle-Crobuzon, ne communiquant que par courrier pour les affaires officielles. Buseroux ne l'avait jamais rencontré. D'autres ambassades se retrouvaient désertes pour cause de manque de finances ou d'intérêt.

Mais la majorité de ce qui se traitait ici était d'une importance immense. Les suites qui abritaient les représentations de Myrchocque et Vadaunk avaient été agrandies quelques années auparavant, étant donné le développement des tâches administratives consécutives à l'explosion des relations commerciales. Ces pièces supplémentaires saillaient des parois intérieures du onzième étage comme autant de vilaines tumeurs formant des bosses précaires au-dessus du jardin.

Le maire et ses compagnons dépassèrent une porte indiquant *Comécon cray de Salkrikaltor.* Le couloir tressautait sous les martèlements et le bourdonnement d'énormes machines cachées : les immenses pompes à vapeur qui fonctionnaient plusieurs heures par jour, suçant à vingt kilomètres de la Baie de fer l'eau de mer fraîche destinée à l'ambassadeur cray, et déversant les eaux usées de ce dernier dans la rivière.

Le corridor était déroutant. Considéré depuis un certain angle, il semblait s'étirer beaucoup trop loin, et paraissait infiniment court depuis un autre. De-ci, de-là, de brefs affluents s'y embranchaient, menant vers d'autres ambassades moins vastes, des armoires de stockage ou des fenêtres condamnées. Au bout de ce couloir principal, au-delà de l'ambassade cray, Buseroux, en tête, bifurqua dans l'un de ces petits passages. Ce dernier zigzaguait sur quelques mètres, son plafond s'abaissant de façon spectaculaire devant l'irruption de l'escalier qui le traversait ; il s'achevait sur une petite porte anonyme.

Buseroux regarda derrière lui pour s'assurer que ses compagnons et lui n'étaient pas observés. La vue ne portait pas loin, et ils étaient absolument seuls.

Vansetti était en train de sortir de ses poches des craies et des pastels de différentes teintes. Il tira de son gousset ce qui ressemblait à une montre et l'ouvrit. Le cadran était divisé en une multitude de sections compliquées. Il comportait sept aiguilles de diverses longueurs.

— Il faut prendre en compte toutes les variables, monsieur le maire, murmura le chtonicien en étudiant leurs parcours complexes. (Il semblait se parler à lui-même, plus qu'à Buseroux ou à qui que ce fût d'autre.) Les perspectives pour aujourd'hui sont assez nulles… Un front de hautes pressions se déplace dans l'éther. Ça pourrait entraîner des tempêtes d'énergie à tous les niveaux, des abysses jusqu'aux hauteurs du sous-espace. Putain, c'est nul aussi sur les régions frontalières. Ah. Ah… (Vansetti griffonna des calculs au dos d'un carnet.) Bien, jeta-t-il en levant la tête vers les trois serviteurs de l'État.

Il se mit à inscrire des notations incompréhensibles, stylisées, sur d'épaisses feuilles de papier, les arrachant tour à tour lorsqu'il avait terminé pour les tendre à Tube-Fulcher, Buseroux et Saint-Denis ; il en prit finalement une.

— Flanquez-vous ça sur le cœur, dit-il rapidement en fourrant la sienne à l'intérieur de sa chemise. Le symbole vers l'extérieur.

Il ouvrit sa valise cabossée, en sortit une série de grosses diodes en céramique. Se campant au centre du groupe, il en tendit une à chacun de ses compagnons – « De la main *gauche*, et ne la laissez pas tomber… » – avant de les encercler de fil de cuivre bien serré, qu'il fixa au moteur de précision portatif qu'il venait de tirer de sa valise. Il consulta les indications de ses étranges jauges, régla plusieurs boutons et molettes sur le moteur.

— Ça roule, préparez-vous, tous, annonça-t-il, sur quoi il actionna le petit interrupteur qui déclenchait l'engin.

De mini-arcs d'énergie multicolores se formèrent en crachotant le long des fils, et entre les diodes malpropres. Les quatre Humains se retrouvèrent enfermés dans un mince triangle de courant. Tous leurs poils et cheveux s'étaient dressés. Buseroux jura à voix basse.

— On a environ une demi-heure avant d'être à sec d'énergie, s'empressa de préciser Vansetti. Alors autant faire vite, hein ?

Buseroux tendit le bras droit pour ouvrir la porte. Ils s'avancèrent tous les trois en traînant des pieds, conservant leurs positions relatives, maintenant le triangle en place autour de leur groupe. Tube-Fulcher referma derrière eux.

Ils étaient entrés dans une pièce plongée dans l'obscurité la plus totale. On n'y voyait goutte, malgré la faible clarté ambiante des traits d'énergie, jusqu'au moment où Vansetti pendit le moteur de précision à une lanière autour de son cou pour allumer une bougie. Dans cette chiche lueur, ils se rendirent compte que la pièce mesurait dans les quatre mètres sur trois, qu'elle était poussiéreuse et entièrement vide, mis à part un vieux bureau et un vieux fauteuil près du mur du fond, et une chaudière ronronnant doucement à côté de la porte. Il n'y avait ni fenêtres, ni étagères, ni quoi que ce fût d'autre. L'air était très lourd.

De son sac, Vansetti tira une machine portative insolite. Ses tortillons de fils et de métal, ses enchevêtrements de verre multicolore étaient façonnés à la main avec amour. Son utilité était fort trouble. Vansetti se pencha un instant hors du cercle pour actionner une soupape d'admission à l'intérieur de la chaudière qui jouxtait la porte. Il actionna l'une des manettes situées en haut de sa petite machine, qui se mit à clignoter et à ronronner à son tour.

— Bien sûr, à une époque, il y a longtemps, avant que j'entre dans le métier, il fallait avoir recours à une offrande vivante, expliqua-t-il tout en déroulant la spirale serrée de fil de fer située sous la machine. Mais on n'est pas des sauvages, n'est-ce pas ? La science est une chose merveilleuse. Ce petit bijou, là… (Il tapota fièrement l'engin), c'est un amplificateur. Il augmente le rendement de mon moteur de deux cents à deux cent dix pour cent, et il le transforme en une forme d'énergie éthérienne… En envoyant ça à travers les fils, *comme ça*… (Vansetti balança le fil de fer déroulé dans le recoin le plus éloigné de la petite pièce, derrière le bureau.) C'est parti, voilà le travail ! Un sacrifice sans victime !

Il sourit d'un air de triomphe puis dirigea son attention vers les cadrans et boutons du petit moteur, qu'il tourna et consulta avec une vive attention.

— Plus besoin non plus d'apprendre de langages idiots, marmonna-t-il d'une voix calme. L'invocation est automatique, maintenant. On ne va pas *vraiment* ailleurs, vous comprenez ? (Il éleva soudain la voix.) On n'est pas des abyssonautes, et on ne met pas en branle assez de courant, et de loin, pour faire un saut transplantropique ! On se contente de jeter un œil à travers un petit fenestrou. On laisse le peuple des Enfers venir à nous. Mais la dimensionalité de cette pièce va être un tantinet instable pendant un moment, alors ne bougez pas de cette protection et ne faites pas les idiots. Pigé ?

Les doigts de Vansetti s'agitèrent au-dessus du boîtier. Pendant deux ou trois minutes, rien ne se passa. Il n'y eut que la chaleur et le battement de la chaudière, le tambourinement plaintif de la petite machine que tenait en main Vansetti. Dans un registre plus bas, le pied de Buseroux s'agitait avec impatience.

Et puis, de façon imperceptible, la petite pièce commença à se réchauffer.

Il y eut un profond tremblement subsonique. Une infiltration de lumière rougeâtre et de fumée grasse. Les bruits se firent amortis, puis soudain plus aigus.

Pendant un instant déroutant, ils se sentirent tirés en tous sens ; une marbrure de lumière rouge scintillait sur chaque surface, mouvant sans cesse comme dans une eau chargée de sang.

Un battement d'ailes. Buseroux leva la tête, les yeux brûlants, dans cette atmosphère qui paraissait soudain épaisse et très sèche.

Un homme corpulent en costume noir impeccable venait d'apparaître sur le fauteuil.

L'homme se pencha en avant sans hâte, les coudes posés sur les papiers qui jonchaient soudain la surface du bureau. Il attendait.

Vansetti risqua un regard par-dessus l'épaule de Buseroux et bascula le pouce en direction de l'apparition.

— Son Excellence Démoniaque, déclara-t-il, l'ambassadeur des Enfers.

— Quel plaisir de vous retrouver, monsieur le maire, articula tout bas le démon d'une voix affable. J'étais plongé dans la paperasse.

Les Humains levèrent les yeux avec une ombre de malaise.

L'ambassadeur avait de l'écho : une demi-seconde après la fin de sa phrase, ses paroles se répétaient sur le mode effroyable d'un cri de torture, comme jailli, à travers des kilomètres de chaleur surnaturelle, d'une tranchée dans le sol des enfers. Le volume de cette réverbération était faible. Il n'était audible que dans l'enceinte de la pièce.

— Que puis-je pour vous ? continua leur hôte avec un sourire en coin. (*Que puis-je pour vous ?* répéta le hurlement de souffrance désespéré.) Toujours soucieux de savoir si vous vous joindrez à nous à votre décès ?

Buseroux lui rendit son sourire et secoua la tête.

— Vous connaissez mon opinion à ce sujet, monsieur l'ambassadeur, répondit-il d'une voix égale. Je ne suis pas tenté, malheureusement. Les angoisses existentielles me sont étrangères, et vous ne pouvez pas m'obliger à en éprouver, vous le savez. (Il éclata d'un rire poli et l'ambassadeur se joignit à son hilarité. Ainsi que son effroyable écho.) Mon âme, si elle existe, m'appartient. Il ne vous revient pas de la punir ni de la convoiter. L'univers est un lieu beaucoup trop capricieux pour cela… Je vous renverrai ma question de la fois dernière :

que pensez-vous qu'il arrive aux démons quand ils meurent ? Ainsi qu'il est possible, comme nous le savons tous les deux ?

L'ambassadeur inclina la tête en un signe d'objection poli.

— Vous êtes si *moderniste*, monsieur le maire. Je ne me prendrai pas de querelle avec vous. Souvenez-vous que mon offre est toujours valable, je vous prie.

Buseroux eut un signe de dénégation impatient. Il avait conservé son sang-froid. Il n'avait pas bronché devant les cris pitoyables qui suivaient comme leur ombre les paroles de l'ambassadeur. Et quand l'image de l'homme assis sur sa chaise vacilla sous ses yeux une infime fraction de seconde, pour se voir remplacée par… autre chose, il ne s'autorisa pas à éprouver une quelconque inquiétude.

Il avait déjà vécu cette expérience. À chaque fois que l'on fermait les yeux, lors d'un instant infinitésimal, la pièce et ses occupants se présentaient sous une forme fort différente. À travers ses paupières, Buseroux distinguait alors l'intérieur d'une cage à claire-voie : des barreaux de fer s'agitant comme des serpents, des arcs d'énergie d'une puissance impensable, un maëlstrom saccadé, ondulant sous la chaleur. À l'endroit où était assis l'ambassadeur, on apercevait par bribes une forme monstrueuse. Une tête de hyène qui vous dévisageait, la langue pendante. Des seins aux dents grinçantes. Des sabots et des griffes.

L'air fétide de la pièce ne permettait pas de garder les yeux ouverts sans ciller. Buseroux ignora ces brèves visions. Il traiterait l'ambassadeur avec un respect mêlé de crainte. Telle serait aussi l'attitude du démon envers lui.

— Monsieur l'ambassadeur, je suis ici pour deux raisons. L'une consiste à offrir à votre maître, Sa Seigneurie Diabolique, tsar des Enfers, les salutations respectueuses des citoyens de Nouvelle-Crobuzon.

Son hôte hocha la tête, affable.

— L'autre, monsieur l'ambassadeur, est de vous demander conseil.

— Nous avons toujours grand plaisir à venir en aide à nos voisins, monsieur le maire. Surtout des voisins tels que vous, avec lesquels Sa Seigneurie entretient d'aussi bonnes relations.

L'ambassadeur se frotta le menton d'un air absent, attendant la suite.

— Vingt minutes, monsieur le maire, souffla Vansetti à l'oreille de Buseroux.

Ce dernier comprima les mains comme pour la prière et regarda pensivement l'ambassadeur. Il sentait passer de petites bourrasques d'énergie.

— Voyez-vous, monsieur l'ambassadeur, nous rencontrons une sorte de problème. Nous avons des raisons de croire qu'il y a eu une… une évasion, dirons-nous. D'une chose que nous sommes très soucieux de capturer de nouveau. Nous aimerions vous demander votre aide, si vous le permettez.

— Quelles modalités, monsieur ? demanda l'ambassadeur. Les Vraies Réponses ? Selon les termes habituels ?

— Les Vraies Réponses… et peut-être plus. Cela reste à définir.

— Paiement au comptant, ou plus tard ?

— Monsieur l'ambassadeur, dit poliment Buseroux, votre mémoire connaît une défaillance momentanée. Je dispose d'un crédit de deux questions.

L'ambassadeur le contempla un instant et éclata de rire.

— De fait, monsieur le maire. Mes excuses les plus plates. Allez-y.

— Y a-t-il des règles inhabituelles en ce moment, monsieur l'ambassadeur ? demanda Buseroux d'un ton appuyé.

Le démon secoua la tête (*immense langue de hyène bavant un instant de droite et de gauche)* et sourit.

— Nous sommes en melluaire, monsieur le maire, expliqua-t-il simplement. Six mots, à l'envers.

Buseroux hocha la tête. Il se redressa, se concentrant ferme. *Je dois formuler parfaitement ma phrase*, songea-t-il fugitivement. *Putain de jeu infantile de merde*. Puis il parla avec rapidité, d'une voix égale, en fixant calmement son interlocuteur droit dans les yeux.

— Correcte est-elle fuyardes des évaluation notre ?

— Oui, répondit aussitôt le démon.

Buseroux se retourna, le temps de décocher un regard à Tube-Fulcher et à Saint-Denis. Ceux-ci dodelinèrent du chef, la mine figée, les traits sombres.

Le maire se retourna vers l'ambassadeur démon. Tous deux se dévisagèrent un instant sans mot dire.

— Quinze minutes, souffla Vansetti.

— Certains de mes collègues les plus... *surannés* me considéreraient avec beaucoup de méfiance s'ils savaient que ce « est-elle » a compté pour un mot, voyez-vous, dit l'ambassadeur. Mais je suis indulgent. (Il sourit.) Souhaitez-vous poser votre ultime question ?

— Je ne crois pas, monsieur l'ambassadeur. Je vais la conserver pour une prochaine fois. J'ai une proposition, en revanche.

— Poursuivez, monsieur le maire.

— Eh bien, vous connaissez la sorte de chose qui s'est échappée, et vous pouvez comprendre notre souci de remédier à cette situation aussi vite que possible.

L'ambassadeur hocha la tête.

— Vous pouvez aussi comprendre, poursuivit Buseroux, que nous aurons des difficultés à mener cette tâche à bien, et que le temps nous est compté... Je me propose d'engager certaines de vos... euh... troupes, pour nous aider à rassembler nos fugitives.

— Non, dit simplement l'ambassadeur.

Buseroux cligna des yeux.

— Nous n'avons même pas discuté des termes, monsieur l'ambassadeur. Je vous assure que je peux faire une offre très généreuse...

— Malheureusement, c'est hors de question. Aucun de mes pairs n'est disponible.

Impassible, l'ambassadeur contemplait Buseroux.

Le maire réfléchit un instant. Si le démon était en train de marchander, il s'y prenait d'une façon inédite. Buseroux s'oublia : ayant fermé les yeux pour méditer, il les rouvrit aussitôt, ayant surpris cette vision monstrueuse qu'était le reflet de l'autre forme de l'ambassadeur. Il tenta sa chance une nouvelle fois.

— Je pourrais même monter jusqu'à... disons...

— Monsieur le maire, vous ne comprenez pas, assura l'ambassadeur. (Il avait parlé d'un ton impavide, mais semblait inquiet.) Je me moque du nombre d'articles que vous pouvez fournir, ou de leur état. Nous ne sommes pas disponibles pour cette tâche. Elle est hors de portée.

Un long silence plana. Buseroux considéra avec incrédulité le démon en face de lui. Il commençait soudain à comprendre ce qui était en train de se produire. Dans les rais de lumière sanglants, il vit son interlocuteur ouvrir un tiroir pour en tirer une pile de papiers.

— Si vous avez terminé, monsieur le maire, conclut onctueusement l'ambassadeur, une autre tâche m'attend.

Buseroux attendit jusqu'à ce que la résonance désespérée, impitoyable, de ce *tâche m'attend m'attend* se fût éteinte. L'écho lui avait retourné l'estomac.

— Oh, oui, oui, monsieur l'ambassadeur. Désolé de vous avoir retenu si longtemps. À bientôt, j'espère.

Le démon inclina la tête en un salut poli, puis tira un stylo de sa poche intérieure et entreprit d'annoter ses papiers. Derrière Buseroux, Vansetti tripatouillait des molettes et appuyait sur divers boutons : le plancher en bois se mit à frémir, comme pris dans quelque tremblement d'éther. Un ronron monta et oscilla autour des Humains enserrés dans leur champ d'énergie. L'air fétide vibrait tout au long de leur corps.

L'ambassadeur gonfla, éclata puis s'évanouit en un clin d'œil, comme un héliotype qui flambe. La lumière carmin moirée bouillonna et s'évapora, comme avalée par des milliers de fissures parmi les murs poussiéreux de la pièce. L'obscurité du bureau se referma autour d'eux comme un piège. La minuscule bougie de Vansetti crachota, s'éteignit.

Ayant vérifié qu'on ne les observait pas, Vansetti, Buseroux, Tube-Fulcher et Saint-Denis sortirent tout chancelants de la salle. L'air du couloir semblait délicieusement frisquet. Ils consacrèrent un instant à essuyer la sueur qui leur couvrait le visage, à remettre en place leurs vêtements souffletés par des vents issus d'autres plans.

Buseroux secoua la tête, étonné et attristé.

Ses délégués se ressaisirent et se tournèrent vers lui.

— Je me suis entretenu avec l'ambassadeur près d'une quinzaine de fois au cours des dix dernières années, et je ne l'ai jamais vu se comporter ainsi..., dit Buseroux. Satané air ! ajouta-t-il en se frottant les yeux.

Tous quatre repartirent le long du petit couloir, bifurquèrent dans la galerie principale et entreprirent de regagner l'ascenseur.

— Qu'avait-il de si particulier, son comportement ? demanda Tube-Fulcher. Je n'ai pas l'habitude. Je ne l'ai vu qu'une fois jusqu'à aujourd'hui.

Buseroux cogitait en marchant, tirant pensivement sur sa lèvre inférieure et sa barbe. Ses yeux étaient injectés de sang. Il mit plusieurs secondes à répondre à Fulcher.

— Deux points importants : l'un, d'ordre démonologique, l'autre, pratique et immédiat. (Buseroux avait parlé d'un ton égal, chargé d'autorité, qui exigeait l'attention de ses ministres. Sa tâche accomplie, Vansetti baguenaudait en tête.) Le premier nous fournit une certaine perspective sur la psyché des Infernaux, sur leur comportement et le reste. Vous avez tous les deux entendu cet *écho*, je suppose ? J'ai cru un moment qu'il faisait cela pour m'intimider. Eh bien, souvenez-vous de l'immense distance que le bruit doit parcourir dans ces conditions... Je sais, ajouta-t-il rapidement en levant les mains, qu'il ne s'agit pas littéralement de son, ni de distance, mais leur équivalent extraplanaire existe bel et bien. Moyennant une mutation d'une sorte ou d'une autre, la plupart des règles demeurent valables dans ces cas-là. Alors pensez à tout le chemin que sa voix devait parcourir, de la base de la Géhenne jusqu'à cette salle. Il est évident que ses paroles mettent un petit moment à y parvenir... Cet écho, entre guillemets, était en réalité *ses premières paroles*. Les mots... éloquents que nous entendions de la bouche de l'ambassadeur... c'étaient eux, le véritable écho. C'était *cela*, les réverbérations distordues.

Tube-Fulcher et Saint-Denis demeurèrent cois. Ils réfléchissaient aux cris, aux intonations torturées, démentielles, qu'ils avaient entendus, ce baragouinage enragé, tourmenté, qui semblait moquer le raffinement démoniaque de l'ambassadeur...

Ils se dirent que telle était peut-être la voix la plus authentique.

— Je me demande si nous n'avons pas tort de considérer qu'ils possèdent un modèle psychique différent du nôtre. Peut-être pouvons-nous les comprendre ? Peut-être pensent-ils comme nous ? Et quant au second point... Si l'on garde à l'esprit cette possibilité, et aussi ce que le soi-disant écho peut nous apprendre sur l'état d'esprit démoniaque, eh bien, en dernier, là-bas, au moment où j'essayais de trouver un terrain d'entente... l'ambassadeur avait peur ! C'est pour cela qu'il refusait de venir à notre aide. Pour cela que nous sommes laissés à nous-mêmes. *Parce que les démons redoutent ce que nous pourchassons.*

Buseroux se tut et se tourna vers ses subordonnés. Tous trois se dévisagèrent. Tube-Fulcher fit la grimace une fraction de seconde, puis elle reprit son calme. Saint-Denis resta aussi impavide qu'une statue, tout en triturant par intermittence son écharpe. Buseroux hocha la tête tandis qu'ils réfléchissaient.

Il y eut un instant de silence.

— Donc… jeta vivement Buseroux en croisant les mains. Donc la Fileuse, c'est dit.

25

Dans les heures sombres, denses, de cette nuit-là, lorsqu'une brève giclée pluvieuse eut lavé les rues de son eau sale, quelque chose poussa la porte de l'entrepôt d'Isaac.

La rue était déserte. Trois minutes d'immobilité. Les seuls mouvements étaient ceux des oiseaux de nuit, des chauves-souris. La lueur du gaz vacillait.

L'artefact, ses soupapes et pistons enveloppés de guenilles et de couvertures afin d'étouffer son bruit caractéristique, émergea dans la profondeur de la nuit dans un roulement saccadé. Il s'avança rapidement, pivotant au hasard, et progressant avec lourdeur aussi vite que ses patins vieillissants le permettaient.

Il parcourut les petites rues à une allure heurtée, dépassant les clochards en train de ronfler, encore inanimés et abrutis d'alcool. Les brûleurs cireux se reflétèrent furtivement sur son capot de métal bosselé.

Il poursuivit son itinéraire précaire, parvenant sous les rails aériens. Des traînées de cirrus inconstants dissimulaient les aérostats tapis dans le ciel. À l'instar d'un sourcier, l'artefact se rua vers la Poix, cette rivière enfermée en un S tortueux dans la roche sans âge qui soutenait la ville.

Puis, plusieurs heures après avoir disparu vers le sud de la cité en empruntant le Pont Crochet, lorsque le ciel sombre se teinta des premières lueurs de l'aube, l'artefact repartit à toutes roues vers le Marais-aux-Blaireaux. Le choix de ce moment était fortuit. Il entra et referma la porte à clé, peu avant qu'Isaac ne revienne de sa nuit de quête effrénée à la recherche de David, Lin, Yagharek, Lemuel Pigeon, ou quiconque serait susceptible de lui porter secours.

Lublamai gisait sur une couche improvisée au moyen de deux chaises. En revenant à l'entrepôt, Isaac s'était aussitôt approché de son ami immobile pour lui murmurer des choses à l'oreille – sans trop d'espoir –, mais il n'y avait eu aucun changement. Lublamai n'était ni endormi, ni éveillé. Il contemplait le vide.

Peu de temps après, David était rentré au laboratoire au pas de course. Il était parti à la pêche aux nouvelles dans l'un de ses lieux de prédilection, pour s'y voir accueillir par une version accélérée et confuse de l'un des innombrables messages laissés à son intention dans toute Nouvelle-Crobuzon par Isaac.

Il était assis, aussi muet que ce dernier, à contempler leur ami stupéfié.

— Je n'arrive pas à croire que je t'aie laissé faire ça ! dit-il, l'air hébété.

— Oh, Baragouin de merde, David, tu crois que je ne me repasse pas le fil des événements dans ma tête ? Je sais bien que c'est moi qui ai lâché cette saloperie dans la nature.

— On a tous manqué de jugeote, jeta sèchement David.

Un long silence plana entre eux.

— Tu as trouvé un médecin ?

— Phorgit, de l'autre côté de la rue. C'est la première chose que j'ai faite. J'avais déjà eu affaire à lui. J'ai un peu nettoyé Lub, j'ai enlevé une partie de cette saloperie qu'il a sur le visage… Phorgit n'a pas su quoi en penser. Il a branché je ne sais combien de bidules, pour prendre une quantité de mesures astronomique… Ça se résume à « pas la moindre idée ». « Maintenez-le au chaud et nourrissez-le, mais d'un autre côté, il vaut peut-être mieux le conserver au frais et ne rien lui donner… » Je compte demander à l'un des gars que je connais à la fac de garder un œil dessus, mais il est franchement mal barré…

— Qu'est-ce que cette chose lui a fait ?

— Eh bien, David, justement, c'est la question, bordel !

Des coups hésitants résonnèrent à la fenêtre cassée. Isaac et David levèrent la tête, pour découvrir un Scoubidou en train d'y passer tristement sa sale tête.

— Et merde ! dit Isaac, exaspéré. Écoute, Scoubidou, ce n'est pas du tout le moment, *capiche* ? On tapera le bout de gras une autre fois.

— J'voulais juste jeter un œil, patron… (Il avait adopté une petite voix en total décalage avec l'exubérance coutumière de ses gloussements.) J'voulais voir comment qu'y va, le Lublub.

— Comment ? dit Isaac d'un ton brusque. Pourquoi ça ?

Scoubidou s'écarta, l'air abattu, et gémit.

— C'est pas moi, monseigneur, c'est pas ma faute… je me demandais juste si qu'y va mieux, pasque quand ce gros monstueur lui a bouffé la tronche…

— Scoubidou, *tu étais là* ?

Le calovire hocha la tête, morose, et, se balançant au centre de l'embrasure, se propulsa un peu plus près.

— Mais qu'est-ce qui s'est passé ? On n'est pas en colère contre toi, Scoubidou… On veut juste savoir ce que tu as vu.

Le calovire reniflait et agitait la tête d'un air désespéré. Il fit la moue comme un bébé, se renfrogna plus encore, puis laissa échapper un monceau de mots.

— Le gros affreux, il a descendu l'escalier en claquant ses grosses dents et en faisant battre ses grosses ailes horribles, qu'elles vous mettent la tronche tout de travers, et, et... il a des griffes partout et une putain de langue puante... et je... et m'sieur Lublub, y matait bêtement dans le miroir et puis il a tourné la tête pour le regarder en face et alors, ça l'a tout... tout sonné... et j'ai vu... et ma tête a fait des trucs pas clairs et quand j'me suis réveillé, la chose, elle y plantait sa langue pile sur... sur la gueule à M. Lub, et ça a fait *slurp slurp* dans ma tête, et je... je me suis taillé, je pouvais rien faire, j'vous jure... J'ai *peur* !

Scoubidou se mit à pleurer comme un gamin de deux ans. La morve et les larmes lui dégoulinaient le long des joues.

Quand Lemuel Pigeon arriva, Scoubidou sanglotait toujours. Nulle câlinerie, nulle menace, nulle largesse d'aucune sorte ne parvint à calmer le calovire. Il finit par s'endormir, roulé en boule dans un plaid fichu en l'air par sa morve, exactement comme un bébé humain exténué.

— Tu m'as attiré ici sous de faux prétextes, Isaac. Ton message affirmait que j'aurais intérêt à faire un tour à ta piaule.

Lemuel considérait Isaac avec l'air de celui qui s'interroge très fort.

— Bordel de dieux, explosa Isaac, espèce de petit truand de mes deux ! C'est le fric qui t'embête ? Baragouin de merde, je t'assure que tu l'auras, d'accord ? Ça te va comme ça ? Alors écoute-moi, bordel... Mon pote a été *attaqué* par quelque chose qui est sorti du cocon d'une des larves *que tu as trouvées pour moi*, et il faut qu'on arrête cette chose avant qu'elle se tape quelqu'un *d'autre*, et aussi qu'on en apprenne plus *sur elle*. Donc il faut qu'on remonte au type qui te l'a *dénichée*, quel qu'il soit, et *illico.* Tu me suis, *mon pote* ?

Lemuel fut fort intimidé par cet éclat.

— Écoute, merde, tu peux franchement pas me faire porter le...

Il fut interrompu par un vagissement énervé.

— Par la queue du diable, Lemuel, espèce d'imbécile, personne ne dit que c'est toi ! C'est exactement le contraire ! Ce que je t'explique, c'est que tu es trop avisé en affaires pour ne pas tout archiver scrupuleusement. J'ai besoin que tu vérifies dans tes fichiers. Nous savons tous les deux que tout transite par toi... Je te demande de me trouver le nom du type, quel qu'il soit, qui a mis la main le premier sur la grosse chenille. Cet énorme truc avec plein de couleurs bizarres. Tu vois de quoi je parle ?

— Oui, je me souviens vaguement.

— Eh bien, *tant mieux*. (Isaac se calma quelque peu. Il se passa les mains sur le visage et poussa un soupir énorme.) Lemuel, j'ai besoin de ton aide, dit-il avec simplicité. Je te paierai... Mais c'est aussi une supplique. J'ai vraiment besoin que tu me files un coup de main, là. Écoute... (Il rouvrit les yeux et jeta un regard noir à Pigeon.) Cette connerie est peut-être allée s'écraser et crever dans un coin, hein ? C'est peut-être comme pour les éphémères : une journée extraordinaire, mais une seule. Peut-être que Lub se réveillera demain matin gai comme un pinson. *Mais peut-être que non*. Alors je veux savoir : primo... (Il se mit à compter sur ses gros doigts.) Comment réveiller Lublamai de sa transe. Secundo, ce qu'est cette putain de bestiole – la seule description que nous en ayons est un peu confuse. (Il indiqua brièvement des yeux le calovire endormi dans un coin.) Et tertio, comment on attrape cette saloperie.

Lemuel le dévisagea, imperturbable. Avec lenteur et ostentation, il tira un poudrier de sa poche et s'envoya une sniffette. Isaac serra et desserra les poings.

— Fort bien, Zaac, dit tranquillement le fourgue en rangeant sa petite boîte ornée de joyaux. (Il hocha posément la tête.) Je vais voir ce que je peux faire. Je te tiendrai au courant. Mais je ne suis pas une œuvre de bienfaisance. Je fais des affaires et tu es un client. Je te demanderai quelque chose. Je te facturerai ça, d'accord ?

Isaac hocha la tête, pris de lassitude. Aucune rancœur, aucune méchanceté, aucune malveillance n'avait transparu dans la voix de Lemuel. Il énonçait simplement la vérité qui sous-tendait sa bonhomie. S'il avait plus à gagner à ne pas dévoiler qui était le pourvoyeur de la larve, Lemuel se contenterait d'opter pour cette deuxième solution, c'était clair.

— Monsieur le maire.

Élisa Tube-Fulcher entra, l'air fat, dans la Salle Lemquist. Buseroux la considéra, l'expression interrogative. Elle jeta un journal devant lui sur la table.

— Nous avons une piste.

Scoubidou partit très vite après son réveil, sur les assurances répétées de David et d'Isaac : personne ne trouvait que tout était sa faute. Le soir venu, un calme d'une morosité absolue avait gagné l'entrepôt du Passage du Pagayeur.

David enfournait de la compote de fruits à la cuiller dans la bouche de Lublamai, massant sa gorge pour la faire descendre. Isaac espérait que Lin rentrerait chez elle, trouverait le mot qu'il avait épinglé sur sa porte la veille au soir, et qu'elle viendrait le retrouver. Si l'écriture n'avait pas été de lui, songea-t-il soudain, elle aurait pu prendre cela pour une mauvaise blague. Isaac, l'inviter à sa maison-labo ? C'était sans précédent. Mais il avait besoin de la voir, et redoutait de partir et de rater un changement essentiel dans l'état de Lublamai, ou quelque pépite d'information indispensable.

On poussa la porte. David et Isaac levèrent brusquement la tête.

C'était Yagharek.

Isaac en fut un instant éberlué. C'était la première fois que le Garuda se montrait alors que David (et Lublamai, bien sûr, mais ça ne comptait pas vraiment) se trouvait dans la pièce. David considéra leur visiteur blotti sous sa couverture sale, l'ampleur de ses fausses ailes.

— Yag, mon vieux ! dit bruyamment Isaac. Entre donc, voici David... Nous sommes en plein désastre...

Il s'avança lourdement jusqu'à la porte.

Yagharek hésitait, oscillant à demi entre le dehors et le dedans. Il attendit pour parler qu'Isaac se trouve assez près de lui pour entendre son murmure – un son flûté, étrange, comme celui d'un oiseau qu'on étrangle.

— J'aurais préféré ne point venir, Grimnebulin. Je ne souhaite point que l'on me voie...

Isaac perdait rapidement patience. Il ouvrit la bouche pour parler, mais Yagharek poursuivit.

— J'ai... entendu la rumeur. J'ai senti... un nuage au-dessus de cette maison. Ni toi, ni aucun de tes amis n'avez quitté cette pièce de toute la journée.

Isaac éclata d'un rire bref.

— Tu attendais, c'est ça ? Que tout soit dégagé, hein ? Pour pouvoir conserver ton précieux anonymat... (Il se raidit, fit un effort pour se calmer.) Écoute, Yag, nous avons vécu une sorte de catastrophe et je n'ai vraiment ni le temps ni l'envie de... de tourner autour du pot avec toi. Ton projet est sur la touche pour un moment, malheureusement...

Yagharek s'étrangla de surprise et poussa un faible cri.

— *Tu ne peux point,* grinça-t-il sans bruit. *Tu ne peux point m'abandonner.*

— Bordel ! (Isaac tendit le bras et tira Yagharek dans la pièce.) Regarde donc !

Il s'avança au pas de charge vers l'endroit où Lublamai respirait par intermittence et bavait, les yeux dans le vague. Il poussa Yagharek devant le corps allongé. D'une pression rude, mais sans violence. Les Garuda avaient la musculature marquée et découpée ; ils étaient plus forts qu'il n'y paraissait. Mais avec leurs os creux et leur chair émaciée, ils ne tenaient pas la distance face à un mastard. Cependant, là n'était pas la raison principale de la retenue d'Isaac. Entre lui et le Garuda, l'ambiance était à l'agacement, pas la détestation. Il sentait que Yagharek désirait en partie s'enquérir de l'origine de la tension qui régnait soudain à l'entrepôt, même si cela signifiait contrevenir à son tabou d'être vu par d'autres.

Isaac indiquait du doigt Lublamai. David leva un regard vague vers Yagharek. Qui l'ignorait complètement.

— La saloperie de chenille que je t'ai montrée s'est transformée en une chose qui a fait ça à mon ami, dit Isaac. As-tu déjà vu pareille chose ?

Yagharek secoua lentement la tête.

— Alors, comprends-tu, dit pesamment Isaac, malheureusement… tant que je n'ai pas découvert ce que j'ai laissé s'échapper dans cette ville, nom du cul de Baragouin, et tant que je n'ai pas ramené Lublamai des limbes dans lesquels il est plongé, quels qu'ils soient… je crains que tous les problèmes du vol et des moteurs de crise, si excitants soient-ils, ne soient soudain ravalés au rang de préoccupations secondaires.

— Tu veux mettre mon infamie au… chuinta rapidement Yagahrek.

Isaac le coupa.

— David est au courant de ta soi-disant infamie, Yag ! beugla-t-il. Et ne me regarde pas comme ça, c'est ma façon à moi de travailler, et lui, c'est un collègue. C'est comme ça que j'ai pu progresser dans ma mission, bordel !

David regardait Isaac avec intensité.

— J'ai bien entendu ? siffla-t-il. Tu as dit *moteur de crise* ?

Isaac secoua la tête, agacé, comme s'il avait un moustique dans l'oreille.

— Bah, je défriche un peu le terrain côté physique critique, c'est tout. Je te raconterai.

David hocha lentement la tête, convenant que ce n'était pas le moment d'en discuter, mais ses yeux écarquillés trahissaient son ébahissement. *C'est tout ?* semblait dire son regard.

Yagharek, animé de tics nerveux, paraissait surmonté d'une grosse bosse : l'abattement l'habitait.

— Ton… ton aide m'est nécessaire…, commença-t-il.

— Lublamai aussi en a besoin ! brailla Isaac. Et ça compte sacrément plus, je le crains… (Il se radoucit.) Mais je ne te laisse pas tomber, Yag, je t'assure. Je n'ai aucunement l'intention. Simplement, je ne peux pas continuer pour l'instant. (Il réfléchit une seconde.) Puisque tu veux que ma recherche aboutisse aussi vite que possible, pourquoi ne pas nous aider ? Ne te contente pas de disparaître dans la nature, bordel ! *Reste donc ici,* et aide-nous à régler cette histoire. Comme ça on pourra revenir très vite à ton problème.

David jaugea Isaac. Son regard disait à présent : *Sais-tu ce que tu fais ?* Ce que voyant, Isaac fut tenté de tempêter, puis il se reprit.

— Tu peux dormir ici, et manger… David s'en fout, il n'habite même pas au labo, il n'y a que moi. Ensuite, dès qu'il aura du neuf, on pourra… eh bien, te trouver une utilité, sans doute. Si tu vois ce que je veux dire. Tu peux nous filer un coup de main, Yagharek. Tu nous serais même diablement utile. Plus vite ce truc sera réglé, plus vite on en reviendra à ton programme. Compris ?

Yagharek avait perdu tout allant. Il mit plusieurs minutes avant de parler, et même là, tout ce qu'il réussit à faire fut de hocher la tête en affirmant que oui, il resterait à l'entrepôt. Il était clair qu'il n'avait qu'une chose en tête : la recherche sur le vol. Isaac fut clément, malgré son propre état de nerfs. L'excision, la punition qui avait frappé le Garuda, lui collait à l'âme comme des chaînes de plomb. Il était égoïste, au dernier degré, mais il y avait de quoi.

David s'assoupit, épuisé et accablé. Il dormit dans son fauteuil cette nuit-là. Isaac prit le relais auprès de Lublamai. La nourriture avait fait son chemin en lui, et la première tâche, immonde, était de nettoyer sa merde.

Isaac roula en boule les vêtements souillés de son ami et les balança dans l'une des chaudières de l'entrepôt. Il songea à Lin. Pourvu qu'elle le rejoigne vite.

Il prit conscience qu'il se languissait d'elle.

26

Des choses remuaient dans la nuit.

On découvrit de nouveaux cadavres – au petit matin, dès potron-minet, puis d'autres, le soleil une fois levé. Au nombre de cinq, cette fois : deux vagabonds qui se cachaient sous les ponts de la Grosse Spire ; un boulanger qui rentrait chez lui à pied après son travail à Sentinette ; un médecin de la Colline Vaudoise ; une batelière, au-delà de la porte de la Corneille. Des attaques éparpillées portant atteinte à la cité sans schéma apparent. Le nord, le sud, l'est, l'ouest : aucun secteur n'était sûr.

Lin avait connu un sommeil haché. Elle avait été touchée du mot d'Isaac, touchée de penser qu'il avait traversé la ville dans le seul but de déposer un bout de papier sur sa porte, mais cela l'avait aussi inquiétée. Le bref paragraphe était sous-tendu d'hystérie, et cette supplique de se rendre au laboratoire était chose si inusitée qu'elle en avait pris peur.

Peu importe, elle s'y serait rendue à la minute, si elle n'était revenue tardivement au Trou d'Aspic, trop tard pour repartir. Elle n'avait pas travaillé de la journée. La veille au matin, elle avait trouvé au réveil un autre mot, glissé, celui-ci, sous sa porte.

Une affaire pressante nécessite de remettre nos rendez-vous jusqu'à plus ample informé. On vous contactera quand la reprise du travail sera possible.

M.

Lin avait empoché ce message abrupt et était partie se balader à Bercaille. Elle était retournée à ses contemplations mélancoliques. Et puis, avec une saisissante impression de surprise, comme si elle contemplait une saynète de sa propre vie et s'étonnait du tour pris par les événements, elle était sortie du quartier par le nord-ouest, et avait gagné Sournoie pour emprunter la ligne Lavabo. Elle avait laissé passer les deux arrêts suivants vers le nord pour se faire avaler par la grosse bouche béante, goudronneuse, de la gare de Perdido. Là, dans la confusion et la vapeur sifflante de l'énorme hall où les cinq lignes se rejoignaient comme une énorme étoile de fer et de bois, elle avait changé de train.

Il y avait eu cinq minutes d'attente, tandis que l'on rechargeait la chaudière dans la caverne située au centre de la gare. Un laps de temps suffisant pour permettre à Lin de se considérer avec incrédulité, de se demander ce qu'elle était donc en train de faire, nom de Méchante M – et peut-être d'autres dieux aussi.

Mais Lin n'avait pas trouvé de réponse, elle était restée assise, immobile, tandis que le train de la ligne Verso attendait, puis, lentement, s'ébranlait, prenait de la vitesse et cliquetait en rythme en s'extrayant de l'un des pores de la gare. Il avait décrit un arc de cercle vers le nord de la Tour Pointue, sous deux séries de câbles, en surplomb du cirque bas, barbare, de Cadnebar. La prospérité et la majesté du Freux – Les Galeries Sennées, la Maison Fuchsia, Le Parc aux Gargouilles – étaient minées par la misère. Tandis que leur succédait Bord apparurent des décharges d'immondices fumantes ;

les rues larges et les immeubles stuqués de ce quartier prospère s'enroulaient sur eux-mêmes avec précaution, tournant le dos aux pâtés de maisons cachés, délabrés, que Lin savait grouiller de rats.

Le train traversa la gare de Bord et plongea vers l'avant, par-dessus le suintement gris et gras de la Poix, franchissant la rivière à trois mètres au nord à peine du pont Hadrach, et puis il s'en fut, avec répugnance, parcourir l'horizon de toits navrant de Criqueval.

Elle avait quitté le train à Boue-d'en-bas, l'extrémité ouest du ghetto-bidonville. Elle n'avait pas mis longtemps à sillonner les rues pourrissantes, leurs immeubles gris boursouflés d'une sueur humide ; elle dépassait des congénères qui la reluquaient, goûtaient sa saveur dans l'air et s'écartaient, à cause de son parfum et de son étrange tenue de nantie, qui la désignaient comme une évadée. Elle n'avait pas tardé à retrouver son chemin jusqu'à la maison de sa man-nichée.

Lin ne s'était pas trop approchée, ne voulant pas que son goût filtre à travers les vitres brisées pour prévenir sa man-nichée ou sa sœur de sa présence. Dans la chaleur croissante, son odeur était pareille à un insigne, pour les autres Khépri ; un insigne qu'elle ne pouvait ôter.

Bien que le déplacement du soleil eût réchauffé air et nuages, Lin s'était tenue là, à quelque distance de son ancienne maison. Les lieux n'avaient pas changé. Venu de l'intérieur, des fissures des murs et de la porte, on entendait le trottinement, le bruit de piston organique des petites pattes de mâles khépri.

Personne n'était sorti.

Des passants lui avaient éjecté leur dégoût chymique à la tête, d'être revenue se pavoiser, espionner cette maisonnée qui ne se doutait de rien, mais elle les avait tous ignorés.

Si elle entrait et que sa man-nichée se trouvait sur

place, se disait-elle, elles seraient toutes deux fâchées, et malheureuses, et elles se disputeraient, sans raison. Les années n'y auraient rien fait.

Si sa sœur était là et lui apprenait la mort de sa man-nichée, qu'elle aurait laissée s'en aller sans un mot de colère ou de pardon, Lin serait seule. Au risque de sentir son cœur exploser.

S'il n'y avait aucun signe… si les planchers ne grouillaient que de mâles, vivant comme la vermine qu'ils étaient, anciens princes sans cervelle, jadis dorlotés, devenus de simples insectes puants et nourris de charogne, si sa man-nichée et sa sœur s'en étaient allées… Lin serait plantée pour rien dans une maison déserte. Son retour – au bercail ! – serait ridicule.

Une heure ou plus s'était écoulée, et Lin avait tourné le dos à l'immeuble croupissant. Agitant ses pattes céphaliques, sa tête scarabe se pliant sous l'effet du trouble, de la confusion et de la solitude, elle avait rebroussé chemin jusqu'à la gare.

Elle s'était colletée sauvagement avec sa mélancolie, s'arrêtant au Freux et dépensant une partie des énormes émoluments de Madras en livres et en nourritures rares. Elle était entrée dans une boutique sélecte pour femmes, provoquant des remarques acerbes chez la gérante, jusqu'au moment où elle avait déployé sa liasse de guinées en désignant impérieusement deux robes. Elle avait mis tout le temps qu'il fallait pour se faire mesurer sous toutes les coutures : chacun des vêtements devait l'envelopper avec autant de sensualité que les femmes humaines auxquelles l'avait destiné la modiste. Elle avait été intraitable.

Lin avait acheté les deux, sans que la gérante eût décroché un seul mot – elle fronça le nez quand il s'agit de prendre l'argent d'une Khépri.

Lin avait parcouru les rues des Champs-de-Salacus vêtue de l'un de ses achats, une pièce merveilleusement cintrée, d'un bleu moiré qui assombrissait sa complexion marengo. Elle n'aurait su dire si elle se sentait mieux ou moins bien qu'avant.

Elle portait cette veste, le lendemain matin, lors de sa traversée de la ville pour aller rejoindre Isaac.

Ce matin-là, près des quais d'Arbrecosse, l'aube avait été accueillie par une clameur formidable. Les dockers vodyanoi avaient passé la nuit à creuser, modeler, repousser et déblayer d'énormes masses d'eau aquartée. Tandis que le soleil s'élevait, ils émergèrent par centaines du flot crasseux, l'écopant à grosses poignées qu'ils lancèrent au loin, par-dessus le Bitume.

Ils poussèrent des cris et des acclamations disparates tout en soulevant le fin voile liquide qui recouvrait encore l'énorme tranchée d'air qu'ils avaient creusée. Celle-ci béait sur quinze mètres de largeur ou plus, énorme tronçon coupé dans la rivière, étiré tout du long des cent cinquante mètres qui séparaient les deux rives. Des sillons d'eau étroits demeuraient à chaque extrémité, ainsi que sur le fond, çà et là, pour éviter d'endiguer tout à fait l'écoulement. Au fond de la tranchée, à douze mètres sous la surface, le lit fourmillait de Vodyanoi : des corps gras glissant dans la boue les uns contre les autres, occupés à tapoter avec soin telle ou telle surface d'eau plane, verticale, là où s'interrompait le flot. De temps à autre, l'un des aquarteurs se lançait dans une discussion avec ses compagnons, et leur sautait par-dessus la tête d'une puissante convulsion de ses énormes jambes évoquant des pattes de grenouille. Il plongeait, traversant le puits d'aérage pour atterrir dans la masse d'eau en surplomb, filant d'une poussée de ses pieds palmés vers quelque tâche inconnue. D'autres lissaient l'eau derrière lui à la hâte, jointant de nouveau l'aquart, s'assurant de l'intégrité de leur blocus.

Au centre de la tranchée, trois des leurs, solidement

charpentés, ne cessaient de conférer, sautant ou rampant pour transmettre des informations à leurs camarades alentour, puis revenaient à leur discussion. Il y avait de la colère dans certains débats. Ces gars étaient les chefs élus du comité de grève.

Tandis que se levait le soleil, les Vodyanoi du fond du lit et ceux qui formaient un cordon le long des berges déplièrent des banderoles. DES SALAIRES DÉCENTS TOUT DE SUITE ! exigeaient-elles, et : PAS D'AUGMENTATION, PAS DE RIVIÈRE.

De chaque côté de la gorge pratiquée dans la rivière, de petits bateaux s'avancèrent à la rame avec précaution jusqu'au bout de l'eau. Les marins qui se trouvaient à bord se penchèrent aussi loin que possible par-dessus le bastingage pour évaluer la distance. Ils secouèrent la tête, exaspérés. Les Vodyanoi poussèrent huées et vivats.

Le canal avait été creusé un peu au sud du pont d'Orge, tout au bout des docks. Des navires attendaient pour entrer et d'autres pour repartir. À un ou deux kilomètres en aval, dans les eaux insalubres qui séparaient Malverse du Palus-au-Chien, des vaisseaux marchands retenaient les rênes de leurs calohydres et maintenaient la pression de leurs chaudières au plus bas. Dans l'autre sens, du côté des débarcadères et des jetées, dans les épais canaux d'Arbrecosse, à côté des cales à bateaux, les capitaines de bateaux venus d'aussi loin que Khadoh contemplaient avec impatience les piquets de grève vodyanoi rassemblés sur les berges en s'inquiétant sur leur date de retour.

En milieu de matinée, les débardeurs humains étaient arrivés pour se mettre à la tâche. Ils découvrirent bien vite que leur présence était plus ou moins superflue. Une fois accompli le travail restant – préparer les navires encore à l'ancre à Arbrecosse même –, l'affaire d'un ou deux jours supplémentaires, pas plus, ils seraient coincés.

Le petit groupe qui avait été en pourparlers avec les grévistes vodyanoi n'était pas venu les mains vides. À dix heures du matin, une vingtaine d'Humains sortirent brusquement d'un seul mouvement de leurs chantiers et, gravissant les clôtures qui entouraient les docks, partirent rejoindre au trot les piquets de grève du bord de l'eau, qui les acclamèrent non sans une touche d'hystérie. Les hommes produisirent leurs propres panonceaux : HUMAINS ET VODYANOI UNIS CONTRE LES PATRONS !

Ils se joignirent aux chants assourdissants.

Au cours des deux heures qui suivirent, l'humeur se durcit. Un petit noyau d'Humains monta une contre-manifestation sur le périmètre des docks, dans l'enceinte de leurs murs bas. Ils hurlèrent des insultes aux Vodyanoi, les traitant de grenouilles et de crapauds. Ils conspuèrent leurs semblables en grève, les qualifiant de traîtres à leur race. Attention, prévenaient-ils, les Vodyanoi allaient ruiner le dock en faisant dégringoler les salaires humains. Quelques-uns parmi eux étaient porteurs de propagande des Trois Plumes.

Entre ce groupe et les grévistes humains tout aussi véhéments se trouvait une grosse masse de dockers ne sachant que penser, au bord de basculer. Ils allaient et venaient d'un bord à l'autre, rageurs et perplexes. Ils écoutaient les arguments vociférés de chaque côté.

Les rangs se mirent à grossir.

Sur chaque rive, dans Arbrecosse proprement dite ainsi que sur la berge sud du Puits de Syriac, le monde affluait pour observer l'affrontement. Quelques hommes et femmes couraient au milieu, tendant des tracts surmontés du pavé de titre du *Fléau Endémique*. Le texte exigeait en une typographie serrée que les dockers humains se joignent aux Vodyanoi, expliquant que c'était le seul moyen de faire aboutir leurs exigences. On voyait ces journaux circuler parmi les dockers humains, tendus par une ou plusieurs mains invisibles.

Tandis que la journée se poursuivait, et que l'air se chargeait de chaleur, de plus en plus de dockers franchirent tranquillement le mur pour se joindre à la manifestation aux côtés des Vodyanoi. La contre-manifestation s'étoffa elle aussi, parfois à un rythme rapide; mais au fil des heures, ce furent les grévistes qui s'étoffèrent le plus.

Une incertitude tendue planait. La foule devenait de plus en plus véhémente, hurlant aux deux bords d'agir. Une rumeur disait que le président des autorités portuaires viendrait s'exprimer, une autre que Buseroux en personne montrerait le bout de son nez.

Pendant ce temps, les Vodyanoi du canyon d'air creusé dans la rivière se consacraient à endiguer ses murs miroitants. De temps à autre, des poissons s'avançaient à l'aveuglette à travers les parois plates et tombaient par terre, frétillants, ou des débris à demi enfouis tourbillonnaient jusque dans ce vide soudain. Les Vodyanoi rejetaient tout à la baille. Ils se relayaient, remontant à la nage pour aquarter les hauteurs des murailles aqueuses. Ils criaient des encouragements aux grévistes humains des rives, au milieu du métal désagrégé et de l'épaisse vase qui formait le fond du Bitume.

À trois heures et demie, sous un soleil dardant sa canicule à travers des nuages inefficaces, on vit deux aérostats approcher des docks, par le nord et par le sud.

L'excitation s'empara des multitudes, et le mot se répandit rapidement parmi Humains et Xénians: le maire était en route. Sur quoi on remarqua un troisième, puis un quatrième aérostat, croisant inéluctablement au-dessus de la ville en direction d'Arbrecosse.

L'ombre d'un malaise passa sur les berges.

Parmi la foule, certains se dispersèrent tranquillement. Les grévistes redoublèrent de slogans.

À quatre heures moins cinq, les vaisseaux des airs planaient au-dessus des docks en une croix aérienne, un X massif, menaçant, de censure. À un kilomètre et quelque à l'est, un autre dirigeable solitaire était suspendu au-dessus du Palus-au-Chien, sur l'autre berge du lourd méandre de la rivière. Les Vodyanoi, les Humains et les rassemblements de badauds portèrent la main à leur front pour se protéger les yeux et contempler ces formes impassibles, au corps oblong pareil à celui de calmars en chasse.

Les aérostats commencèrent à couler vers la terre. Ils approchaient à une vitesse notable : on discernait soudain les détails de leur agencement et l'impression de masse qui se dégageait de leur corps enflé.

Juste avant quatre heures, d'étranges formes organiques vinrent flotter en l'air, apparaissant derrière les toits alentour, issues des portes coulissantes situées en haut des cippes de la milice – des tours plus petites, sans rapport avec le réseau aérien.

Ces objets légers, tournoyants, dansaient doucement dans le vent et commençaient à dériver presque au hasard en direction des appontements. Tout soudain, le ciel en fut plein. Elles étaient grosses et molles, autant de masses de chair tordue, enflée, couvertes de replis et de bosses de peau, de cratères, et d'étranges orifices suintants. Leur sac central mesurait dans les trois mètres de diamètre. Chacune était surmontée d'un cavalier humain, ceint du harnais suturé à leur corps corpulent. Corps en dessous duquel pendait un boisseau de tentacules, des rubans de chair couverte de cloques qui s'étiraient sur les dix mètres et quelques qui les séparaient du sol.

La chair rosâtre et pourpre pulsait régulièrement comme un cœur qui bat.

Ces choses extraordinaires se ruèrent sur la foule rassemblée. Pendant dix bonnes secondes, les spectateurs demeurèrent muets d'atterrement, ou trop effarés pour en croire leurs yeux. Puis les cris s'élevèrent :

— Des vaisseaux-de-guerre !

Tandis que commençait la panique, une horloge toute proche sonna l'heure et plusieurs choses se produisirent simultanément.

À travers toute la foule rassemblée, parmi les contre-manifestants et même, de-ci, de-là, au sein des dockers en grève, des grappes d'hommes – ainsi que quelques femmes – portèrent brusquement les mains à leur tête pour enfiler des cagoules d'un geste vif et violent. Des surfaces vides, sombres, plissées ; leur confection ne laissait voir aucun trou pour les yeux ni le nez.

Du bas-ventre de chacun des aérostats – qui surplombaient maintenant la scène si près que c'en était absurde – se déversèrent de petits groupes de cordes qui ballottaient et se rebiquaient en tombant. Tombant à travers les mètres et les mètres d'air, en finissant par s'enrouler quelque peu sur le pavé. Elles contenaient le rassemblement, les piquets de grève, les manifs et les badauds alentour entre quatre colonnes de corde en suspension, deux sur chaque berge. Des silhouettes sombres glissèrent de façon experte, à tombeau ouvert, tout du long. Elles surgissaient en une perfusion constante, empressée. On aurait dit des caillots glutineux dégouttant des entrailles éviscérées des aérostats.

Des hurlements s'élevèrent parmi les masses, qui se fissurèrent de terreur. Leur cohésion organique se brisa. Les gens s'enfuirent dans toutes les directions, piétinant ceux qui tombaient à terre, saisissant leurs enfants, leur moitié, pour partir tituber sur les pavés et les dalles brisées. Ils tentèrent de se disperser dans les petites rues qui s'étiraient tel un réseau de lézardes à partir des berges. Mais c'était courir au-devant des vaisseaux-de-guerre qui flottaient tranquillement au-dessus de chacune de ces venelles.

D'où des miliciens en uniforme convergèrent soudain sur les grévistes. Des hurlements de terreur s'élevèrent : des officiers de cavalerie étaient apparus sur leurs monstrueuses picadores bipèdes, tous crochets dehors, dont les têtes carrées, dépourvues d'yeux, se balançaient pour se guider à l'écho.

L'atmosphère s'emplit de brusques cris de douleur. Les gens titubaient en groupe à l'aveuglette autour des coins de rue pour se faire accueillir par les tentacules des vaisseaux-de-guerre, et glapissaient comme le neurotoxique dont les frondes pendantes de ces derniers les criblaient leur transperçait les vêtements, atteignant la peau. Quelques bouffées d'une douleur atroce, à se tordre, puis une froideur étourdissante, paralysante, s'emparait d'eux.

Les pilotes des vaisseaux-de-guerre trituraient les nodules et les synapses sous-cutanées qui contrôlaient les mouvements des créatures, les faisant filer à une vitesse trompeuse par-dessus les toits des taudis et des hangars du port, entraînant les appendices empoisonnés de leurs destriers jusque dans les canaux qui divisaient l'architecture. Ils laissaient derrière eux des traînées de corps secoués de spasmes, à l'œil vitreux, la bouche écumant sous l'effet d'une souffrance muette. Çà et là, quelques personnes dans la foule – les vieux, les faibles, les allergiques et les malchanceux – réagirent à cette piqûre avec une immense violence biologique. Leur cœur s'arrêta.

Les uniformes sombres de la milice étaient damassés de fibres de peau de vaisseaux-de-guerre. Les vrilles ne pouvaient les pénétrer.

Des rangs de miliciens chargeaient les espaces à découvert, là où étaient rassemblés les grévistes. Hommes et Vodyanoi agitaient leurs pancartes comme de mauvaises matraques. À l'intérieur de cette masse désordonnée se déroulaient des escarmouches brutales : les agents de la milice balançaient des badines hérissées de piquants et des fouets couverts d'aiguillons de vaisseaux-de-guerre. À dix mètres de la première ligne égarée et furieuse des manifestants, la première vague de miliciens en tenue se laissa tomber à genoux, levant ses boucliers réfléchissants. Une picadore s'ébroua derrière eux, puis surgirent des arcs de cercle de fumée tourbillonnante : leurs collègues projetaient des grenades lacrymogènes dans la manifestation. Leurs forces se déplaçaient inexorablement dans les nuages ainsi produits, respirant à travers leurs masques filtrants.

Un infime groupe d'agents se détacha de la formation en biseau principale, se précipitant vers la rivière. Ils jetèrent par poignées leurs tubes de gaz sifflant dans le fossé aquarté par les Vodyanoi. Les croassements et crissements des poumons et peaux brûlés emplirent le fossé. Les parois entretenues avec soin commençaient à goutter et à se déliter : de plus en plus de grévistes se jetaient dans la rivière pour échapper aux fumées nocives.

Trois miliciens s'agenouillèrent tout au bord de la rive. Ils étaient entourés par un bouquet de leurs collègues, une peau protectrice. Rapidement, les trois du centre sortirent des fusils de précision de leur dos. Chaque homme en avait deux, chargés et amorcés de poudre noire ; ils en posèrent un à côté. Avec des gestes vifs, ils visèrent le long de leurs fûts dans les miasmes de fumée grise. Un officier portant les épaulettes argentées spécifiques aux capitaines-thaumaturges était campé derrière eux, marmonnant un flot de paroles inaudibles, d'une voix étouffée. Il toucha les tempes de chacun des tireurs d'élite, puis écarta brusquement les mains.

Derrière leur masque, les yeux des hommes pleurèrent et leur regard s'éclaircit, distinguant soudain des registres de lumière et de radiations qui rendaient la fumée virtuellement invisible.

Chacun de ces hommes connaissait sur le bout des doigts la forme et la motilité de sa cible. Ils parcoururent rapidement la scène des yeux à travers la brume, et virent leurs cibles en train de conférer, portant des linges humides à leur bouche et leur nez. Un preste crépitement résonna, trois coups de feu sur un tempo rapide.

Deux des Vodyanoi tombèrent. Le troisième regarda autour de lui, paniqué, sans rien voir que les tourbillons du gaz malfaisant. Il se rua vers l'eau qui le murait, en prit une poignée et se mit à lui chantonner des choses, mouvant sa main en des passes ésotériques. L'un des tireurs de la rive laissa vite tomber son arme pour s'emparer de la deuxième. Sa cible était un chaman, comprit-il, et si on lui en laissait le temps, il risquait d'invoquer une ondine. Cela compliquerait énormément les choses. Le milicien épaula le fusil, l'arma, et tira d'un seul mouvement. Le chien et son tesson de silex comprimé s'abaissèrent vers le bord dentelé du couvre-bassinet et claquèrent, dans une étincelle, dans le bassinet.

La balle transperça les bouffées de gaz, envoyant tourbillonner ce dernier en des volutes alambiquées, et s'enfonça dans le cou de la cible. Le troisième membre du comité de grève vodyanoi tomba dans la fange en se tortillant, soulevant un arc d'éclaboussures d'eau. Son sang se rassembla et s'épaissit dans le vasard.

Les murs aquartés de la tranchée volaient en éclats et s'écroulaient. Ils s'affaissèrent, s'inclinèrent, l'eau s'en échappant à gros jets pour aller diluer le lit de la rivière, en tourbillonnant aux pieds des quelques grévistes restants, s'entortillant comme le gaz au-dessus d'elle, jusqu'à ce qu'avec un frisson le Bitume se recouse, cicatrisant la petite trouée qui l'avait paralysé et avait troublé ses courants. L'eau polluée ensevelit le sang, les papiers politiques et les cadavres.

Tandis que la milice réprimait la grève d'Arbrecosse, des câbles jaillirent du cinquième aérostat ainsi qu'il en était allé des autres.

Les masses du Palus-au-Chien criaient, se hurlaient

des informations et des descriptions de la bataille. Des fuyards des manifs titubaient parmi les venelles délabrées. Des bandes de jeunes faisaient des allers-retours au pas de course en une confusion énergique.

Les marchands des quatre-saisons de la rue d'Argento étaient occupés à crier et à montrer du doigt le gros dirigeable qui déroulait son haubanage pendouillant jusqu'à la terre. Leurs cris s'effacèrent dans une explosion soudaine de klaxons : l'un après l'autre, les cinq aérostats avaient corné. Une escouade de miliciens descendit en rappel à travers l'atmosphère brûlante vers les rues du Palus.

Ils glissèrent sous les toits qui se découpaient dans l'air fétide puis atterrirent, martelant de leurs énormes bottes le béton glissant de la cour dans laquelle ils prenaient pied. Ils avaient l'air plus artefactés qu'humains, grossis comme ils l'étaient par leur armure bizarre, chantournée. Les rares ouvriers et clochards qui se trouvaient dans le cul-de-sac les observèrent bouche bée, jusqu'à ce que l'un des commandos se retourne un instant, menaçant, pour balayer l'air d'un énorme tromblon. Ce que voyant, les spectateurs se précipitèrent par terre ou tournèrent casaque pour s'enfuir.

Les troupes de la milice dévalèrent l'escalier ruisselant qui menait dans l'abattoir souterrain. Elles enfoncèrent la porte non verrouillée et tirèrent dans l'air sanglant, agité. Les bouchers et abatteurs se tournèrent, abasourdis, vers l'entrée. L'un tomba à terre en gargouillant, à l'agonie : une balle lui avait transpercé le poumon. Sa tunique ensanglantée était encore trempée – de l'intérieur, cette fois. Les autres s'enfuirent, glissant sur du cartilage dans leur course.

Les miliciens mirent à bas les carcasses de chèvres et de porcs oscillantes, dégoulinantes, secouèrent la courroie de transport et ses crochets jusqu'à ce qu'elle s'arrache du plafond détrempé. Ils foncèrent par vagues successives vers le fond de la salle obscure, gravissant les marches d'un pas lourd, longeant le petit palier. Pour ce qu'elle les ralentit, la porte verrouillée de la chambre de Benjamin Flex aurait aussi bien pu être un voilage.

Une fois dans la pièce, les troupes se disposèrent de chaque côté de l'armoire, laissant le soin à l'un des leurs de détacher de son dos une énorme masse. L'homme en frappa le vieux bois, dissolvant l'armoire en trois énormes coups ; il révéla l'orifice d'où émergeaient un teuf-teuf de moteur à vapeur et la lueur capricieuse d'une lampe à pétrole.

Deux des officiers de milice disparurent dans la pièce secrète. Un cri étouffé, le martèlement répété de chocs sourds : Benjamin Flex surgit, propulsé à travers le trou qui s'effritait. Il se débattait. Des perles de sang giclaient en étoile contre ses murs crasseux. Il toucha le sol la tête la première et poussa un hurlement ; tenta de s'échapper, aveuglé, avec des jurons incohérents. Un deuxième officier tendit le bras pour le soulever par la chemise avec une force que multipliait la vapeur et le projeta contre un mur.

Ben bredouilla et tâcha de cracher, les yeux fixés sur ce visage impassible, masqué de bleu, cette visière fumée hermétique, ce gamasque, ce casque à pointe, qui formaient comme un faciès de démon ichtyoïde.

La voix qui émergea des mandibules sifflantes était monocorde, mais fort audible.

— Benjamin Flex, veuillez donner votre consentement verbal ou écrit. Vous acceptez de nous accompagner, moi-même et d'autres officiers de la milice de Nouvelle-Crobuzon, dans le lieu de notre choix, à des fins d'interrogatoire et de collecte d'informations stratégiques. (Le milicien écrasa Ben contre le mur, avec dureté, suscitant une expiration explosive et un aboiement inintelligible.) Consentement constaté en ma présence et celle de deux témoins, répondit l'officier. Oui, messieurs ?

Deux des miliciens qui se trouvaient derrière lui hochèrent la tête de conserve.

— Oui, monsieur.

L'officier menotta Ben et lui décocha un coup cuisant du plat de la main qui l'étourdit et lui déchira la lèvre. Ses yeux vacillèrent, comme ivres, et il bava du sang. L'homme à l'énorme cuirasse le balança sur son épaule et sortit de la pièce d'un pas pesant.

Les agents qui avaient pénétré dans la petite imprimerie attendirent que le reste de l'escadron ait rebroussé chemin derrière l'officier jusque dans le couloir. Puis, avec une simultanéité parfaite, chacun tira de sa ceinture une grosse boîte en fer et poussa le piston qui mettait en branle une violente réaction chymique. Ils jetèrent les cylindres dans la pièce exiguë, où l'artefact actionnait toujours la manivelle de la presse en un circuit perpétuel, machinal.

Les miliciens se précipitèrent tels de pesants rhinocéros bipèdes dans les pas de leur supérieur. L'acide et la poudre noire des bombes se mélangèrent et crépitèrent, s'embrasèrent avec violence et mirent feu à la poudre noire tassée au plus serré. Il y eut deux détonations brusques qui firent frissonner les murs humides du bâtiment.

Le couloir se souleva sous l'impact tandis que d'innombrables bouts de papier enflammé jaillissaient de l'embrasure de la porte, accompagnés d'encre brûlante et de bribes de tuyaux arrachés. Des brins de métal et de verre crevèrent la tabatière en une fontaine industrielle. Tels des confettis incandescents, les fragments d'éditoriaux et d'accusations vinrent parsemer les rues adjacentes. NOUS DISONS, proclamait l'un d'eux, et un autre : TRAHISON ! De-ci, de-là apparaissait le bandeau de titre : *Le Fléau Endémique*, parfois déchiré et brûlant, réduit à l'état de simple fragment.

F comme *fuis*…

L'un après l'autre, les miliciens s'attachèrent à l'aide de leurs mousquetons de ceinture aux cordes qui les attendaient toujours. Ils triturèrent les manettes enchâssées dans leurs sacs à dos incorporés, mettant en branle quelque moteur puissant et dissimulé qui les hissa hors des rues, dans les airs, au fur et à mesure que tournait leur poulie à courroie et que ses rouages puissants ramenaient les silhouettes sombres, corpulentes, jusque dans le ventre de leur aérostat. L'officier qui portait Ben le serrait fort, mais la poulie ne faiblit pas sous ce poids additionnel.

Tandis qu'un faible incendie jouait sporadiquement avec ce qui avait été l'abattoir, une chose tomba du toit, où elle s'était accrochée à un linteau déchiqueté. Elle chut à travers les airs et s'écrasa lourdement sur le sol entaché. C'était la tête de l'artefact de Ben, toujours reliée à son bras droit supérieur.

Le membre de la chose tressauta violemment, tentant de tourner une manivelle qui n'était plus là. La tête roula, comme un crâne pris dans de l'étain. Sa bouche de métal se convulsa et, l'espace de quelques horribles secondes, la chose affecta une parodie de mouvement répugnante, rampant sur le sol inégal en ouvrant et en refermant les mâchoires.

En trente secondes, les derniers vestiges d'énergie eurent jailli de la tête. Ses yeux de verre vibrèrent et se figèrent sur une dernière saccade. Elle ne bougea plus.

Une ombre plana sur la chose morte, comme l'aérostat, gros désormais de toutes ses troupes, croisait lentement au-dessus de la surface du Palus-au-Chien, par-dessus les dernières échauffourées brutales, sordides, des docks, dépassant ensuite le Parlement et l'énormité de la Vieille Ville, en partance pour la gare de Perdido et les salles d'interrogatoire de la Tour Pointue.

Au début, je fus écœuré de les côtoyer, tous ces hommes – leur haleine appuyée, chargée, infecte ; l'angoisse qui se déverse de leur peau tel un vinaigre. Je voulais retrouver le froid, l'obscurité des dessous du rail, où luttent, bataillent, meurent, s'entre-dévorent des formes de vie plus grossières. Il y a quelque réconfort à la simplicité des brutes.

Mais ceci n'est point mon pays et ce choix ne m'échoit point. J'ai lutté pour me retenir. Me suis débattu contre le droit étranger de cette ville, tout de clôtures et de divisions franches, de frontières pour séparer telle et telle chose, pour distinguer ton bien du mien. Je me suis coulé dans ce moule, cherchant réconfort et protection dans le fait de me posséder moi-même, d'être ma propre propriété – isolée, privée, pour une fois, la première. Mais une violence inattendue m'a appris que je suis la proie d'une imposture colossale.

J'ai été abusé. Quand la crise éclatera, je ne pourrai m'appartenir ici, pas plus que dans l'été perpétuel du Cymek (où « mon sable » ou « ton eau » sont des absurdités qui tueraient qui les énonce). Le merveilleux isolement que je visais s'est effondré. J'ai besoin de Grimnebulin, Grimnebulin de son ami, son ami de notre assistance. Une formule simple, qui met à mal les habitudes et révèle que l'aide m'est, moi aussi, nécessaire. Je dois offrir la mienne si je veux me sauver.

Je vacille. Je ne dois point tomber.

J'étais autrefois créature des airs ; l'air en conserve le souvenir. Quand je grimpe jusque dans les hauts de la cité pour me pencher vers lui, il me frôle de courants et de vecteurs issus de mon passé. Dans les remous tourbillonnants de cette atmosphère, je sais humer et distinguer prédateurs comme proies.

Je suis comme le plongeur qui a perdu son scaphandre, qui peut encore scruter le haut des profondeurs depuis le fond de verre d'un bateau pour percevoir les créatures des ténèbres, peut encore deviner leur passage et sentir, quoique déformé et distant, voilé et à demi celé, le mouvement des marées.

Je sais le ciel perturbé.

Je le vois dans les vols d'oiseaux agités, qui s'écartent brusquement de telle ou telle parcelle d'air. Je le vois dans le passage paniqué des calovires, qui semblent garder un œil derrière eux au fil de leur vol.

Avec l'été, l'air se stabilise. Il est lourd de chaleur. Ces nouvelles venues, ces intruses, me bouchent désormais la vue. L'air est chargé de menaces. Ma curiosité s'accroît. Mes instincts de chasseur s'émeuvent.

Mais je suis cloué à la terre.

Après ***Perdido Street Station,***
nous vous invitons à découvrir
le **premier chapitre**
du **premier roman** de
China Miéville
LE ROI DES RATS,
collection « **Rendez-vous ailleurs** »,
éditions **Fleuve Noir**
(env. 300 p., env. 20 euros).

CHINA MIÉVILLE

LE ROI DES RATS

Traduit de l'anglais
par Florence Lévy-Paoloni

FLEUVE NOIR

Titre original :
KING RAT

Pour Max

Je me glisse entre les immeubles dans des espaces que vous ne voyez même pas. Je marche si près derrière vous que mon souffle vous donne la chair de poule dans le cou et vous ne m'entendez pas. Je sens les muscles de vos yeux se contracter quand vos pupilles se dilatent. Je me nourris de vos ordures, je vis dans votre maison, je dors sous votre lit et vous ne le saurez jamais sauf si je le désire.

Je grimpe au-dessus des rues. Toutes les dimensions de la ville me sont ouvertes. Vos murs sont mes murs, mes plafonds, mes planchers.

Le vent fouette mon pardessus avec un bruit semblable au linge qui sèche sur un fil. Un millier d'égratignures sur mes bras picotent comme de l'électricité tandis que j'escalade les toits et que je me déplace parmi des buissons de cheminées trapues. J'ai à faire ce soir.

Je me répands comme du mercure sur le rebord du toit d'un immeuble et je descends le long des tuyaux d'écoulement dans une ruelle quinze mètres plus bas. Je glisse silencieusement parmi les tas d'ordures dans la lumière sépia des réverbères et je brise le sceau des égouts, je soulève le couvercle métallique sans un bruit.

Je suis dans l'obscurité, mais je vois tout de même. J'entends le grondement de l'eau dans les tunnels. Je suis immergé jusqu'à la taille dans votre merde, elle me colle au corps, je sens son odeur. Je connais mon chemin dans ces conduits.

Je me dirige vers le nord, immergé dans le courant, je patauge, je m'accroche aux murs et au plafond. Des choses vivantes courent et rampent à toute vitesse pour s'écarter de mon chemin. Je me faufile sans hésitation dans les couloirs humides. Il a plu de manière capricieuse et intermittente, mais toute l'eau de Londres semble impatiente d'atteindre sa destination ce soir. Les rivières tapissées de briques du sous-sol sont gonflées. Je plonge sous la surface et je nage dans les ténèbres écœurantes jusqu'à ce que le moment soit venu de faire surface et j'émerge des profondeurs, dégoulinant. Je sors de nouveau sans bruit sur le trottoir.

Au-dessus de moi se dressent les briques rouges de ma destination. Une grande masse sombre percée de carrés de lumière sans intérêt. L'un luit faiblement dans l'ombre du toit et retient mon attention. J'enfourche le coin du bâtiment et je grimpe doucement. Je vais moins vite à présent. Le bruit de la télévision et l'odeur de nourriture filtrent par la fenêtre, vers laquelle je tends maintenant la main, que je racle de mes ongles longs, que je gratte, un bruit semblable à celui d'un pigeon ou d'une brindille, un bruit intrigant, un appât.

PREMIÈRE PARTIE

VERRE

PREMIER CHAPITRE

Les trains qui entrent dans Londres arrivent comme des navires voguant sur les toits. Ils passent entre les tours qui montent à l'assaut du ciel tels des animaux marins au long cou et les énormes réservoirs de gaz qui se vautrent comme des baleines dans les buissons sales. Plus bas, dans les profondeurs, s'alignent de petites boutiques et d'obscures franchises, des cafés à la peinture écaillée et des commerces logés sous les arches au-dessus desquelles passent les trains. Les couleurs et les courbes des graffitis couvrent tous les murs. Les fenêtres des derniers étages passent si près que les voyageurs peuvent regarder à l'intérieur, dans les petits bureaux vides et les placards des boutiques. Ils distinguent les contours des calendriers commerciaux et des pin-up sur les murs.

Les rythmes de Londres s'épuisent ici, dans la zone sans relief qui s'étend entre la banlieue et le centre.

Petit à petit, les rues s'élargissent et les noms des boutiques et des cafés deviennent plus familiers, les grands axes sont plus salubres, la circulation plus dense. La ville s'élève à la hauteur des voies.

A la fin d'un jour d'octobre, un train parcourait cette zone vers King's Cross. Entouré d'air, il progressait au-dessus des quartiers éloignés de North London tandis que la ville s'édifiait en dessous à mesure qu'il s'approchait de Holloway Road. Les gens ignoraient son passage. Seuls les enfants levaient la tête en entendant le bruit de ferraille au-dessus d'eux et quelques-uns parmi les plus jeunes le montraient du doigt. En approchant de la gare, le train passa sous le niveau des toits.

Les gens étaient peu nombreux dans le wagon pour regarder les briques s'élever autour d'eux. Le ciel disparut au-dessus des fenêtres. Un nuage de pigeons s'envola d'une cachette à côté des voies et partit vers l'est.

L'agitation des ailes et des corps eut pour effet de distraire un jeune homme trapu à l'arrière du wagon. Il essayait de ne pas regarder ouvertement la femme assise en face de lui. Le défrisant avait relâché ses boucles serrées qui s'enroulaient sur sa tête comme des serpents. L'homme cessa son examen furtif quand les oiseaux s'envolèrent et il passa la main dans ses cheveux courts.

Le train était à présent sous les maisons. Il serpentait dans un profond sillon creusé dans la ville, comme si des années de passage avaient usé le béton sous les voies. Saul Garamond jeta encore un coup d'œil à la femme assise en face de lui et reporta son attention vers les fenêtres. La lumière dans le wagon les avait transformées en miroirs et il regarda son visage massif. Derrière, à peine visible, était construit un muret de brique et, au-delà, les caves des maisons s'élevaient comme des falaises de chaque côté.

Saul avait quitté la ville depuis plusieurs jours.

Chaque bruit des bogies sur les voies le rapprochait de chez lui. Il ferma les yeux.

Dehors, l'entaille où passaient les voies s'élargissait à mesure que la gare approchait. Les murs de part et d'autre étaient ponctués d'alcôves sombres, petites cavernes remplies d'ordures à quelques pas des voies.

Les silhouettes des grues se courbaient sur l'horizon. Les murs autour du train se séparaient. Les voies s'écartaient de chaque côté à mesure que le train ralentissait et s'approchait de King's Cross.

Les voyageurs se levèrent. Saul jeta son sac sur son épaule et sortit du wagon en traînant les pieds. L'air glacial s'élevait jusqu'aux grandes voûtes. Le froid le surprit. Saul traversa rapidement les bâtiments, la foule, en se faufilant entre les groupes de gens. Il avait encore du chemin à faire. Il descendit dans le métro.

Il sentait la présence de la population autour de lui. Après des jours sous la tente sur la côte du Suffolk, il avait l'impression que le poids de dix millions de personnes si près de lui faisait vibrer l'air. Le métro était rempli de gens vêtus de couleurs criardes ou montrant leur peau nue, en route pour des clubs ou des soirées.

Son père l'attendait probablement. Il savait que Saul rentrait et il ferait sûrement un effort pour l'accueillir. Il se priverait de sa soirée habituelle au pub pour souhaiter la bienvenue à son fils. Saul lui en voulait déjà. Il se sentait maladroit et peu charitable, mais il méprisait les tentatives hésitantes de son père pour communiquer. Il préférait quand ils s'évitaient tous les deux. Etre maussade était facile et paraissait plus honnête.

Quand son métro sortit des tunnels de la Jubilee Line, il faisait nuit. Saul connaissait le chemin. L'obscurité transformait les décombres derrière Finchley Road en un no man's land indistinct, mais il devinait tous les détails qu'il ne voyait pas, jusqu'aux tags et aux graffitis. Burner. Nax. Coma. Il connaissait les noms des petits rebelles intrépides cramponnés à leurs marqueurs magiques et il savait où ils étaient allés.

La tour grandiose du cinéma Gaumont State se découpait sur le ciel à sa gauche, monument totalitaire bizarre au milieu des épiceries bon marché et des panneaux d'affichage de Kilburn High Road. Saul sentait le froid à travers les vitres. Il s'emmitoufla dans son manteau quand le métro approcha de Willesden. Les passagers étaient devenus rares. Saul n'en laissa que quelques-uns derrière lui en descendant du wagon.

Une fois sorti de la station, il se recroquevilla pour lutter contre le froid. Une légère odeur de fumée était perceptible ; quelqu'un avait dû faire un feu dans son jardin ouvrier pour le nettoyer. Saul descendit la colline vers la bibliothèque.

Il s'arrêta pour acheter un plat à emporter et mangea en marchant lentement pour éviter de répandre de la sauce soja et des légumes sur ses vêtements. Saul regrettait que le soleil ait disparu. Willesden offrait des couchers de soleil spectaculaires. Un jour comme aujourd'hui, où les nuages étaient peu nombreux, l'horizon bas permettait à la lumière d'inonder les rues et de se déverser dans les fissures les plus étranges ; sur les fenêtres qui se faisaient face, les rayons rebondissaient indéfiniment et étaient envoyés à toute vitesse dans des directions imprévisibles ; les innombrables rangées de briques luisaient, comme éclairées de l'intérieur.

Saul tourna dans les petites rues. Il zigzagua dans le froid jusqu'à ce que la maison de son père se dresse devant lui. Terragon Mansions était un immeuble victorien laid, lourd, d'apparence minable malgré sa taille. Il donnait sur un jardin : une bande de végétation sale fréquentée uniquement par les chiens. Son père vivait au dernier étage. Saul leva les yeux et vit que la lumière était allumée. Il monta les marches du perron et entra en jetant un coup d'œil dans l'obscurité aux buissons et aux arbustes de chaque côté.

Il négligea l'énorme ascenseur et sa porte grillagée car il ne voulait pas être annoncé par ses grognements. Il préféra prendre l'escalier et ouvrit doucement la porte de l'appartement de son père.

Il y faisait glacial.

Saul s'arrêta dans l'entrée pour écouter. Il entendait la télévision derrière la porte du salon. Il attendit, mais son père était silencieux. Saul frissonna et regarda autour de lui.

Il savait qu'il aurait dû entrer, qu'il aurait dû réveiller son père et il alla même jusqu'à tendre le bras vers la porte. Mais il interrompit son geste et regarda sa chambre. Il ricana de dégoût envers lui-même, mais il s'y dirigea tout de même sans faire de bruit.

Il pourrait s'excuser le matin. *Je croyais que tu dormais, papa. Je t'ai entendu ronfler. Je suis rentré bourré et je me suis écroulé sur mon lit. J'étais si crevé que je n'aurais de toute façon pas été de très bonne compagnie.* Il tendit l'oreille, n'entendit que les voix assourdies et pompeuses d'un des débats télévisés de fin de soirée que son père adorait. Saul se détourna et se glissa dans sa chambre.

Le sommeil vint facilement. Saul rêva qu'il avait froid et se réveilla une fois dans la nuit pour remonter sa couette. Il rêva d'un martèlement, d'un tambourinement si fort que cela le tira du sommeil et il s'aperçut que le bruit était réel et tout proche. Il eut une poussée d'adrénaline et se mit à trembler. Il sortit du lit, le cœur battant la chamade.

On gelait dans l'appartement.

Quelqu'un frappait de grands coups à la porte d'entrée.

Le bruit ne cessait pas et l'effrayait. Il tremblait, il était désorienté. Il ne faisait pas encore jour. Saul regarda son réveil. Un peu plus de six heures. Il se dirigea en titubant vers l'entrée. L'épouvantable *bang bang bang* était ininterrompu et à présent il entendait aussi des cris déformés et inintelligibles.

Il enfila précipitamment une chemise et cria : « Qui est-ce ? »

Le martèlement ne cessa pas. Il cria de nouveau et cette fois, une voix s'éleva par-dessus le vacarme.

« Police ! »

Saul fit un effort pour s'éclaircir les idées. Saisi d'une panique soudaine, il pensa à la petite quantité de drogue planquée dans son tiroir, mais c'était absurde. Il n'était pas dealer, personne ne perdrait son temps à faire une descente chez lui à l'aube. Il tendait le bras pour ouvrir la porte, le cœur encore battant à tout rompre, quand il se souvint de vérifier s'ils étaient bien ce qu'ils prétendaient, mais il était trop tard, la porte s'ouvrit à la volée et le renversa, tandis qu'une foule d'individus se déversait dans l'appartement.

Pantalons bleus et grosses chaussures tout autour de lui. On le releva sans ménagement. Il agita les bras devant les intrus. La colère montait en lui avec la peur. Il essaya de hurler, mais quelqu'un le frappa au ventre et il se plia en deux. Des voix résonnaient partout autour de lui et il ne comprenait rien.

« … aucun sentiment, ce salaud… »

« … petit con qui fait le malin… »

« … putain de verre, fais gaffe… »

« … son fils, non ? Il plane comme un cerf-volant, il doit être… »

Et par-dessus toutes ces voix, il entendait un bulletin météo, les accents guillerets d'une présentatrice de télévision du matin. Saul joua des coudes pour se retourner et faire face aux hommes qui le tenaient si fermement.

« Putain, qu'est-ce qui se passe ? » haleta-t-il. Sans lui répondre, les hommes le propulsèrent dans le salon.

La pièce était remplie de policiers, mais Saul regarda au-delà. Il vit d'abord la télévision : la femme en tailleur de couleur vive le prévenait qu'il allait de nouveau faire frais aujourd'hui. Une assiette de pâtes figées traînait sur le canapé et par terre était posé un verre de bière à moitié vide. Il sentit des rafales d'air froid et il leva la tête vers la fenêtre pour regarder dehors, par-dessus les maisons. Les rideaux se gonflaient de façon spectaculaire. Il vit que des éclats de verre jonchaient le sol. Il n'en restait presque plus dans le châssis de la fenêtre, sauf quelques débris sur les bords.

Saul, pantelant sous l'effet de la terreur, essaya de se traîner jusqu'à la fenêtre.

Un homme mince en civil se retourna et le vit.

« Au poste, maintenant », cria-t-il aux gardiens de Saul.

Ils firent pivoter Saul sur ses talons. La pièce tourna autour de lui comme un manège de fête foraine. Les rangées de livres et les petites photos de son père passèrent devant lui à toute vitesse. Il se débattit pour se retourner.

« Papa ! cria-t-il. Papa ! »

On le traîna sans effort hors de l'appartement. L'obscurité du couloir était interrompue par les rubans de lumière qui se déversaient par les portes ouvertes. Pendant qu'on le tirait vers l'ascenseur, Saul vit des visages ahuris et des mains qui serraient des robes de chambre. Les voisins en pyjama le regardaient fixement. Il leur beugla dessus en passant.

Il ne voyait toujours pas les hommes qui le tenaient. Il se mit à crier en les suppliant de lui dire ce qui se passait. Il les implora, les menaça, les injuria.

« Où est mon père ? *Qu'est-ce qui se passe ?*

— La ferme.

— Qu'est-ce qui se passe ? »

Quelque chose lui frappa les reins, pas très fort mais avec la menace d'une plus grande force. « La ferme. » La porte de l'ascenseur se ferma derrière eux.

« Qu'est-ce qui est arrivé à *mon père, putain* ? »

Dès que Saul avait vu la fenêtre brisée, une voix intérieure lui avait parlé calmement. Il n'avait pas réussi à l'entendre clairement jusqu'ici. Dans l'appartement, le piétinement des lourdes bottes et les jurons l'avaient noyée. Là où on l'avait traîné, dans le silence relatif de l'ascenseur, il l'entendait murmurer.

Il est mort, disait-elle. *Papa est mort.*

Les genoux de Saul se dérobèrent sous lui. Les hommes derrière lui le redressèrent, mais toutes ses forces l'avaient abandonné. Il gémit.

« Où est mon père ? » implora-t-il.

La lumière au-dehors était de la couleur des nuages. Une multitude de gyrophares bleus illuminaient les immeubles ternes. L'air glacial lui fit retrouver ses esprits. Il tira désespérément sur les bras qui le retenaient en essayant de regarder par-dessus les haies qui entouraient Terragon Mansions. Il aperçut des visages qui regardaient en bas par le trou que formait la fenêtre de son père. Il vit miroiter un million d'éclats de verre sur l'herbe jaunie et aussi une foule de policiers en uniforme comme dans un diorama menaçant. Tous les visages étaient tournés vers lui. Un homme tenait un rouleau de ruban pour isoler la scène du crime ; il le tendait autour de piquets plantés dans le sol, délimitant ainsi un périmètre de terre. A l'intérieur de la zone choisie, il vit un homme agenouillé devant une forme sombre sur la pelouse. L'homme le fixait comme tous les autres. Son corps cachait la forme disloquée. Saul fut entraîné avant de pouvoir en voir davantage.

On le poussa dans l'une des voitures ; il était hébété, presque incapable d'éprouver le moindre sentiment. Il respirait très vite. A un moment indéterminé, on lui avait passé les menottes aux poignets. Il cria de nouveau à l'adresse des hommes devant lui, mais ceux-ci l'ignorèrent.

Les rues se mirent à défiler.

On le mit dans une cellule, on lui donna une tasse de thé et des vêtements plus chauds : un pull gris et un pantalon en velours qui puait l'alcool. Saul s'assit en se recroquevillant dans les vêtements d'un inconnu. Il attendit un long moment.

Il s'allongea sur le lit et s'enroula dans la fine couverture.

De temps en temps, il entendait la voix en lui. *Suicide*, disait-elle. *Papa s'est suicidé.*

De temps en temps, il s'opposait à elle. C'était une idée ridicule, quelque chose que son père n'aurait jamais fait. A d'autres moments, il se laissait persuader et il se mettait à respirer très vite, à paniquer. Il ne voulait pas entendre. Il faisait taire la voix. Il ne voulait pas écouter les rumeurs, même si elles provenaient de son for intérieur.

Personne ne lui avait dit pourquoi il était là. Chaque fois qu'il entendait des pas hors de la cellule, il criait, jurait parfois, exigeant de savoir ce qui se passait. Parfois, les pas marquaient un temps d'arrêt et la grille de la porte se soulevait. « Nous sommes désolés pour ce retard, disait une voix. Nous viendrons vous voir dès que possible », ou : « La ferme, putain. »

« Vous ne pouvez pas me garder ici, hurla-t-il. Qu'est-ce qui se passe ? » Sa voix résonna dans des couloirs vides.

Saul s'assit sur le lit et contempla le plafond.

Un fin réseau de fissures partait d'un angle de la pièce. Saul les suivit des yeux, se laissant hypnotiser.

Pourquoi es-tu ici ? lui chuchotait nerveusement la voix intérieure. *Qu'est-ce qu'ils te veulent ? Pourquoi est-ce qu'ils ne te disent rien ?*

Saul était assis, contemplait les fissures et ignorait la voix.

Au bout d'un long moment, il entendit la clé tourner dans la serrure. Deux policiers en uniforme entrèrent, suivis par l'homme mince que Saul avait vu dans l'appartement de son père. L'homme avait gardé son costume marron et son affreux imperméable couleur ocre.

Il fixa Saul qui lui rendit son regard de dessous la couverture sale, malheureux, pathétique et agressif. Lorsque l'homme mince ouvrit la bouche, sa voix était beaucoup plus douce que ce à quoi s'attendait Saul.

« Monsieur Garamond, dit-il. J'ai le regret de devoir vous annoncer que votre père est mort. »

Saul le regarda fixement. Cela au moins devait être incontestable. Il avait envie de crier, mais les larmes l'en empêchèrent. Il essaya de parler, les yeux et le nez dégoulinants, mais il ne réussit à émettre qu'un sanglot. Il pleura bruyamment durant une minute, puis s'efforça de se contrôler. Il ravala ses larmes comme un bébé et essuya la morve de son nez sur sa manche. Les trois policiers impassibles se tenaient debout et le regardaient, attendant qu'il réussisse à se contrôler un peu mieux.

« Qu'est-ce qui se passe ? demanda-t-il d'une voix rauque.

— J'espérais que vous seriez en mesure de nous l'apprendre, Saul », dit l'homme mince. Sa voix demeurait imperturbable. « Je suis l'inspecteur Crowley, Saul. Je vais vous poser quelques questions...

— Qu'est-ce qui est arrivé à mon père ? » l'interrompit Saul. Il y eut un moment de silence.

« Il est passé par la fenêtre, Saul, dit Crowley. Ça fait haut. Je crois qu'il n'a pas souffert. » Il y eut un silence. « Vous n'aviez donc pas compris ce qui était arrivé à votre père, Saul ?

— Je pensais que peut-être quelque chose... j'ai vu dans le jardin... Qu'est-ce que je fais *ici* ? » Saul tremblait.

Crowley fit la moue et s'approcha un peu. « Eh bien, Saul, d'abord je vous prie de m'excuser de vous avoir fait attendre si longtemps. Il y a eu beaucoup d'agitation ici. J'avais pensé que quelqu'un viendrait s'occuper de vous, mais apparemment, personne ne l'a fait. J'en suis désolé. Je serai bref.

« Pourquoi êtes-vous ici ? Eh bien, tout était un peu embrouillé là-bas. Nous avons reçu un appel d'un voisin nous disant que quelqu'un était couché devant l'immeuble, nous sommes entrés, vous étiez là, nous ne savions pas qui vous étiez… vous comprenez comment ça peut devenir incontrôlable. En tout cas, vous êtes ici, en fin de compte, et nous espérons que vous pourrez nous donner votre version de l'histoire. »

Saul regarda Crowley, l'air hébété. « Ma *version* ? cria-t-il. Ma version de quoi ? Je suis rentré à la maison et mon père est… »

Crowley le fit taire en levant les mains pour l'apaiser et en hochant la tête.

« Je sais, je sais, Saul. Nous cherchons seulement à comprendre ce qui s'est passé. Je vous demande de venir avec moi. » Il fit un petit sourire triste en prononçant ces mots. Il baissa les yeux vers Saul assis sur le lit ; celui-ci sentait mauvais, sale et habillé de vêtements qui ne lui appartenaient pas, confus, batailleur, barbouillé de larmes et orphelin. Le visage de Crowley prit une expression qui ressemblait à de l'inquiétude.

« Je voudrais vous poser quelques questions. »

Imprimé en France par

CPI

BUSSIÈRE

à Saint-Amand-Montrond (Cher)
en novembre 2011

POCKET – 12, avenue d'Italie – 75627 Paris Cedex 13

N° d'impression : 113606
Dépôt légal : septembre 2006
Suite du premier tirage : novembre 2011
S16540/04